AF724354

ŒUVRES DE CH. PAUL DE KOCK

Édition grand in-4o illustrée

LES INTRIGANTS

MONSIEUR DE VOLENVILLE

Un sot trouve toujours un plus sot qui l'admire.
(Boileau.)

Prix : 75 centimes. — Par poste et étranger : 1 fr.

4° Y² 442

PARIS
DEGORCE-CADOT, ÉDITEUR
9, RUE DE VERNEUIL, 9

ŒUVRES DE CH. PAUL DE KOCK

Édition de luxe grand in-4° illustrée

Le Petit Bonhomme du Coin, dessins de Hadol et de Morland . . . . . . » 75
L'Amant de la Lune (théâtre). . . . . » 60
Flon-Flon-Flon Lariradondaine. 1 brochure in-4° . . . . » 75

ŒUVRES DE HENRY DE KOCK

PARUES DANS LA COLLECTION DES BONS ROMANS ILLUSTRÉS

La Fille à son père, brochure grand in-4° . . . . » 60
Le Démon de l'Alcôve . . . . » 60
Les Baisers maudits. . . . . » 60
L'Amant de Lucette . . . . » 60
Le Médecin des Voleurs. 2 40
Ni Fille, ni Femme, ni Veuve. . . . . » 60
Les Trois Luronnes. 1 80
L'Auberge des Treize Pendus. 1 80
Les Mystères du village. 1 20
L'Heure du Berger. . . . . » 60

LES INTRIGANTS

MONSIEUR DE VOLENVILLE

I

L'ANTICHAMBRE D'UN HOMME D'AFFAIRES

Un homme en blouse, tournure de bourgeois campagnard, vient d'entrer dans une belle maison de la rue Saint-Lazare, et, sur l'indication du concierge, de monter rapidement au troisième étage.

— M. Volenville, s'il vous plaît?

— C'est M. *de* Volenville que vous voulez dire, sans doute.

— Mon Dieu! de si vous voulez; moi, cela m'est égal!

— Mais cela ne nous est pas égal, à nous; on tient à ses titres, et on a raison! A Paris, cela donne de la considération, de la confiance, et, dans les affaires, c'est surtout de la confiance qu'il faut inspirer...

— C'est juste. Eh bien! alors, M. de Volenville est-il chez lui? peut-on lui parler?

— Monsieur est chez lui, oui, c'est l'heure de ses audiences; mais lui parler... ce sera à votre tour, s'il reçoit encore...

— A mon tour!... Il y a donc beaucoup de personnes qui attendent pour voir ce monsieur?

— S'il y a du monde!... Eh! mon Dieu, tous les matins, ici, c'est comme devant le bureau de location des loges à un théâtre où l'on donne la première représentation d'une pièce attribuée au compositeur à la mode!... on fait queue. Et, si cela continue, je distribuerai des cachets avec des numéros; comme cela, point de disputes, on attendra l'appel de son numéro. Ah! c'est que mon maître a des clients plus qu'il n'en veut.

— Diable! j'ai envie de m'en aller, alors...

— Non, ne vous en allez pas. Où iriez-vous pour trouver un homme qui serve mieux les intérêts de ses clients? Voyons, pour quel genre d'affaire voulez-vous consulter M. de Volenville?

— Quel genre d'affaire?... Dame! vous allez comprendre : moi, je suis de la Brie, j'habitais Meaux. J'ai quelques pièces de terre par là... c'est pas fameux... mais on vivotait... on mettait les deux bouts. J'ai cinquante-cinq ans et une femme qui en a cinquante-six, ce qui fait qu'elle est un peu la maîtresse. Pour des enfants, il ne nous en est pas venu... et, vu notre peu de fortune, je n'en étais pas fâché; je m'étais bien mis dans le commerce des fromages, mais ça n'allait pas fort, quand voilà-t-il pas qu'il y a quinze jours je reçois une lettre qui m'apprend que j'hérite d'un parent auquel je ne pensais jamais, d'autant plus que je le croyais pauvre comme Job!... Et ce sournois s'était enrichi sans le dire à personne!...

— C'était un avare!

— Et un égoïste! car s'il m'avait écrit : « Robillot, je suis riche, viens me voir... » j'y aurais été tout de suite! parce que je sais ce qu'on doit à ses parents.

— C'est très-bien! Je vois que vous êtes rempli de bons sentiments. Enfin, ce parent est mort, il vous a fait son héritier; et que vous laisse-t-il? quelques milliers de francs?

— Mais oui; il y en a deux cent mille, si vous voulez bien le permettre.

— Deux cent mille!... Vous avez deux cent mille francs... et vous venez les manger... non, je veux dire : les faire valoir à Paris?

— Justement; on dit : A Paris, avec de l'argent, on fait de l'argent. Alors je me suis dit : Allons faire faire des petits à mes écus.

— Barême ne raisonnerait pas mieux que vous... Entrez dans la salle d'attente, monsieur Robillot... J'ai bien retenu votre nom, n'est-ce pas?

— Parfaitement!...

— Vous allez attendre un peu avec tout le monde, mais je vous ferai avoir un tour de faveur... je vous ferai passer avant les autres. Seulement, pour qu'on ne crie pas, je paraîtrai à une porte, je vous ferai signe, vous viendrez me rejoindre, et vous entrerez dans le cabinet de monsieur par une porte dérobée...

— Ah! c'est bien gentil de votre part, ça, monsieur... je ne sais pas votre nom, à vous?

— Fricandeau, pour vous servir.

— Fricandeau!... un drôle de nom... Eh bien! chez le traiteur où j'ai déjeuné ce matin, il paraît que vous étiez très-connu, car j'ai entendu appeler Fricandeau par-ci, Fricandeau par-là...

— C'est à cause de mon homonyme! Mais entrez vite... J'irai m'assurer si monsieur de Volenville en a bientôt fini avec le baron allemand qui est dans son cabinet...

— Il a un baron allemand avec lui?

— Eh! mon Dieu! nous ne voyons que cela! des barons, des comtes, des marquis!... Mais entrez donc.

Le campagnard Robillot, dont la physionomie est loin d'être spirituelle, et qui roule sans cesse des regards étonnés autour de lui, est poussé par M. Fricandeau dans une autre pièce, où il y avait en effet une dizaine de personnes qui attendaient le moment de pénétrer dans le cabinet de l'homme d'affaires. Mais, malgré ce que le factotum venait de lui dire, la société ne paraissait pas composée d'un grand nombre de comtes et de marquis. Il y avait même là quelques têtes à casquettes, qui semblaient appartenir à des ouvriers.

La pièce ne contenait pour tous meubles que des chaises de paille, des banquettes, puis une table en bois blanc noirci, chargée de tout ce qu'il faut pour écrire. M. Robillot va s'asseoir près d'un petit monsieur habillé de noir, mais d'un noir qui tournait sur le rouge à force d'avoir été brossé. Ce monsieur, hermétiquement boutonné, portait cependant un habit, ce qui devient très-rare le matin, et ce que même beaucoup de jeunes gens se permettent de remplacer par un veston, dans les soirées intimes ou les dîners d'amis. Le petit monsieur n'avait pas la culotte d'autrefois, mais un pantalon collant, qui boutonnait au-dessus de la cheville. Ce fut un moment de mode dans les bals; ce pantalon, avantageux pour les hommes bien faits, avait été adopté par les beaux danseurs, lorsque les hommes dansaient encore.

Cet individu n'était pas avantagé par son pantalon, qui ne renfermait que des fuseaux; mais, en revanche, le pied qui venait après était fort petit et bien cambré. Probablement ces pieds-là avaient jadis fait des conquêtes, car leur possesseur les regardait souvent avec amour, et si ses regards glissaient rapidement sur ses jambes dépourvues de mollets, c'était pour s'arrêter sur ses pieds, qu'il chaussait toujours avec soin, n'ayant jamais la plus petite tache de crotte à ses souliers. Ce personnage maigre et sec, comme son habit, tenait une espèce de badine qui était trop faible pour qu'il pût s'appuyer dessus, mais avec laquelle il se plaisait à donner de petits coups sur ses jambes. Il était laid, mais dans sa laideur il y avait quelque chose de distingué qui annonçait un homme bien élevé. Ses yeux étaient petits, mais brillants; ils avaient une expression souvent goguenarde, quelquefois malicieuse et impertinente. Son nez, fort long, tout à fait taillé en bec d'oiseau, semblait, quand il parlait, vouloir se mêler à la conversation; les narines fort larges s'enflaient et menaçaient d'envahir les joues. La bouche était grande, le menton un peu pointu, le teint jaunâtre; les cheveux, rares sur le milieu de la tête, formaient encore deux petites touffes grises au-dessus des oreilles. Tout cela faisait à ce monsieur une physionomie qui rappelait à la fois le renard, le singe et le corbeau.

M. Robillot a pris une chaise qui est libre et s'assied dessus, en disant au petit homme noir :

— Ça ne vous gêne pas que je me mette là?

Celui auquel il adresse cette question le regarde quelques instants avant de lui répondre. Puis enfin, d'une voix un peu nasillarde, et d'un ton légèrement ironique, il lui dit :

— Ça me gênerait que ce serait absolument la même chose, car je n'ai pas le droit de vous empêcher de vous asseoir là.

Le campagnard, qui ne s'attendait pas à une telle réponse, ouvre de grands yeux et ôte son chapeau en saluant ce monsieur, qui se borne à lui sourire, en ayant l'air avec sa bouche de vouloir mordiller le bout de son nez. M. Robillot, que cette pantomime ne charme pas, se tourne alors d'un autre côté. Là son voisin est un homme d'une cinquantaine d'années, à la figure réjouie, au teint enluminé, et qui doit être un digne desservant de Comus et de Bacchus. Il sourit au regard de Robillot; mais son sourire est franc, il inspire la confiance et ne ressemble pas à celui du petit homme au nez crochu. Il est le premier à entamer la conversation, en disant au nouveau venu :

— Ah! il faut attendre son tour!... c'est embêtant! On aimerait mieux attendre devant une table bien servie, en flûtant quelques verres de chablis ou de meursault!... du moins, ça me plairait davantage, à moi, je ne le cache pas.

— Ma foi! et à moi aussi, répond le campagnard, que ce début met en train de causer.

« Mais il paraît qu'ici il y a toujours foule... Ce monsieur Vol.... de Volenville a beaucoup de pouvoir, il est utile à tout le monde... »

— On le dit!... on le dit, dans le hameau!...

Et le jovial voisin achève sa réponse en chantant entre ses dents : *Non, non, Colette n'est pas trompeuse... Elle m'a donné sa foi!...*

Le petit homme en noir fait entendre un rire sec, qui a quelque chose de métallique, puis murmure :

— Je ne sais pas si l'on dit, *dans le hameau,* que ce monsieur Volenville et non pas *de,* comme monsieur l'a nommé tout à l'heure, car il n'est pas plus noble que ma pantoufle...

— Permettez! c'est son valet, M. Fricandeau, qui m'a assuré qu'il l'était...

— Ah! M. Fricandeau!... jolie autorité!... Le valet fait mousser son maître, le maître se fait mousser en faisant attendre le monde dans son antichambre.....

— Mais puisqu'il est en ce moment avec un baron allemand?...

— Vous donnez là-dedans, vous, monsieur?.... vous êtes bien... de votre endroit! Blague!... réclame! pouf que tout cela! Je gagerais qu'en ce moment celui qui nous fait ainsi faire antichambre est en train de tailler ses plumes ou de se gratter les ongles....

— Mais alors, monsieur, dit le personnage qui fredonnait des refrains d'opéra-comique, alors, si vous avez cette opinion de monsieur l'homme d'affaires, pourquoi venez-vous ici et l'attendez-vous comme nous?

— Oh! je me doutais bien que vous alliez me dire cela!... Voici ma réponse : J'ai entendu vanter les services que rendait ce M. Volenville... services qu'il ne rend pas gratis, à coup sûr! Au reste, ici-bas, on ne fait rien gratis.... excepté des bêtises; mais, les bêtises, on les fait d'abondance de cœur... ça ne se compte pas. Enfin, je suis assez curieux de mon naturel, et puis, les jours où je ne tiens pas ma classe, je n'ai rien à faire....

— Ah! monsieur tient une classe... de chant?

— Non, monsieur, mais de danse. Comme je vous le disais, ayant du temps de reste... ce qui commence à me sembler fort monotone, je me suis dit : Allons un peu voir ce personnage si bien posé, qui vous fait obtenir les places, les emplois que vous désirez... Je sais ce que je lui demanderai... et je suis venu. Mais après avoir attendu assez longtemps, avec un tas... j'allais dire d'imbéciles comme moi... mais je veux bien ne pas le dire!... on nous renvoya, en nous disant : « Monsieur ne reçoit plus aujourd'hui. » C'est très-désagréable d'avoir attendu inutilement. Enfin je m'en allai avec les autres, mais je revins le lendemain, en me disant : « Cette fois on aura égard à ce que je suis venu hier et on me fera passer plus vite. » Pas du tout! Trois ou quatre personnes passent, puis voilà encore le valet... le Fricandeau, comme vous l'appelez, qui vient nous dire avec son petit air narquois : « Vous pouvez vous en aller, M. de Volenville ne reçoit plus aujourd'hui. » Pour le coup, je trouvai cela indécent; et je dis au laquais, auquel j'avais remis une carte en entrant : « Vous n'avez donc pas dit à votre maître que j'étais déjà venu hier, que j'avais attendu fort longtemps pour rien? » Il s'est permis de me rire au nez en s'écriant : « Tiens! ce grand malheur! Vous n'êtes pas le seul qui ait attendu pour rien, tous les jours cela arrive... Vous serez pour une autre fournée! »

« Je trouvai le mot *fournée* peu convenable, ce valet nous traite comme des galettes! mais, comme je suis entêté, je suis revenu aujourd'hui et j'ai dit à ce... Fricandeau, qui a eu l'impertinence de rire en me revoyant :

« — Cette fois, songez bien que je veux être reçu par votre maître, et que je ne m'en irai pas sans l'avoir vu...»

« Voilà pourquoi je suis ici. Ah! mais, c'est que j'ai du caractère, et je ne souffre pas qu'on se moque de moi. »

Lorsqu'il a terminé son *speech*, le petit homme noir promène son regard de chouette sur la compagnie comme pour y chercher des approbations à ce qu'il vient de dire. Mais il ne voit sur les figures qui sont là qu'une parfaite indifférence : le monde, en général, ne vous écoute que d'une oreille quand ce qu'on dit ne l'intéresse pas.

Cependant un individu, dont la tenue était assez débraillée, et qui se promenait continuellement dans la salle, ne s'arrêtant que pour aller tambouriner sur la table avec ses doigts, ce qu'il faisait du reste avec beaucoup d'agrément, va se poser devant le petit monsieur qui vient de parler, et lui dit d'un air moqueur :

— Mais que diable voulez-vous que M. Volenville vous fasse obtenir?... Voyons, mon petit vieux, il me semble que vous êtes d'âge à prendre votre retraite!... Est-ce que vous voulez vous engager dans les cuirassiers, par hasard?

Le petit homme se redresse, toise quelques instants son interlocuteur, puis lui répond enfin d'un ton sec et en élevant la voix :

— Vous êtes bien curieux, mon cher! Avant de vous occuper des autres, vous devriez bien avoir un col propre, faire recoudre des boutons à votre gilet et vous laver les mains!... Alors on verrait si vous valez la peine qu'on vous réponde.

Le monsieur débraillé rougit de colère et s'écrie :

— Qu'est-ce que c'est?... nous sommes insolent!... Que je me lave les mains!... Je suis plus propre que vous, peut-être!

— Il n'y paraît pas!...

— Prenez garde que je ne vous corrige, monsieur *Secco!*

— On ne me corrige pas... je suis trop vieux pour cela; c'est moi qui corrige les autres...

En achevant ces mots, le petit monsieur se lève, il brandit sa badine, et, s'avançant sur l'homme aux mains sales, lui met presque sa badine sous le nez, en lui disant :

— Si vous vous permettez encore de me dire une injure, je vous cingle la figure avec cette baguette, et je vous réponds que vous en garderez la marque.

Le ton dont cette menace a été faite était si ferme, si bien accentué, que le personnage qui avait fait le fanfaron demeure interdit et s'en va d'un autre côté de la salle en murmurant :

— Pourquoi qu'il me dit que je ne me lave pas les mains? Est-ce que ça le regarde?... Est-ce qu'il est garçon de bains?... Mais non, il a dit qu'il était professeur de danse... De danse! ah! je paierais bien quelque chose pour le voir danser!

Les personnes témoins de cette scène, et que cela amusait sans doute, parce que le public est toujours friand des querelles d'autrui, semblent étonnées qu'elle se termine si promptement, et suivent des yeux les mouvements du petit homme noir, qui est allé tranquillement se rasseoir. Mais l'arrivée d'un nouveau personnage fait bien vite oublier cette petite scène.

Cette fois, c'est une femme, ou plutôt une jeune fille, qui vient d'entrer dans la salle où l'on attend son tour pour être introduit dans le cabinet de l'homme d'affaires.

Ce n'est pas une demoiselle de Paris, cela se voit tout de suite, et cependant ce n'est pas non plus une paysanne; prenez le milieu entre ces deux extrêmes, et vous aurez une jeune fille de la campagne qui, pour venir à Paris, a taché de se mettre coquettement et de prendre les manières de la ville. Si elle n'y a pas encore réussi, il est du moins facile de deviner qu'elle y arrivera, car elle annonce déjà de grandes dispositions.

Cette nouvelle venue paraît avoir de dix-huit à vingt ans. Elle est d'une jolie taille, bien faite, bien ronde. Sa figure est agréable, piquante; ce n'est point une beauté régulière, c'est un de ces minois pour lesquels on ferait beaucoup de chemin, et qui ordinairement en font faire trop aux hommes dont ils ont fait la conquête. Ses yeux, d'un bleu foncé, ne sont pas très-grands, mais ils sont pleins de feu, de malice; cette demoiselle saura fort bien les faire parler. Sa bouche moyenne est fraîche, rieuse, et laisse voir volontiers des dents petites et bien blanches; son nez n'est pas correct, il n'est ni grec, ni romain, ni aquilin, mais il est mignon et un peu à la Roxelane; son menton est orné d'une petite fossette; son teint est frais, rosé, son front bien dégagé; enfin ses cheveux, d'un blond cendré, sont fort longs, fort abondants, et ont le brillant de la soie; c'est là ce qui, en elle, a droit à des éloges sans restriction, et c'est ce dont elle semble le moins être fière, car ils sont relevés sans art et sans goût sur le derrière de sa tête; on voit que la main du coiffeur n'a pas encore passé par là.

Pour achever ce portrait, ajoutons que cette jeune fille a le pied très-petit et la jambe fort bien faite, ce qui est facile à voir, parce que sa jupe est courte et retroussée sur les côtés, comme à la mode de la campagne ; quant aux pieds, on regrette qu'ils soient si mal chaussés et de voir des objets mignons et dignes d'admiration enfouis dans de gros souliers épais, lourds et beaucoup trop grands.

Entrée dans la salle, la jeune fille regarde autour d'elle et s'écrie :

— Ah ! que de monde ! Eh ben ! où donc que je vas me mettre ?... Je ne vois pas de place pour moi ici !...

— Il y en a toujours pour les femmes gentilles, dit le monsieur à l'air de bonne humeur, en faisant un gracieux salut à celle qui arrive. Venez de ce côté, mademoiselle, nous avons encore de la place sur cette banquette... et, s'il n'y en avait plus, je m'empresserais de vous offrir la mienne.

— Ah ! monsieur... vous êtes bien honnête !...

— On est Français ou on ne l'est pas, voilà tout !

— C'est juste ! dit le particulier débraillé ; une porte est ouverte ou elle est fermée !... on a de la douille ou on est à sec !... on fait gras ou on fait maigre !

La jeune fille est allée s'asseoir auprès du monsieur qui s'est montré si galant ; elle semble très-disposée à causer et s'empresse de lui dire :

— Dame ! moi, faut m'excuser, voyez-vous, monsieur, mais je ne suis pas encore au fait des usages de Paris... J'y arrive ; mais je m'y ferai, oh ! je m'y ferai, parce que c'est mon idée !...

— Je suis même persuadé que vous vous y ferez très-bien... Vous avez tout ce qu'il faut pour cela.

— Et venez-vous de loin comme ça, la fillette ? dit M. Robillot.

— De loin ? pas trop ! de Beauvais.

— De Beauvais ? dix-huit lieues de Paris à peu près. C'est votre patrie ?

— Oui monsieur, j'y suis née.

— C'est la patrie des femmes fortes. C'est à Beauvais qu'est née *Jeanne Hachette*, qui sauva la ville que venait assiéger *Charles le Téméraire*. On a fait jadis un opéra-comique là-dessus...

— Jeanne Hachette ! ah ! oui, monsieur... elle est de chez nous ; on nous conte à toutes, quand nous sommes petites, les hauts faits de Jeanne Hachette... Ah ! c'est que les filles de mon pays n'ont peur de rien. Et, moi, je tâcherai d'être de mon pays.

— Elle a un air décidé ! dit le père Robillot, en se tournant vers le petit monsieur au nez en bec d'oiseau, qui depuis longtemps examinait en silence la jeune fille et lui dit tout à coup :

— Qui est-ce qui vous chausse, mademoiselle ?

— Qu'est-ce qui me chausse ? répond celle-ci toute surprise de la question. Dame ! c'est maître Jacques le cordonnier, notre voisin, à Beauvais.

— Eh bien ! le cordonnnier maître Jacques n'est qu'un mauvais savetier, et quand on a un aussi joli pied à chausser, on ne l'enferme pas dans d'horribles et ignobles souliers comme ceux que vous portez !...

— Ah ! vous ne trouvez pas ma chaussure élégante... C'est vrai que ces souliers-là sont un peu lourds, mais j'en ai apporté une bien plus belle paire, des mignons, des verts, que je compte mettre quand je ferai une grande toilette.

— Et qui vous les a faits, ceux-là ? est-ce encore votre maître Jacques ?

— Dame ! oui.

— Alors je suis persuadé que vous serez toujours mal chaussée !

— Le fait est qu'ils me sont trop grands. J'ai vu ça ce matin, en voulant les mettre. Mais je viens de les donner ici à côté, à un cordonnier en vieux, qui m'a dit qu'il les arrangerait pour qu'ils aillent bien.

— Si je me suis permis de vous faire toutes ces questions, jeune fille, c'est que j'ai remarqué que vous avez une fort jolie jambe et un pied petit, cambré, charmant !... ce qu'on appelle communément un pied de race !... Est-ce que votre race est illustre, petite ?

— Ma race ?... Mais c'est les chiens qui sont d'une race ou d'une autre !

— Le mot race signifie lignée, même famille.

— Mon Dieu, monsieur, je suis Claudinette Bonneau, la fille de Jean Bonneau !...

— Fille de Jean Bonneau ! s'écrie le chanteur en riant ; parbleu ! j'ai souvent déjeuné avec monsieur votre père...

— Vous avez déjeuné avec mon père... à Beauvais?

— Non, au cabaret... Mais je plaisante, mon enfant. Et vos parents vous ont laissée venir toute seule à Paris, jolie Claudinette Bonneau ?

— Mes parents ! je n'en ai plus ! mon père est mort l'année dernière... il était tonnelier.

— Bel état ! et que j'estime fort, car s'il n'y avait pas de tonneaux, comment conserverait-on le vin ? et s'il n'y avait pas de vin, la vie serait une triste chose !

— Mon père disait tout comme vous, monsieur. Il prétendait que le vin seul soutenait l'homme, et il a tant voulu se soutenir qu'il en est mort. Alors, moi, je n'avais plus qu'une vieille cousine là-bas. Mais une de mes amies, dont la sœur a fait fortune à Paris, m'a dit : « Vas-y donc, tu y feras ton chemin, on t'y poussera ; tu n'es pas bête, tu n'es pas timide, tu sauras bien tirer ton épingle du jeu. » Ma fine ! alors, je suis partie, et me voilà !...

— Et quelle place... quel emploi voulez-vous demander ?

— Ah ! ça m'est égal, je prendrai ce qu'on me donnera.

Le campagnard rit, le chanteur en fait autant, le monsieur débraillé tambourine avec ses doigts sur la table ; le petit noir seul ne rit pas, il considère mademoiselle Claudinette Bonneau et murmure :

— Quelle danseuse cela ferait !... Elle a tout : taille svelte, figure mutine, jambe ravissante... Je ne vois pas les mollets, mais je suis certain qu'ils doivent y être : jamais les mollets ne font défaut aux personnes bâties comme cela ! Enfin un pied !... un de ces pieds qui demandent une pantoufle de verre... Elle a, en femme, ce que j'avais... ce que j'ai toujours en homme, un de ces pieds comme on en rencontre fort peu, même à Paris ! Sa fortune est dans ses jambes ! saura-t-elle en profiter ? Moi, j'ai raté la mienne ; j'avais cependant bien commencé !... Mais les révolutions !... on ne se doute pas du tort qu'elles ont fait à la danse. Maintenant on marche, ou l'on danse le cancan !... Le cancan !... il n'y a pas besoin d'avoir un joli pied pour faire le pas de l'*Araignée* ou de la *Tulipe orageuse!* O abomination !... Et cela plaît !... oui, oui cela plaît ; vous voyez les femmes les plus distinguées ne pas craindre, dans un bal, de risquer un petit cancan !... Où allons-nous !... ô Terpsichore !...

Cependant le solliciteur Robillot avait sans cesse l'œil au guet et ne perdait pas les portes de vue, car il se rappelait ce que le valet de chambre lui avait promis. Il aperçoit enfin une porte s'entr'ouvrir, puis M. Fricandeau montre le bout de son nez, cherche des yeux dans la salle, aperçoit l'homme qu'il protége et lui fait un signe. Le campagnard a compris : il se lève aussitôt, et, bousculant ceux qui se trouvent sur son chemin, va rejoindre le valet de chambre.

— Eh bien ! où donc courez-vous ainsi ? s'écrie le chanteur ; ce n'est pas par là que l'on va dans le cabinet de M. Volenville.

Mais Robillot n'écoute pas, et bientôt il a disparu avec Fricandeau. La porte se referme derrière eux.

— Où il va? dit à son tour le petit homme noir ; où il va ?... Comment ! vous ne devinez pas ? vous ne voyez pas que c'est un indigne passe-droit que l'on nous fait ? Le domestique a montré sa tête ; il a fait signe à ce particulier, qui est arrivé bien après nous, et il le fait passer tout de suite, lui donne un tour de faveur à notre nez, à notre barbe...

— Vous croyez, monsieur?

— C'est bien visible. Le campagnard aura graissé la patte au laquais !

— Graisser la patte! s'écrie mademoiselle Claudinette, qu'est-ce que cela veut dire? Comment graisse-t-on la patte à quelqu'un ?... Il faut donc avoir toujours de la graisse sur soi ?

— Ma belle enfant, lui répond son voisin, graisser la patte est une manière de dire que l'on a glissé de l'argent dans la main de quelqu'un pour se le rendre favorable et qu'il serve nos intérêts. Le mot n'est plus guère de mode à Paris, mais la chose s'y fait toujours beaucoup.

— Ce qu'il y a de certain, c'est que l'on se moque de nous ici, dit le petit monsieur en frappant avec colère ses tibias avec sa badine. Mais ils auront beau faire, je ne m'en irai pas sans avoir été reçu par le Volenville.

— Tiens! mais si c'est par cette porte qu'on va sournoisement dans son cabinet, dit le monsieur débraillé, pourquoi ne passerions-nous pas par là comme les autres?...

Et en disant cela cet homme court à la porte par où le campagnard a disparu, mais elle est fermée à double tour de l'autre côté. Obligé de renoncer à son entreprise, il revient tambouriner sur la table, en disant :

— Nous avons affaire à des malins!

II

L'AGENCE VOLENVILLE

Nous voici dans le sanctuaire de l'homme d'affaires. Sanctuaire n'est pas le mot juste, puisqu'il ne se passe rien que de très-mondain dans ce cabinet; parloir serait mieux; pour quelques-uns, c'est le mot caverne que l'on pourrait employer. Et, cependant, vous avez vu que l'on fait queue pour y être admis : *Multi sunt vocati, pauci vero electi!* Mais c'est toujours comme cela : le monde ne court qu'où va la foule; quand on peut entrer facilement quelque part, on n'éprouve pas le désir d'y aller. Il savait bien cela, celui qui trônait dans ce cabinet, et qui très-souvent n'était occupé qu'à se nettoyer les ongles, pendant que l'on attendait dans son antichambre qu'il eût une minute à donner à l'un de ses nombreux visiteurs.

Le personnage qui se fait appeler de Volenville et dont le vrai nom est Édelbert, est un homme de quarante-huit ans... grand, bien bâti, et dont la figure est faite, au premier coup d'œil, pour inspirer la plus entière confiance. Cette figure est très-belle : front haut, des yeux bleus, à fleur de tête, toujours remplis d'une expression aimable ou bienveillante; un nez bien fait, un teint clair, une bouche très-grande, mais qui sourit souvent. Enfin, des cheveux châtains abondants et rejetés en arrière, de manière à dégager les tempes; tout cela vous a un air de franchise, presque de bonhomie, qui vous charme, qui vous séduit; c'est quelqu'un à qui on donnerait le bon Dieu sans confession.

Cependant une personne qui a du tact et une grande connaissance en physionomie trouverait, sous cet air de franchise, quelque chose de l'homme qui joue un rôle et qui s'ennuie parfois de son personnage; puis, au fond de ces yeux toujours si aimables, on remarquerait de ces oscillations qui ne s'accordent pas bien avec les bonnes paroles que l'on vous débite. Mais, encore une fois, pour saisir, pour deviner tout cela, il faut une grande étude du cœur humain; étude à laquelle peu de personnes ont le temps de se livrer; aussi, pour la plupart de celles qui venaient le consulter, Volenville était-il un homme en qui on pouvait avoir toute confiance.

Pour augmenter son empire sur le public, Volenville avait encore sa voix, qui était douce, insinuante, mielleuse, suivant la circonstance, mais qui devenait forte, brûlante, entraînante, quand le sujet en valait la peine. Puis enfin il avait ce jargon qui réussit si bien à faire des dupes, cet entrain, cette faconde, que la nature semble avoir prodigués à MM. les blagueurs, et dont elle est quelquefois si avare pour ceux qui auraient besoin de leur répondre.

Le cabinet est une petite pièce carrée; un énorme bureau à caisse en occupe presque tout le fond; à droite et à gauche, les murs sont garnis de casiers; dans presque tous ces casiers vous voyez des cartons, chacun d'eux portant l'étiquette de ce qu'il contient ou est censé contenir. Devant le bureau est un fauteuil doublé en cuir; dans la salle il y a encore quatre chaises en crin, et c'est tout. Car, sur la cheminée qui fait face au bureau, pas de pendule, pas de chandeliers, pas le moindre ornement; c'est d'une grande simplicité.

En revanche, sur le bureau il y a une énorme quantité de papiers, d'imprimés, de dossiers, de livres, de journaux, de notes, de lettres ouvertes, de carnets, de plumes de fer et même de plumes d'oie; tout cela est mêlé ensemble et, dans cet amas de paperasses, on doit avoir bien de la peine à trouver ce que l'on cherche.

Édelbert, ou plutôt Volenville, puisque maintenant c'est sous ce nom qu'on le connaît, est assis devant son bureau; mais ne croyez pas qu'il travaille, il joue avec un canif et s'amuse à gratter une plume de fer. Cette occupation ne le captive pas assez pour qu'il ne pense pas à autre chose; il semble au contraire enfoncé dans ses réflexions; de temps à autre, il passe une main sur son front, appuie son coude sur son bureau, et, reposant alors sa tête dans sa main, fronce légèrement les sourcils en se disant :

— Ça ne va pas!... sapristi, ça ne mord pas!... il est

cependant temps que je fasse fortune... Maudite déesse! qui nous glisse dans les mains comme une anguille!... Je l'ai connue jadis, oui, je suis venu au monde entouré de ses faveurs... mais cela n'a pas duré longtemps. Il est vrai que je la menai vite, ma fortune... Le jeu, les femmes, la table, les chevaux!... tout cela marchait de compagnie!... Enfin, j'ai fait ce que font presque tous les jeunes gens qui de bonne heure sont leurs maîtres, je me suis amusé!... Oh! je puis dire que je m'en suis donné... je ne m'en repens pas! Se repentir!... fi donc!... seulement je regrette de ne pas pouvoir recommencer... Oh! les femmes!... j'en ai connu de si gentilles... de gaies, de mélancoliques, de tendres, de passionnées, de jalouses!... Les jalouses, cela ne m'allait pas... d'autant plus que je n'ai jamais pris l'amour au sérieux... mais il y en a qui ont voulu me poignarder!... Cette pauvre Georgina, entre autres, qui se figurait que je l'épouserais. Quels reproches, quelle colère, quand je lui avouai franchement que telle n'avait jamais été mon intention! Alors elle m'a dit : « Vous êtes un... — je crois qu'elle a dit : un misérable, — et vous ne me reverrez jamais!... » En effet, je ne l'ai jamais revue! c'était tout ce que je voulais. Qu'a-t-elle fait?... Je l'ignore... je ne l'ai pas rencontrée depuis; et cela m'étonne, car elle était fort belle; elle a dû faire d'autres conquêtes. Je m'attendais à la voir trôner dans les avant-scènes d'un de nos petits théâtres, mais je ne l'ai vue ni là, ni ailleurs!... Peu m'importe ce que mademoiselle Georgina est devenue! Je veux pouvoir m'amuser encore... m'amuser toujours!... et quand on ne le peut plus avec son argent, il faut y arriver avec l'argent des autres; là est le critérium... J'ai de l'esprit, le monde est rempli d'imbéciles, ils sont en majorité, c'est vrai; mais la qualité l'a de tout temps emporté sur la quantité, et je veux refaire fortune!... Ah! qui vient par la porte dérobée?...

C'est Fricandeau qui entre dans le cabinet de son maître. Celui-ci le reçoit avec humeur, en murmurant :

— Que viens-tu m'annoncer? Encore des raffalés, des pleutres, qui viennent me demander des places, des emplois, et qui n'ont pas seulement de quoi payer leur consultation!... car on ne voit plus que cela maintenant!

— Oh! monsieur, c'est mieux, c'est beaucoup mieux, cette fois!... un homme de la Brie, qui porte une blouse et de gros souliers ferrés.

— Un homme en blouse... Que diable veux-tu que j'en tire!...

— Mais il a fait une succession sur laquelle il ne comptait pas... et il a deux cent mille francs dont il ne sait que faire.

— Deux cent mille francs! en effet, celui-ci vaut la peine que l'on se dérange. Et où est-il, ton homme de la Brie?...

— Il attend avec les autres. En sachant qu'on faisait queue pour vous voir, il voulait s'en aller; mais je l'ai retenu en lui promettant un tour de faveur...

— Très-bien, Fricandeau, tu es intelligent. Tu vas introduire ton campagnard par cette entrée particulière... Est-ce qu'il y a beaucoup de monde là-bas?

— Mais oui, entre autres ce petit vieux sec, qui est déjà venu deux fois et dont je vous ai remis la carte...

— Ah! M. *Achille Deschassez*, ancien maître de ballets dans les principaux théâtres des cours de Russie, d'Autriche et d'Italie...

— Justement! Il a l'air très-colère, ce petit vieux danseur; il fait, à lui seul, plus de train que tous les autres; il a juré qu'il ne s'en irait pas sans vous avoir parlé.

— C'est bien... nous verrons plus tard si j'ai du temps à perdre...

— J'ai dit à mon homme de Meaux que monsieur était en ce moment en conférence avec un baron allemand...

— Il fallait dire un prince! il ne faut jamais lésiner pour jeter de la poudre aux yeux. Va chercher ton homme; dis-lui que le prince allemand t'a mis un billet de banque de cent francs dans la main, parce que tu lui as donné sa canne et son chapeau...

— Oui, monsieur. Oh! si cela pouvait lui donner l'idée d'en faire autant!

— Nous partagerions, Fricandeau.

— Ah! monsieur! vous ne le voudriez pas!

— Va donc, drôle, et tâche de te montrer digne d'être à mon service.

Nous avons vu Fricandeau faire signe à M. Robillot de le suivre. Après l'avoir fait passer par un corridor qui longe l'appartement, il s'arrête devant un petit escalier qui conduit dans la cour; mais sur le palier qui termine le couloir est une porte, qui ouvre sur une petite pièce qui précède le cabinet de l'homme d'affaires.

Le domestique s'arrête là, et dit au provincial :

— Vous voilà arrivé... Je vais tourner le bouton de cette porte et vous serez dans le cabinet de M. de Volenville...

— Le baron allemand est parti?

— C'était un prince! Je m'en suis bien aperçu à la manière généreuse dont il m'a récompensé quand je lui ai donné son pardessus... il m'a mis un billet jaune... un billet de banque de deux cents francs dans la main.

— Deux cents francs! il se sera trompé... Vous avez couru après lui pour lui apprendre son erreur?...

— Je l'ai fait; mais il m'a répondu : « Je ne me suis pas trompé... c'est pour vous... je ne donne jamais moins pour un service qu'on me rend! »

— Bigre! c'est salé! En effet, ça doit être au moins un prince... Voulez-vous m'ouvrir cette porte et me faire entrer là-dedans?

— Oui, monsieur, assurément!... Seulement, j'attendais... j'espérais... vous concevez, ce sont nos petits profits... chacun vit de sa profession.

En disant cela, M. Fricandeau présentait sa main vide à Robillot; il est difficile de ne point comprendre cette pantomime. Cependant le campagnard hésite quelque temps, et ce n'est qu'après avoir successivement fouillé dans plusieurs de ses poches, qu'il se décide enfin à y prendre une pièce qu'il pose dans la main du valet de chambre; puis, saisissant le bouton de la porte, il l'ouvre lui-même et se hâte d'entrer, tandis que Fricandeau, qui a regardé dans sa main, fait une mine piteuse en s'écriant :

— Dix sous!... Il me donne dix sous pour lui avoir obtenu un tour de faveur, le cancre!... Mon billet jaune n'a pas produit l'effet que j'espérais... Dix sous!... Je proposerai à monsieur de partager.

Volenville s'est levé, il va au-devant de l'homme aux deux cent mille francs, en lui faisant son plus gracieux sourire; il lui présente la main, et le fait se placer dans le fauteuil, en lui disant :

— Prenez donc la peine de vous asseoir, monsieur. Vous avez attendu? Mon Dieu, j'en suis désolé! mais que voulez-vous, à Paris, on n'est pas son maître : une fois dans les affaires, elles nous étreignent, elles nous

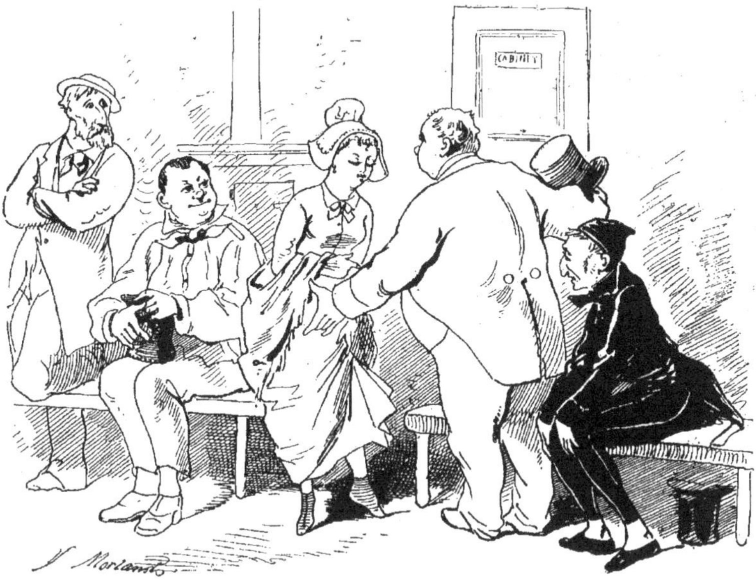

— Il y a toujours de la place pour les femmes gentilles, dit le monsieur à l'air de bonne humeur. (Page 8.)

gouvernent!... il faut suivre le torrent... Débarrassez-vous donc de votre chapeau...

— Merci, monsieur, vous êtes bien honnête... il ne me gêne pas.

— Si fait, si fait, il vous gêne...

Ici s'établit un combat entre le campagnard qui veut garder son chapeau sur ses genoux, et l'homme d'affaires qui veut absolument s'en emparer pour en débarrasser son visiteur. Chacun d'eux tient le chapeau et tire à lui. Dans cette lutte, le feutre, qui n'est pas neuf, menace de céder des deux côtés, ce qui donnerait une seconde représentation du jugement de Salomon. Le Robillot, qui craint pour son chapeau, se décide à céder. Maître Volenville, une fois qu'il a le couvre-chef en sa possession, remarque qu'il est très-sale et très-gras, et semble ne plus savoir ce qu'il doit en faire. Il finit par le lancer au hasard, et il se trouve niché sur une chaise; mais tout cela se fait d'un air si aimable, avec des manières si engageantes, qu'il est impossible que celui qui vient d'arriver puisse s'en formaliser; il doit croire que c'est ainsi que, dans le beau monde, on en agit avec les chapeaux.

— Monsieur, dit Robillot après avoir vu son feutre disparaître, je suis venu vous consulter parce qu'on m'a conseillé, à Meaux, un fort marchand de fromages de mes amis, de voir un homme qui s'entendît aux affaires d'argent... aux placements solides... comme qui dirait un agent de change... ou un notaire, ou un banquier.

— Monsieur, vous ne pouviez mieux vous adresser: je suis jurisconsulte, courtier, avocat... banquier au besoin; je suis tout pour mes clients.

— Ah! bien, c'est plus commode, ça fait qu'avec vous on a tout sous la main.

— Positivement. Avez-vous besoin de fonds? je vous en prêterai... Voulez-vous mille, deux mille, trois mille francs? Il ne me sera pas plus difficile de vous donner plus que moins...

— Monsieur, vous êtes bien honnête; mais ce n'est pas pour emprunter que je suis venu à Paris...

— Mon Dieu, quelquefois on est très-riche, et il y a des moments où l'on se trouve gêné... A Paris, on dépense tant d'argent!... Je vous répète que ma caisse vous est ouverte!

— Monsieur, je suis bien touché de la confiance que vous me témoignez, car enfin vous ne me connaissez pas...

— Oh! monsieur, je me connais en physionomies, et je vois tout de suite à qui j'ai affaire: vous êtes la crème des honnêtes gens... c'est peint, là, sur votre figure... Je ne m'y trompe jamais!

— Ma fine! monsieur, si ma figure fait mon éloge, vous en avez une qui est aussi fièrement engageante et qui inspire tout de suite la confiance!...

— Monsieur, vous me flattez. Je suis très-franc, très-rond en affaires; voilà ce qu'on est sûr de trouver en moi. Quand je vous ai dit: Cette opération est bonne!

vous pouvez donner dedans tête baissée et y mettre vos fonds... Quelquefois, la première année n'offre que de médiocres bénéfices... mais ensuite cela se triple, se décuple ! on ne sait plus ce qu'on gagne...

— Ah! monsieur, voilà comme je voudrais trouver un placement pour mes fonds; car j'ai deux cent mille francs à placer, à faire valoir; deux cent mille francs dont j'ai hérité tout d'un coup!... Vous comprenez que ça nous a bouleversés, ma femme et moi. Ma femme voulait se contenter de les manger petit à petit. Mais, moi, j'ai dit : Non! avec de grosses sommes on en gagne de grosses, et je veux devenir millionnaire!...

— Vous avez parfaitement raisonné. Mais les femmes n'entendent rien aux affaires, il ne faut jamais les consulter.

— C'est ce que je me suis dit. Je ferai à mon idée, et je suis venu à Paris pour trouver à faire grossir mon capital.

— Je vous trouverai cela... peut-être pas tout de suite, car vous concevez que je n'agis point à l'aveuglette. Je ne vous prendrai votre argent que quand je serai certain de bien l'employer... Au reste, mon agence est connue pour cela. Qui est-ce qui vous a engagé à venir me voir?...

— Personne, que ce petit imprimé, qu'un homme distribuait à la gare du chemin de fer, quand je suis arrivé à Paris... Seulement, comme je le lisais, il y a un monsieur qui est venu lire par-dessus mon épaule et qui s'est écrié : « *Agence Volenville! On se charge de toutes les affaires : contentieuses, litigieuses, épineuses et même mystérieuses!* Oh! excellente agence, monsieur!... maison très-connue!... et si vous avez quelque affaire à débrouiller ou quelque créance à recouvrer dans Paris, allez à cette agence, monsieur, allez-y de confiance, et vous serez enchanté de la façon dont vous y serez reçu, de la loyauté de M. de Volenville!... » Ma foi, je m'en suis rapporté à ce que ce passant venait de dire; je me suis dit : Voilà justement ce que je venais chercher à Paris... une agence générale!... allons-y! et je suis venu.

— En vérité, monsieur, je dois de la reconnaissance à cet inconnu, qui vous a dit tant de bien de mon agence... Probablement j'aurai été utile à quelqu'une de ses connaissances. Vous êtes à Paris depuis peu?

— De ce matin, j'arrive tout chaud, j'ai seulement été mettre mes bagages dans un hôtel... j'ai déjeuné... ah! j'ai bien déjeuné... puis je suis venu.

— Très-bien. Vous êtes venu seul à Paris? Vous êtes marié, m'avez-vous dit?

— Oui, je suis marié; ma femme a même un an de plus que moi, mais elle paraît en avoir dix, parce qu'elle est déjà toute ridée.

— Vous ne l'êtes pas, vous, monsieur... Pardon! votre nom?

— Nicodème Robillot.

— Vous avez une mine fraîche, un teint fleuri... qui ferait envie à beaucoup de nos Parisiennes!...

— Vous croyez?

— Et si vous étiez habillé un peu plus à la mode...

— Oh! j'ai de quoi m'acheter des nippes!... de la confection, n'est-ce pas? car on m'a dit qu'à Paris on s'habillait tout en confection... Ma femme me disait : « Mais emporte donc ton bel habit noir; pour aller à Paris, il faut te faire beau. » Je lui ai répondu : « Ce n'est pas la peine, puisque je veux m'habiller tout en confection. »

— Oui, monsieur, oui; à Paris, vous pouvez vous changer de la tête aux pieds. En moins d'une heure vous serez habillé au goût du jour, vous ne serez plus reconnaissable. A quel hôtel êtes-vous descendu?

— Tenez, voici l'adresse, c'est rue Saint-Honoré.

Volenville regarde l'adresse, puis hoche la tête en disant :

— Fi donc!... ce n'est pas digne de vous!... Un petit hôtel borgne, où ne vont loger que des Auvergnats! je vous trouverai mieux que ça... Voulez-vous me permettre de vous offrir à dîner?... vous êtes ici en garçon, vous êtes libre?...

— Entièrement libre.

— Permettez moi de vous piloter, mon cher monsieur Nicodème Robillot; je vous ferai dîner avec un de mes amis, homme charmant, du meilleur monde... chef d'une maison de commission très-florissante... Pardieu! s'il voulait vous prendre vos fonds, votre affaire irait toute seule!...

— Vraiment... Il faudra tâcher qu'il me les prenne alors?...

— Nous causerons de tout cela à table, car vous acceptez mon dîner, n'est-ce pas?

— Monsieur Vol... de Vol... de Volenville, en vérité, je suis confus de toutes vos politesses... vous êtes si engageant qu'on ne peut pas vous refuser...

— Très-bien. Ah! dites-moi, avez-vous apporté tous vos fonds à Paris?

— Non, pas tout, la moitié seulement; j'ai là cent mille francs en bons billets de banque dans mon portefeuille.

— Fichtre! Il faut prendre garde qu'on ne vous le vole!

— Oh! pas de danger!

— C'est qu'à Paris il y a des filous bien adroits... N'allez jamais dans les foules, ne vous arrêtez pas devant les boutiques!

— On m'a prévenu... mais je le tiens serré dans ma poche de côté, et j'ai encore un paletot dessous ma blouse.

— C'est égal, c'est imprudent de se promener avec cent mille francs sur soi!

— Je suis de votre avis. Il y a des moments où je crois ne plus sentir mon portefeuille! alors, ça me donne une soûleur... C'est pour cela que je serai content quand j'aurai placé mes fonds!...

— Soyez tranquille, je vais m'en occuper. Ah! je n'ai pas besoin de vous dire que, comme client de mon agence, c'est... cent francs que l'on donne pour les premiers frais...

— Très-bien!... je vais vous les compter...

— Ensuite, il y a, pour les commis qui écrivent les demandes, la même somme pour frais d'écritures...

— Ah! vous avez des commis!... je ne les ai pas vus.

— Ils ont leurs bureaux tout au haut de la maison. Je les mets loin de mon cabinet par prudence. On me confie quelquefois des affaires très-secrètes; je ne veux pas que mes commis puissent les entendre. Les employés sont bavards, indiscrets, il faut toujours s'en méfier.

— Très-bien. Alors ça fait deux cents francs à vous compter?...

— Ah! j'oubliais!... Il faut que je vous fasse admettre dans un cercle

— Dans un cercle! pourquoi faire?

— Mais pour vous donner de la considération et une position dans le monde. A Paris, voyez-vous, quand on n'est pas membre d'un cercle, il semble que l'on ne soit rien du tout... Là première question que l'on s'adresse, en voyant un nouveau visage, c'est : De quel cercle est-il ?

— Ah bah ! et pour qu'on fasse valoir mon argent, il est nécessaire que je me mette dans un cercle?

— Cela vaut beaucoup mieux, cela vous donnera un titre.

— Est-ce que c'est de la franc-maçonnerie, vos cercles? C'est que l'on a déjà voulu m'y fourrer dans le pays, et j'ai pas voulu ; ma femme m'a dit : « Nicodème, si tu te fais franc-maçon, j'oserai plus coucher avec toi ! » Alors, vous comprenez ! ...

— Il n'est pas du tout question de franc-maçonnerie. Nos cercles sont des réunions du meilleur monde, où l'on se réunit pour causer, rire, se raconter l'anecdote du jour ; puis on joue à différents jeux, on boit tout ce que l'on veut... on y dîne même quelquefois.

— Oh ! si on boit et mange, ça me va... je fais aussi ma partie ; joue-t-on à la mouche ?

— On y joue tous les jeux possibles.

— C'est que je suis très-fort à la mouche.

— Soyez tranquille, je vous choisirai un cercle où l'on s'amuse.

— Et sans façon ? parce que je connais pas les façons, moi.

— Vous serez satisfait ; je vous ferai inscrire pour être membre du cercle des Mélodieux... Ce sont tous des bons enfants.

— Des Mélodieux ? Tiens ! qu'est-ce que cela veut dire ?...

— Cela veut dire : amateurs du chant, de la musique ; vous devez aimer la musique ?...

— Dame ! j'ai joué du galoubet étant petit.

— Alors vous êtes fait pour être du cercle des Mélodieux. Ce sera trois cents francs pour votre inscription.

— Trois cents francs pour être mélodieux... c'est cher !

— Mais non ! songez donc à tous les agréments, les avantages que cela vous procurera !... Quand l'idée vous prendra de passer votre soirée agréablement, vous vous direz : Allons à mon cercle ! et ça ne vous coûtera rien.

— Si, ça m'aura déjà coûté trois cents francs. Mais si les rafraîchissements ne coûtent rien...

— Fort peu de chose ! ils sont à prix réduit.

— Alors il faut que je vous donne...

— Mon Dieu ! un petit billet de cinq cents francs d'abord... nous verrons plus tard...

— Oh ! je ne veux pas aller dans d'autres cercles, c'est bien assez d'un...

Notre campagnard relève sa blouse, ouvre son large paletot, puis une veste hermétiquement boutonnée qu'il portait en dessous. Il arrive enfin à sa poche, prend son portefeuille tout bourré de billets de banque et en tire un billet de cinq cents francs, en murmurant :

— Oh ! mon cher argent !... ça me fait de la peine de me séparer de toi !... mais puisque c'est pour t'augmenter...

— Sans doute !... l'argent dont on ne fait rien n'est plus de l'argent, c'est une valeur morte !...

— Pas si morte qu'elle ne vous fasse encore grand plaisir à toucher !...

— J'ai bien peur que vous ne perdiez votre portefeuille ou qu'on ne vous le vole. Voulez-vous me le laisser ?...

— Mais non, j'aime autant le garder avec moi.

— Et où allez-vous de ce pas ?

— Chez un marchand de confection : je vais me faire habiller à neuf, de la tête aux pieds ; ah ! je veux vous faire honneur, je veux être beau pour dîner avec vous.

— Vous allez changer de vêtements ; c'est là que vous pouvez perdre votre portefeuille ; laissez-le-moi, il sera bien mieux ici que dans votre poche.

— Bah ! je n'aurais qu'à perdre votre adresse et ne plus retrouver votre maison !

— Tenez, tenez, voici de mes adresses.

— Merci... c'est des petits imprimés comme au chemin de fer. Oh ! d'ailleurs, j'ai une langue, et je sais m'en servir pour demander mon chemin. D'ailleurs, j'étais déjà venu deux fois à Paris, je sais m'y retourner !...

— Alors vous connaissez le Palais-Royal ?

— Le Palais-Royal ?... je crois bien ! Quand je venais à Paris, je ne me promenais que là.

— Eh bien ! je vous y donne rendez-vous, à cinq heures, devant le café de la Rotonde... Savez-vous ce que je veux dire ?

— Pardi ! la Rotonde ! un café qui s'avance dans le jardin... J'y ai pris un petit verre ce matin.

— Alors vous y serez à cinq heures... ne manquez pas !

— Oh ! je ne me fais jamais attendre pour dîner...

— Je tâcherai d'avoir avec moi mon ami Berlingot, celui dont je vous ai parlé, associé de la maison Perdaillon Berlingot et Compagnie... Vous devez avoir entendu parler de cette maison-là ?

— Non... mais, à Meaux, vous concevez, je ne m'occupais que de fromages.

— La maison Perdaillon-Berlingot et Compagnie est une des premières de Paris pour la commission... Si on y veut de vos fonds, cela ira comme sur des roulettes. Que cherchez-vous donc ?

— Mon chapeau, dont vous avez absolument voulu me débarrasser...

— Votre chapeau... où diable l'ai-je mis ?... je suis tellement distrait par les affaires... Oh ! il se trouvera !

— Je le pense bien... il ne peut pas être fondu !

— Vous ne l'avez pas laissé par hasard entre les mains de mon valet de chambre Fricandeau ?

— Non, non, je n'ai rien laissé à M. Fricandeau. Vous ne vous souvenez donc pas que vous avez voulu l'ôter de dessus mes genoux ? Moi, je voulais le garder.

— Vous croyez ?... Cependant, si vous l'aviez eu en entrant ici, nous le trouverions...

— Ah ! n'est-ce pas lui que j'aperçois là-bas... sous une chaise ?... Eh ! oui, c'est lui... mon pauvre chapeau...

— Il était sous une chaise ?... Comment diable a-t-il pu aller se cacher là ?...

— Enfin, le v'là !... Oh ! il n'y a pas grand mal, il n'est pas neuf... A présent, je vais me faire confectionner... et à cinq heures je serai au Palais-Royal, à la Rotonde.

— C'est cela même... Prenez bien garde à votre portefeuille... c'est que je serais désolé qu'on vous le volât.

— Et moi donc ! mais soyez tranquille, ma veste ne me quittera pas. Par où que je m'en vais ?

— Par où vous êtes venu, pour ne pas faire crier tous ceux qui attendent et qui étaient arrivés avant vous...

— C'est juste... A tantôt, monsieur le Vol... de Volenville...

— Au revoir, et à cinq heures, mon cher monsieur Robillot!

Volenville a ouvert la porte du fond, et il fait sortir le campagnard après lui avoir serré les deux mains avec effusion.

III

M. BERLINGOT

— Le paysan ne se dessaisira pas facilement de ses fonds! se dit Volenville. Mais avec de l'adresse, nous en viendrons à bout. Après tout, si la chance lui est favorable, je ne tiens pas à le ruiner, cet homme! Je jouerai à la Bourse pour nous deux, seulement c'est son argent qui sera exposé... Je ne puis pas exposer le mien puisque je n'en ai plus...

On venait de frapper à la petite porte d'une manière toute particulière.

— C'est un ami, dit Volenville, et il s'empresse d'ouvrir.

C'est un monsieur plus jeune que Volenville d'une quinzaine d'années, assez joli garçon; cheveux très-noirs, les yeux hardis, effrontés, figure animée, petite moustache bien cirée, des favoris qui descendent jusque sur son faux-col, le nez fin et pointu, mise recherchée, excentrique même. Ce monsieur tient à la bouche un cigare de la grosseur d'une carotte, et à sa main une petite canne qu'il peut cacher dans sa manche. Ce gandin semble essoufflé en entrant dans le cabinet, et il commence par se jeter sur une chaise, en s'écriant :

— Fichu cigare! je l'ai payé huit sous, il ne vaut pas un centime!...

— Bonjour, Berlingot! Tu fais bien d'arriver, j'ai du neuf à t'apprendre... un pigeon qui vient de venir me voir pour que je lui trouve l'emploi de deux cent mille francs dont il vient d'hériter!...

— Ah! ah!... L'emploi est charmant... et pas difficile à trouver du tout... Fichu cigare!

— Pourquoi es-tu assez niais pour acheter des cigares à huit sous?...

— Parce que c'est le genre... et il y en a de délicieux!

— Ce n'est pas toi qui, ce matin, lisais un de mes prospectus par-dessus l'épaule d'un nouveau débarqué, à la gare de l'Est?

— Non, j'étais par là, mais je ne lisais pas tes programmes.

— Tant mieux! parce que je vais te faire dîner aujourd'hui avec notre homme. N'oublie pas que tu es associé de la fameuse maison Perdaillon-Berlingot et compagnie... et que tu feras des difficultés pour te charger des fonds de monsieur Nicodème Robillot, qui arrive de Meaux.

— Avec des fromages.

— Ah! pas de bêtises! Avec deux cent mille francs, ce qui vaut mieux que des fromages.

— Mais, si ce cher ami désire voir, connaître la maison Perdaillon-Berlingot et compagnie, ce qui est assez probable; car enfin, quelque bête que l'on soit, on ne se dessaisit pas d'une somme considérable sans savoir chez qui on la place, sans aller donner un coup d'œil au mobilier, au local, aux employés de la maison que l'on commandite.

— Monsieur Berlingot, je vous avais prié, depuis longtemps, de louer un superbe appartement, au premier étage, dans une superbe maison, d'un superbe quartier...

— Monsieur Édelbert, dit Volenville, je me permettrai de vous demander ce que j'aurais mis dedans?

— Ceci est un détail, mon cher. Quand on a le local, on achète ou on loue des meubles. En ce moment, un magnifique appartement nous est indispensable. Tiens, vas en voir sur le boulevard Malesherbes. Quartier élégant! maisons neuves, bâties avec goût! rien n'y manque. Toutes les peinture sont fraîches, il y a même des salons avec corniches et panneaux dorés.

— Oui, mais c'est extrêmement cher.

— Qu'est-ce que cela nous fait, puisque nous ne payerons pas? Fais un bail de trois, six, neuf, de plus, si l'on veut. Avec un bail, le propriétaire a beaucoup plus de difficulté pour vous renvoyer... En vérité, mon pauvre Berlingot, je crois que tu te rouilles!... Je ne te reconnais plus!... Dans ce beau local, j'installe trois ou quatre gamins, auxquels je donne trois francs par jour pour qu'ils soient toujours devant les bureaux, où ils écriront... tout ce qu'ils voudront; ça m'est égal pourvu qu'ils écrivent. J'aurai un petit groom, galonné sur toutes les coutures, pour annoncer, pour introduire. J'aurai un caissier, assis derrière un grillage, avec une caisse en fer... ou en imitation, dans le fond de son bureau. Le caissier y sera toujours pour recevoir, et il remuera dans sa caisse des sacs remplis de gros sous...

— Et quand on demandera M. Perdaillon, à qui feras-tu jouer ce personnage?

— J'avais d'abord pensé à Croquet; mais il ne représente pas, il n'a pas assez de tenue... il fera le caissier, lui. Quant au Perdaillon, il peut être en voyage; c'est lui qui voyage pour le compte de sa maison... Cela se fait souvent. Eh bien! beau Berlingot, il faut dès demain t'occuper de tout cela... il faut que, dans quelques jours, nous puissions conduire le bonhomme Robillot chez M. Perdaillon et Compagnie.

— Très-bien... ce sera fait. Quel infect cigare! Tu dis que je me rouille, Volenville, mais tu ne te doutes pas que je viens de lever quelque chose qui peut avoir des résultats bien plus brillants pour nous que ceux que tu espères avec ton marchand de fromages!...

— Bah! en vérité? nous sommes en veine, à ce que je vois; allons, conte-moi cela?

— J'étais ce matin à la gare du chemin de fer de Strasbourg, car c'est toujours aux gares de chemin de fer qu'il fait bon aller rôder pour trouver de nouveaux débarqués.

— M. de La Palisse n'aurait pas mieux dit; va toujours.

— Je me promenais, je cherchais sur ces figures étrangères de ces bonnes têtes qui ne demandent qu'à donner dans le premier filet qu'on leur tendra, lorsque je vois arriver une famille, le père, la mère et la fille; cela venait en droite ligne de Strasbourg, peut-être d'un peu plus avant dans l'Alsace, cela se devinait sur-le-champ à leur accent, surtout celui du père. A l'air heureux des visages, au costume, aux manières, je flaire sur-le-champ des gens riches, qui viennent à Paris pour leur agrément. Je ne me trompais pas. Mais comment faire connaissance?... J'emploie mon petit moyen habituel, qui ne rate jamais. Les voyageurs cherchaient une voiture assez grande pour eux trois... et ils tiennent de la place, et pour y mettre leur bagage. Il ne se trouvait là que des coupés. Je m'avance gracieusement. Je dis au chef de la famille :

« — Vous ne trouvez pas de fiacre assez vaste pour vous et vos dames; j'ai là ma voiture qui est très-grande, veuillez l'accepter; vous y serez à votre aise et vos bagages tiendront fort bien dessus. »

« Tu comprends qu'à cette proposition on se confond en remerciements en me disant :

« — Mais vous, monsieur, si nous prenons votre voiture... comment ferez-vous?

— Moi! répliquai-je; eh! mon Dieu, j'ai le temps, je ne suis pas pressé; je vais monter sur le siége à côté du cocher, je vous accompagnerai à l'hôtel où vous descendez et je ferai mes courses après.

« — C'est trop aimable, répond le papa; mais je n'accepte qu'à une condition.

« — Laquelle?

« — C'est que vous prendrez place dans la voiture avec ma femme et ma fille, et que c'est moi qui me mettrai à côté du cocher. »

« Je veux refuser, on insiste, et je cède; d'autant plus que dans la voiture je pouvais faire causer les femmes et savoir à qui j'avais affaire.

— Pas mal, pas mal, ça marche, Berlingot; tu regagnes mon estime!

— J'aimerais mieux un vrai londrès!... Je vais d'abord te faire le portrait de chaque membre de la famille Croutmann... Tel est son nom.

— Croutmann! le nom promet.

— Le papa d'abord : cinquante-quatre ans environ. Gros, grand, dodu, frais, rose, un gaillard qui doit amener le cinq cents en frappant sur une tête de Turc, mais que je crois moins partagé du côté intellectuel; cheveux blonds qui tombent en boucles sur ses épaules, ce qui lui donne le cachet de son pays; un front petit, un nez gros, épaté, des yeux gris assez vifs et qui annoncent la bonne humeur, mais qui deviennent bêtes, quand ils veulent tourner à la malice, et voilà justement le défaut de la cuirasse de notre homme : c'est de se croire très-malin, et d'être persuadé qu'on tenterait vainement de l'attraper. Du reste, parlant beaucoup, riant souvent et surtout de ce qu'il dit. Voilà, trait pour trait, le portrait de Werther Croutmann. Sa femme l'appelle fort souvent par son petit nom. Passons à madame.

« Gotlieb Barbe, femme du susdit, doit avoir ses quarante-cinq ans bien sonnés, a été très-jolie, cela se devine encore à ce qui a résisté aux méchancetés du temps. Ses yeux bleu clair sont assez beaux; ils ont une expression coquette qui a dû donner jadis de la besogne à M. Werther Croutmann; ils ont encore pas mal de feu, et la maman les fait jouer le plus gracieusement possible. Les yeux sont ce qui résiste le mieux aux années. Le nez aquilin est devenu un peu rouge du bout, les cheveux qui étaient noirs sont à peu près gris; enfin, la bouche, qui n'est pas petite, est en partie dégarnie de ce qui en faisait l'ornement, ce qui gêne beaucoup madame Gotlieb dans la conversation; car elle aime à sourire, mais elle ne voudrait pas montrer ses dents : c'est difficile en parlant beaucoup; alors la chère dame, qui est aussi bavarde que coquette, a inventé une façon de parler sans presque ouvrir la bouche, ce qui produit un sifflement qui n'a rien d'agréable, et parfois un zézaiement qui provoque une envie de rire. Mais on peut s'y livrer, en écoutant cette dame; elle est toujours persuadée qu'elle a dit quelque chose de drôle, de spirituel, et, loin de se formaliser en vous voyant rire, elle en est enchantée. Au total, vieille coquette qui voudrait bien faire encore des conquêtes, et assure que de loin on la prend souvent pour sa fille. Maintenant nous arrivons à mademoiselle Ketly Croutmann.

« Ah! mon cher, quel changement! Ici tout est frais, joli, charmant; tout respire la candeur et l'innocence! Figure-toi une jeune fille de dix-huit ans, d'une taille moyenne mais faite à peindre, de beaux cheveux blonds encadrant sans le cacher un front haut, blanc; de grands yeux bleu foncé, en amandes, de ces yeux qui en s'entr'ouvrant vous font rêver le paradis!

— Fichtre! Berlingot, vous devenez poétique!... Et probablement une toute petite bouche ne renfermant que des perles enchâssées dans des feuilles de rose?

— Non, la bouche n'est pas petite, mais elle est franche, souriante. Ce n'est pas une de ces bouches pincées ne s'entr'ouvrant que pour médire du prochain. Enfin, mon cher ami, mademoiselle Ketly est une charmante personne... et je sais déjà qu'elle aura cent mille écus de dot!...

— Oh! alors, sans l'avoir vue, je suis entièrement de ton avis, cette demoiselle est ravissante!... Cent mille écus!... Sont-ce des écus de cinq francs ou de trois? Mais il n'y a plus de ces derniers en circulation.

— Non, mais tu sais très-bien qu'en affaires, quand on dit : Prêtez-moi cent écus, cela veut dire : Prêtez-moi trois cents francs.

— C'est vrai, et c'est une faute que les banquiers devraient rectifier. N'importe, trois cent mille francs, c'est encore une assez jolie dot!

— Songe donc qu'il faut ajouter à cela de brillantes espérances! La petite est fille unique.

— Et les parents sont riches?

— Très-riches! Dans la voiture, madame Croutmann s'est empressée de me conter toutes ses affaires. Son mari était éleveur de bestiaux.

— Ah! bravo! bel état... les bœufs! voilà des élèves qui ne vous glissent jamais dans les mains!

— Ils ont amassé une belle fortune, elle ne m'en a pas encore dit le chiffre, mais cela viendra plus tard. Enfin, après avoir bien travaillé, le père Croutmann s'est retiré du commerce et veut un peu s'amuser, jouir de la vie. Il a proposé à sa femme de venir vivre à Paris parce qu'on doit pouvoir y trouver plus d'amusements qu'à Strasbourg. Madame Gotlieb, enchantée de l'idée de son mari, a accepté avec joie la proposition. La jeune fille fait tout ce que veulent ses parents, et d'ailleurs la pensée de connaître Paris sourit toujours aux femmes, même aux plus innocentes. Et voilà pourquoi la famille Croutmann vient de quitter Strasbourg pour venir habiter la grande ville, la nouvelle Babylone, qui n'a pas cent portes d'airain et des jardins suspendus, comme l'ancienne, mais qui a des gares de chemins de fer, ce que je trouve infiniment préférable.

— Très-bien, Berlingot; je vois dans tout cela une famille riche de provinciaux, qui viennent s'établir et manger leur revenu à Paris; mais je ne vois pas que ton monsieur Croutmann ait l'intention de se lancer dans les affaires; par conséquent, que retirerai-je de sa connaissance?

— A ton tour, Volenville, tu m'étonnes! Quoi! une fois entraîné par les plaisirs de Paris, tu crois que cet Alsacien ne dépensera pas beaucoup plus qu'il ne voulait? Mais, pour être à même de réparer les brèches faites à son revenu, il saisira la première occasion qu'on lui offrira de faire une spéculation avantageuse. Cette occasion, tu la lui fourniras.

— Alors il faut me faire faire connaissance avec les Croutmann.

— Rien de plus facile! Une fois admis chez eux, tu empaumes le père par ta rondeur et en lui faisant boire de la meilleure bière de Paris; il adore la bière!

— Moi, j'aime mieux le vin, mais ça ne fait rien.

— Pour te faire bien venir de la mère, il te suffira de lui faire un peu la cour, de lui dire qu'elle paraît plus jeune que sa fille...

— Pourquoi ne te charges-tu pas de cette besogne-là, toi?...

— Parce que, moi, je m'en réserve une autre : je fais la cour à la charmante Ketty; je suis joli homme, je suis toujours habillé à la dernière mode; les jeunes filles tiennent à cela; bref, je lui plais et je l'épouse.

— Diable! comme vous y allez, petit Berlingot! Dans tout cela tu ne t'oublies pas, tu te donnes la meilleure part.

— Oh! je suis bien tranquille, tu sauras t'en faire une bonne.

— Et si cette petite Ketty est aussi ravissante que tu dis, si elle me plaît? Pourquoi ne l'épouserais-je pas plutôt que toi?

— Allons donc! est-ce que tu vas devenir amoureux à ton âge, toi qui as toujours ri des amoureux?

— A mon âge! J'ai quarante-huit ans! Si on n'était plus bon à rien à cet âge-là, ce ne serait pas la peine d'apprendre, presque toujours à ses dépens, à se diriger dans le monde. J'ai toujours ri des amoureux, c'est vrai; et, pourtant, je me surprends quelquefois maintenant à m'ennuyer... à m'embêter de vivre seul... de n'avoir personne à aimer.

— Ah! ah! ah!

— Tu ris, mais je parle sérieusement. Ah! si j'avais eu seulement un fils!... que j'aurais élevé à ma guise!... je l'aurais bien aimé!... Toute mon ambition eût été de le faire millionnaire... et j'y serais parvenu!...

— Puisque tu désirais tant un enfant, il me semble que jadis... avec tes nombreuses maîtresses, tu pouvais te faire ce cadeau-là?

— Jadis, je ne pensais pas comme aujourd'hui... Je n'en voulais pas, alors!... mais avec le temps on change!...

— A défaut de fils, n'as-tu pas un neveu?

— Ah! oui, parlons-en! Joli coco que mon neveu! Un garçon qui se permet de faire de la morale à son oncle.. c'est le monde renversé!...

— Mais tu ne dis pas que c'est parce que l'oncle emprunte toujours de l'argent à son neveu... ce qui déroge aussi aux usages dans les familles!...

— Puisque le neveu a de l'argent et que l'oncle n'en a plus, ne serait-il pas naturel que le plus fortuné obligeât l'autre?

— Est-ce qu'il est riche, ton neveu?

— Cinq ou six mille francs de rente... à peine de quoi vivoter, à ce qu'il dit. Ah! s'il m'avait écouté, je lui aurais triplé son avoir!... Mais le fils de ma sœur est un sot, rempli de préjugés... qui croit que l'on doit suivre rigoureusement le sentier de l'honneur, tenir ses promesses, ses engagements...

— Il est bien arriéré!

— Son père, M. Demarsay, était notaire à Lyon; mais de ces notaires de l'ancienne roche, qui ne se seraient pas permis de jouer à la Bourse avec l'argent de leurs clients. Il a élevé son fils sévèrement. Ma sœur est morte il y a longtemps, mais le notaire a vécu assez vieux; il est mort l'année dernière seulement. Mon neveu avait voyagé par ordre de son père, mais il était de retour deux mois avant la mort de M. Demarsay.

— Pourquoi le notaire avait-il ordonné à son fils de voyager? Est-ce que celui-ci faisait des bamboches?

— Oh! par exemple! Henry, faire des bamboches!... un garçon qui ne comprend pas que l'on trompe une femme!... Non, ce n'est pas pour cela; mais j'ai entendu parler d'une passion que mon neveu avait conçue pour une jeune personne, une demoiselle d'une grande famille... Henry voulait absolument l'épouser.

— Et cette demoiselle ne convenait pas au père?

— Est-ce la demoiselle, est-ce la famille? Je ne sais pas au juste; je crois que c'est tous les deux. La demoiselle était fort belle, mais un peu coquette. Les parents, qui étaient des nobles ruinés, ne voulaient pour gendre qu'un homme fort riche, qui pût leur rendre l'aisance qu'ils avaient perdue... ils n'auraient point donné la belle Mathilde à mon neveu.

— Eh bien! alors... de quoi le notaire avait-il peur?

— C'est qu'il paraît que la belle Mathilde partageait l'amour qu'elle avait fait naître... Mon neveu est joli garçon, il n'est pas bête... quand il ne fait pas de morale... Bref, la demoiselle, sachant qu'elle ne parviendrait pas à vaincre la résistance de ses parents, avait, elle-même, conseillé à Henry de l'enlever. Ils se seraient mariés à l'étranger et, une fois le mariage fait, il faut bien que les parents finissent par pardonner.

— Voilà une demoiselle qui avait envie de ne plus l'être.

— Henry, qui en était amoureux comme un fou, allait mettre à exécution ce beau projet; ce qui prouve que, quand l'amour s'en mêle, les plus sages ne sont pas plus raisonnables que les autres. Mais le notaire découvrit le projet de nos amoureux; il en empêcha l'exécution; et, pour forcer son fils à oublier mademoiselle Mathilde de Brillanval, il le fit sur-le-champ partir pour la Russie, où il resta près de trois ans.

— Pauvre garçon! je gage bien qu'à son retour sa belle s'était fait enlever par un autre.

— Non, mais elle était mariée, ce qui était encore mieux. Les Brillanval avaient trouvé un gendre fort riche que la beauté de mademoiselle Mathilde avait séduit. Du reste, il paraît que le mariage ne se fit pas à Lyon. On est venu à Paris, où le gendre a son domicile.

— Qu'est-ce qu'il fait, ce gendre?

— Je l'ignore; je ne sais même pas son nom. Je l'ai demandé à Demarsay la dernière fois que je suis allé à Lyon... pour lui emprunter quelques billets de mille.

— Qu'il t'a prêtés?

— Oui, mais en rechignant, en voulant aussi me

donner des leçons, des avis... il était fort ennuyeux, le beau-frère!

— Est-ce que tu lui as rendu son argent?

— Fi donc! j'aurais craint de l'humilier. Mais quand je lui demandai qui la belle Mathilde avait épousé, il me répondit fort sèchement : « Que vous importe! Je n'ai pas besoin que vous sachiez le nom du mari de cette demoiselle; vous iriez ensuite le dire à mon fils, et je préfère qu'il l'ignore. » Moi, comme je n'y tenais pas du tout, je n'insistai pas.

— C'est assez drôle! Alors ton neveu ne connaît pas le nom de celui qui a épousé cette femme qu'il aimait tant?

— Non; Henry m'a questionné plusieurs fois à ce sujet. A son retour de Russie, il a jeté feu et flamme en apprenant que sa belle Mathilde était l'épouse d'un autre; il voulait aller trouver cet autre, se battre avec lui... que sais-je!...

— C'est pour éviter que ce duel ait lieu que le notaire a caché à son fils le nom de son heureux rival; je comprends!...

— Hum!... je ne sais pas trop... je parierais qu'il y a une autre raison! J'ai flairé dans tout cela quelque chose de mystérieux... mais, après tout, comme cela ne me regarde pas, je ne m'en suis pas occupé davantage.

— Et, cette belle Mathilde, l'as-tu vue, la connais-tu?

— Une fois, à Lyon, dans un bal où je me trouvais, on me montra mademoiselle de Brillanval. C'est une belle personne; l'air un peu fier, dédaigneux, mais des yeux noirs à faire bien des victimes. Sapristi! nous nous laissons aller à causer, à bavarder, lorsque nous avons tant de choses à faire! Berlingot, le plus pressé, c'est le magnifique appartement dans lequel nous installerons la maison Perdaillon et Compagnie.

— Au nom de qui louerai-je?

— Au tien, parbleu!

— Si on va aux informations!

— N'aie donc pas peur. Je te dis de louer dans une maison neuve; on y est peu difficile, parce qu'il faut bien que quelqu'un y essuie les murs et que cela ne plaît pas à tout le monde; ensuite, n'oublie pas de te trouver à cinq heures à la rotonde du Palais-Royal, nous dînons avec le Robillot...

— Le marchand de fromages! Est-ce que tu comptes par hasard me faire dîner à cinq heures?... Quelle indignité! jamais avant sept heures!...

— Berlingot, je t'en prie, ne fais pas de manières... nous penserons ensuite à la famille Croutmann. Allons, les affaires s'annoncent bien... Je reprends ma belle humeur, et je vais donner audience à quelques-uns de ces jobards qui sont dans mon antichambre. Sors par le petit escalier.

— C'est ce que je fais. A tantôt!

IV

LES INFORTUNES DE M. SOUFLÉ

Lorsque son ami Berlingot est parti, Volenville sonne son valet et Fricandeau se présente.

— Monsieur m'a sonné?

— Oui, Fricandeau. Y a-t-il toujours du monde qui attend dans la salle?

— Oui, monsieur; quelques-uns sont partis cependant, en disant qu'ils reviendraient; mais il y en a de tenaces...

— Fais-en entrer un... celui que tu voudras; je vais en expédier quelques-uns.

— Il suffit, monsieur. Je vais vous envoyer un monsieur qui est très-gai; il chante toujours...

— Bon, envoie-moi ton chanteur... A propos, as-tu été content de notre homme de la Brie? A-t-il généreusement récompensé le tour de faveur que tu lui as fait avoir?...

— Oh! magnifiquement!... aussi je vais en offrir la moitié à monsieur... voilà!

— Qu'est-ce que cela, drôle! Tu m'offres cinq sous, je crois?

— Dame, monsieur, est-ce que cinq n'est pas la moitié de dix?... Et votre homme aux deux cent mille francs n'a pas eu honte de me mettre dix sous dans la main, après avoir longtemps cherché dans ses poches.

— Et tu ne les lui as pas jetés au nez!... Voilà ce que tu devais faire pour lui apprendre à vivre.

— Oh! monsieur, si je les lui avais jetés, ses dix sous, au nez, il les aurait ramassés et ne m'aurait rien donné du tout.

— N'importe! tu t'es conduit comme un imbécile; mais, sois tranquille, je forcerai bien notre campagnard à prendre les bonnes manières de Paris. Envoie-moi ton chanteur.

Fricandeau se retire et, presque aussitôt, le monsieur à la figure joyeuse, que nous avons vu dans la salle d'attente, se présente dans le cabinet et s'incline devant Volenville, qui lui dit :

— A qui ai-je l'avantage de parler?

— A Soufflé, pour vous servir. Je suis Soufflé, de Bordeaux, où j'ai longtemps tenu l'emploi des pères nobles dans l'opéra-comique. Si vous connaissez du monde à Bordeaux, informez-vous de moi. Tous les vrais amateurs vous diront : « C'était une excellente basse, un très-bon acteur, nous ne l'avons pas remplacé. »

— Pardon, monsieur Soufflé, mais, en venant chez moi, ne faites-vous pas erreur? Je ne tiens pas une agence dramatique; je ne me charge pas de fournir des acteurs aux théâtres de Paris et de la province...

— Non, monsieur, non, je ne me suis pas trompé, car je ne viens pas vous demander à rentrer au théâtre! Oh! non; j'en ai bien assez, des planches! j'y ai trop souffert. Et la dernière injustice qu'on vient de me faire m'a bien décidé à renoncer à cette carrière, où deux ou trois méchants sifflets peuvent démolir la plus belle réputation!...

— Ah! vous voulez quitter la scène?... Cependant, si vous chantez toujours?...

— Je chante par habitude, monsieur. Quand ils vous entendent fredonner un petit air, il y a des gens qui se disent : « Ah! voilà un gaillard qui a l'air bien content, bien heureux!... » Mais, monsieur, j'ai vu quelquefois ne point avoir de quoi dîner, et je chantais tout de même en me promenant. Après cela, je ne veux pas dire que je suis enclin à la mélancolie, bien loin de là! Seulement se voir remercier par un directeur, dont on a fait la fortune, voilà ce que je ne puis puis pas supporter!...

— Ah! c'est votre directeur qui...

— Pour une misère, monsieur, une erreur de vers! Vous allez en juger. On donnait ce soir-là, au Grand-Théâtre : *Félix ou l'Enfant trouvé*. Vous connaissez cette pièce, je pense?

— Oui, je l'ai vu jouer jadis ; c'est un vieil opéra de *Monsigny*.

— Vieil opéra tant que vous voudrez, monsieur, mais dans les nouveaux, j'en rencontre peu qui puissent lutter de mérite avec celui-là... C'est de la vraie musique, qui va à l'âme, qui peint bien la situation, les caractères des personnages ! Ce ne sont pas des polkas et des quadrilles, j'en conviens ; mais ce sont des morceaux bien sentis, qui vous remuent... pas les pieds, mais le cœur! Au reste, *Monsigny* a fait aussi la musique du *Déserteur*, et ces deux opéras-là suffisent pour classer un musicien.

— Arrivons à votre affaire...

— C'est juste. On jouait donc *Félix*, et je faisais le père Morin. Au troisième acte, je ne sais pas si vous vous rappelez qu'il y a un morceau superbe, dans lequel le père Morin dit, avec force, cette phrase d'un grand effet :

> Eh ! que m'importent mes enfants,
> Quand il faut remplir mes serments !

— Oui, oui, je me rappelle ; c'est dans une scène où ses fils ne veulent pas qu'il restitue l'argent qu'il a trouvé autrefois.

— C'est cela même, monsieur. Eh bien ! comme la scène m'avait monté, comme j'étais bien en voix, au lieu de dire : « Eh ! que m'importent, mes enfants, quand il faut remplir mes serments, » je me mis à chanter :

> Eh ! que m'importent mes serments,
> Quand il faut remplir mes enfants !

« Aussitôt des éclats de rire partirent dans plusieurs points de la salle. Moi, je ne savais pas pourquoi l'on riait ; je ne m'étais pas aperçu de mon erreur, d'autant plus que le vers y était toujours, cela rimait également. Eh bien ! monsieur, croiriez-vous que c'est pour cette peccadille, un *lapsus*, un vers retourné, que le lendemain le directeur vint me dire :

« — Souflé, vous ne faites plus partie de ma troupe. J'ai le droit de rompre, voici ce que je vous dois, adieu.

« Quoi ! m'écriai-je, vous vous privez de mon talent « parce que j'ai changé un vers ! Allez donc écouter une « tragédie, vous en entendrez bien d'autres. » Il eut alors l'insolence de me dire que je me grisais, que j'arrivais toujours au théâtre entre deux vins.

« — Cela vaut mieux, lui répondis-je, que d'y arriver toujours entre deux gendarmes, comme votre comique, qui se fait souvent emprisonner pour attentat aux mœurs. »

« Mais je me promis dès lors de renoncer au théâtre... Maudite pièce de *Félix !* J'adore sa musique, et cependant cet opéra-comique m'a toujours porté malheur !... Figurez-vous, monsieur, que c'est dans cette pièce que j'ai débuté, il y a vingt-cinq ans à peu près.

— Vous ne jouiez pas les pères nobles, alors?

— Non, je faisais les amoureux, et c'est par le rôle de Félix que j'ai débuté. Puisque vous connaissez cette pièce, vous savez que, quand elle commence, Félix est seul en scène? il chante dès que le rideau se lève, son grand air :

> Non, je ne serai point ingrat !
> Non ! dût-il m'en coûter la vie !
> Eh bien !...

— Oui, oui, je me rappelle... Ensuite ?

— Eh bien ! monsieur, c'était à Marseille, au grand théâtre, où l'on donne aussi des ballets ; ce qui attirait sur la scène, pendant les entr'actes, une foule de jeunes gens de la ville... il y en avait aussi de pas jeunes. Ces messieurs venaient rire, faire les galants, les don Juan derrière des actrices, des danseuses, mais quelquefois cela encombrait la scène et les artistes qui jouaient dans la pièce avaient de la peine à se faire faire place pour entrer en scène dire leur rôle. Pour remédier à cela, le régisseur avait fait demander une sentinelle, que l'on mettait en faction dans les coulisses, avec ordre de ne plus laisser personne sur le théâtre aussitôt qu'on lèverait le rideau. Très-bien ! L'ouverture est jouée ; je suis en scène, et je venais d'attaquer avec vigueur mon air :

> Non, je ne serai point ingrat !
> Non ! dût-il m'en coûter la vie !
> Eh bien ! je me ferai soldat ;
> Depuis longtemps j'en ai l'envie !

« Lorsque je me sens pris par le bras, et on me pousse vers la coulisse en me disant :

« — Vous ne pouvez pas rester là, le rideau est levé... personne sur la scène ! »...

« C'était la sentinelle, un Allemand auquel on avait donné cette consigne et qui voulait absolument me faire rentrer dans les coulisses. J'avais beau lui dire :

« — Mais je joue la pièce, c'est moi qui fais Félix, je dois être en scène ! »

« Il s'obstinait à me pousser vers la coulisse, en répétant:

« — Non, non, le rideau est levé, personne sur le théâtre, c'est ma consigne. »

« Le public, témoin de cette scène supplémentaire, riait à se tordre. Enfin il fallut que l'on allât chercher le caporal et qu'il relevât lui-même son soldat de sa consigne, pour que celui-ci consentît à me laisser jouer mon rôle. Vous voyez que la pièce de Félix m'a été souvent fatale ! ce qui ne m'empêche pas de lui rendre justice et d'adorer sa musique. Je sais tous ses airs par cœur. Ils sont si jolis !... Voulez-vous que je vous chante celui de l'abbé ?

> Qu'on se batte, qu'on se déchire,
> Peu m'importe, c'est un délire...

— Merci, monsieur Souflé, merci ; vous chantez fort bien, mais je n'ai pas le temps de vous entendre. Et quelle carrière voudriez-vous embrasser maintenant ?

— Ma foi ! monsieur, après y avoir mûrement réfléchi, je crois que la cuisine me conviendrait assez.

— Comment, vous vous feriez cuisinier?

— Pas cuisinier positivement, mais maître d'hôtel... sommelier...

— Vous vous connaissez donc en cuisine ?

— J'ai du goût, monsieur, et le palais très-fin. Ah ! je voudrais bien être un fameux cuisinier, je n'en rougirais pas. Tous les arts se donnent la main. La cuisine est devenue un art ! Voyez, monsieur, *Rossini*, l'illustre *Rossini* ne dédaignait pas de se servir d'une charmante seringue en ivoire pour farcir de foie gras ses tuyaux de macaroni ; et nous avons encore un grand romancier, un écrivain que tout le monde lit avec bonheur, qui, lorsqu'il veut s'en donner la peine, n'a pas son égal pour faire

Robillot fait un salut si profond qu'il envoie sa canne dans le nez du garçon. (Page 23.)

BIBLIOTHÈQUE NATIONALE R.F. IMPRIMÉS

sauter un poulet!... Après de tels exemples, vous conviendrez, monsieur, qu'il serait bien sot, celui qui rougirait de savoir faire une sauce.

— Vous avez raison, monsieur Soufflé, c'est une chose précieuse qu'une bonne cuisine.

— Par conséquent, si, dans ses nombreuses relations monsieur pouvait me trouver un emploi, même de découpeur, cela m'irait encore, vu que celui qui découpe une belle pièce trouve toujours moyen de mettre de côté pour lui un des meilleurs morceaux.

Volenville considère quelques instants l'ancien chanteur d'opéra-comique, et hoche la tête en murmurant :

— Maître d'hôtel... cuisinier chef... c'est bien difficile à trouver! Ces emplois-là sont rares et très-courus. Cependant vous ne pourriez accepter que cela, car, à votre âge, je pense que vous ne voudriez pas être simple marmiton?

— Oh! non, monsieur, assurément...

— Plus je vous examine, monsieur Soufflé, et plus il me semble que vous seriez apte à remplir d'autres fonctions, plus rétribuées, moins fatigantes et surtout moins difficiles à rencontrer...

— Ma foi! monsieur, voyez, si vous voulez faire de moi un chef de bureau dans quelque ministère, cela ne me sera pas désagréable.

— Un chef de bureau... pas tout de suite, mais on y arrive quelquefois. Que diriez-vous d'une place de caissier?

— Caissier, chez un banquier?

— A peu près, dans une grande maison de commission et de change.

— Mais cela m'irait, monsieur, cela me coifferait parfaitement! Je compte assez bien...

— Et puis, dans les commencements, vous auriez peu de besogne. C'est une maison qui se fonde, qui ne veut aller que piano dans les affaires.

— Et les appointements, monsieur, de combien seraient-ils?

— Mais cinq mille francs... pour commencer, ensuite cela irait toujours en augmentant.

— Cinq mille francs tout de suite!... J'accepte, monsieur, oh! j'accepte avec reconnaissance! Et, cette place, vous me la ferez obtenir?

— J'en suis certain. J'ai la parole d'un des chefs de la maison; il m'a dit : « De votre main, je prendrai le premier caissier que vous me proposerez. »

— Ah! monsieur, vous êtes ma providence! présentez-moi le plus tôt possible.

— C'est entendu. Ah! il n'y a plus qu'une petite formalité à remplir.

— Laquelle, monsieur?

— Un caissier ayant toujours beaucoup de fonds entre les mains doit donner un cautionnement. C'est l'usage partout.

— Un cautionnement? Qu'entendez-vous par là?

— C'est-à-dire une garantie pour les pertes ou les erreurs qu'il pourrait faire. Enfin, en entrant dans cet emploi de caissier, il faut verser des fonds dans la maison.

— Mais, permettez, si j'avais des fonds à verser, je ne chercherais pas de place, moi.

— Comment, monsieur Souflé, pour obtenir un emploi de cinq mille francs par an, et le chiffre augmentera tous les ans, vous ne confieriez pas momentanément une misérable somme de six à huit mille francs, dont vous seriez sur-le-champ remboursé si vous quittiez la place?

— Six à huit mille francs! une misérable somme!... Quel blasphème!

— J'ai peut-être exagéré le chiffre; d'ailleurs, présenté par moi, on aurait confiance. Mille écus pourraient suffire...

— Trois mille francs!... Et où les prendre?...

— Deux mille francs... feraient encore l'affaire... J'intercéderai pour cela.

— Deux mille francs! Je crois bien! joli denier! Que de douzaines d'huîtres là-dedans, monsieur, et comme je m'en régalerais si je les avais!...

— Eh bien! voyons, donnez mille francs, je vous avancerai le reste parce que j'ai confiance en vous, moi. J'espère que je suis gentil?

— Vous êtes extrêmement gentil, mais pas plus mille francs que cinq cents ou cent francs même!... Mais si je possédais cette somme, est-ce que je serais ici?... C'est à peine s'il me reste cinquante sous dans ma poche!...

— Comment, monsieur, vous n'avez pas le sou et vous vous permettez de venir me demander une place!... Savez-vous que je trouve votre démarche bien audacieuse!...

— Il me semble, cependant, monsieur, que c'est lorsqu'on est à sec que l'on doit chercher un emploi?

— Allez, monsieur Souflé, allez vous faire cuisinier, rôtisseur, marmiton en chantant l'opéra de *Félix*, mais ne m'étourdissez plus la tête de vos balivernes!...

— Non, monsieur, je ne me ferai pas marmiton; mais j'irai chanter dans les cafés-concerts. Là on appréciera mon talent, et on ne me demandera pas un cautionnement!... J'ai du creux, monsieur, j'ai encore un creux superbe!... Je chanterai *Guillaume Tell!... Suivez-moi! suivez-moi!*

— Non, vraiment, je m'en garderai bien!... Vous avez trop de creux, monsieur!... Bonjour!

— Monsieur, j'ai bien l'honneur de vous saluer.

Et M. Souflé s'éloigne en fredonnant un air du *Déserteur : Tous les hommes sont bons, à leur intérêt près.*

V

LES CARTONS DU CABINET

Volenville a sonné de nouveau son valet de chambre, et dit à Fricandeau qui se présente :

— Qui vas-tu m'envoyer maintenant, pour me dédommager un peu de ma séance avec ce chanteur pitoyable?

— Monsieur, il y a là une jeune fille fort jolie, qui a une mine très-éveillée... Je crois qu'elle arrive de Beauvais. Ce n'est pas son tour pour passer, mais si monsieur veut?...

— Une jolie fille!... C'est toujours son tour, et elle doit passer avant les autres. Envoie-moi cette demoiselle. Ensuite tu pourras renvoyer tous les autres, j'en aurai assez pour aujourd'hui.

— Il suffit, monsieur.

Mademoiselle Claudinette Bonneau entre dans le cabinet, fait une petite révérence au monsieur qui trône devant son immense secrétaire, et va se planter debout devant lui, en disant :

— Me voilà, monsieur; c'est vous qui placez le monde, placez-moi, s'il vous plaît.

Volenville examine la jeune fille avec infiniment d'attention. Il semble même prendre beaucoup de plaisir à la passer en revue. Il murmure par moments :

— Très-bien!... de la taille!... joli pied!... de l'œil!... un petit air décidé qui a déjà un certain chic!... Oh! nous ferons notre chemin, j'en réponds!...

— Mon Dieu, monsieur, comme vous me regardez... du haut en bas!...

— C'est que vous êtes très-bonne à voir du bas en haut!... Il faut bien que je vous regarde, que je vous examine, mademoiselle, car enfin, en ce moment, vous êtes une marchandise dont je vais chercher à opérer le placement; et c'est bien le moins que l'on connaisse la marchandise que l'on veut offrir...

— Ah! je suis une marchandise!... Est-ce que j'ai l'air d'un paquet?

— D'un paquet!... oh! bien loin de là! J'admire votre tournure leste, dégagée, qui me surprend dans une jeune fille qui n'est pas de Paris.

— Vous croyez donc qu'il n'y a qu'à Paris que l'on suit marcher sans avoir l'air d'une cane?

— Ah! ah! ah! elle est fort drôle!...

— Vous me trouvez drôle, à présent?

— Je vous trouve charmante. Vous avez de l'esprit, la réplique prompte; je gage que vous aurez des mots qui feront fureur!...

— Ah! bon, voilà que j'aurai des mots!... Ça me fera-t-il avoir une belle place, tout ça?

— Asseyez-vous d'abord et causons.

Claudinette va se mettre sur une des chaises loin du bureau, mais Volenville se lève, va prendre la jeune fille par la main et la fait asseoir sur une chaise, qu'il a mise tout près de son fauteuil, en lui disant :

— Asseyez-vous là... je n'aime pas être à une lieue de la personne avec qui je cause.

— Ah! ben, il est certain que, comme nous voilà, nous n'avons pas besoin de crier pour nous entendre.

— Vous vous nommez?

— Claudinette Bonneau.

— Vous êtes?

— De Beauvais, et j'en arrive.

— Vos parents?

— Mon père et ma mère sont morts.

— Pas de frère, d'oncle?

— Non, plus qu'une vieille cousine qui radote; mais c'est comme rien du tout.

— Très-bien!... Vous êtes libre comme l'air, alors?

— Trop libre, puisque je cherche une place.

— Mais quelle espèce de place ambitionnez-vous?

— Mon Dieu! j'ambitionne tout ce qui permet qu'on s'amuse au moins tous les dimanches et quelquefois dans la semaine...

— Vous avez envie de vous amuser, c'est tout naturel; c'est de votre âge.

— J'ai une amie, dont la sœur a fait fortune à Paris en très-peu de temps...

— A quoi faire ?

— Ah ! elle ne me l'a pas dit. Je crois qu'elle est entrée femme de chambre chez une belle dame qui était une cocotte...

— Ah ! ah ! ah !

— Pourquoi riez-vous ?

— Savez-vous ce que c'est qu'une cocotte ?

— On nous a dit, à Beauvais, qu'à Paris les cocottes étaient les dames à la mode, qui portaient les plus belles toilettes, qui avaient les plus belles voitures, avec des laquais tout dorés ; qu'elles avaient des plumes sur la tête et des aigrettes comme les tambours-majors, et enfin que les hommes étaient trop heureux de faire leurs commissions.

— Eh bien ! est-ce que vous ne seriez pas contente aussi, vous, mademoiselle Claudinette, d'avoir des toilettes à la mode ?

— Ah ! si !...

— De porter des plumes, des aigrettes sur de jolies petites toques posées en tapageuses ?

— Ah ! si !...

— D'avoir pour vous servir des laquais galonnés, et enfin, pour vous promener, une belle voiture ou calèche découverte dans laquelle vous pourriez, tout à loisir, étaler vos belles robes et vos bijoux ?

— Ah ! mais si ! cela me plairait bien ! Comment appelle-t-on l'emploi où l'on a tout ça ?

— C'est l'emploi des cocottes.

— Des cocottes !... Vous croyez que je pourrais tenir cet emploi-là ?

— Tout comme une autre ; mieux qu'une autre même, car je lis dans ces yeux pétillants de malice... il y a du chien là-dedans !

— Allons bon ! j'avais déjà du chic, voilà que j'ai du chien; tout à l'heure j'aurai de la lionne peut-être !

— Oui, parbleu, vous deviendrez la lionne du jour ! Quelles jolies petites mains !...

— Ah ! laissez mes mains, je n'aime pas qu'on me touche, moi !

— Ma chère amie, pour réussir à Paris, il ne faut pas être sauvage !... Il faudra vous apprivoiser.

— Je m'apprivoiserai quand ça me conviendra...

— Quel pied charmant !

— Bon, voilà mon pied que vous lorgnez, à c't'heure.

— C'est qu'en vous tout est à lorgner...

— Pourquoi donc que vous me parlez dans le nez comme ça ?... Je ne suis pas sourde, je n'ai pas besoin qu'on me parle de si près.

— On n'est jamais trop près de vous... Où logez-vous, jolie Claudinette ?

— Dans un petit hôtel bourgeois, bien honnête, qui m'a été enseigné par quelqu'un de chez nous, qui descend toujours là quand il vient à Paris. C'est pas cher, et on m'a dit : « Vous y serez en sûreté. » Dame ! c'est qu'à Paris il paraît qu'il faut se tenir sur ses gardes !

— Où est-il situé, cet hôtel respectable ?

— Faubourg Saint-Martin. Tenez, voilà mon adresse ; je l'avais écrite d'avance sur un petit papier.

— Très-bien, j'irai vous voir, jeune Claudinette ; j'irai vous apprendre quelle position je puis vous offrir, mignonne !...

— Mais laissez donc mes mains... je n'aime pas qu'on me chatouille, d'abord !...

En ce moment un bruit de voix se fait entendre dans la salle d'attente.

— Qu'est-ce que cela ? dit Volenville. Holà ! Fricandeau !... Le valet arrive tout ému.

— Qui donc fait ce tapage, Fricandeau ? Je vous avais ordonné de renvoyer tout le monde...

— Oui, monsieur, mais c'est le petit vieux sec qui ne veut pas s'en aller. Il dit qu'il est venu trois fois, et qu'il ne s'en ira pas aujourd'hui sans vous parler, qu'il brisera plutôt tout dans la maison. Il est mauvais comme un âne, ce petit homme-là, et il crie à amasser tout le quartier.

— Allons ! puisqu'il le faut absolument, introduis monsieur Achille Deschassez, ci-devant maître de ballets dans les premières cours de l'Europe... je vais savoir qui, maintenant, il prétend faire danser. Venez, mademoiselle Claudinette, je vais vous faire sortir par la porte des privilégiés ; car je veux que vous reconnaissiez ce chemin, et que, dorénavant, vous puissiez, quand vous voudrez me voir, venir frapper par là... on vous ouvrira sur-le-champ.

Volenville prend la jeune fille par la main et l'emmène par la sortie de derrière. Bientôt la grande porte du cabinet se rouvre et le petit homme noir est introduit par Fricandeau, qui lui dit :

— Vous y voilà, dans le cabinet de M. de Volenville... vous ne crierez plus !...

— Eh bien ! où donc est-il, votre maître ?

— Il reconduit une dame, mais il va remonter tout de suite ; oh ! il ne sera pas longtemps.

Et Fricandeau s'en va, laissant M. Deschassez seul dans le cabinet de l'homme d'affaires.

M. Deschassez, car nous savons maintenant le nom et la profession du petit homme noir, commence par jeter autour de lui des regards investigateurs. Un sourire ironique se montre sur ses traits secs et anguleux ; il murmure :

— Ce n'est pas brillant, le cabinet de cet homme si habile, si en vogue... à ce que dit le Fricandeau, son valet. Une cheminée entièrement dégarnie !... Ah ! si.. il y a plusieurs bouts de cigares... Un bureau... le fauteuil de cuir et quatre chaises.. c'est maigre !... bien maigre !... Pas le plus petit bronze sur la cheminée... pas un flambeau ! Il paraît qu'il ne vient jamais ici le soir. Ah ! par exemple, il y a des cartons... en voilà en quantité ; et avec leurs étiquettes. Voyons un peu... *Affaires contentieuses... Affaires en train... Fonds à placer... Héritages à recouvrer...* Allons, il y en a pour tous les goûts. Mais il est bien long à revenir, ce monsieur... Il reconduit la jeune fille de Beauvais... il paraît qu'il en a long à lui dire ! Est-ce qu'il va maintenant me faire croquer le marmot dans son cabinet ?...

M. Deschassez se promène de long en large dans le cabinet, tapant sur les chaises de cuir avec sa baguette, en faisant sortir des nuages de poussière et se disant :

— Il paraît que le Fricandeau ne fait pas très-bien son service ; il ne bat pas les meubles tous les jours ; cependant, ce n'est pas la quantité qui doit l'effrayer.

Tout à coup le petit homme s'arrête devant les casiers et s'écrie :

— Ah ! on me fait poser dans le cabinet, à présent. Pardieu ! pour passer le temps, il faut que je voie un peu si, en effet, les affaires donnent ici. Voyons dans le carton des *Affaires en train...*

M. Deschassez ouvre le carton qui porte cette étiquette. Il est entièrement vide.

— Il paraît que, pour le moment, il n'y a rien en

train, dit-il en refermant le carton; et il va à un autre sur lequel est écrit : *Héritages à recouvrer*. Ce carton est également vide.

— Pas le plus petit héritage à recouvrer, se dit le ci-devant maître de ballets, en hochant la tête; tiens! mais ça devient drôle!... Ah! voyons celui-ci... étiqueté : *Places à donner*... Quoi! rien encore!... Où sont-elles donc, alors, les places à donner?... C'est une attrape que ces cartons!... Voyons toujours... rien... rien... tout cela est vide! Ah! *Créances à toucher*... Il y a un papier dans celui-ci!... miracle! Comment! il a une créance à toucher!... il l'aura oubliée, probablement?... Sachons un peu si cela est important.

M. Deschassez prend le papier qui est seul dans le carton et lit : « Mémoire de ce que j'ai fourni à monsieur de Volenville pour meubler son cabinet d'affaires : un grand bureau secrétaire, en acajou, avec caisse et serrure à l'épreuve, cinq cents francs; fauteuil en cuir à clous dorés, quatre-vingts francs; quatre chaises merisier, siége en crin, rembourrées et solides, cent vingt francs. Total, sept cents francs. »

— Ah! c'est le mémoire du tapissier... mais il n'est pas acquitté; on a écrit quelque chose en bas, comme *post-scriptum*... voyons cela : « Voilà six fois que je passe chez monsieur de Volenville sans pouvoir obtenir d'argent. Je le préviens que si ma note n'est pas payée dans trois jours, je fais reprendre les meubles du cabinet et venir monsieur l'homme d'affaires chez le juge de paix. »

M. Deschassez fait entendre son petit rire sec et métallique, mais il distingue le bruit des pas de l'homme d'affaires et se hâte de replacer le mémoire du tapissier dans le carton, qu'il referme.

Volenville est rentré dans son cabinet; il fait un léger salut de protection au petit homme noir, et se jette dans son fauteuil en disant :

— Je vous ai fait un peu attendre... mais quand on cause... les affaires...

— Oui, répond Deschassez en s'asseyant, les affaires... et puis la jeune fille est drôlette.

— Ah! vous savez que j'étais avec mademoiselle Claudinette? Vous l'avez remarquée, cette petite? Cela ne m'étonne pas... un ancien maître de ballets... Vous devez être un vieux farceur?...

— J'ai remarqué que cette petite avait un pied charmant... c'est toujours cela que je cherchais chez les femmes.

— Vous êtes connaisseur! Joli pied, jolie jambe, tout cela se tient... Eh bien! voyons, disciple de Terpsychore, vous faisiez un vacarme horrible pour me voir... me voilà; est-ce que vous voulez entrer à l'Opéra... pour faire les Zéphire?

— Non, monsieur, non, je me rends justice, je ne puis plus pratiquer, mais je puis toujours démontrer, faire des élèves; et c'est ce que je fais, car j'ai une classe, monsieur, et j'ose dire que, lorsqu'on sort de mes mains, on sait saluer et se présenter dans un salon.

— Ah! vous professez toujours?... Eh bien! mais alors que venez-vous donc me demander? des élèves?

— Non, monsieur, mais comme, en temps de décadence, le cancan fait le plus grand tort à la véritable danse, si je trouvais un emploi de prévôt, dans un théâtre à ballets... fût-ce même loin de Paris, je me déciderais à lâcher ma classe. J'ai pourtant en ce moment trois élèves qui vont très-bien, entre autres la fille d'un charcutier... c'est une enfant de sept ans, qui a les plus grandes dispositions pour le menuet; et un jeune garçon épicier, de seize ans, qui saute en faisant des entrechats, au point que j'ai peur pour mon plafond... Il est vrai que je loge à un entre-sol très-bas.

— Tout cela doit bien vous fatiguer, monsieur Deschassez, car enfin vous n'êtes plus jeune?

— Soixante et un ans, monsieur, mais toujours vert comme le laurier... et tirant l'épée dans l'occasion... Oh! je suis encore solide au poste... et il ne faut pas me regarder de travers, ni me marcher sur le pied... je prends feu comme le phosphore!...

— Je comprends très-bien que vous preniez feu facilement; mais je doute fort... tout solide que vous soyez, qu'on veuille de vous pour prévôt... et il me semble qu'il serait bien plus agréable pour vous, monsieur Deschassez, de trouver un emploi sédentaire, mais honorable et bien rétribué, qui ne vous occuperait que dans la journée... de dix heures à quatre...

— Est-ce que vous auriez une place comme cela à m'offrir, par hasard?

— Mais certainement, j'en sais justement une disponible...

— Ah! vous avez des places à donner?...

Et le petit homme sec dit ces mots d'un ton tant soit peu gouailleur. Mais l'homme de cabinet n'y fait pas attention et continue :

— Monsieur le professeur de danse, que diriez-vous d'une place de caissier dans une grande maison de banque?...

— Mais je dirais que cela dépend dans quelle maison!

— C'est tout ce qu'il y a de mieux à Paris. Vous devez avoir entendu parler de la maison Perdaillon-Berlingot et Compagnie?

— Jamais!

— C'est possible, parce qu'elle commence... et puis où logez-vous?

— Faubourg du Temple.

— Naturellement le faubourg du Temple a peu de rapports avec le boulevard Malesherbes. Voulez-vous entrer comme caissier dans cette maison?... je ne doute pas que vous ne sachiez compter...

— Oh! pour compter, je ne suis point embarrassé... et les appointements?

— Quatre mille francs d'abord, mais tous les ans on est augmenté.

— Alors, ça peut devenir très-bon.

— C'est-à-dire que cela équivaudra à un traitement de préfet... et notez que vous avez peu de besogne dans les commencements. Cela vous va?

— Mais oui... Quand entre-t-on en fonctions?

— Vous reviendrez dans trois jours, et je vous conduirai moi-même chez les banquiers en question.

— Et je serai accepté?

— J'ai leur parole, c'est une affaire arrangée; seulement quand vous reviendrez il ne faudra pas oublier la petite formalité d'usage...

— Ah! il y a une formalité à remplir... je m'y attendais.

— Oui, vous savez, le cautionnement; on ne trouve jamais une place de caissier sans fournir un cautionnement.... Jamais! jamais!...

— Ah! très-bien, c'est-à-dire qu'il faut payer pour avoir une place...

— Ce n'est pas payer... c'est donner une sûreté à ceux qui vous confient leur caisse...

— Mais s'il n'y avait rien, dans leur caisse?

— Oh! quelle plaisanterie!... d'ailleurs, cela ne prouverait encore rien : une caisse peut être vide aujourd'hui et pleine demain; du moment qu'une maison a du crédit, cela suffit. Vous êtes un homme d'ordre... un homme rangé, vous avez dû faire quelques économies... vous donnerez trois mille francs, cela suffira.

— Ah! vous voulez que je vous donne trois mille francs?

— Si cela vous gêne, n'en donnez que deux... à la rigueur, on accepterait quinze cents francs tout de suite; vous compléteriez les mille écus plus tard...

— Sur mes appointements, peut-être?

— C'est cela même, sur vos appointements; le principal, pour vous, c'est d'entrer en fonctions...

— Ah! ah! ah!

— Eh bien! qu'avez-vous donc à rire?

— Je ris de toutes les blagues que vous me dites pour me soutirer de l'argent!...

— Vous soutirer de l'argent... quand je veux vous faire avoir une place magnifique!...

— Chez des tripoteurs de votre façon, n'est-ce pas? avec qui vous partageriez mon pauvre argent, à moi, en vous moquant de votre dupe!...

— Monsieur Deschassez, vous m'insultez!... Qui vous a donné le droit de douter de mes offres?...

— Vos cartons, mon cher monsieur, vos cartons qui sont vides... *Affaires en train*, *Héritages à recouvrer*, *Places à donner*... rien... rien... dans aucun.

— Comment, monsieur, vous vous êtes permis de visiter mes cartons?

— Et j'ai fièrement bien fait; je tenais à me renseigner sur votre compte, je le suis. Ah! il y a cependant un carton dans lequel j'ai trouvé quelque chose... le mémoire de votre tapissier... de celui qui a meublé... si mesquinement, ce cabinet. Je comprends que mon cautionnement vous serait utile pour apaiser... ce créancier. Ah! ah! ah!

— Monsieur, vous avez commis un abus de confiance en fouillant dans mes cartons... je vais porter plainte contre vous!

— Faites-le donc, je vous en défie; car, moi, je conterais partout l'histoire de vos cartons vides et des cautionnements que vous exigez pour donner des places qui ne sont que des attrape-nigauds. Adieu, monsieur Volenville, permettez-moi, en partant, de vous donner un avis : quand on a des cartons vides comme les vôtres, on ne commet pas l'imprudence de faire attendre quelqu'un dans son cabinet.

Et M. Deschassez s'éloigne en riant encore, tandis que Volenville se dit :

— Il a parfaitement raison, c'est une leçon pour l'avenir.

VI

ROBILLOT EST GÊNÉ DANS SES ENTOURNURES

A cinq heures moins quelques minutes, Volenville est déjà dans le jardin du Palais-Royal. On est en plein mois d'août, le temps est superbe, aussi les promeneurs abondent. L'homme d'affaires a déjà échangé une grande quantité de saluts avec des jeunes gens élégants, qui fument des cigares de toutes les dimensions, portent des monocles sur un œil, des gilets en cœur et des chapeaux dont la forme n'a pas quatre pouces de haut. Ce sont des lions de la mode. Tant pis si la mode est laide ou si elle vous est désavantageuse! il faut la suivre; c'est une souveraine qui est fort exigeante.

Volenville aperçoit Berlingot qui, tout en humant son panatellas, vient de son côté. Il s'empresse d'aller lui prendre le bras :

— Eh bien! où en sommes-nous?... as-tu un local?

— J'ai tout ce que tu désirais; boulevard Malesherbes, une maison neuve, superbe porte cochère! escalier à rampe dorée!... au premier étage; un appartement magnifique, huit ou neuf pièces! je ne sais pas au juste, je me suis perdu dedans... et des glaces superbes dans les salons!...

— Bravo!

— Des plafonds avec rosaces et corniches dorées!... Ah! c'est un peu cher... six mille francs de loyer!

— Que nous importe?

— J'ai fait un bail de neuf ans.

— Très-bien!

— Par exemple, il faut meubler tout cela!

— Tout cela! pourquoi faire? L'entrée, les bureaux, et un salon où l'on recevra, voilà tout ce qu'il faut meubler pour le moment; plus tard, si cela nous est nécessaire, nous verrons à meubler le reste. As-tu un tapissier?

— Oui, mais il veut un peu d'argent tout de suite, sans quoi il n'apporte rien.

— Tiens, prends ces deux cents francs, tu les donneras en pâture à ce sordide tapissier.

— Ah! tu as donc de l'argent, toi?

— Le campagnard a lâché, non sans difficulté, cinq cents francs pour les premiers frais... et pour être reçu dans le cercle des Mélodieux. C'est avec son argent que je vais lui payer à dîner...

— Naturellement, c'est toujours comme cela que l'on procède.

— Mais il est un peu méfiant. Comme tous les gens de la campagne, il ne lâchera pas la grosse somme sans avoir vu la maison dans laquelle il doit la verser. Il faut que, dans deux jours, tout soit en état dans notre beau local du boulevard Malesherbes. N'oublie pas de faire faire une séparation avec un vitrage dans la salle où sera la caisse.

— Je n'oublierai rien. Qui mettrons-nous pour caissier?

— Nous n'avons à nous que Croquet...

— Il est bien maigre pour un caissier! Ça ne représente pas!...

— Sans doute! mais veux-tu que nous prenions encore un associé? Dans les affaires que nous faisons, c'est désagréable d'être beaucoup pour partager le gâteau. Croquet est un bon enfant, qui se contente de ce que nous lui donnons.

— Va donc pour Croquet!... Je mettrai deux gamins pour commis; je leur dirai de faire dans la journée le compte des personnes qui passent sur le boulevard Malesherbes, ça les occupera sans les fatiguer.

— Il faut aussi un groom pour annoncer.

— Mon portier veut pousser son fils, qui a huit ans, il me le confiera. Si tu nous donnais Fricandeau, qui est tout habillé?...

— Pour que mon marchand de fromages le reconnaisse pour l'avoir vu chez moi?... Quelle maladresse!... D'ailleurs, ce garçon n'est pas assez malin... Je le renverrai. N'oublie pas les cuivres pour mettre sur les portes avec ces mots : *Perdaillon-Berlingot et Compagnie.*

— Sois tranquille... mais où donc est-il, ton campagnard ?

— Je ne l'aperçois pas encore et cela m'étonne...

— S'il avait rencontré d'autres farceurs qui l'aient entortillé ?

— Non ; d'abord je lui ai inspiré de la confiance, ensuite il ne voudrait pas avoir déboursé cinq cents francs en pure perte... Je lui ai dit que je le ferais recevoir aux Cercles des Mélodieux.

— Et où le mèneras-tu?...

— A l'Eldorado ou à l'Alcazar, n'importe dans quel café chantant ; je lui dirai que c'est un cercle.

— Tu crois qu'il sera de cette pâte-là ?

— Je crois qu'en sachant bien m'y prendre je ferai croire au Robillot que la mer est venue à Paris.

— Ah ! regarde donc là-bas... cet homme mis si drôlement... et qui marche comme s'il avait des poids de dix livres au fond de sa culotte...

— Eh ! mon cher, c'est lui ! c'est notre homme !... c'est mon campagnard qui s'est fait habiller entièrement dans un magasin de confection !

— Ah ! le malheureux ! comme on l'a fagoté !... Allons à son secours, car il semble avoir une bien grande difficulté à faire aller ses jambes.

M. Robillot n'est en effet plus reconnaissable. Il a un pantalon écossais, dont les fonds sont trop étroits pour son personnel ; par-dessus son petit gilet à veste, boutonné, qu'il a conservé, il a un habit croisé droit en drap pointillé, avec boutons de cuivre, qui lui serre fortement la taille et, par-dessus cet habit, un paletot en alpaga noir extrêmement large. Ajoutez à cela une cravate à rosette, un chapeau fait en cône, des bottines vernies qui le gênent beaucoup, et vous comprendrez que cela ne ressemblait plus à l'homme en blouse que l'on avait vu le matin. Mais l'homme en blouse n'était pas ridicule et marchait à son aise dans ses vêtements, tandis que le particulier, qui avait endossé tous les rossignols d'un magasin de confection, prêtait à rire à tout le monde, tant par l'originalité de sa toilette que par sa tournure gauche et embarrassée.

Aussi pousse-t-il un cri de joie en apercevant Volenville.

— Ah ! vous voilà, mon cher monsieur l'homme d'affaires ! Saperlotte ! je suis content que vous arriviez, car je m'embêtais dans ce jardin... Je ne sais pas ce qu'ils ont aujourd'hui, tous les gens qui se promènent me regardent comme si j'étais un Bédouin !... Est-ce que j'ai l'air d'un Bédouin ?

— Mais nullement, mon cher monsieur Robillot, vous êtes superbe, au contraire ; aussi, d'abord, je ne vous reconnaissais pas...

— Ah ! dame... je suis tout neuf, de la tête aux pieds !... C'est de la confection, je m'en suis flanqué !... on m'a donné ce qui est le plus à la mode...

— Mais il y a déjà longtemps que j'étais arrivé, moi ! C'est vous qui êtes en retard.

— Ah ! je vais vous dire : c'est la faute à la confection... Quand on n'a pas l'habitude, ça gêne un peu... dans les entournures... mais le marchand m'a bien assuré que ça se ferait. Les brodequins aussi me gênent le gros pouce...

— Vous êtes supérieurement chaussé ! J'admire aussi ce joli bambou que vous tenez et qui remplace ce gros vilain bâton qui vous servait de canne.

— Oui, le bambou est soigné ; mais je regrette mon bâton parce que je pouvais m'appuyer dessus... tandis que ça, pas moyen, ça plie tout de suite.

— Permettez, monsieur Robillot, que je vous présente la personne dont je vous ai parlé : M. Berlingot, associé de la maison Perdaillon-Berlingot et Compagnie.

Berlingot s'avance, envoie une grosse bouffée de fumée au nez de Robillot et lui présente sa main, en lui disant :

— Monsieur, enchanté de faire votre connaissance... D'après ce que M. de Volenville m'a dit de vous, j'aime à croire que vous me permettrez de la cultiver.

Le campagnard s'empresse de saisir et de secouer la main qu'on lui présente, en répondant :

— Monsieur, assurément. De mon côté, si je ne vous en dis pas plus... c'est tout comme... voilà comme je suis ! Mais, dites-moi donc, messieurs, est-ce que vous ne pensez pas à dîner ? Moi, j'ai l'estomac qui bat le rappel...

— Si fait, vraiment, nous pensons à dîner, monsieur Robillot ; et à très-bien dîner même...

— Par ici, on m'a dit qu'on pouvait dîner gentiment à quarante sous par tête...

— Ah ! fi donc, mon cher client, est-ce que nous allons au prix-fixe ?... D'ailleurs vous oubliez que c'est moi qui vous ai invité ; par conséquent, les prix ne vous regardent pas.

— Ah ! c'est vous qui régalez ? Tant mieux !... Je vais me pousser de nourriture, alors !

— Venez, messieurs, je vous mène aux Frères-Provençaux. Mais est-ce que vous boitez, monsieur Robillot ?

— Non... c'est le pantalon qui est un peu juste... entre les jambes.

— Pourquoi ne pas en avoir pris un plus large ?

— Ah ! je tenais à celui-là... ses carreaux blancs et noirs m'ont donné tout de suite dans l'œil... Il est joli, n'est-ce pas ?

— Il est très-voyant, dit Berlingot.

— Un vrai damier, quoi ! A Meaux, si les amis me voyaient ça, ils seraient capables de me demander à jouer aux dames sur le fond de mon pantalon.

On entre dans les salons des Frères-Provençaux, où déjà plusieurs tables sont occupées. Volenville marche en avant pour choisir la place qui lui plaît. Robillot marche derrière lui, et salue toutes les personnes attablées devant lesquelles il passe ; les uns le regardent en riant, les autres d'un air choqué de cette familiarité : mais personne ne répond à son salut ; Berlingot, qui vient après lui, ne cesse pas de lui dire :

— Ne saluez donc pas !... Vous ne connaissez pas tout ce monde... chacun est ici pour soi !

Mais le campagnard, ébloui par la beauté des salons, par la vue des glaces, des huîtres, s'obstine à saluer, même les garçons qui passent à côté de lui. Ce qui impatiente considérablement Berlingot ; d'autant plus que, gêné dans ses mouvements, embarrassé par sa canne et son chapeau, Robillot a déjà manqué plusieurs fois de renverser les carafes ou les bouteilles qui se trouvaient sur les tables devant lesquelles il s'inclinait. Mais en passant devant un monsieur et une dame fort jolie, auxquels le garçon se dispose à servir un poulet à la reine, notre marchand de fromages fait tout à coup un salut si profond, qu'il envoie sa canne dans le nez du garçon qui se trouvait derrière lui. En voulant éviter la canne, le garçon s'est reculé brusquement, et ce mouvement a fait rouler à terre le poulet qu'il allait servir.

Le garçon est furieux. La dame et son cavalier rient aux larmes. Berlingot dit à Robillot :

— Que le diable soit de vos salutations!... Voyez ce dont vous êtes cause!

— Quoi donc?

— Un poulet qui est tombé du plat que ce garçon apportait...

— Un poulet!... Ah! je le vois... il est sous la table là-bas...

Et le campagnard, se mettant à quatre pattes, attrape le poulet, l'essuie avec son mouchoir et le présente à la dame en lui disant :

— Il n'a rien... qu'un peu de sauce de moins... mais il sera bon tout de même.

Le garçon a repris son poulet avec colère et le remporte, en disant :

— Vous le payerez, monsieur, on le mettra sur votre carte.

— Qu'est-ce qu'il dit? demande Robillot, que je le payerai?... Par exemple!...

Mais Volenville a fait choix d'une table. On y pousse le marchand de fromages, on le fait asseoir, et ces messieurs en font autant.

— Il était temps, dit Berlingot, je n'y tenais plus!...

— Vous avez très-faim? moi aussi, dit Robillot. Ah! messieurs, je propose de manger quelque chose de fort bon... Oh! un vrai régal!... C'est de la soupe aux choux avec un morceau de lard dedans; ça vous va, hein?

— Mon cher client, dit Volenville, je suis désolé de vous refuser ce potage, mais ici on en a une grande quantité d'autres qui valent mieux. Laissez-moi vous traiter à la parisienne, j'aime à croire que vous ne serez pas mécontent du dîner que je vous ferai faire...

— Oh! comme vous voudrez! Je proposais ça... comme je vous aurais dit... un haricot de mouton... c'est notre plat du dimanche, à nous autres.

— Garçon!... du madère... Préférez-vous de l'absinthe pour vous ouvrir l'appétit?

— Oh! mon appétit est tout ouvert... après ça, je prendrai bien des deux.

— Bornons-nous au madère, cela vaut mieux... goûtez-moi cela pendant que je fais notre menu...

— Un menu, qu'est-ce que c'est que ça?

— C'est notre dîner.

— Dites donc, ne le faites pas trop menu alors, car j'ai une fameuse faim!

— Soyez tranquille...

— Savez-vous que c'est superbe ici!... nous n'avons pas de cabaret comme ça, à Meaux.

— Aussi n'êtes-vous pas ici dans un cabaret. Garçon, voici notre carte... soignez bien tout... faites frapper du champagne... du moët...

— Vous faites frapper quelque chose?

— Du champagne... Est-ce que vous n'aimez pas le champagne frappé... autrement dit glacé?

— Glacé? Je n'en ai jamais bu.

— Vous allez faire sa connaissance.

— Boire glacé! ça m'enrhumera?

— Non, cela vous réchauffera au contraire. Mais avant tout donnez-moi donc des nouvelles du fameux portefeuille... est-il en sûreté?

— Pardi! il ne m'a pas quitté... Tenez, il est là... toujours dans la petite veste. Quand je me suis confectionné je ne l'ai pas ôté, seulement je n'ai pas laissé la grosse somme dedans; j'ai gardé un billet de mille, c'est moins dangereux à porter.

— Et qu'avez-vous donc fait du reste?

— Oh! c'est en sûreté. J'ai trouvé une cachette dans la chambre qu'on m'a donnée... le diable ne la découvrirait pas!

— Très-bien. Voici M. Berlingot à qui j'ai parlé de vos fonds et du désir que vous aviez de les placer dans la maison Perdaillon et Compagnie...

— Oui, dit Berlingot, en se dandinant sur sa chaise, mais c'est difficile!... très-difficile. Nous avons déjà tant de fonds à faire valoir... nous sommes encombrés de demandes semblables!...

— Parce que l'on sait que votre maison est solide; mais enfin, mon cher Berlingot, il faudrait faire quelque chose pour moi et ce brave M. Robillot, pour lequel je me suis senti tout de suite de la sympathie, de l'inclination...

— C'est vrai, dit Robillot, nous nous sommes convenus du premier abord, au point que monsieur voulait me prêter de l'argent, à moi, qu'il ne connaissait pas... Ça m'a touché tout de suite!...

— Vraiment, mon cher de Volenville, ce serait donc pour vous obliger ainsi que monsieur... C'est deux cent mille francs que vous avez à placer?

— Oui, monsieur, c'est-à-dire je n'ai que cent mille francs ici... et ma femme voudrait garder le reste.

— Ah! permettez, monsieur, je prendrai les deux cent mille ou rien du tout!... et vous allez me comprendre : si nous faisons tant que de nous charger d'une affaire, encore faut-il qu'elle en vaille la peine! Par exemple, si quelqu'un venait m'offrir quarante ou cinquante mille francs, je lui dirais : Allez vous promener et portez cela chez quelque petit négociant borgne; croyez-vous que je vais vous ouvrir un compte pour une misère! Tandis... que si l'on m'apporte un million!... Ah! j'accepte tout de suite, parce qu'avec un million on peut faire de vastes opérations... Vous avez compris, je pense?...

— C'est clair comme de l'eau de roche, dit Volenville.

— Oui... oui... monsieur, je comprends... Alors, vous ne voulez pas de mes cent mille francs?

— Si fait! je les prendrai d'abord, parce qu'avec votre promesse d'avoir les autres plus tard, je suis tranquille; et je certifierai à mon associé, M. Perdaillon, que j'ai votre parole pour le reste...

— D'ailleurs, reprend Volenville, je suis persuadé que monsieur Robillot saura bien faire entendre raison à sa famme... surtout quand il lui dira que son argent est placé à... Combien donnerez-vous d'intérêt à notre ami?... Voyons, Berlingot, traitez-le comme si c'était pour vous!

Berlingot a l'air de réfléchir, de calculer, et répond enfin :

— Dix pour cent, pour commencer. Nous verrons ensuite à faire monter cela!...

— Dix pour cent! s'écrie Robillot en écarquillant les yeux. Ah! ma foi... ça me va, cela!...

— Hein! mon cher client, que vous avais-je dit? Que vos fonds seraient bien placés!... Vous voyez que vous n'aurez pas à vous repentir d'avoir eu confiance en moi!... et que vous aurez le droit d'exiger de votre femme le restant de vos écus.

— Pardi!... je comprends, à présent. Plus je placerai et plus j'aurai de revenu!...

— C'est ça même!... Vous avez parfaitement compris!

— Mais voilà le potage, messieurs, assez parlé d'affaires!

VII

LE NEVEU DE VOLENVILLE

Robillot fait une légère grimace en avalant du potage aux bisques qu'il ne trouve pas aussi à son goût que la soupe aux choux. Mais bientôt un bifteck succulent lui rend sa bonne humeur, et, pour l'entretenir, son amphitryon lui verse souvent du champagne frappé avec lequel il ne craint plus de s'enrhumer.

Une table était libre près de ces messieurs. Un jeune homme vient d'entrer dans la salle, il va se placer à cette table. C'est un grand brun, dont la figure est sérieuse, mais sympathique. Ses traits sont assez réguliers, ses yeux noirs ont une expression douce et triste à la fois; ce n'est pas ce qu'on appelle communément un joli garçon, mais c'est une personne qui peut plaire, surtout aux femmes qui préfèrent un homme qui pense à un homme qui bavarde.

Celui-ci s'est installé à la table, sans d'abord faire aucune attention aux personnes qui sont à côté de lui, et c'était Volenville qui se trouvait être assis à sa gauche; mais l'homme d'affaires qui vient de se tourner pour regarder son voisin s'écrie :

— Tiens! mon neveu!...

— Mon oncle! dit à son tour le jeune homme qui n'est pas bien enchanté de la rencontre, mais ne laisse rien paraître de ce qu'il éprouve.

« Ah! vous dînez ici, mon oncle?

— Mais comme vous voyez, mon beau neveu, en compagnie de mon ami Berlingot et de M. Robillot, négociant de Meaux.

Henry Demarsay se borne à s'incliner devant ces messieurs. Mais le campagnard, qui est déjà un peu échauffé par le vin frappé et devient très-bavard, s'écrie :

— Ah! monsieur est votre neveu!... Eh bien! alors il est des nôtres... entre oncle et neveu, il n'y a que la main. Il faut vous mettre à notre table, jeune homme, nous dînerons tous ensemble... Quand je dis : nous dînerons, j'en ai déjà pas mal avalé! Votre oncle est un fameux lapin, il me fait manger des choses où je ne connais goutte!... Tout à l'heure, c'était du poisson et j'aurais juré que c'était de la volaille... Et des sauces... qui emportent la bouche! mais c'est égal, c'est bon!... et puis ce diable de vin frappé!... Je m'y fais, oh! mais je m'y fais beaucoup!... Mettez-vous donc là...

— Merci, monsieur, mais je préfère rester où je suis.

— Ah! c'est pas gentil, ça!

— Mon cher Robillot, reprend Vollenville, mon neveu n'est pas un viveur comme nous, et puis il n'est pas d'une humeur bien joyeuse, notre gaieté ne le ferait pas rire... il n'y prendrait point part; il vaut donc mieux le laisser à sa table, où je gage bien qu'il ne se fera pas servir du moët frappé.

— Bah! vraiment? monsieur ne veut pas en boire avec nous?

— Non, monsieur, je vous suis infiniment obligé, mais mon oncle vous a dit vrai : je ne suis pas un viveur, et je serais fort déplacé à votre table... ne vous occupez donc pas de moi.

— Est-ce qu'il a mal quelque part? demanda Robillot, en se penchant vers Volenville.

— Non, il n'est pas malade du tout, mais je vous répète que c'est un caractère sérieux, peu sociable; il ne rit jamais.

— Ah ben! il ne ressemble pas à son oncle, alors!... Vous êtes un fameux compère, vous!... Ah! vous m'allez!... Vous êtes dans mon genre!

— Vous êtes trop bon!

— Monsieur Bouzingot... Boudinot... ça ne fait rien, me va aussi... A votre santé, messieurs!

— Merci.

— Et à celle de vos épouses!...

— Nous n'en avons pas.

— Vous n'avez pas d'épouses, ni l'un, ni l'autre?

— Non, nous sommes garçons.

— Ah! bien, à Meaux, nous avons tous des épouses... plutôt deux qu'une!

— Ah!... libertin! je gage que vous êtes un don Juan, dans votre pays?

— Don Juan... connais pas cet homme-là; est-ce qu'il vend du fromage?

— Non, mais il tournait la tête à toutes les femmes!

— Oh! moi pas... et ma femme elle-même, voyez-vous, elle ne voulait pas m'épouser; elle prétendait que je sentais trop le fromage, mais elle a fini par s'y faire.

Pendant que Robillot écoute une blague que Berlingot lui débite avec un air de bonhomie, Volenville se tourne vers son neveu et lui dit :

— Vous êtes donc à Paris maintenant, Henry; est-ce pour longtemps?

— Je viens m'y fixer, mon oncle, ou du moins j'y resterai jusqu'à ce que j'aie trouvé ce que j'y cherche.

— Ah! je devine!... Vous êtes toujours occupé de votre belle Mathilde... votre ancienne passion!...

— J'avoue que j'y pense toujours!...

— Fou que vous êtes!... pour un homme qui a des principes si sévères... qui ne comprend pas que l'on aime le jeu, le vin, tous les plaisirs enfin... vous n'êtes guère raisonnable.

— Cela prouve, mon oncle, que chacun ici-bas a son grain de folie. Mais elles sont toutes excusables quand elles ne touchent pas à l'honneur.

— L'honneur! l'honneur!... vous n'avez que ce mot-là dans la bouche!...

— Je l'ai ailleurs aussi, car il est gravé dans mon cœur!

— Ça doit bien vous gêner la respiration?

— Vous vous trompez, on ne se porte jamais si bien que lorsqu'on n'a rien sur la conscience.

— Ce sont de belles phrases, tout cela!... mais quand on a le gousset vide, cela rend la conscience diablement élastique!... Et vous ne faites pas autre chose à Paris que chercher votre infidèle?...

— Vous savez que j'ai fait mon droit; j'ai été reçu avocat, je puis plaider quand l'occasion s'en présentera...

— Après tout, vous avez de quoi vivre! Votre père a dû vous laisser de la fortune?... Il était beaucoup plus riche qu'il ne voulait en convenir; c'était une malice pour ne pas prêter d'argent à ses parents et amis!...

— Vous vous trompez, mon oncle, mon père n'avait qu'une fortune modeste. En mourant, il m'a laissé en

Henri a saisi Dutalon à la gorge. (Page 33.)

tout sept mille francs de revenu; vous voyez que ce n'est pas une fortune...

— Et beaucoup de créances à recouvrer sans doute?

— Il y en avait bien quelques-unes... mais elles étaient toutes mauvaises!

— Parce que vous n'avez pas su vous y prendre. Il fallait me confier tout cela, à moi, et j'aurais bien su en tirer quelque chose, de ces créances!...

— Même des vôtres, mon oncle?

Henry Demarsay a dit ces derniers mots en souriant. Volenville hausse les épaules en répondant :

— Les miennes!... est-ce qu'entre parents on doit compter les services qu'on se rend?... Quelle petitesse!...

— Aussi, mon oncle, n'ai-je jamais eu la pensée de vous en parler; je vous dirai même plus : tous les billets que vous aviez faits à mon père ont été brûlés par moi.

— Vous avez aussi bien fait; ce n'était bon qu'à allumer votre cigare!...

— Au reste, c'était l'intention de mon père que j'exécutais. Il m'a dit avant de mourir : « Tu brûleras les billets que ton oncle me doit; tu ne lui réclameras jamais rien! »

— C'est heureux!

— « Seulement tu vas me faire une promesse... »

— Ah! voyons cette promesse?

— « C'est que jamais, et sous aucun prétexte, tu ne prêteras ne ni donneras d'argent à M. Edelbert Volenville, parce que je ne veux pas que ce que j'ai gagné loyalement serve plus longtemps à entretenir ses folles dépenses. Il est temps, d'ailleurs, s'il veut encore être reçu chez les gens honnêtes, qu'il rompe avec les mauvais sujets dont il s'entoure, et mène une conduite plus... »

— Eh bien!... achevez donc?

— « Plus droite, plus honorable. »

— Ta! ta! ta!... Votre père avait la fièvre quand il vous a dit cela!... Après tout, je ne vous ai emprunté de l'argent que trois fois depuis... vous m'avez refusé!... Très-bien! Je ne vous en veux pas!... Grâce au ciel, je n'ai pas besoin de vous pour arriver. Mes affaires prospèrent... mon cabinet a la vogue, et j'espère bientôt former une grande maison de banque et d'escompte!...

— J'en serai enchanté, mon oncle; personne plus que moi ne désire vous voir heureux.

— Merci, mon neveu, j'en dis autant pour vous; car au fond vous n'êtes point un méchant garçon, seulement vous n'êtes pas dans le progrès... et, ce que je ne comprends pas, c'est votre persistance à aimer une femme qui vous a oublié puisqu'elle en a épousé un autre!...

— Ah! mon oncle, vous n'avez jamais connu l'amour?...

— Si fait!... je l'ai connu, je l'ai pratiqué, avec succès même!... Seulement, ce n'était jamais bien long... Une seule femme... cette pauvre Georgina, avait pris mes serments, mes promesses au sérieux... elle était persuadée que je l'épouserais...

— Et vous l'avez abandonnée, mon oncle?

— Que diable! mon cher ami, si j'avais épousé toutes les femmes auxquelles j'ai fait cette promesse, il me faudrait aujourd'hui le palais de l'Industrie pour les loger!... L'amour est une comédie bourgeoise, qui se joue dans le monde et partout. Il y a des pièces qui ne durent qu'un acte, il y en a en cinq et quelquefois avec une infinité de tableaux. Au théâtre, cela finit presque toujours par un mariage; dans le monde, cela finit par une rupture. Quand par hasard cela se termine par un mariage, l'amoureuse épouse rarement son amoureux. Nous ne sommes pas fidèles à nos belles, dites-vous; mais puisqu'on doit changer, il faut bien que quelqu'un commence; quand ce n'est pas nous, ce sont ces dames qui nous plantent là... Vous en savez quelque chose?...

— Ah! si mon père ne m'avait pas envoyé en Russie, Mathilde serait ma femme... car elle m'aimait!... elle m'aurait tout sacrifié!... Chère Mathilde!... qu'elle était belle!... Vous l'avez vue, n'est-ce pas, mon oncle?

— Une seule fois, à Lyon, dans un bal; on m'a dit: Tenez, voilà mademoiselle de Brillanval...

— Convenez qu'elle était ravissante?

— Ravissante! c'est peut-être un peu exagéré; mais elle est fort bien!... grande... belle tournure... C'est une femme appelée à briller dans le monde.

— Et vous, mon oncle, vous ne savez pas le nom de l'homme qu'elle a consenti à épouser?... C'est bien extraordinaire!

— Il n'y a rien d'extraordinaire là-dedans: je n'habitais pas Lyon, moi. Et, d'ailleurs, il paraît que la famille Brillanval avait aussi quitté cette ville avant le mariage de mademoiselle Mathilde. Quand je suis allé voir votre père, longtemps après, comme il me parlait de vous, de la bonne idée qu'il avait eue de vous faire partir pour la Russie, il ajouta en se frottant les mains: « Au reste, il peut revenir; maintenant, sa belle Mathilde est mariée!... » — « Ah! la personne que mon neveu adorait est mariée, dis-je, et qui donc l'a épousée? » Votre père hésita quelque temps, puis, après avoir réfléchi, me répondit: — « Il est inutile que je vous apprenne le nom du mari de cette dame, car vous pourriez un de ces jours le dire à mon fils, et je désire qu'il l'ignore... J'ai de fortes raisons pour cela. — Pardieu! repris-je, vous craignez que votre fils n'aille trouver ce mari et ne l'appelle en duel, voilà vos raisons; elles sont faciles à deviner! » Votre père secoua la tête d'une singulière façon, en disant à demi-voix... mais je pouvais l'entendre: « Non!... il y a d'autres raisons que cela!... »

— C'est singulier... mais cette persistance à me cacher le nom de ce mari ne fait que redoubler mon désir de le connaître. Tout ce que j'ai pu savoir, c'est que ce fatal mariage s'est fait à Paris où sans nul doute ce mari est établi... Est-ce un commerçant, un capitaliste, un homme lancé dans les affaires? je n'en sais pas plus. Mais, vous, mon oncle, qui allez sans cesse dans le monde... dans les fêtes, aux spectacles, vous auriez pu rencontrer Mathilde... et, à coup sûr, vous la reconnaîtriez; elle a une de ces figures que l'on n'oublie pas.

— Je crois bien que je la reconnaîtrais, mais je ne l'ai pas rencontrée...

— Ah! si un jour le hasard voulait que vous fussiez plus heureux que moi, si vous aperceviez Mathilde, de grâce, suivez-la, sachez quel est son nom... et vous me le diriez, n'est-ce pas?

— Ah! vous voulez que je vous serve de Scapin, de Frontin?... Drôle de rôle pour un oncle!...

— Pardon, je vous demandais cela... j'ai eu tort sans doute...

— Non, non, oh! cela ne me fâche pas du tout, je serai charmé de pouvoir vous être agréable. Si je rencontre un jour votre infidèle, soyez tranquille, je vous promets que vous saurez bientôt et son nom et sa demeure.

— Ah! merci, mon oncle, merci mille fois!...

— Seulement, pour que je puisse vous donner ces renseignements, il est indispensable que je sache où vous logez...

— Ah! c'est juste! tenez, voici mon adresse sur cette carte...

Volenville lit la carte en disant:

— Ah! vous n'habitez donc pas dans un hôtel garni?

— Non, mon oncle, j'ai trouvé un logement fort convenable dans une maison bien habitée; je préfère cela aux hôtels garnis, et c'est moins cher.

— Oh! toujours l'économie en avant; vous ne vous ruinerez jamais, mon neveu!

— Je n'en vois pas la nécessité, mon oncle.

Des éclats de rire poussés par M. Robillot mettent fin à cette conversation:

— Figurez-vous, dit le campagnard, qui commence à avoir la parole pâteuse, figurez-vous, mon homme d'affaires, que ce farceur de Berlingigot...

— Berlingot, s'il vous plaît!

— Ça ne fait rien! enfin que ce damné farceur veut me faire accroire qu'il boirait un verre de champagne tout plein sans toucher au verre!... Elle est forte, celle-là!...

— C'est possible, mon cher monsieur, et je ne vous conseille point de parier...

— Cinq napoléons que je le fais? dit Berlingot.

— Cinq napoléons!... Merci! je parie cinq sous à la bonne heure!

— Je ne montre pas le tour à ce prix-là!

— Dites donc, vous, le neveu, il me semble que vous avez pas mal jacassé avec votre oncle!... Il paraît que vous en aviez long à vous dire. Eh bien! à présent, est-ce que vous ne trinquerez pas avec nous... un verre de frappé à la mémoire du parent dont j'ai hérité... car, tel que vous me voyez, j'ai hérité... de deux cent mille francs, et je n'en suis pas plus fier... et, ces deux cent mille francs, votre oncle et Berlingot que voilà se chargent de leur faire faire des petits, et ça va marcher joliment!...

Henry se pince légèrement les lèvres, il ne répond rien. Volenville s'empresse de s'écrier:

— Mon cher monsieur Robillot, il a été convenu tout à l'heure que nous ne parlerions plus d'affaires; nous sommes ici pour nous amuser... buvons!

— C'est juste! il a raison, buvons... voyons, le neveu... un verre à la santé de mon épouse?...

Henry hésite, mais son oncle le regarde, il se rappelle le service qu'il a promis de lui rendre et craint de le fâcher en refusant encore. Il accepte le verre de champagne que le campagnard lui présente en disant:

— Puisque cela vous est agréable, monsieur, je bois à la santé de votre femme...

— Bravo!... Thérèse sera contente... et je lui écrirai, et elle m'enverra les autres cent mille francs... et ceux que j'ai là, après-demain je les porte chez Merdaillon et compagnie...

— Ah! mon cher monsieur, dit Berlingot, en faisant un bond sur sa chaise, de grâce faites attention!... n'estropiez pas ainsi les noms!... c'est Perdaillon qu'il faut dire.

— Est-ce que j'ai dit autrement?

— Mais oui! vous avez très-mal dit.

— Bah! ça ne fait rien! pourvu que le cœur y soit!... A votre santé.

VIII

UN JEUNE SEIGNEUR RUSSE

Trois jeunes gens viennent d'entrer dans le salon de nos dîneurs; ce sont trois hommes fort élégants, de bonne mine, et dont les manières annoncent l'habitude de la bonne compagnie. Ils cherchent à se placer; les tables qui ne sont pas occupées deviennent rares. Cependant, il y en a encore une de libre après celle où dîne Henry Demarsay; ces messieurs se hâtent d'aller en prendre possession. Mais, en passant devant le neveu de Volenville, un de ces jeunes gens s'écrie :

— Tiens!... je ne me trompe pas!... c'est M. Henry Demarsay que j'ai le plaisir de saluer!...

Henry, frappé par cette voix, se lève aussitôt pour presser la main qu'on lui présente. C'est le plus jeune des trois nouveaux venus qui vient de lui adresser la parole. C'est un fort garçon, qui annonce tout au plus vingt-deux ans, il est grand, svelte, bien tourné; sa figure est régulière, ses yeux bleus ont une expression plutôt tendre que spirituelle, cependant il s'y mêle parfois comme le désir de montrer de la pénétration; c'est un blond, qui porte de jolies petites moustaches finement relevées par le bout; à sa manière de s'exprimer, on reconnaît sur-le-champ un étranger, quoiqu'il parle fort purement le français.

— Eh! c'est monsieur le comte Ladiscof! s'écrie Henry en pressant la main qu'on lui présente. Vous, à Paris!... par quel hasard?...

— Ce n'est pas du tout un hasard, cher monsieur, c'est bien exprès que je suis venu dans votre pays.... Ne vous l'ai-je pas dit plusieurs fois à Pétersbourg, quand j'eus l'avantage de vous y connaître : « Je veux aller à Paris, c'est mon plus grand désir, c'est ma pensée de tous les jours!... car, d'après ce que m'ont raconté mes compatriotes qui ont eu le bonheur d'y aller, c'est là que les plaisirs naissent sous nos pas. »

— C'est vrai, oui, vous m'avez dit cela!... Mais M. le comte votre père ne se souciait pas de vous laiser venir en France?

— Mon père est mort il y a trois mois. Alors je me suis occupé de réaliser une partie des biens qu'il m'a laissés, après quoi je me suis dit : « Allons manger cela à Paris!... » N'ai-je pas bien fait? Je suis jeune, j'ai une fortune dont je ne sais que faire... ne serais-je pas bien sot de ne point m'amuser?...

— A coup sûr, monsieur le comte, vous en avez le droit; et y a-t-il longtemps que vous êtes à Paris?...

— Non vraiment, quinze jours, pas davantage!... Je suis encore dans le ravissement de tout ce que je vois... O vos femmes!... vos femmes surtout!... elles sont à croquer... je suis amoureux de toutes celles que j'aperçois...

— C'est l'effet du premier moment, mais vous vous calmerez...

— J'espère que vous viendrez me voir, cher monsieur, et qu'ici nous renouvellerons la connaissance commencée à Pétersbourg?

— Vous êtes trop bon... Où logez-vous?

— Au *Grand-Hôtel*, sur le boulevard de la Madeleine... je n'y suis jamais... mais quand vous viendrez laissez un mot... ensuite je déjeuné presque tous les jours au *café Anglais*; vous m'y trouverez de onze heures à midi... Venez y déjeuner avec moi et vous me ferez le plus grand plaisir.

— Vous êtes trop aimable; j'aurai le plaisir d'aller vous voir.

Le jeune Russe est allé rejoindre ses deux amis, et Volenville, qui n'a pas perdu un mot de la conversation qui vient d'avoir lieu, dit alors à son neveu :

— Quel est donc ce jeune homme?

— Le comte Agénor Ladiscof; je fis la connaissance de ce jeune seigneur pendant mon séjour à Pétersbourg, il est fort aimable, il adore les Français, et se plaisait surtout à me demander des détails sur Paris, où il brûlait de venir; mais son père s'opposait à ce voyage. Vous le voyez, aussitôt qu'il est devenu libre, maître de ses actions, il s'est empressé de satisfaire son désir...

— Il est riche?

— Oui, très riche!... mais avec son goût pour les plaisirs, son amour pour le jeu, les femmes, le luxe, il saura bien dépenser sa fortune... heureux s'il ne mange pas aussi son capital!... d'autant plus qu'il est d'un caractère confiant, obligeant... il aurait besoin d'avoir près de lui un mentor, un guide.

— Vous vous chargerez de cela sans doute, vous, le Caton moderne!...

— Je ne suis pas assez lié avec le comte Ladiscof pour me permettre de lui donner des conseils, et il est probable qu'à Paris je le verrai peu, la vie qu'il mène étant diamétralement le contraire de la mienne. Au reste, avec sa fortune, il ne manquera pas d'amis; vous voyez qu'il en a déjà deux avec lui...

— Je crois bien que ce sont aussi des étrangers... l'un est un Anglais, ce n'est pas douteux... l'autre... hum!... l'autre pourrait bien être un Grec!

— Eh bien! les neveux, les oncles, est-ce que ça ne va plus? s'écrie le négociant en fromages, dont les yeux sont devenus très-petits. Vous voilà encore à jacasser à part... et vous n'entendez pas Bousingot qui m'assure à présent qu'on peut fumer par le nez!... Ah! m'en dit-il de cocasses, celui-là!... Voyons, je propose une autre tournée à la santé de mon épouse et *des celles* que vous aurez un jour...

Mais Henry Demarsay, qui ne soucie plus de boire avec les convives de son oncle, s'est empressé de payer sa carte, se lève et part en saluant ces messieurs. Lorsqu'il passe devant le jeune seigneur russe, celui-ci lui crie :

— A bientôt, n'est-ce pas?

— Je l'espère, répond Henry en s'éloignant.

— Comment! le neveu est parti comme ça! s'écrie Robillot, et sans me faire raison... c'est pas poli, ça!

— Mon cher client, je vous l'ai déjà dit, mon neveu est d'un caractère peu sociable, il ne comprend pas que l'on aime à rire, à s'amuser...

— C'est donc ça qu'il ne mange guère... car il est venu bien après nous, il s'en va et nous mangeons encore... c'est que nous sommes des hommes, nous autres!...

Mais faudra pas oublier de me mener au cercle des Mélodieux... je veux être reçu... j'ai donné cent écus pour ça... je veux être mélodieux!... Encore un peu de frappé, s'il vous plaît?...

— Où le mèneras-tu? demande Berlingot à Volenville, en parlant de façon à ce que le campagnard ne puisse l'entendre.

— N'importe où! il est gris, et demain il ne saura plus où je l'ai conduit... Est-ce que tu ne pourrais pas te charger de le mener à l'Eldorado?

— Moi? oh! non; ce soir, j'ai promis à la famille Croutmann de lui faire entendre un concert aux Champs-Élysée. Voilà la nuit, je dois aller les prendre à leur hôtel à neuf heures. Pourquoi donc voudrais-tu me charger du pigeon?

— C'est qu'il y a ici un jeune seigneur russe que je voudrais bien ne point perdre de vue...

— Ce jeune homme qui parlait tout à l'heure à ton neveu?

— Justement, c'est le comte Agénor Ladiscof... rappelle-toi ces noms-là; il n'est que depuis quinze jours à Paris, où il vient pour s'amuser, et il est fort riche... comprends-tu quelle bonne connaissance ce serait à faire?

— En effet!... Diable! la besogne donne en ce moment... ça marche!... mais tu retrouveras ce Russe, est-ce qu'il n'a pas donné son adresse?...

— Au *Grand-Hôtel*... ah! attends! je me souviens! il déjeune tous les jours au *café Anglais*... ceci fait mieux mon affaire... Oui, oui, j'ai trouvé le joint; avant peu je veux être intimement lié avec le comte Ladiscof...

— Il sera bientôt neuf heures... je m'en vais, moi.

— Hé bien! s'écrie le campagnard, qu'est-ce que c'est? Voilà Bobino qui se lève à présent!... Est-ce qu'il ne vient pas avec nous chez les Mélodieux?

— Impossible, mon cher monsieur Robillot, un rendez-vous d'affaires me réclame. J'ai plus de cinq cents napoléons à toucher ce soir...

— Bah!... si tard que ça?... Vous n'avez pas peur qu'on vous glisse des pièces fausses?

— Non! oh! je n'ai affaire qu'à des gens de la plus haute volée. Au revoir, je vous attends avec vos fonds, après-demain, à notre domicile du boulevard Malesherbes. Volenville se chargera de vous amener.

Berlingot est parti. Volenville dit à son convive :

— Avez-vous bien dîné?

— Si j'ai bien dîné?... Ah oui! je m'en flatte! si bien, qu'il me semble que je ne pourrai plus dîner de trois jours! Mais, par exemple, pour boire ça irait encore; j'ai toujours soif.

— Vous boirez chez les Mélodieux. Venez, il est temps de partir. Je vous y mènerais bien en voiture, mais, pour vous, je crois qu'il vaut mieux aller à pied, cela vous fera du bien de prendre l'air...

— Oui, ça me va! prenons l'air... Pourvu que je prenne quelque chose, je suis content.

Volenville emmène son client, qui ne manque pas en sortant de saluer toutes les personnes qui sont encore dans le restaurant. Dehors, le campagnard n'est pas solide sur ses jambes; mais à l'aide du bras de Volenville il parvient à marcher, tout en jurant après sa nouvelle canne qui plie lorsqu'il veut s'appuyer dessus.

On arrive sur le boulevard de Strasbourg et Volenville fait entrer Robillot à l'Eldorado en lui disant :

— Vous voilà chez les Mélodieux.

Le café était plein, l'orchestre jouait, le public fumait et buvait; la chaleur était grande. Le campagnard écarquille ses yeux en bredouillant :

— En voilà du monde!... Tiens, des femmes... Vous recevez aussi des femmes dans votre cercle?

— Assurément, et c'est ce qui en fait le charme.

— Alors les dames sont des mélodieuses?

— Comme vous dites. Oh! généralement les femmes ont toujours aimé la musique.

— Où donc que nous allons nous mettre?

— Venez par ici... voilà deux mélodieux qui s'en vont, nous allons prendre leur place.

— Ça y est... Et qui est-ce qui va me recevoir comme membre du cercle?

— Vous êtes déjà reçu. En entrant, j'ai fait les signes maçonniques qui indiquent que vous êtes adepte.

— Vous avez fait des signes... magiques, en entrant? Je n'ai rien vu!

— Vous ne pouvez pas tout voir. Garçon, servez nous du punch au rhum... Aimez-vous le punch, monsieur Robillot?

— Je dois l'aimer, je ne suis pas sûr d'en avoir déjà pris; à Meaux, ma femme me fait du vin et du sucre avec de l'eau-de-vie; elle appelle ça du punch... Mais que de monde dans votre cercle!... Est-ce que les femmes fument aussi?

— Elles en ont le droit.

Le garçon apporte ce qu'on lui a demandé. Pendant qu'il pose son plateau et ses verres, Robillot le regarde d'un air malin et lui dit :

— Vous savez que j'en suis, garçon?

— Comment, monsieur?

— Je vous dis : Je suis de la société, je fais partie des Mélodieux... J'en suis, quoi!...

— Monsieur, vous avez bien le droit d'être ce qui vous fait plaisir... Voilà! voilà!...

Le garçon est parti.

— Il n'a pas l'air de comprendre? dit le campagnard à Volenville.

Celui-ci, qui a hâte de se débarrasser de son convive, lui verse coup sur coup plusieurs verres de punch en lui disant :

— Il est défendu aux garçons de jamais avoir l'air de connaître les membres du cercle!...

— Ah! alors ils n'en sont pas, eux?

— Jamais. Buvez! cela vous réveillera! car vous avez l'air très-fatigué...

— Moi, non, les yeux me piquent, voilà tout... Buvons; il est délicieux, votre punch, il ne ressemble pas du tout à celui que me fait Thérèse... Mais est-ce qu'on ne va pas faire d'autre cérémonie pour me recevoir mélodieux?

— Si fait... tout à l'heure... cela se prépare. Buvez donc!

Au lieu de réveiller Robillot, le punch ne tarde pas à l'endormir tout à fait. C'est ce que Volenville espérait. Lorsque son convive a laissé sa tête tomber sur le bras qu'il a posé sur la table, il le laisse ainsi cinq minutes, puis fait signe à deux garçons et les prie de l'aider à faire sortir son compagnon. On fait avancer une voiture où on parvient à insérer Robillot. Volenville s'y place à côté de lui.

L'homme d'affaires reconduit son client, et ne le quitte qu'après l'avoir recommandé au maître de l'hôtel où il loge, en lui disant :

— Ce brave homme est porteur d'une forte somme, veillez bien à sa sûreté, monsieur, car, si on le volait, je me regarderais comme volé moi-même.

IX

LE SAVETIER DU COIN

A une centaine de pas de la demeure de Volenville, dans cette même rue Saint-Lazare, se trouve une petite boutique de fort peu d'apparence et qui n'attire pas les regards des passants. Cette boutique, on pourrait presque dire cette échoppe, qui n'a guère plus de deux mètres de façade et se ferme avec un seul contrevent, est celle d'un savetier nommé Dutalon, qui s'intitule fièrement *cordonnier en vieux*.

Dutalon est un gaillard qui touche à peine à ses quarante ans; qui est gros, gras, replet, ni laid ni beau de visage, mais déjà rouge et bourgeonné comme un buveur consommé. Le savetier, qui aurait eu assez de talent pour être cordonnier, mais qui n'a jamais aimé le travail, se plaint continuellement de ce qu'on ne fait rien, et ne fait l'ouvrage qu'on lui donne que lorsqu'il n'a plus de quoi aller au cabaret. Dutalou est sans cesse mécontent, il est de cette classe nombreuse de gens qui se plaignent continuellement des affaires, du sort, du temps, de la marche des choses, qui envient la fortune des autres et ne se disent pas que c'est à leur paresse, à leurs vices, qu'ils doivent attribuer leur misère. Mais il est bien plus commode de se plaindre et de se poser en victime, que de dire : Je suis un lâche, un paresseux, je passe ma vie au cabaret.

Cependant la petite boutique du savetier était encombrée de vieilles bottes, de brodequins, de souliers, de bottines; il avait une nombreuse clientèle, peut-être parce qu'il était le seul de son état dans le quartier, puis ensuite parce qu'il travaillait bien, lorsqu'il voulait s'en donner la peine. Mais il fallait retourner bien des fois chez lui pour obtenir ce qu'on lui avait donné à faire.

M. Fricandeau, le domestique de Volenville, avait donné sa pratique à Dutalon; le factotum de l'homme d'affaires, qui était amoureux de sa personne et se croyait fort bel homme, aimait à être bien chaussé. Mais M. Fricandeau avait aux pieds des cors et des oignons qui le faisaient souvent souffrir dans ses souliers neufs. Alors il allait les porter au savetier, en lui disant :

— Donnez-moi du jeu à cela... J'ai le pied bien fait, mais j'ai des durillons.... des cors... Je boite dans cette chaussure, et je ne veux pas boiter.

Dutalon regardait les souliers, souriait d'un air de pitié et disait :

— Celui qui a fait cela est un âne, l'empeigne est trop étroite!... il ne sait pas son métier, et il a peut-être fait fortune!... C'est toujours comme cela! ce sont les ignorants qui réussissent. Moi, j'ai du talent, et je ne réussis pas.

M. Fricandeau, qui aimait à faire de l'embarras, à singer son maître, ne dédaignait pas de causer assez souvent avec Dutalon; et celui-ci, le sachant domestique d'un homme qui faisait beaucoup de réclame, d'esbrouffe dans le quartier, l'écoutait avec déférence et se promettait de profiter de ses conseils

Ce même jour, où Robillot a si mal récompensé le tour de faveur que le valet de chambre vient de lui faire obtenir, après que son maître est parti, Fricandeau sort et va jaser avec son voisin, qui, suivant son ordinaire, fume une pipe devant sa porte au lieu de travailler.

— Bonjour, Dutalon, dit Fricandeau en adressant au savetier un salut protecteur. Eh bien, mes beaux souliers vernis sont-ils faits?

— Pas encore... Je n'ai pas eu le temps!...

— Vous n'avez pas eu le temps!... mais vous avez toujours du temps pour fumer votre pipe et lorgner les voisines... farceur!

— Ah! cré coquin! s'il fallait ne jamais se procurer un petit moment de repos et d'agrément, alors autant vaudrait se pendre tout de suite!...

— Je voudrais avoir mes beaux souliers vernis pour demain parce que je vais à une soirée brillante que donne la femme de chambre d'une dame de la haute.

— Soyez tranquille, ils seront faits demain. Ah! vous êtes heureux, vous, monsieur Fricandeau, vous êtes lancé dans les gens riches... vous devez boire de fameux vins?

— Assurément, je fais quelquefois des repas très-friands! il y a des maisons où la desserte vaut le premier couvert.

— Votre maître, M. de Volenville, doit bien se nourrir?

— Je ne sais pas s'il se nourrit bien, mais il ne me nourrit pas du tout : il ne dîne jamais chez lui. Sa maison n'est pas encore montée; mais il arrivera!... Oh! il arrivera, il s'établira, c'est un homme qui entend les affaires; ensuite deux ou trois faillites, et il aura du foin dans ses bottes.

— Comment dites-vous cela, monsieur Fricandeau? deux ou trois faillites et ça l'enrichira?

— Parbleu! d'où sortez-vous donc, Dutalon? Est-ce que vous ne voyez pas que les trois quarts de ceux qui font banqueroute reparaissent ensuite dans le monde, où ils font plus belle figure que jamais?...

— Au fait... c'est vrai... Par exemple, il y a plusieurs boutiquiers, dans cette rue, qui étalent superbement, qui affichent un très-grand luxe, et on m'a assuré que ces gens-là avaient fait banqueroute dans un autre quartier.

— Rien d'étonnant à cela... C'est un moyen très-commode de s'enrichir...

— Et c'est permis?

— Tenez, je vais vous en donner une preuve. Sur les boulevards, j'ai lu, de mes yeux lu, ceci, écrit sur une grande toile qui est attachée au-dessus de la boutique d'un marchand de confection : *Enfin nous avons donc fait faillite!... ce qui nous permet de donner nos marchandises à trois quarts de perte et de mériter ainsi la confiance du public!...*

— Vraiment! il y avait cela... et ils vendent à trois quarts de perte?...

— Pas du tout : ils vendent de vieux rossignols, des fonds de magasin dont personne ne voudrait sans cela, mais que les jobards s'empressent d'acheter, en croyant avoir profité d'une bonne occasion.

— Ah! c'est charmant!... mais les créanciers ne disent donc rien?

— Ils crient d'abord, mais on obtient un concordat dans lequel on promet de donner tant pour cent... Par exemple, vous annoncez que vous donnerez vingt-cinq pour cent, c'est le quart de ce qu'on vous a confié ou de ce que vous devez... on crie un peu!... mais si vous offrez cinquante pour cent, c'est la moitié, oh! alors on ne crie pas, on est très-content, on accepte. Vous avez votre concordat!

— Et vous donnez la moitié de ce que vous deviez?...

— C'est-à-dire que vous le promettez... il y en a encore beaucoup qui ne le donnent pas!... Tenez, voilà M. Lafleur qui passe... un rusé compère qui a servi chez de gros financiers... il en a vu, des faillites, lui!... Holà! eh!... maître Lafleur... ne passez donc pas si vite!...

Un grand laquais, à la figure insolente, le nez au vent, le chapeau sur l'oreille, portant une belle livrée, galonnée sur toutes les coutures, répond à cet appel en s'approchant de la boutique du savetier, et tend la main à Fricandeau, avec lequel il affecte aussi un ton de supériorité :

— Ah! bonjour, mon cher, comment ça va?

— Bonjour, Lafleur, vous passiez bien fier!

— Je ne vous voyais pas... et puis j'étais préoccupé de la commission dont m'a chargé mon maître, M. de Cramoisan.

— Ah! vous êtes toujours chez ce banquier?

— Mais oui. Bonne maison, très-bonne maison, on y fait ses affaires...

— A-t-il déjà fait faillite, celui-là?

— Pas encore, mais cela arrivera!... Oh! cela ne peut pas manquer... et vous savez que je m'y connais?...

— Pardieu! cela doit être : vous n'avez servi que chez des faillis... et vous retirerez toujours votre épingle du jeu, vous?

— Naturellement, je ne leur laisse pas mes gages!... mais le dernier que j'ai quitté est une buse! il a donné cinquante pour cent à ses créanciers; c'est trop, c'est beaucoup trop!... Sa femme le lui disait, cependant : « Mon ami, ne donne pas tant, il ne faut pas gâter ces gens-là!... Tu leur offres moitié, ils t'ont volé de moitié sur leurs mémoires, tu vois bien que c'est comme si tu leur donnais tout; alors il ne te reste rien! ce n'est pas juste!... » Mais bah! il n'a pas voulu écouter sa femme, et il a eu tort.

— Et chez votre nouveau maître, M. de Cramoisan, madame donne-t-elle aussi des conseils à son mari?

— Oh! nullement!... madame est une jeune femme fort belle, fort séduisante, elle ne s'occupe que de ses toilettes. Il n'y a pas longtemps qu'elle est mariée, ce doit être un mariage d'argent... Madame n'a jamais dû être amoureuse de son mari; ce n'est pas qu'il soit vilain, mais il n'est pas toujours aimable avec elle!... Par exemple, c'est un amateur du beau sexe!... il aura épousé par amour la belle Mathilde!... c'est le nom de ma maîtresse; et, aujourd'hui, je gagerais qu'il s'en repent... ce qu'il y a de certain, c'est qu'il donne déjà des coups de canif dans le contrat. Tenez, voyez plutôt ceci...

M. Lafleur sort de sa poche une petite boîte en chagrin, l'ouvre et montre un ravissant bracelet qui est dedans.

— Voilà un joli bijou! dit Fricandeau.

— Si joli, dit Dutalon, que ça me fait mal aux yeux de le regarder.

— Et pour qui est ce charmant bracelet?

— Pour une jeune actrice des boulevards. Monsieur devait le lui porter lui-même et dîner avec elle, mais il en est empêché et je suis chargé de l'excuser. Oh! il sera vite excusé! elle va mettre le bracelet et aller dîner avec un autre; voilà comme ça se joue!

— Et, de son côté, madame de Cramoisan a-t-elle des intrigues?

— Oh! non! jusqu'à présent on n'a rien vu, rien remarqué qui puisse le faire soupçonner. Madame est très-coquette, elle veut par ses toilettes éclipser toutes les autres femmes; mais elle se contente de rire de ceux qui lui font la cour. Au reste, il ne ferait pas bon s'y frotter! si monsieur n'est plus amoureux de sa femme, ça ne l'empêche pas d'être jaloux comme un tigre... il veut qu'on respecte sa propriété, qui lui fait honneur, parce qu'elle est très-belle; mais je bavarde, moi, là! et j'oublie le bracelet que j'ai à porter. Au revoir, messieurs!

Le domestique du banquier Cramoisan est parti. Fricandeau le regarde s'éloigner en disant :

— Comme il est mis, ce Lafleur! quelle belle livrée... bien plus riche que la mienne!...

— Dame! vous n'êtes pas chez un banquier, vous?

— Non! il s'en faut!... Ah! je quitterais volontiers M. de Volenville pour entrer chez ce M. de Cramoisan... qui donne, dit-on, des fêtes, des soirées magnifiques!...

— Oui, j'ai remis un talon à son cocher... il demeure ici près, dans la rue d'Antin.

— Je le sais. Voyez-vous, Dutalon, il n'y a rien de tel que les gens qui font faillite pour enrichir leurs domestiques... Dans les affaires embrouillées, nous trouvons toujours des créanciers qui ont besoin de nous, qui nous payent pour avoir sur la situation de nos maîtres des renseignements que nous ne leur donnons jamais justes...

— Ah! vous êtes des malins tout de même!... mais, c'est égal, monsieur Fricandeau, ce que vous m'avez dit des faillites me trotte dans la tête!... ce moyen de s'enrichir est bien commode!...

— Il n'y a que ça, Dutalon, il n'y a plus que cela pour arriver promptement.

— Et, à cinquante pour cent, les créanciers sont encore contents?

— Je crois bien! c'est moitié! ils sont très-contents!... Quand il y en a qui grognent, on ne les écoute pas... Mais adieu... je cause avec vous, et une jolie femme de chambre m'attend...

— Ah! scélérat que vous êtes!

— Mes souliers vernis pour demain, entendez-vous, Dutalon? il me les faut!...

— C'est convenu, ils seront faits.

Fricandeau s'éloigne, le savetier rentre dans sa boutique; il est très-préoccupé de ce qu'il vient d'entendre, il regarde toutes les chaussures dont il est détenteur, se gratte l'oreille et se dit :

— Tiens! tiens, j'en ai de la marchandise... pourquoi donc que je ne ferais pas comme les gros bonnets?... On dit toujours : Aux gueux la besace!... mais je n'en veux pas, de la besace, moi, j'aime mieux autre chose! Tout ce qui me restera de chaussures, je le vendrai en bloc... ça me fera de l'argent... je vais ruminer ça au cabaret... et demain, pas plus tard que demain, je fais faillite!...

Le lendemain, Dutalon, qui a l'air gai comme un pinson, a ouvert sa boutique comme à l'ordinaire, et, après avoir rendu visite au marchand de vin, se met à travailler... ce qui étonne beaucoup ses voisins.

Sur les onze heures du matin, un particulier d'une cinquantaine d'années, assez mesquinement vêtu, mais qui a l'air de se croire beau et se donne en marchant un dandinement trop prononcé, s'arrête devant la boutique du savetier et lui dit :

— Père Dutalon, mes bottes à l'écuyère sont-elles faites?

— Oui, monsieur Poireau, votre affaire est terminée...

— Ah! bravo... c'est quarante-huit sous dont nous sommes convenus... les voilà...

— Merci, monsieur Poireau...

— Maintenant, donnez-moi mes bottes, car je joue ce soir un rôle d'officier hongrois au théâtre de Montmartre et cette partie de mon costume fera un effet prodigieux.

— Voilà monsieur Poireau.

En disant cela, le savetier présente à l'artiste une belle botte à l'écuyère. Celui-ci l'examine en dessus, en dessous, et dit :

— Celle-ci est très-bien... voyons l'autre.

Dutalon prend un air goguenard, en répondant :

— Il n'y en a pas d'autre, voilà tout ce qui vous revient.

— Qu'est-ce que vous dites?... il n'y en a pas d'autre?... est-ce que je ne vous ai pas donné la paire à raccommoder?

— Si fait, oh! vous m'avez donné la paire, je ne le nie pas.

— Eh bien! vous ne me rendez là que le pied droit... est-ce que le pied gauche ne serait pas fait?

— Fait ou non, ceci me regarde... vous avez une botte, je ne vous en donnerai pas davantage et vous devez encore être content!

— Papa Dutalon, vous avez bu un coup de trop ce matin... Voyons, assez de plaisanteries comme cela!... dépêchons, mon autre botte, vite!... il faut que j'aille à ma répétition...

— Allez répéter, ça ne me regarde pas... vous n'aurez rien de plus!...

— Mais, sacredié! je vous ai donné une paire de bottes à rarranger... je vous ai payé le prix convenu, et vous ne me rendez qu'une botte? Qu'est-ce que cela veut dire?

— C'est simple comme bonjour, et bien facile à comprendre : je fais faillite, monsieur Poireau, à dater d'aujourd'hui je déclare ma banqueroute, mais je donne cinquante pour cent à mes créanciers... c'est-à-dire moitié de ce que je leur devais. Or, le cinquante pour cent de deux bottes, c'est une botte : comprenez-vous, à présent?

— Je comprends que vous êtes un filou, un escroc!... voilà ce que je comprends!...

— Mais non, je fais faillite, voilà tout!

— Voyons, Dutalon, je veux bien croire que vous plaisantez, mais finissons-en! Comment voulez-vous que je fasse ce soir?... je ne puis pas paraître en officier avec une seule botte... je ne puis pas mettre mes deux pieds dans la même...

— Tout ça ne me regarde pas... quand je vendrai en bloc mon fonds de boutique, vous rachèterez votre autre botte, si vous le voulez; mais, pour le moment, vous avez votre cinquante pour cent, vous devez vous estimer très-heureux...

— Savetier, vous êtes un drôle!... je vais aller me plaindre au juge de paix...

— Bon! bon! je lui demanderai un concordat, au juge de paix!

— Et cela ne se passera pas ainsi... Ah! mon Dieu! et ma répétition... un officier hongrois... avec une seule botte... c'est horrible à penser!

L'artiste s'est éloigné, le savetier se gratte l'oreille en se disant : — Ça les fait crier un peu... mais bah! on s'y habituera... voilà déjà une botte de gagnée. Ah! j'aperçois M. Fricandeau... il vient chercher ses beaux souliers vernis... Par exemple, celui-ci ne pourra pas se fâcher?... il n'en aura pas le droit.

Le valet de Volenville accourt et s'arrête devant l'échoppe :

— Me voici, Dutalon, avez-vous tenu parole? mes souliers vernis que vous m'avez promis pour ce matin?...

— C'est fait, monsieur Fricandeau, et j'ose dire que c'est soigné...

— Je m'en rapporte à vous... donnez-les-moi...

— C'est vingt-cinq sous.

— Rien que pour leur avoir donné du jeu... c'est cher.

— C'est-à-dire que c'est pour rien... et parce que c'est vous...

— Je vous payerai cela... avec autre chose.

— Pardon... mais je suis à court; et, généralement, je ne travaille pas à crédit... les grosses dettes, passe encore! mais, les petites, ça s'oublie...

— Mon Dieu, puisque vous êtes si à court... tenez, voilà vos vingt-cinq sous...

— Merci.

— Donnez-moi vite mes souliers... je veux me faire beau aujourd'hui.

Le savetier présente au valet un soulier verni que celui-ci examine, en disant :

— Ça m'a l'air bien, je crois qu'il aura assez de jeu. L'autre, vite...

— Il n'y en a pas d'autre; vous avez votre compte.

— Voyons, papa Dutalon, pas de bêtises... l'autre soulier, je suis pressé.

— Quoi! vous ne comprenez pas que vous avez ce qui vous revient... vous ne devinez pas la charade?

— Il n'est pas question de charade?... mon autre soulier, s'il vous plaît?

Le savetier part d'un rire moqueur, en s'écriant :

— Il ne comprend pas ce que lui-même m'a appris?... elle est forte, celle-là!... Vous ne devinez pas que je fais faillite... à cinquante pour cent... ce qui est très-gentil pour les créanciers. Eh bien! j'avais une paire de souliers à vous... je vous en donne la moitié... donc, vous avez votre cinquante pour cent. Hein?... ça y est-il? Vous voyez que j'ai joliment retenu vos leçons.

— Est-ce sérieux ce que vous me dites là, monsieur Dutalon?

— Assurément! Est-ce que toutes les faillites ne sont pas sérieuses?... Ne m'avez-vous pas dit vous-même que c'était le meilleur moyen de s'enrichir?

— J'ai dit cela, mais pas pour vous! Est-ce que les savetiers font faillite?...

— Pourquoi donc qu'ils ne le feraient pas tout comme les autres, si l'envie leur en prend?... il faut donc qu'il n'y ait que les capitalistes à qui ce soit permis?...

— En tout cas, ce n'est pas avec moi que vous auriez dû en agir ainsi! Moi, qui ai pris la peine de vous instruire... de vous parler de choses... qui ne vous touchaient en rien...

— Pardonnez-moi, monsieur Fricandeau, vous voyez que cela m'a très-bien touché et j'en ai fait mon profit; vous devriez être fier d'un élève qui a si bien retenu vos leçons...

— Voyons, savetier, finissons-en, je veux mon soulier.

— Vous avez votre cinquante pour cent...

— Vous êtes un voleur!

— Ah! monsieur Fricandeau, ce n'est pas cela que vous m'avez dit!... On fait faillite, puis on recommence les affaires... et on est très-bien vu dans la société quand on a eu le talent de s'enrichir.

— Mon soulier!... Je veux mon pied droit!

— C'est comme si vous chantiez! quand je vendrai tout mon fonds en bloc, vous pourrez le racheter.

— Ah! le gredin! ah! le voleur!...

Le valet de chambre de Volenville est parti furieux. Cela fait rire Dutalon, qui trouve fort singulier que ce garçon se fâche de ce qu'il met en pratique ses leçons.

Quelques minutes après le départ de Fricandeau, c'est une jeune et jolie fillette qui entre dans la boutique du savetier. C'est mademoiselle Claudinette Bonneau, que nous avons vue chez Volenville et qui avait rapporté de Beauvais une paire de souliers verts, bien bordés, bien soignés, avec lesquels elle voulait se parer à Paris. Mais comme son cordonnier, maître Jacques, les lui avait faits trop larges, elle les avait donnés à Dutalon, qui, tout en admirant son pied, lui avait dit : — Soyez tranquille, je vais les rétrécir, et ils vous chausseront comme un ange.

— Monsieur, mes jolis souliers sont-ils faits? dit Claudinette au savetier.

— Oui, mademoiselle, oh! je vous les avais promis pour aujourd'hui, et je n'aurais pas voulu manquer de parole à une si charmante jeunesse!...

— Vous êtes bien honnête, monsieur... vous m'avez dit que ce serait trente sous... les voilà.

— Merci, mademoiselle; tenez... voici votre affaire.

Et le savetier ne donne encore qu'un soulier à la jeune fille, qui se hâte de l'essayer, est enchantée, parce qu'il va bien, et s'écrie :

— Oh! comme vous avez bien réussi! je serai parfaitement chaussée maintenant! L'autre, monsieur, l'autre bien vite, que je le mette aussi... il fait beau, et je veux les étrenner tout de suite.

— Mademoiselle, vous avez tout ce qui vous revient... j'en suis fâché pour vous... vous êtes mal tombée; mais je fais faillite, à cinquante pour cent...

— Je ne comprends pas, monsieur, mais donnez-moi toujours mon soulier...

— J'ai eu l'honneur de vous dire que je faisais faillite, et que je donnais à mes créanciers moitié de ce que je leur devais... Je vous devais, à vous, deux souliers; je vous en donne un, c'est votre moitié, vous ne pouvez pas exiger davantage...

— Comment, monsieur, vous allez me garder mon autre soulier?

— Je ne peux pas faire autrement; vous êtes comprise dans ma faillite!...

— Et c'est comme cela que l'on agit à Paris avec les personnes qui ont eu confiance en vous? qui vous ont remis des étoffes ou des effets à rarranger?...

— Mademoiselle, tout le monde n'est pas obligé de faire faillite! Moi, il y a quelques jours, je n'y pensais pas. C'est la suite de conseils que l'on m'a donnés, et je n'ai commencé ma banqueroute que ce matin.

— C'est donc bien décidé, monsieur, vous ne voulez me rendre qu'un soulier?

— Ma belle enfant, je suis désolé de vous contrarier, mais je ne puis pas faire autrement! Seulement si vous préférez le soulier gauche au droit... ça m'est égal, je vous le changerai.

— Est-ce que vous croyez, monsieur, que je vais aller dans la rue avec un seul soulier vert... de quoi aurais-je l'air?... Ce n'est pas la peine que je garde celui-ci à mon pied!

Claudinette ôte le soulier neuf, remet le vieux qu'elle avait auparavant et se lève, les yeux pleins de larmes, ne s'écriant :

— Ah! c'est égal, monsieur, c'est bien vilain, ce que vous faites là... Si c'est comme ça qu'on trouve à Paris chaussure à son pied, merci, je n'y moisirai pas!...

La jeune fille s'éloigne, tenant à la main son joli soulier vert; elle pleure de dépit, de colère, de regret de ne point avoir le pareil de ce soulier qui maintenant lui va si bien. A Paris, il est rare de voir pleurer quelqu'un dans la rue, à moins d'un accident inattendu; et quand la personne qui pleure est une jeune et jolie fille, il est tout naturel que l'on y fasse attention et qu'on s'y intéresse.

Un jeune homme, qui passe à côté de Claudinette, l'entend sangloter et voit qu'elle verse des larmes, tout en regardant un petit soulier vert qu'elle tient dans sa main gauche. La mise de la jeune fille n'annonçait pas la misère, bien loin de là! elle était simple, mais très-soignée. Henry Demarsay, car c'est lui que le hasard fait passer là, quoique n'ayant pas l'habitude de beaucoup regarder les dames, parce qu'il est sans cesse préoccupé d'une autre (sans quoi je ne mets pas en doute qu'il les regarderait beaucoup), Henry se sent ému à la vue des pleurs que verse Claudinette, il s'approche d'elle, en lui disant, de ce ton doux et respectueux qui inspire la confiance :

— Qu'avez-vous, mademoiselle? vous serait-il arrivé un accident?... Auriez-vous perdu quelque chose?...

— Ah! monsieur... oui, en effet... hi! hi! hi!... J'ai perdu le soulier... et le pareil de celui-là qui est si gentil... et qui me va si bien à présent!...

— Vous avez perdu l'autre!... eh bien! mais... de quel côté?... est-ce depuis peu? nous pourrions chercher ensemble...

— Oh! monsieur, ce n'est pas la peine de chercher, je sais bien où il est!... ce n'est pas loin d'ici!

— Vous savez où il est?... Vous ne l'avez pas perdu, alors?

— Non, monsieur, mais c'est le méchant savetier, là-bas, qui ne veut pas me le rendre... Je lui avais donné la paire à rétrécir... j'en viens, je lui ai payé le prix convenu et sans marchander; comprenez-vous, monsieur, que ce vilain Saint-Crépin! ne veut plus me rendre qu'un soulier, sous prétexte qu'il fait faillite, qu'il ne donne que moitié à ses créanciers.

— Allons donc! mais ce n'est pas possible, mademoiselle, cet homme a voulu s'amuser à vos dépens!

— Oh! non, monsieur, car je l'ai supplié en vain de me rendre mon autre soulier... il m'a dit que j'avais mon cinquante pour cent, et ne m'a plus écouté.

— Ah! c'est trop fort! Mademoiselle, voulez-vous me conduire chez ce fripon? je vous jure que je vais vous faire rendre votre autre soulier...

— Il se pourrait! Ah! monsieur, que je serais contente!... Venez, monsieur, oh! c'est à deux pas d'ici... son échoppe est là-bas.

On se met en marche et l'on arrive devant la boutique de Dutalon, qui se trouble un peu en voyant avec Claudinette un monsieur qui n'a pas l'air de vouloir plaisanter.

— C'est vous qui avez rarrangé les souliers de made-

DÉPOT LÉGAL Seine (Sceaux) N° 18 1879

La famille Croutmann au café-concert des Champs-Élysées. (Page 38.)

moiselle ? dit Henry en regardant le savetier d'un air sévère.

— C'est moi... oui, c'est moi... eh ben ! après ?

— Elle vous a payé le prix convenu pour votre travail, et vous ne lui rendez qu'un soulier... de quel droit retenez-vous l'autre ?

— De quel droit !... d'abord, ça ne vous regarde pas ! c'est pas à vous que j'ai affaire.

— Je vais te prouver, drôle, que cela regarde tous les honnêtes gens d'empêcher un vol. Le soulier de mademoiselle... donne-le bien vite, misérable, ou je te mène chez le commissaire...

En disant cela, Henry a saisi Dutalon à la gorge et le serre si bien que celui-ci devient écarlate ; cependant il balbutie :

— Mais, monsieur... je fais faillite... à cinquante pour cent...

— Le soulier de mademoiselle, ou j'appelle le premier sergent de ville qui passe et je te fais emmener comme un voleur que tu es !

Dutalon fait signe qu'il va obéir ; il prend le soulier qu'il avait caché dans un coin et le donne à la jeune fille en lui disant :

— Tenez... le voilà... Mon Dieu ! il ne fallait pas faire tant de bruit... et m'étrangler pour cela !...

— Tu es bien heureux, drôle, que je veuille bien ne pas t'en faire davantage, dit Henry en secouant encore assez rudement le savetier par son collet. Tu prends une vilaine route pour faire fortune. Tu mériterais...

— Ah ! monsieur, s'écrie Claudinette, j'ai mes deux souliers maintenant... Laissez cet homme... moi, je lui pardonne... Ah ! que je suis contente !...

Claudinette quitte avec Henry Demarsay la boutique de Dutalon. Quand ils sont partis, le savetier, qui est de très-mauvaise humeur, se dit :

— Est-ce qu'on va m'ennuyer comme ça souvent ?... c'est que ça ne m'amuserait pas !... Ah ! pour couper court aux visites de ce genre-là... je sais bien ce que je vais faire ! on sera prévenu et on ne m'embêtera plus.

Le savetier ferme son volet, va chercher un morceau de blanc d'Espagne, puis écrit en grosses lettres sur sa porte : « Je fais faillite à cinquante pour cent. »

X

UN CHOU FARCI

Tout en s'en allant avec celui qui vient de lui faire rendre son soulier, Claudinette est si contente qu'elle ne sait comment lui exprimer sa reconnaissance :

— Ah ! monsieur, que je suis donc heureuse de vous avoir rencontré !... c'est mon bon ange qui vous a fait passer par ici... Sans vous, c'était fini ! adieu ma belle paire de souliers verts que maître Jacques a si bien soignés pour moi, car ils ont été faits à Beauvais, d'où j'arrive depuis peu de jours !

— Ah! vous n'êtes à Paris que depuis si peu?...

— Oui, monsieur, j'ai perdu mes parents, je m'ennuyais à Beauvais, et je suis venue à Paris pour y faire fortune. Mais si on ne m'avait pas rendu mon soulier... ah! tenez, j'étais si en colère contre ses habitants.... je crois que je serais repartie tout de suite pour mon pays!

Henry regarde plus attentivement la jeune fille, s'aperçoit qu'elle est aussi piquante que bien faite et se dit, en lui-même, qu'il a peut-être eu tort de lui faire rendre son soulier, sans lequel elle allait retourner dans son pays. Mais il garde pour lui sa réflexion et répond :

— Vous venez à Paris pour faire fortune, mademoiselle; mais comment? Avez-vous un état, une profession, comptez-vous vous y établir?

— Oh! je n'ai pas d'état; je sais un peu de couture, mais je n'y suis pas bien adroite... et puis, ça m'ennuie de coudre. J'avais une lettre de recommandation pour la sœur d'une de mes amies qui a fait fortune à Paris. J'y suis allée plusieurs fois, mais elle n'y est jamais.

— Quelle place voulez-vous avoir, alors?

— Dame! je ne sais pas... Je suis allée chez un placeur en grand, qui demeure tout près d'ici; vous en avez peut-être entendu parler, M. de Volenville?...

— Volenville! oh! oui, je le connais... Et que vous a-t-il proposé?

— Il m'a proposé un emploi de cocotte; est-ce bon, ça?

Henry n'est pas maître d'un mouvement d'indignation, tout en murmurant :

— Toujours le même... il est incorrigible! Ah! mon père avait bien raison de m'engager à rompre toutes relations avec lui!...

— Eh bien! monsieur, vous ne m'avez pas répondu?... Tenez, j'aurais plus de confiance en vous, qui m'avez fait rendre mon soulier, qu'en ce M. de Volenville, qui me promet monts et merveilles, mais qui veut toujours me prendre les mains, la taille... Aujourd'hui, car je venais de chez lui quand je suis allée chez le savetier, aujourd'hui, M. de Volenville a été encore plus taquin, il voulait m'embrasser... et, moi, je veux bien qu'on m'embrasse, mais quand ça me plaît; et il ne me plaît pas, cet homme-là! Aussi je me suis sauvée, en lui criant : « Si je prends une place de cocotte, ce ne sera pas chez vous! »

— Vous avez très-bien fait, mademoiselle; si vous m'en croyez, vous ne retournerez pas chez mon... chez M. Volenville.

— C'est bien mon intention!

— Ce qu'il vous proposait, c'est le désordre, c'est l'inconduite!... Croyez-moi, ne suivez pas cette route, qui paraît charmante au début parce qu'elle ne vous offre que plaisirs, que fêtes!... mais qui devient bien triste ensuite et conduit rarement au bonheur!

— Vraiment, monsieur?

— Je sens bien qu'il faudrait vous caser tout de suite quelque part; car enfin il faut vivre... et vous êtes à court d'argent peut-être?

— Oh! non, monsieur. Avant de quitter Beauvais, j'ai vendu tout ce que mon père m'avait laissé. Je me suis fait un joli magot de six cents francs au moins... Avec ça, je peux attendre les places. Oh! je ne serais pas venue comme une mendiante à Paris!... d'autant plus que je ne dépense guère; où je loge, il y a des voisines qui font la cuisine pour toute la maison... C'est pas cher du tout!

— Fort bien, je suis charmé d'apprendre que vous n'êtes pas dans la gêne; mais, malgré cela, je vais m'occuper de vous trouver une place, car vos six cents francs ne dureront pas toujours.

— Ah! merci, monsieur... Quand voulez-vous que j'aille chez vous?

Henry sourit et répond :

— Il ne serait pas convenable que vous vinssiez chez moi, car je ne suis pas un placeur et je suis garçon... je demeure seul...

— Oh! ça m'est égal, monsieur, j'irais bien tout de même...

— Non, non, il vaut mieux que j'aille chez vous. Donnez-moi votre nom... votre adresse?...

— Claudinette Bonneau, faubourg Saint-Martin, un petit hôtel, tout étroit... après l'église Saint-Laurent... Je ne sais pas le numéro...

— Cela me suffit, je trouverai. Je m'occuperai de vous, mademoiselle... Adieu!...

— Comment! vous me quittez?

— Sans doute. Si vous retournez chez vous, voilà votre chemin; et, moi, je vais gagner les boulevards...

— Ah!... c'est dommage! c'est plus amusant de marcher en compagnie. Alors, monsieur, vous ne voulez pas que j'aille vous remercier pour le service que vous m'avez rendu?...

— C'est tout à fait inutile! Vous me remercierez quand je vous aurai trouvé un emploi. Ah! vous savez écrire?

— Je crois bien! lire, écrire, compter... Oh! je ne suis pas si bête que j'en ai l'air!...

— Mais vous n'en avez pas l'air du tout. Au revoir, mademoiselle Claudinette!

— Au revoir, monsieur... Ah! dites-moi votre nom, au moins?...

— Henry Demarsay.

— Et votre adresse?

— Vous tenez à savoir mon adresse?

— Mais oui... dame! vous n'auriez qu'à oublier la mienne... j'irais vous la rappeler.

— Tenez, voici ma carte. Je vous salue.

Henry s'est éloigné. Claudinette le regarde aller, elle le suit des yeux tant qu'elle peut l'apercevoir, puis elle examine la carte qu'il lui a remise, et lit : *Henry Demarsay, avocat.*

— Ah! c'est un avocat! se dit-elle; il est bien gentil, ce monsieur-là!... Si tous les avocats sont aussi aimables, j'aime mieux leur société que celle des hommes d'affaires! Il m'a dit qu'il s'occuperait de moi... qu'il viendrait me voir... Je voudrais déjà être à ce jour-là!... Mes beaux souliers... c'est à lui que je dois le plaisir de vous avoir enfin!... Ah! je penserai à ce monsieur toutes les fois que je vous mettrai.

Tout en rêvant au jeune homme qui vient de lui rendre ce bon office, mademoiselle Claudinette est arrivée à son petit hôtel du faubourg Saint-Martin. La propriétaire est aussi la concierge de la maison. Cumulant le plus d'emplois possible, non pas pour tâcher de s'enrichir, mais parce que cela l'amuse; désirant réunir dans sa maison une société agréable, mais n'y parvenant pas facilement parce que ses chambres sont mesquinement meublées, ce qui n'attire chez elle que des locataires besogneux, qui payent mal et quelquefois ne payent pas du tout. Mais madame Cylindre a mis ses logements en garnis pour avoir toujours de la société; cela ne peut vraiment pas s'appeler un hôtel, car il y a des gens qui y logent depuis des années. Ce sont ordinairement ceux qui ne payent pas, et la propriétaire ne les renvoie pas parce que ceux-là font ses commissions et sa cuisine; elle les appelle rarement par leur nom, mais presque toujours par le numéro de la chambre qu'ils occupent. Madame Cylindre accueille Claudinette avec son plus beau sourire, qui montre dans tout leur éclat les cinq dents qui lui restent.

— Ah! vous voilà, mon enfant, vous êtes un peu en retard pour l'heure du dîner. Je me disais : « Mon Dieu! est-ce qu'il serait arrivé quelque chose à ma nouvelle locataire?... Écoutez donc, une jeune fille gentille qui ne connaît pas Paris!... on peut s'y égarer!...

— Oh! j'ai une langue, moi, madame, et je saurais bien demander mon chemin!

— Ma chère amie, nous avons toutes une langue, et ça n'empêche pas les égarements...

— Je n'ai pas perdu mon chemin, madame, mais j'ai bien manqué de perdre un de mes jolis souliers neufs que voilà. Ah si vous saviez l'aventure qui m'est arrivée!...

— Une aventure! oh! vous nous conterez cela en dînant... J'adore les aventures. Je n'en ai jamais eu que deux, moi : quand j'ai été détrônée par un insolent qui avait parié qu'il me prendrait ma jarretière... et il ne l'a pas eue, le polisson... je n'en portais pas! Ma seconde aventure, c'est quand défunt Cylindre, mon mari, a voulu m'assassiner avec une casserole, parce que sa soupe sentait le brûlé. Il était horriblement gourmand, cet homme, aussi est-il mort d'une indigestion de colimaçons... il les adorait au gratin dans leur coquille; je lui disais souvent : « Tu t'en feras mourir, Dodophe!... » et il me répondait : « Ça m'est égal, je serai avec les colimaçons!... » Et, en effet, il s'en est fait crever!... Vous dînerez ici, chez moi, n'est-ce pas, mon enfant?

— Oui, madame. Oh! j'aime bien mieux cela que de dîner seule dans ma chambre; et puis vous ne me prenez pas cher...

— J'en serais bien fâchée... les plats varient de six à dix sous, jamais au-dessus. Le potage, deux sous, et il est excellent! C'est mon numéro sept qui fait le bouillon... vous savez comme il est bon... un vrai consommé! et fait rien qu'avec des os, jamais de viande! ça lui ôterait son parfum!

— Quoi! madame, on peut faire d'aussi bon bouillon sans viande?

— Vous voyez, ma chère amie, qu'il n'en est que meilleur. Personne n'aime le bouilli dans mon hôtel; alors j'ai dit à madame Grouin, mon numéro sept : « Faites-moi du bouillon rien qu'avec des os. » Ah! vous mangerez aujourd'hui d'un plat bien raffiné, bien exquis, que j'ai fait faire par mon numéro neuf... c'est un chou farci!... Connaissez-vous cela, jeunesse?

— Non, madame.

— C'est un chou... un énorme chou, dans lequel on met de la chair à saucisses, des carottes, du lard, des pommes de terre, de l'ail, de la graisse d'oie, du sel, du poivre, quelques harengs-saurs, des champignons et des petits oignons. On pourrait y mettre aussi des truffes, mais ça reviendrait trop cher!... J'ai dit à mon numéro neuf : « Ne perdez pas mon chou de vue une minute! il faut que cela cuise à petit feu. »

— Vous êtes bien heureuse, madame, d'avoir des locataires qui veulent bien faire votre cuisine!

— Dame! mon enfant, ils ne me payent pas leur loyer, il faut bien qu'ils me servent à quelque chose : le numéro neuf, c'est le vieux père Moraudent, un ancien pâtissier; il se connaît en cuisine!

— Pourquoi n'est-il plus pâtissier?

— Ah! il paraît qu'il mettait de vilaines choses dans ses tourtes! Un jour, une personne y a trouvé un petit brûle-gueule, une autre fois des bouts de cigares; ça lui a fait perdre ses pratiques... Il dit qu'il reprendra un établissement, j'en doute... Hé bien! mon numéro douze n'a pas encore mis le couvert dans ma salle à manger?... à quoi pense-t-il donc?... Ohé!... numéro douze!... et ce couvert.... est-ce que vous dormez?

Le numéro douze est une vieille femme, toute ridée, mais toute guillerette, coiffée avec la manche d'un gilet de flanelle, dont elle s'est fait une espèce de bonnet de police, et enveloppée dans une robe de chambre dont il est impossible de désigner la couleur. Elle descend les escaliers avec assez de vivacité pour son âge, et tout en criant :

— On y va, madame Cylindre, on y est... C'est que je me faisais les cartes et j'avais un jeu bien intéressant!... L'as de trèfle entre deux cœurs... C'est de l'argent qui m'arrivera!... bien sûr, je recevrai de l'argent de quelque part!... Ça m'étonne, vu que je n'en attends pas... mais j'en recevrai.

Ce que la propriétaire appelait sa salle à manger était une petite pièce séparée de sa loge de concierge par un vitrage qui, n'étant pas garni de rideaux, permettait, tout en dînant dans ce réduit, de voir ce qui se passait dans la pièce d'entrée et même d'apercevoir les personnes qui venaient ou sortaient de la maison.

— Combien de couverts, aujourd'hui, madame Cylindre? dit le numéro douze, tout en ouvrant une table à rallonges.

— Mettez-en sept, madame Filamour m'a dit qu'elle dînerait chez moi avec ses enfants. Ah! ça fait huit, sa fille et son petit... Elle est allée les chercher à la classe de danse de M. Deschassez... où ils apprennent à devenir des zéphyrs. Elle devrait déjà être revenue...

— Et mademoiselle Claudinette Bonneau dîne aussi chez vous?...

— Si vous voulez bien le permettre, madame, répond la jeune fille en souriant au numéro douze.

— Comment! ma belle, si je le permets!... mais cela m'est très-agréable de dîner avec vous... car, moi, je suis en pension à la table d'hôte de notre digne propriétaire. Ah! voilà une propriétaire modèle!... elle ne renvoie pas ceux qui payent mal!... bien plus encore... elle les nourrit!.... Aussi il y a bien rarement des chambres vacantes dans sa maison. Je vous ferai les cartes au dessert...

— Volontiers, madame... O ma bonne aventure!...

— Vous avez là une bien jolie paire de souliers!...

— Si vous saviez tout ce qui m'est arrivé à cause de ces souliers-là!...

— Une aventure!... Ah! contez-moi cela...

— Non! non!. . pas encore! Quand nous serons à table, crie la propriétaire, tout en allant donner une clef à quelqu'un qui rentre. Je veux écouter cela tranquillement, à mon aise, quand je ne serai plus dérangée.

— Place! place!... Voilà le chou farci! crie un petit homme coiffé d'une toque en papier blanc et qui descend l'escalier en tenant devant lui un énorme plat, dont le contenu jette un fumet qui doit répandre une odeur de chou dans toute la maison.

— Hé bien!... et le bouillon n'est pas descendu?... Madame Grouin!... holà! numéro sept, apportez donc le bouillon, nous voulons dîner... Justement voilà madame Filamour qui rentre avec ses enfants.

Madame Filamour est une femme de cinquante ans, d'une figure assez commune, qui porte un vieux chapeau surchargé de fleurs artificielles, qui ont dû servir sur bien des coiffures. Elle traîne après elle un petit garçon de huit ans, qui est fort sale, costume et visage, et n'a rien sur la tête que ses cheveux très-mal peignés. Derrière suit une jeune fille de quatorze ans, assez gentille, et dont la toilette, quoique fort simple, a du moins un air de propreté qui manque à sa mère et à son frère.

— Nous v'là! dit la maman en se laissant aller sur une chaise et posant à terre un cabas qui doit renfermer bien des mystères. Ah! j'ai cru que nous n'arriverions jamais!

— C'est vrai, vous êtes en retard, nous allions nous mettre à table..

— Merci! j'y tiendrai ma place... J'ai une faim de cannibale!... C'est Loupin qui est cause que nous revenons tard; il peut à peine marcher, il a fallu le traîner presque!...

— Qu'est-ce qu'il a donc, cet enfant?

— Ce n'est pas ma faute, à moi, si j'ai si mal aux pieds... On m'avait oublié dans la boîte, on m'y a laissé près d'une heure!...

— Comment! mon garçon, tu sors d'une boîte?... Voilà une bien mauvaise plaisanterie!...

— Mais non, madame Cylindre, vous n'y êtes pas, dit madame Filamour; il faut vous figurer que, dans les écoles de danse, il y a des choses faites exprès pour donner du dehors aux élèves qui n'en ont pas assez et marchent les pieds en dedans; ce sont des boîtes longues et étroites. Si vous voulez me permettre la comparaison, je vous dirai que cela ressemble à une boîte à seringue; seulement c'est plus long, car il faut que deux pieds puissent tenir dedans, en sens inverse, vous comprenez? L'un a sa pointe à gauche, l'autre sa pointe à droite. Ces boîtes sont fixées au sol, de façon à ne pas bouger, et l'élève va fourrer ses pieds là-dedans et y reste quelquefois longtemps pour s'habituer à marcher les pieds en dehors.

— Ça ne doit pas être amusant. Est-ce qu'on se tient debout là-dedans?

— Oui, cela vaut mieux; mais il y a, à trois pieds au-dessus de la boîte, un grand rouleau de bois placé en travers, comme la boîte, pour que vous puissiez vous tenir à lui si vous perdiez l'équilibre.

— Ah! quelle drôle d'invention!... On ne doit pas être à son aise dans ces boîtes-là!

— J'aime mieux ma chaufferette! dit le numéro douze.

Une grosse maman qui ne tiendrait pas dans une stalle d'omnibus arrive avec une énorme marmite, qu'elle va poser sur la table, dans la pièce où le couvert a été dressé par le numéro douze en disant :

— Voilà un bouillon dont vous me ferez compliment, j'ose le croire! On peut convenir qu'il a de beaux yeux, celui-là!...

Pendant que les mamans vont vite prendre place, la fille de madame Filamour va tendre la main à Claudinette en disant :

— Bonjour, mademoiselle, je suis bien contente quand vous dînez ici... Vous vous assiérez près de moi, n'est-ce pas?

— Avec grand plaisir, mademoiselle Louise; vous avez l'air fatigué... Est-ce qu'on vous met aussi dans la boîte, vous?

— Oh! non, ce n'est plus la peine, j'ai assez de dehors!... Aussi mon maître est fort content de moi... Est-ce que vous ne viendrez pas un jour à la classe me voir danser? Vous me l'avez promis...

— Si fait, j'irai; tenez demain, pas plus tard, j'irai avec vous!

— Ah! que vous êtes gentille! Mais vous verrez que vous vous y amuserez.

— Allons, mesdemoiselles, venez donc vous mettre à table...

— Et madame Cylindre qui se fait attendre!... Nous ne pouvons commencer sans notre hôtesse...

— Que fait-elle donc?

— Elle cause avec un locataire du premier!... un monsieur qui paye son terme.

— C'est donc ça qu'il ne dîne jamais ici... Madame Cylindre, nous vous attendons!

— Me voici, mesdames. Monsieur Moraudent, servez toujours le potage...

— Jamais, madame, je sais trop ce que je vous dois!... J'aimerais mieux périr à côté!...

Enfin la propriétaire peut venir prendre place avec ses locataires. Le bouillon du numéro sept reçoit des éloges de toute la société, puis on se livre au chou farci, que madame Filamour déclare préférer à une dinde truffée. Claudinette, qui mange moins que les autres, raconte alors son aventure chez le savetier Dutalon, et ces dames poussent des cris d'indignation.

— Il voulait vous garder un soulier, pauvre enfant! C'est un affreux gueux que ce savetier...

— C'est un filou fieffé!

— C'est un voleur à pendre!...

M. Moraudent seul ne mêle aucun mot aux exclamations de ces dames. Ce qui confirme les soupçons du numéro sept, qui croit que l'ancien pâtissier a fait aussi une faillite de tourtes et de boulettes.

Madame Cylindre s'apprête à raconter de nouveau son aventure du bois de Boulogne, où un insolent voulait lui prendre sa jarretière. Mais quelqu'un paraît à l'entrée de la loge; la propriétaire, qui est sa concierge, se lève, en disant :

— Quel ennui! pas un moment de tranquillité!... Il faudra que je me décide à mettre ici un de mes numéros!... Que demandez-vous, monsieur?

— Mille pardons, madame, je cherche un cousin, que je n'ai pas vu depuis bien des années et qui doit demeurer dans ce quartier...

— Son nom?

— Monsieur Leveau.

— Que fait-il?

— Il est veuf, rentier, et du Midi.

— Connais pas, monsieur. Je n'ai, en fait de personnes du Midi, que M. Lebœuf... C'est un homme d'une cinquantaine d'années. Voyez... monsieur Lebœuf fait-il votre affaire?

— Oh! non, mon cousin Leveau doit être plus jeune. Pardon de vous avoir dérangée.

XI

LA FAMILLE CROUTMANN

En sortant du restaurant des *Frères Provençaux*, Berlingot s'est rendu à la hâte à l'hôtel où la famille alsacienne s'est fait conduire. Il est tout surpris de trouver les Croutmann assis près de leurs bagages, de leurs cartons, de leurs valeurs, et de voir que rien n'a encore été défait. On reçoit Berlingot avec joie ; le papa Croutmann va lui serrer la main, en lui disant :

— Arrivez donc, cher monsieur! nous vous attendions avec impatience, et nous n'osions pas sortir, parce que vous nous aviez promis de venir ce soir, et de nous mener dans un endroit où l'on s'amuse...

— Aussi vous voyez que me voilà. J'ai dîné au Palais-Royal avec des hommes de finance, des capitalistes; il m'a été impossible de les quitter plus tôt... Quand il s'agit de grandes spéculations... de millions à employer, vous concevez qu'il faut se donner le temps de s'entendre.

— Oh! mais oui... des millions! ça mérite attention!... Vous êtes dans les affaires de Bourse?...

— Je suis, moi-même, banquier ; associé de la maison Perdaillon-Berlingot et Compagnie. Nous faisons immensément d'affaires avec... le Brésil. Si vous aviez jamais le désir d'avoir un singe, je vous en ferais venir un en peu de temps...

— Oh! non, monsieur, s'écrie Ketly, ne nous donnez pas de singe! J'ai très-peur de ces animaux-là!...

— Et puis ils ont des manières trop libres, dit Gotlieb; c'est d'un mauvais exemple.

— Diable! c'est joli, cela, d'être déjà associé d'une grande maison, à votre âge!... Car vous êtes encore un jeune homme...

— J'ai trente-deux ans!...

— Joli âge!... dit madame Croutmann en soupirant.

Mais Berlingot se hâte de lui sourire en disant :

— Tous les âges sont les mêmes quand on est aimable...

— Ah! monsieur, voilà une jolie pensée... n'est-ce pas, Werther?

Mais Werther est en train de compter ce que renferme sa bourse et dit :

— C'est fort cher, dans cet hôtel!... nous y avons dîné... On ne voulait pas me donner de la bière!... mais heureusement nous le quitterons demain.

— Ah! vous changerez d'hôtel demain? C'est donc cela que vous n'avez pas encore défait vos valises ?

— Justement, ce n'était pas la peine.

— Et quel est l'hôtel que vous habiterez?

— Ce n'est plus en hôtel garni que nous logerons à Paris. Comme nous comptons y rester longtemps... peut-être même nous y établir tout à fait, cela dépendra du mari que nous donnerons à Ketly... alors, vous concevez que nous aimons mieux être chez nous.

— Oui, oui, c'est très juste... Mais comment avez-vous déjà trouvé un logement qui vous convienne?... Vous n'avez pas encore eu le temps de le meubler?

— Je vais vous expliquer cela : à Strasbourg, chez un de mes amis, je me suis trouvé plusieurs fois avec un monsieur de Paris, qui est, à ce qu'il nous a dit, principal locataire d'une belle maison du faubourg Poissonnière. C'est le beau quartier, n'est-ce pas?

— Oui, c'est un quartier fort bien habité.

— Ce monsieur Tourbillon... c'est son nom, m'avait dit plusieurs fois : « Si vous venez à Paris, comme vous en avez l'idée, venez donc loger dans ma maison qui est fort belle, et dans laquelle je ne loue qu'à des personnes comme il faut. J'ai des logements tout meublés et de non meublés, au choix : vous serez là chez vous ; au centre de Paris, des spectacles, des promenades ; et d'ailleurs, moi, qui suis répandu dans le beau monde, je me ferai un plaisir de vous y conduire et d'être le chevalier de vos dames... »

— Oui, dit Gotlieb en minaudant, M. Tourbillon a repété souvent qu'il nous mènerait à des fêtes, à des bals... C'est un homme très-galant.

Berlingot fait une légère grimace en répondant :

— Quel âge a-t-il, ce Tourbillon... ce monsieur Tourbillon, dis-je?

— C'est un homme de l'âge de Werther... mais il est très-élégant; il est marié, mais il paraît que sa femme est sourde et paralytique, ce qui le gêne beaucoup pour la mener avec lui en société.

— Je le conçois, dit Berlingot qui a repris tout son enjouement en apprenant que le monsieur si galant est marié ; et probablement il n'emmenait pas non plus sa femme avec lui à Strasbourg?

— Oh! jamais ; du reste, il n'y restait pas longtemps, il faisait sa provision de pâtés et s'en retournait.

— Ah! ce monsieur si répandu dans le beau monde fait le commerce de pâtés?

— Peut-être est-ce seulement pour lui qu'il les achetait, mais il en emportait à chaque voyage une vingtaine.

— Fichtre! vingt pâtés de fois gras!... J'aime à croire qu'il en offre au moins à ses locataires; enfin, depuis votre arrivée, vous avez déjà été voir M. Tourbillon?

— Non, dit Croutmann, je ne connais pas Paris, j'aurais eu peur de me perdre ; mais ce monsieur m'avait laissé son adresse, je lui ai écrit deux mots pour lui annoncer notre arrivée et lui demander s'il avait un appartement de vacant et tout meublé pour moi et mes dames. Voici la réponse que le commissionnaire m'a rapportée... elle est excessivement aimable ; écoutez plutôt.

« Mon cher monsieur Croutmann, vous ne pouviez arriver à Paris plus à propos pour avoir dans ma maison un appartement aussi beau qu'agréable, au premier étage; celui qui l'occupait, un lord d'Angleterre, richissime, est parti, il y a huit jours, pour retourner siéger au Parlement. C'est vous dire que le logement sera digne de vous et de vos dames, auxquelles je baise toutes les mains. L'ameublement est somptueux, il ne manque que des rideaux aux fenêtres et les jets d'eau dans les cabinets, mais demain, à deux heures, il ne manquera plus rien. Venez donc demain, à deux heures, en prendre possession. Je vous serre la main et me mets tout entier aux pieds de ces dames.

« TOURBILLON. »

— Voilà un gaillard qui me fait l'effet d'entendre son affaire, se dit Berlingot, tandis que Gotlieb Croutmann s'écrie :

— Il se met tout entier à nos pieds : comme c'est gracieux! comme c'est galant! Il n'y a que les Parisiens pour avoir de ces idées-là!...

— Mais, maman, dit Ketly, si ce monsieur se mettait comme cela à nos pieds, cela nous empêcherait de marcher?

— Ma fille, vous ne comprenez pas que c'est une manière de s'exprimer : on dit qu'on s'y met, mais on ne s'y met pas!... Vous viendrez nous voir dans notre autre logement, monsieur Berlingot? Tenez, voici l'adresse...

— Madame, j'aurai cet honneur et vous prie de croire que je disputerai souvent à M. Tourbillon le bonheur d'être votre chevalier...

— Ah! que les hommes sont aimables, à Paris!... Werther, nous nous y fixerons, n'est-ce pas?

— C'est bien, Gotlieb, nous agirons suivant les circonstances; mais il me semble que M. Berlingot doit nous mener ce soir à un concert...

— Oui, aux Champs-Élysées... vous avez raison, il est temps de s'y rendre... Envoyez chercher une voiture... une grande, à deux chevaux.

— Si on la prenait à trois chevaux, dit madame Croutmann, nous irions plus vite.

— Il n'y en a pas encore à trois chevaux; mais dites au garçon de nous avoir un remise, ils vont très-bien.

Le remise est bientôt devant l'hôtel; les dames y montent : M. Croutmann veut encore aller s'asseoir à côté du cocher, mais Berlingot lui fait observer qu'il y a quatre places dans la voiture et qu'on y sera fort à l'aise. Le gros Alsacien se décide alors à entrer dans l'intérieur. Tout en roulant, on cause, car, avec madame Croutmann, la conversation ne chôme jamais...

— En vérité, monsieur, nous abusons de votre complaisance, en vous priant de nous conduire ce soir à ce concert; vous aviez peut-être d'autres rendez-vous?...

— Non, madame; j'en aurais d'autres que je me ferais un plaisir de vous les sacrifier, mais je suis entièrement libre.

— Alors, c'est que vous n'êtes pas marié! dit M. Croutmann, sans quoi vous auriez votre boulet à traîner avec vous... Oh! oh! oh!

Et le papa part d'un gros rire, tandis que sa femme se mord les lèvres, en disant d'un air piqué :

— Ah! Werther, c'est bien vilain ce que vous dites là... Comparer votre femme à un boulet!... fi!... Quelle opinion M. Berlingot aura-t-il de vous?...

— Je penserai, madame, que monsieur votre mari veut plaisanter : car, des boulets aussi charmants... on serait trop heureux de les recevoir en pleine poitrine...

— Oh! très-joli... oh! ravissant!... Kelly, as-tu entendu ce que monsieur vient de dire? en pleine poitrine!...

Mais Kelly prête fort peu d'attention à ce que dit Berlingot; elle est tout occupée à regarder par la portière et s'écrie à chaque instant :

— Les belles boutiques! comme c'est illuminé! Est-ce que c'est ainsi tous les soirs, monsieur?

— Oui, mademoiselle, tous les soirs.

— Et les belles salles toutes dorées, éclairées par une si grande quantité de lustres... ce sont des spectacles?

— Ce sont des cafés, mademoiselle; à Paris, il y en a en quantité, et c'est à celui qui rivalisera d'élégance, de luxe... et d'éclairage. Mais, pour répondre à la réflexion que faisait tout à l'heure M. Croutmann, je lui dirai qu'en effet je ne suis pas encore marié. Je pense au mariage cependant, oui, j'y pense souvent, parce qu'un homme dans ma position a besoin de quelqu'un pour tenir sa maison! mais je suis forcé de regarder à la fortune... à cause de mon associé... car, pour moi, ce que je pèse avant tout dans une femme, c'est la douceur du caractère, c'est l'amabilité, la grâce de son esprit...

— Une jolie figure avec ça, il me semble que ça ne gâte rien! dit M. Croutmann; eh! eh! eh!

— Non, sans doute!... mais une demoiselle bien élevée surtout, et tenant à une famille honorable... voilà ce que je désire rencontrer; ce que ma bonne étoile enverra peut-être dans ce sentier des affaires et du grand monde que je suis appelé à parcourir.

Berlingot a dit cette dernière phrase, dont il est très-content, en regardant la jeune Kelly; mais celle-ci ne l'a pas écouté. Sa maman, seule, y répond par un sourire sans desserrer les dents.

On est arrivé aux Champs-Élysées. Berlingot mène la famille Croutmann au café-concert le plus en vogue. On s'assied à une table et l'on fait venir des glaces pour les dames, de la bière pour les hommes, Golietb n'avait pas assez de ses deux yeux pour examiner la toilette des dames qui viennent là, et Kelly est enchantée de la musique et des chanteuses... mais, comme le voyage a beaucoup fatigué la famille, à dix heures et demie, le gros Alsacien s'écrie :

— C'est bien amusant, tout cela, mais allons nous coucher.

Berlingot veut payer la consommation, M. Croutmann s'y oppose; il se fâcherait tout à fait si son guide insistait et lui dit :

— Est-ce que vous croyez que je suis venu à Paris pour me faire régaler et que je n'ai pas le moyen de payer mes dépenses?

— Je suis bien loin d'avoir cette idée, cher monsieur, mais j'avais offert à ces dames... et j'ai l'habitude...

— Moi aussi, j'ai l'habitude de payer ce que je prends. Vous êtes bien gentil, vous nous avez déjà voiturés ce matin et ce soir, en voilà assez; vous êtes riche, moi aussi, tant mieux! mais je suis le plus vieux, il faut me céder. Je suis venu à Paris pour me divertir, donc je dois payer la dépense. Vous avez notre adresse, venez nous voir souvent, ça nous fera plaisir. Je vais prendre une voiture avec mes dames... au revoir!

— A bientôt, cher monsieur Berlingot, dit Gotlieb en tendant sa main à ce monsieur, qui fait un œil fascinateur à la gentille Kelly, laquelle n'y fait pas attention.

Berlingot regarde les Croutmann s'éloigner en se disant :

— Ce sera dur!... il y aura du tirage!... Cet Alsacien ne songe plus à se lancer dans les affaires!... il ne cesse de répéter : « J'ai de quoi être heureux et bien doter ma fille, cela me suffit!... » Volenville ne trouvera rien à faire avec lui!... mais, moi, je veux avoir la dot; cent mille écus! cela vaut la peine que l'on agisse avec adresse. Je ne suis pas du tout amoureux de cette petite Kelly, qui a l'air assez niais!... mais je feindrai si bien de l'adorer qu'elle me croira et s'attendrira... Les jeunes filles sont toujours flattées d'avoir inspiré une grande passion; pourvu que la maman n'aille pas prendre pour elle les œillades dont je fusillerai sa fille!... Les mères coquettes ne devraient jamais avoir que des garçons.

XII

LES MEUBLES DE M. TOURBILLON

Le lendemain de cette journée, sur les deux heures de l'après-midi, la famille Croutmann descendait de voiture devant la maison que gérait M. Tourbillon. Faisons d'abord connaissance avec ce monsieur.

M. Tourbillon est un homme de cinquante ans; long,

maigre, figure en couperet; un nez contre lequel on craint de se piquer, un col d'autruche; mais toujours tiré à quatre épingles, presque constamment en noir, avec une cravete blanche, qui laisse voir beaucoup trop sa peau, qui est jaune et huileuse; des cheveux remplacés par une perruque blonde fort bien faite et qui marque une raie irréprochable et des boucles qui ne se déforment jamais.

M. Tourbillon a la voix mielleuse, et le sourire stéréotypé sur ses lèvres; il est d'une politesse qui devient quelquefois assommante à force d'être obséquieuse. Ce monsieur vante sans cesse son désintéressement, et le plaisir qu'il éprouve à rendre service, à obliger ses amis. Ses domestiques le traitent de rat et prétendent qu'il couperait un centime en quatre plutôt que d'en perdre sa part. Ce qu'il y a de certain, c'est qu'il trouve toujours son compte dans sa manière d'obliger ses amis.

Lorsque la famille Croutmann descend de voiture, M. Tourbillon est sous sa porte cochère pour recevoir ceux qui vont devenir ses locataires; il présente son bras à madame, en s'écriant :

— Je veux vous conduire et vous installer moi-même dans votre bel appartement du premier.

— Et nos bagages?... dit M. Croutmann.

— N'ayez aucune inquiétude. Joconde, mon portier, aura toujours l'œil dessus et Poussinet, mon domestique, va se charger de monter tout cela dans vos appartements. Vous voyez que la maison est superbe. Grande porte cochère! une cour très-vaste... et toujours balayée comme un salon; on peut y jouer au volant! mais point au ballon, parce que cela pourrait briser des carreaux chez des locataires. Venez, mademoiselle Kelly... par ici... un escalier superbe... et il y a encore un escalier de service pour les domestiques, porteurs d'eau, charbonniers et autres fournisseurs indispensables. Oh! rien ne manque! c'est ce que l'on appelle vulgairement, à Paris, un appartement complet.

On monte un escalier assez beau, quoique peu clair, puis M. Tourbillon ouvre une porte au premier étage, et les voyageurs pénètrent dans une première pièce qui est absolument nue et dont le papier, qui a dû être marbré, n'est plus de la première fraîcheur.

— Vous nous aviez dit que c'était meublé? dit M. Croutmann en regardant autour de lui; je ne vois pas un meuble ici.

— Permettez, monsieur Croutmann, ceci est une antichambre, une salle d'attente; on n'a pas l'habitude de les meubler... à quoi bon?

— Mais s'il vient du monde et que l'on ne puisse pas le recevoir tout de suite, il faut donc qu'il attende debout?

— Je ne fais jamais attendre autrement ceux qui viennent chez moi et qui ne sont pas dignes d'être introduits dans le salon. Après cela, si vous tenez à mettre ici quelques chaises, je vous en enverrai... trois ou quatre... ce sera bien suffisant; je dois en avoir dans mon garde-meuble, au grenier.

On passe dans la pièce suivante. C'est la salle à manger, elle est grande, il y a un poêle dans sa niche, une grande table à rallonges au milieu de la chambre et une douzaine de chaises de paille, très-distancées les unes des autres pour que cela ait un air meublé; le papier est un peu plus frais; il est à colonnes sur un fond clair, mais, contre le poêle, il y a un endroit où le papier est tout déchiré.

— Voici votre salle à manger, dit M. Tourbillon en courant se placer devant l'endroit où le papier est déchiré. J'espère qu'elle est belle! vous pouvez dîner ici vingt personnes sans vous gêner.

— Oui, dit le gros papa, la pièce est grande; mais si nous y dînions vingt, il y en aurait donc huit qui dîneraient debout, car je ne vois que douze chaises ici!

— Ah! j'ai dit vingt personnes!... mais il est bien rare que l'on traite tant de monde à la fois; au surplus, vous prendriez alors des chaises dans la première pièce... quand il y en aura. Passons au salon...

Mais Gotlieb, qui examine partout, vient d'apercevoir derrière le dos de M. Tourbillon la place où le papier est déchiré; elle s'écrie :

— Ah! monsieur, qu'est-ce que j'aperçois là?... le papier manque... il est déchiré, c'est fort vilain.

— Vous croyez, madame?

M. Tourbillon, forcé de se retourner, feint la surprise :

— Ah! c'est vrai... mais le papier ne manque pas, il n'est que décollé... Poussinet! holà! Poussinet!...

Poussinet est un vieux domestique qui a l'air de mourir de faim; il a une veste trop courte pour rejoindre son pantalon, ce qui permet à sa chemise de se laisser voir et de lui faire une ceinture bouffante dans le genre espagnol; si Poussinet avait sur la tête la coiffure d'un caballero et des castagnettes, il pourrait entrer en scène pour danser la cachucha. En ce moment, il ne porte que deux valises et un carton; il regarde piteusement son maître, en murmurant :

— De quoi qu'il y a, monsieur?

— Comment! Poussinet, vous n'avez pas eu le cœur de recoller ce papier... et je me rappelle à présent vous avoir dit, au départ de milord : « Allez donc voir dans la salle à manger du premier; l'Anglais y a commis quelques dommages. »

— Il en a bien fait d'autres, l'Anglais, et qu'on verra plus tard, murmure Poussinet en jetant les valises à terre.

— C'est bien, taisez-vous, et que demain cette réparation soit faite... Allez!

— Ah! mais, voilà autre chose! s'écrie Kelly qui vient de regarder près d'une porte; ce n'est pas le papier qui est déchiré là, mais c'est une figure que l'on a dessinée dessus... cela a l'air d'avoir été fait avec du charbon... Voyez donc cette tête, maman... on dirait que c'est le portrait de monsieur qu'on a voulu faire là.

Madame Croutmann va regarder ce dont on a enjolivé le papier de la salle à manger et s'écrie :

— Mais oui... cela ressemble à monsieur Tourbillon... c'est tout son nez! Assurément c'est votre portrait, monsieur, qu'on a voulu faire...

M. Tourbillon est furieux; il n'avait pas encore vu ce souvenir que lui a laissé son dernier locataire; il rappelle son domestique qui s'éloignait :

— Poussinet! ici, Poussinet!

— De quoi qu'il y a, monsieur?

— Comment! on s'est permis de faire des portraits au charbon sur ce joli papier de la salle à manger?... Qui est-ce qui a fait cela?

— A coup sûr, ce n'est pas moi!... Je n'ai jamais su dessiner... Ce doit être le petit jockey de l'Anglais... le petit Pouding; celui à qui monsieur a donné un jour une gifle parce qu'il l'avait appelé cancre.

— Ah! oui... un groom qui savait à peine le français: il croyait que cancre signifiait du genièvre, du *gin*, comme ils disent en anglais; moi, impatienté de l'entendre répéter : Cancre!... au lieu de lui donner du *gin*, je lui ai donné une claque!... J'étais dans mon tort!... N'importe, Poussinet, vous deviez effacer ce dessin.

— Ça salirait tout le papier...

— Alors vous collerez un morceau sur cette figure... heureusement j'ai du papier pareil... cela peut se raccorder très-facilement. Passons au salon, madame... c'est par cette porte ; cette autre porte conduit à la cuisine, puis à un couloir qui a ses entrées sur d'autres pièces... Oh! c'est parfaitement distribué.

On entre dans le salon, qui est très-grand ; les corniches sont dorées, ainsi que la glace placée sur la cheminée ; l'ameublement, qui se compose d'un vaste canapé, de bergères, fauteuils et chaises, est partout soigneusement recouvert de housses en toile grise, avec un galon rouge.

— J'espère qu'ici vous aurez de quoi faire asseoir une nombreuse société! dit M. Tourbillon ; outre le canapé, sur lequel on peut tenir cinq fort à l'aise, vous avez deux bergères, six fauteuils et douze chaises...

— Oui, ici on a de quoi s'asseoir.

— Mais pourquoi tout cela est-il recouvert de housses?... on ne voit pas en quoi est le meuble.

— C'est bien meilleur genre ; maintenant dans le grand monde, entrez dans un salon, vous ne voyez que des housses! c'est bien plus joli!

— Je ne trouve pas cela, moi; car, si j'ai un meuble élégant, je suis bien aise qu'on le voie... en quoi est celui-ci?

M. Croutmann se dirige vers une bergère, mais M. Tourbillon se hâte d'aller découvrir à demi un des fauteuils, en disant :

— Voyez... regardez comme c'est élégant et riche... le meuble est en soie ponceau... tout ce qu'il y a de mieux.

— Oui, c'est riche, dit Gotlieb ; seulement cela n'a pas l'air neuf...

— C'est ce qui en fait le charme; le gothique, le pompadour, on ne veut plus que cela... ce meuble est pompadour.

— On doit être bien, dans ces vastes bergères... voyons un peu...

En disant cela, le papa Croutmann se laisse tomber dans une bergère; mais le meuble était probablement trop gothique pour supporter cette lourde masse, car un des pieds de derrière se brise... le meuble se renverse et avec lui le gros Alsacien qui, ne s'étant pas fait de mal, prend la chose gaiement et se relève en disant :

— Monsieur Tourbillon, ce qui fait le charme de votre meuble pompadour en a bien peu pour moi; je préfère du neuf, du solide, à votre gothique.

— Je n'y conçois rien!... dit Tourbillon en courant ramasser le pied du fauteuil, qui avait déjà été recollé; ce meuble est cependant en fort bon état... c'est une paille qui se sera trouvée dans le bois... demain, ce sera réparé.

La jolie Ketly pousse en ce moment des éclats de rire qui attirent l'attention des parents.

— Qu'est-ce donc, ma fille, qui te fait rire ainsi? demande sa maman.

Pour toute réponse, Ketly montre dans un coin du salon le portrait de M. Tourbillon, toujours tracé au charbon, sur le papier, mais auquel cette fois on a mis une pipe dans la bouche.

Le gérant de la maison frappe du pied avec colère en s'écriant :

— C'est indigne... c'est abominable!... dans ce salon... sur ce beau papier satiné!...

— Il paraît que votre Anglais voulait vous voir partout!

— Ne croyez donc pas cela, cher monsieur Croutmann! c'est ce polisson de petit Pouding qui s'est amusé à faire des têtes ridicules... Celle-ci ne me ressemble pas!...

— Mais si... oh! c'est toujours votre profil ; le nez est frappant!

— Poussinet! holà! Poussinet!...

Le valet habillé à l'espagnole remontre sa tête à une porte, en murmurant sa phrase ordinaire :

— De quoi qu'il y a?

— Il y a que l'on a commis des dégâts dans cet appartement, que vous auriez dû le voir, et ne pas laisser partir milord sans qu'il m'eût payé ce que son groom a gâté ici!

— Est-ce que jé savais, moi?

— Vous deviez savoir; un conc[illegible] doit visiter les lieux avant de laisser partir les locataires.

— Les lieux?... mais on a fait aussi votre portrait dedans! le jockey en a mis partout... moi, j'ai cru que ça faisait plaisir à monsieur...

— Quelle buse vous faites!... Allez dans les cabinets, faites disparaître tout cela! et demain on remettra du papier sur tous les charbonnages que l'on trouvera. Vous mériteriez que je vous misse à l'amende de vingt francs pour avoir laissé endommager les papiers de ce bel appartement!

— Ah! bien, merci, il ne manquerait plus que ça!... Avec ça que j'ai de beaux gages, ici!...

— Sortez, Poussinet!

Le domestique s'éloigne en grommelant.

— Voyons les autres pièces, dit M. Croutmann.

On passe dans une chambre à coucher. Les fauteuils et les chaises sont toujours couverts de housses; le reste de l'ameublement est extrêment gothique. Le portraits de M. Tourbillon est aussi charbonné sur le papier, à côté de la cheminée, ce qui fait toujours rire les dames et endêver leur propriétaire, qui tâche de dissimuler son dépit en disant :

— C'est une plaisanterie! elle est mauvaise, mais c'est une plaisanterie de groom!... Ah! si j'avais compris que cancre voulait dire genièvre, tout cela ne serait pas arrivé. Mais j'ai des papiers semblables ; j'en garde toujours un rouleau de plus en cas d'événement... ce ne sont que des raccords à faire... ils seront faits demain. Vous voyez que le logement est superbe... voilà encore une chambre à coucher pour mademoiselle, puis un cabinet de toilette, et une foule d'autres cabinets...

— Oui, la place ne manque pas... il n'y a que l'ameublement qui ne me sourit pas...

— Vous l'apprécierez plus tard... ensuite vous aurez le droit de faire restaurer ce qui n'irait pas bien. Cet Anglais avait peu de soin... et puis il était toujours dehors... son petit groom dansait sans cesse la gigue dans la cour, c'était ridicule. Maintenant la maison ne renferme plus que la crème de la société. Au premier, vous sur le devant; moi sur le derrière. Au second, monsieur et madame Roufignac... des rentiers, pas d'enfants, pas de chien, pas de chat! une bonne de cinquante ans qui ne reçoit que son filleul qui en a neuf... c'est bien convenable!... Au troisième, un avocat, un jeune homme distingué, M. Henry Demarsay; il n'est presque jamais chez lui... de pareils locataires

DÉPÔT LÉGAL Seine (Sceaux) N° 47 1878

— Monsieur, je viens pour apprendre à danser..... (Page 48.)

n'usent pas les locaux... c'est précieux. Au quatrième, c'est un médecin, M. Sangsue, un homme rempli de talents ; c'est lui qui soigne mon épouse.

— Depuis qu'elle est paralysée?

— Non, quand il l'a commencée elle n'avait rien; mais bientôt elle est devenue sourde, puis ses jambes ont refusé le service... mais M. Sangsue la soigne parfaitement! Il espère qu'elle ne deviendra pas muette....

— Ah! mon Dieu... encore cela! et pourquoi deviendrait-elle muette?

— Parce qu'elle est sourde... tout ça s'enchaîne!... Je vous recommande ce médecin, si parfois vous étiez incommodée. C'est bien agréable d'avoir un docteur dans sa maison. Je vous laisse vous installer. Je mets pour aujourd'hui Poussinet à votre disposition, ne craignez pas de vous en servir.

— Mais il nous faudra une bonne... une domestique...

— Et qui fasse bien la cuisine! dit Croutmann.

— Je vous aurai cela... je vais m'en occuper sur-le-champ. Une bonne cuisinière, c'est cher!...

— Peu m'importe! j'ai de quoi payer.

— Du moment que vous ne regardez pas au prix, vous aurez ce qu'il y a de mieux. Ensuite, je vous le répète, Poussinet fera vos commissions... il a du temps de reste chez moi!... Vous lui donnerez... ce que vous voudrez...

— Soyez tranquille. je sais reconnaître les services qu'on me rend!

— Je n'en ai jamais douté. A l'avantage de vous revoir... mesdames; je vous offre mes hommages.

M. Tourbillon est parti. Gotlieb va prendre la main à son mari, en lui disant d'un air solennel :

— Werther, si jamais je tombais malade ici, tu ne ferais pas venir le médecin qui loge dans la maison, entends-tu?

— Pourquoi cela, chère amie?

— Un docteur qui rend les femmes sourdes et muettes!... Merci!... je ne veux pas qu'il me soigne.

— Je veux comme maman, dit Ketly; ce médecin-là me ferait peur!...

— Allons! rassurez-vous!... d'ailleurs vous ne serez pas malades, cela vaut mieux.

— Espérons-le. Ce logement est beau, nous avons de la place pour nous retourner; mais j'avoue que l'ameublement ne me plaît pas beaucoup...

— Il est certain que si toutes les chaises ressemblent à la bergère dans laquelle j'ai voulu m'asseoir, ce sera dangereux... Que fais-tu donc, Ketly?

— Papa, vous le voyez, j'essaye toutes les chaises de cette chambre, elles paraissent plus solides...

— Retournons au salon, je veux essayer d'autres bergères, ainsi que les fauteuils; car si tu faisais la culbute, Gotlieb, cela pourrait t'exposer... à recevoir un coup d'air.

On retourne au salon; pendant que M. Croutmann s'assied avec précaution sur des bergères et madame sur des fauteuils, Ketly s'écrie :

— Moi je veux voir le coup d'œil que cela fait sans les housses!... M. Tourbillon a beau dire, ce doit être plus élégant que de voir toutes ces toiles grises.

La jeune fille ôte une housse, puis une seconde, puis une troisième, et elle pousse des cris de surprise en disant :

— Ah! regardez donc... voilà une chaise ponceau, puis une verte... puis voilà un fauteuil jaune... Tenez... tenez... encore d'autres couleurs!...

— Ah çà! mais c'est donc un meuble d'Arlequin que ce monsieur a mis ici?...

— Et puis, voyez, maman, les étoffes ne sont même pas pareilles; en voilà en soie, celui-ci est en velours d'Utrecht, ces autres en velours de coton uni...

— Je trouve cela très-vilain! dit Gotlieb; il faut que M. Tourbillon ne sache pas lui-même que son meuble est dépareillé... Appelle donc son domestique, puisqu'il l'a mis à nos ordres.

— Holà! monsieur Poussinet! voudriez-vous venir un peu?

Le vieux valet arrive; cette fois il a ôté son tablier, ce qui laisse bien mieux voir l'intervalle qui règne entre sa veste et son pantalon; intervalle qui est, du reste, parfaitement couvert par la chemise.

— Monsieur a besoin de mes services? dit Poussinet en tachant de prendre un air agréable.

— Oui; mais, avant tout, nous voudrions savoir pourquoi M. Tourbillon nous a mis dans ce salon un meuble tout dépareillé... Tenez... voyez!...

Le domestique semble consterné et murmure :

— Ah! vous avez ôté les housses!... il ne fallait pas les ôter... c'était défendu!...

— Comment, défendu?... je paye ici pour être logé en garni; est-ce que je n'oserai pas toucher à mes meubles?... Ces housses me déplaisent, je les ôte, j'en ai le droit!

— Ah! non... monsieur veut qu'on les laisse...

— Est-ce que ce mylord qui logeait ici ne les ôtait jamais, lui?

— Le mylord... ah! vous voulez dire le marchand d'allumettes chimiques?...

— Ce n'était donc pas un Anglais qui habitait cet appartement?

— Si, mais il faisait le commerce d'allumettes chimiques, et il dansait quelquefois la gigue dans la cour avec son groom Pouding. Monsieur les a renvoyés parce qu'ils ne payaient pas... Ensuite ils faisaient trop de train. C'est l'Anglais qui a cassé un pied de la bergère, et il n'a jamais voulu le payer.

— Alors M. Tourbillon savait fort bien que cette bergère n'était pas solide?

— Ah! pardi! il y en a bien d'autres qui ne sont pas solides! Tenez, par exemple, le canapé, je ne vous conseille pas de vous rouler dessus... Il y a deux pieds qui ont déjà été remis deux fois. Mais un jour... patatras!... ça ne peut pas manquer.

— Qu'est-ce que tu dis de tout cela, Werther? demande la sensible Gotlieb à son mari.

— Je dis que je vais aller acheter des meubles à mon goût, que je les ferai apporter ici, et que nous prierons M. Tourbillon de remettre ceux-ci dans son garde-meuble.

— Tu feras très-bien... Quand M. Tourbillon loue sans que ce soit meublé, ce doit être moins cher?

— Je ne crois pas, madame. Combien que monsieur vous loue?

— Trois cents francs par mois.

Ah!... l'Anglais ne payait que moitié...

— Mais il n'était pas meublé, sans doute?

— Si fait, au contraire; et il trouvait aussi que les meubles étaient trop vieux... Il voulait faire des allumettes avec la commode de la chambre à coucher... C'est... pour cela que monsieur l'a renvoyé.

— Werther, sais-tu que ce monsieur Tourbillon n'agit pas en ami avec nous? il perd beaucoup dans mon esprit.

— Ma chère, il nous traite en étrangers; est-ce qu'il y a des amis? Monsieur Poussinet, faites-moi le plaisir de porter cette malle dans la grande chambre à coucher.

— Avec plaisir, monsieur.

Le vieux domestique se baisse pour prendre la malle, et ce mouvement fait descendre son pantalon de deux pouces... il est juste de dire qu'il se hâte de le relever. Mais Gotlieb, qui a frémi en songeant à ce qui pouvait arriver, dit à Poussinet lorsqu'il a été porter la malle :

— Monsieur Poussinet, vous ne mettez donc pas de bretelles?

— Non, madame, je n'en ai jamais porté.

— Et pourquoi cela?... Presque tous les hommes en ont.

— Madame, quand j'étais petit, on avait dit à ma mère que cela rendait les enfants bossus. Alors on ne m'en a pas fait porter.

— Mais je présume que maintenant vous n'avez plus peur que cela vous rende bossu?

— Oh! assurément... Mais je m'en passe fort bien.

— Moi, je trouve que vous êtes fort mal habillé... Si vous voulez être employé souvent par nous, il faut que vous mettiez des bretelles, qui empêcheront votre pantalon de tomber, comme il a manqué de le faire tout à l'heure.

— Oh! madame, je l'aurais retenu! Mais, si cela vous est agréable, je mettrai des bretelles... Seulement... je n'en ai pas.

— Achetez-en.

— Mes moyens ne me le permettent pas!...

— Demandez-en à votre maître.

— M. Tourbillon!... Oh! ce serait peine perdue... Déjà une fois je lui en ai demandé, il m'a répondu : « Vous avez des sous-pieds, c'est bien suffisant. » Il ne veut pas seulement acheter un balai neuf pour balayer la cour. Il prétend que je l'ai usé trop vite et que c'est à moi de le remplacer.

— Allons, consolez-vous, mon pauvre Poussinet, dit M. Croutmann en frappant sur l'épaule du vieux domestique. Je vous achèterai des bretelles, moi, et je réponds qu'elles seront plus solides que les meubles de votre maître.

XIII

LA MAISON PERDAILLON-BERLINGOT ET COMPAGNIE

Volenville va visiter l'appartement loué par Berlingot, pour l'établissement de la banque qu'ils veulent fonder et dans laquelle ils espèrent bien attirer d'autres dupes que l'ancien marchand de fromages de Brie. Ces messieurs se disent que, pour réussir, il faut avant tout jeter de la poudre aux yeux des niais, des imbéciles, des paresseux qui recherchent toutes les entreprises où l'on vous promet en peu de temps d'énormes bénéfices, sans que cela vous donne d'autres peines que d'aller toucher vos dividendes. Car il n'y aurait jamais de faillites si chacun faisait soi-même ses affaires. Mais chargez-en les autres, et les plus claires seront bien vite embrouillées.

Berlingot attendait son associé avec Croquet, leur subordonné, garçon de vingt-cinq ans, ni beau ni laid, qui remplissait tous les emplois dont on voulait le charger, était toujours de bonne humeur, toujours content, pourvu qu'il eût de quoi s'acheter le soir une contremarque à un théâtre des boulevards et se payer une chope.

Ces messieurs avaient fait emplette de plusieurs grands livres, comme il y en a chez tous les banquiers, pour y écrire les comptes courants. Puis une infinité d'autres, de toutes dimensions, sur lesquels ils avaient écrit en grosses lettres : livre de caisse ; opération des changes, carnet de négociation, etc.

Naturellement tous ces livres étalés sur les bureaux étaient une imitation des cartons qui ornaient le cabinet de Volenville.

Une mince cloison, vitrée à moitié, séparait en deux la pièce où l'on avait établi les bureaux. Derrière cette vitre était la caisse, qui avait un aspect majestueux, et se trouvait positivement en face du guichet par où le caissier devait payer ou recevoir.

Lorsque Volenville arrive, Croquet déjeune sur le pouce avec un petit pain et du fromage ; il marche ou plutôt sautille en mangeant, ayant l'habitude de se tenir comme les serins, tantôt sur une jambe et tantôt sur l'autre.

Les deux garçons de quatorze à seize ans dont on a fait des commis, et qui ressemblent parfaitement à des garçons épiciers, font une partie de bezigue sur leur bureau, tout en se mouchant de temps en temps sur leur manche.

— Voyons un peu cet appartement? dit l'homme d'affaires, en souriant, à ses associés.

— Et d'abord, que dis-tu de la maison, de l'entrée? demanda Berlingot.

— Superbe, la maison! magnifiques, l'entrée, l'escalier, le palier!... La première pièce suffisante pour antichambre ; ici sont donc les bureaux...

— Ce vitrage, cette caisse, tout cela est soigné, j'espère?

— Oui, et quand Croquet sera là-dedans, j'aime à croire qu'il n'y sautera pas constamment, tantôt sur la jambe droite, tantôt sur la gauche. Ce genre de tenue ne sied pas à un caissier.

— Parbleu! quand je serai là-dedans, je serai assis ; alors je ne sautillerai pas.

— J'aime à le croire. Qu'est-ce que tu manges donc avec ton pain, Croquet?

— Ça? c'est du camembert.

— Il sent bien fort, pour du camembert!... Je crois que c'est tout bonnement du marolles!

— Non pas! c'est du pur camembert!

— Voyons le salon.

Berlingot ouvre les deux battants d'une superbe pièce. Les peintures, les tentures, tout est joli et frais. Le meuble, en satin vert, est de bon goût ; et l'on n'a pas mis de housses, afin qu'en entrant dans ce salon on pût être séduit par son élégance.

— Que dis-tu de ce salon? s'écrie Berlingot.

— Je suis ravi, enchanté! Sapristi! si nous ne faisons pas fortune ici, c'est que nous sommes des imbéciles!...

— Nous la ferons, mon cher, nous la ferons.

— Ces glaces sont magnifiques...

— Elles sont à la maison.

— Ces rideaux aux croisée vont très-bien avec le... Ah! mon Dieu, Croquet, que ton fromage sent mauvais!...

— C'est du camembert!...

— Ne va pas t'aviser d'en manger demain ici... Cela détruit toutes les illusions que ce beau salon vous donne!

— Ah! elle est bonne, celle-là!

— Elle est juste. Des personnes qui habitent dans un si bel appartement ne doivent pas manger d'un fromage qui empoisonne!... Venez, messieurs, ne restons pas dans ce salon, car demain il sentirait encore le fromage.

On retourne dans les bureaux.

— Messieurs, dit Volenville aux soi-disant commis, j'espère que demain vous ne vous aviserez pas de jouer au bezigue sur votre bureau?

— A quel jeu faudra-t-il jouer, monsieur?

— Mais à aucun, jeunes drôles!... Vous devez travailler, faire des chiffres... écrire... n'importe quoi, mais écrire ; tenez, en attendant, amusez-vous à numéroter les pages de ces livres de comptes courants... Toi, Croquet, assieds-toi donc dans la caisse, que je juge de l'effet que tu y produis.

Croquet va se placer derrière le vitrage, et s'assied devant le guichet.

— C'est bien jeune! tu ne représentes pas un homme qui fait des additions toute la journée...

— Voulez-vous que je mette une belle paire de moustaches, messieurs?

— C'est une idée, cela! Oui ; des moustaches, cela te vieillira, cela te donnera du cachet...

— Soyez tranquilles, je m'en collerai une belle paire demain... Voulez-vous que je porte toute ma barbe?

— Non, des moustaches suffiront ; qu'en dis-tu, Berlingot?

— Je dis que j'ai pensé à une autre chose, moi, et qui était plus indispensable.

— Voyons cela?

— Nous avons beaucoup parlé à ce campagnard de mon principal associé, monsieur Perdaillon ; si en venant ici il n'y trouve que moi, qu'il connaît déjà, cela pourra lui sembler drôle... lui ôter de la confiance ; enfin, il pourrait ne pas lâcher les cent mille francs, tandis que, s'il y trouve M. Perdaillon, il y va de son tout.

— C'est aussi mon avis... Mais où se procurer quelqu'un pour jouer ce personnage sans qu'il nous fasse trop chanter?

— J'ai trouvé notre affaire : un marchand de contremarques, bon garçon, auquel j'ai vendu quelquefois des loges que j'avais demandées dans les théâtres, tantôt sous un nom, tantôt sous un autre. Il m'est tout dévoué! Je lui ai proposé de prendre un rôle dans une farce que nous voulions jouer à un provincial, en lui disant : Il y aura quarante francs pour vous.» Il s'est écrié :« Je l'aurais fait gratis pour vous être agréable. » Je lui ai déjà seriné son rôle, en lui recommandant la plus entière discrétion snr cette affaire.

— Quel homme est-ce?

— Quarante ans, un colosse, plus grand que toi. L'air un peu dur, mais très-convenable... Il fait bien quelques cuirs en parlant, mais ce n'est pas le marchand de fromages qui s'en apercevra!

— Et la mise?

— Oh! il se met bien quand il va à la noce; je lui ai dit: « Vous vous habillerez comme si vous alliez à la noce. »

— Tu lui souffleras ce qu'il doit répondre au pigeon.

— Sois tranquille. Boiron, c'est le nom de mon homme, n'est pas bête; il saura jouer son rôle.

— Fort bien. Je vois que cela marchera tout seul. J'oubliais!... quand le Robillot t'aura versé les cent mille francs, songe bien qu'il faut tout de suite lui payer l'intérêt de son argent, le premier trimestre. C'est donc deux mille cinq cents francs qu'il faudra lui compter...

— Diable! c'est désagrable d'ôter cela de notre caisse!

— Mon cher, c'est le meilleur moyen pour qu'il nous donne les autres cent mille francs. On lui a promis dix pour cent, c'est ce qui l'a séduit. En voyant que vous payez si exactement les intérêts, il vous apporterait un million s'il l'avait.

— Je crois que tu as raison... Allons, ce brave homme aura son trimestre!

— Maintenant, il ne manque plus ici que le groom pour annoncer.

— C'est le fils du portier. Il sera habillé demain... à nos frais. Cela met le portier dans nos intérêts.

— Alors, à demain, messieurs! de une heure à deux je vous amène le Robillot... Toi, Croquet, n'oublie pas les moustaches!

— Puisque c'est convenu!

— Et ne mange plus de fromage, surtout!...

— C'était du camembert!...

— A propos, et tes Croutmann, ta famille de Strasbourg?

— Ils ont quitté leur hôtel pour se loger dans la maison d'un certain monsieur Tourbillon... faubourg Poissonnière...

— Tourbillon!... il me semble que je connais ça!... Un grand monsieur, qui est remarquable par la longueur et le pointu de son nez?

— Je ne l'ai pas vu. Mais, avec ce diable d'Alsacien, ce sera difficile de faire quelque chose; il a sa fortune faite et ne veut plus s'occuper que de ses plaisirs.

— Bah!... Tous les hommes ont un côté faible, par où on peut les prendre! Il ne s'agit que de le découvrir.

— Si je parviens à épouser sa fille, je n'en demanderai pas davantage.

— Trois cent mille francs de dot!... Tu n'es pas dégoûté!... A demain.

Volenville est parti. Berlingot donne les dernières instructions à Croquet et à ses commis, puis il quitte son bel appartement, prend une victoria, et va à l'agence des billets de spectacle acheter une loge pour le soir au théâtre du Châtelet; il fait ensuite emplette de deux beaux bouquets, et se fait conduire chez les Croutmann, à leur nouvelle demeure.

Il trouve la famille au milieu des tapissiers, des commissionnaires. Werther a été acheter des meubles neufs pour remplacer une grande partie de ceux que M. Tourbillon avait donnés à ses locataires.

Berlingot, qui a du tact et sait qu'il ne faut pas être importun, se hâte d'offrir sa loge, de donner les bouquets aux dames et prend congé en disant:

— Je vous laisse emménager... j'ai moi-même des affaires par-dessus la tête et ne puis que vous serrer la main.

— Ah! que vous êtes aimable!... Nous apporter une loge de spectacle!...

— Et ces bouquets!... En vérité, vous êtes d'une galanterie!...

— Les fleurs sont faites pour les femmes, et les femmes pour les fleurs...

— Ah! Werther! retiens cette phrase-là... c'est digne d'un ancien preux!... Est-ce que vous ne viendrez pas nous voir ce soir, au spectacle?

— Si fait! je compte bien aller vous y retrouver. Au revoir!...

— Vous n'avez pas eu le temps d'admirer notre beau logement... Oh! nous avons de la place, nous pourrons recevoir du monde!...

— Je verrai votre appartement quand vous serez tout à fait installés. Je vous quitte. A ce soir!

Et Berlingot s'éloigne en se disant:

« Voilà comme on amorce son monde, comme on prépare ses batteries. Je conviens au papa, je plais à la maman; j'éblouirai la fille par mes soins, ma galanterie!... Nous allons être en fonds! les cent mille francs du campagnard nous permettront d'agir en grand seigneur! Il faut savoir semer pour recueillir. »

Au jour désigné, Robillot ne manque pas de se rendre chez Volenville. Il a mis ses cent mille francs dans son portefeuille, et son paletot neuf par-dessus son habit et son gilet. Fricandeau, qui avait ordre de guetter son arrivée, l'introduit aussitôt dans le cabinet de son maître, qui prend dans ses deux mains celle du marchand de fromages et la serre comme s'il voulait l'aplatir.

— Bonjour, cher monsieur Robillot; vous êtes exact. C'est bien, il faut cela dans les affaires. Vous avez votre somme sur vous?

— Oui. Oh! je l'ai tout entière! Toujours là, sur mon cœur!

— C'est parfait. Nous allons nous rendre chez ces messieurs... Vous avez une voiture, je pense?

— Non, je suis venu à pied, en me promenant, en regardant les boutiques; ça m'amuse!...

— Fricandeau, allez nous chercher un remise... Vous entendez? un remise! Les fiacres vont trop lentement... Ah! vous annoncerez à la foule qui attend dans mon antichambre qu'il m'est impossible de recevoir aujourd'hui... Ce sera pour demain.

— Vous avez toujours foule dans votre pièce d'entrée?

— Toujours, mon cher monsieur; je ne puis suffire à toutes les affaires dont je suis chargé.

Le remise est arrivé. Volenville y monte avec Robillot, et l'on se rend au boulevard Malesherbes.

— Je vous mène dans le beau Paris, dans le Paris riche, élégant, dans le Paris qui donne la mode! dit l'homme d'affaires à son client. Je gage que vous ne le connaissez pas?

— Pardieu! je ne connaissais que le Palais-Royal... Est-ce que c'est à la campagne?

— Non, puisque c'est le beau quartier de la ville; il ne s'y loge guère que des millionnaires.

— Alors il n'y a pas de fruitières, de marchands de fromages?

— Il faut bien qu'il y ait des marchands pour nourrir les habitants; mais, en général, ce n'est point un quartier à boutiques. Nous voici arrivés.

On descend de voiture. Volenville arrête Robillot devant la porte cochère :

— Regardez cette maison... ces sculptures... ces ornements... ce pavage en mosaïque... Que dites-vous de tout cela?

— C'est fièrement soigné... Est-ce que c'est un palais?

— Non, mais c'est une demeure de capitaliste. Venez... Concierge, nous allons chez M. Perdaillon et Compagnie, banquiers.

— Au premier, la porte à droite! crie le portier, qui est enchanté parce que son fils a un costume de groom tout neuf. Aussi se hâte-t-il d'ajouter : — Monsieur, vous trouverez un groom pour vous annoncer!

On monte le premier étage; on entre à droite et on trouve le petit groom, qui, sans égard pour son costume neuf, joue aux billes en marchant à quatre pattes dans la salle d'attente. Volenville lui donne un léger coup de pied au derrière; aussitôt le groom se relève et court ouvrir la porte du salon en criant :

— Entrez! entrez, messieurs! C'est ici... Monsieur y est. Entrez!... entrez!...

Berlingot se hâte de mettre fin aux cris du petit jockey, en allant au-devant des personnes qui arrivent, et avec lesquelles il échange des poignées de main :

— Ah! que c'est bien d'être exacts!... Vous allez voir M. Perdaillon; il avait affaire à la Bourse, mais je lui ai dit : « De grâce, ne sortez pas! Volenville doit nous amener un nouveau client... un homme charmant avec qui j'ai dîné, et je tiens à ce que vous fassiez connaissance avec lui. »

Puis Berlingot, tenant toujours Robillot par la main, l'introduit dans le salon, où un grand et gros homme, habillé de noir et cravaté de blanc, est assis et semble consulter des papiers, mais se lève sur-le champ lorsque Berlingot lui dit :

— Monsieur Perdaillon, voilà monsieur Nicodème Robillot, de Meaux en Brie, que j'ai l'honneur de vous présenter.

Le colosse salue en murmurant d'une voix considérablement enrouée :

— Monsieur... enchanté de faire votre connaissance.

— Monsieur... de mon côté... certainement... je vous offre la réciproque...

— Asseyons-nous, messieurs, dit Berlingot, qui voit que son Perdaillon est embarrassé de sa personne. Nous serons plus à l'aise pour causer.

— C'est juste, asseyons-nous.

— Monsieur Perdaillon, voici ce dont il s'agit : M. Robillot a deux cent mille francs de libres; il désire les mettre dans notre maison de banque. J'ai pensé que nous pourrions lui en servir les intérêts à dix pour cent. Cela vous va-t-il?

— Et pourquoi que ça ne m'irait pas? *Je leur z'y en ai* donné bien d'autres, aux pratiques!

Volenville fait une légère grimace et se hâte de prendre la parole.

— Tout le monde sait, monsieur Perdaillon, que vous aimez à faire jouir vos commettants des bénéfices plus ou moins forts que vous faites, et vous méritez bien la fortune que vous avez acquise.

— J'ai *t'évu* de la chance, voilà tout! Et puis, on boulotte; il y a des jours où ça donne, d'autres où l'on fait chou blanc.

— Ne perdons pas un temps précieux! s'écrie Berlingot; vous avez affaire à la Bourse, monsieur Perdaillon; hâtons-nous de recevoir l'argent de M. Robillot et de lui en donner reçu...

— Ah! oui, il faut recevoir l'argent...

— Passons à la caisse, monsieur. Vous avez vos fonds, monsieur Robillot?

— Oh! c'est là! sur mon cœur!... C'est tout prêt.

Ces messieurs se lèvent. On passe dans les bureaux. Mais auparavant Volenville a dit tout bas à Robillot :

— Comment trouvez-vous ce salon?

— C'est superbe! c'est plus beau qu'à Versailles, où l'on m'a mené une fois pour placer des fromages.

Dans les bureaux, tout le monde est à son poste. Volenville manque d'éclater de rire à la vue des moustaches dont Croquet s'est décoré. Les deux jeunes commis sont penchés sur leur bureau et griffonnent sur du papier des bonshommes et des polichinelles. Le petit groom est aussi là dans un coin; il ne joue plus aux billes, mais il fourre ses doigts dans son nez.

— Monsieur le caissier, dit Berlingot, voulez-vous bien ouvrir un compte à M. Robillot, de Meaux, que voilà, et qui verse deux cent mille francs dans nos opérations de banque?

Croquet salue gravement en murmurant un :

— Vous avez dit : Robillot, de Meaux?

— Nicodème Robillot! répond le campagnard.

— Va pour Nicodème!... Vous avez les fonds?

— Permettez, je n'ai sur moi que cent mille francs... l'autre moitié, c'est encore Thérèse, ma femme, qui l'a...

— Entendons-nous! murmure le soi-disant Perdaillon; il me semble que mon associé, M. Berlingot, m'a *z'annoncé* que vous vouliez mettre deux cent mille francs dans mon commerce...

— Oui, oui, c'est bien mon intention...

— Si vous n'en versez que moitié, alors c'est cent mille francs que vous restez nous devoir.

— Ah! vous trouvez... Je vous redois le reste?...

— Permettez, messieurs! s'écria Volenville, M. Robillot n'est pas très-versé dans les affaires de banque. Il ne les comprend pas du premier coup avec votre perspicacité. Je vais simplifier les choses : — Mon cher monsieur, veuillez d'abord compter au caissier les cent mille francs que vous avez sur vous...

— Voilà! tout de suite!...

Le campagnard sort de sa poche un gros portefeuille dans lequel sont des liasses de billets de banque, attachés ensemble par dix mille; il les compte les uns après les autres devant le guichet, et, pendant qu'il s'assure si pas un billet ne manque à l'appel, les particuliers qui l'entourent lorgnent avec amour ces précieux papiers étalés sous leurs yeux.

— Ça y est! Vous voyez que le compte y est! s'écrie Robillot.

— Oui, c'est très-bien! dit Berlingot. Caissier, mettez tout de suite cette somme dans votre caisse...

Mais le caissier est tout occupé à retenir une de ses moustaches qui veut absolument se décoller. Volenville, qui s'aperçoit que le marchand de fromages regarde d'un air de regret ses billets de banque, se hâte de dire :

— Une minute, messieurs! rappelez-vous donc ce qui

est convenu : vous payez dix pour cent d'intérêt à monsieur. C'est donc dix mille francs de revenu dont il doit jouir dès aujourd'hui ; vous devez lui payer son premier trimestre d'avance. C'est deux mille cinq cents francs que sur cette somme vous allez sur-le-champ compter à votre client Robillot... Et, quand il vous apportera les autres cent mille francs, comme ça lui fera vingt mille francs de revenu, vous lui en compterez le double.

— Ah! bravo!... Il explique mieux les choses, lui, mon homme d'affaires... Je le comprends mieux que M. Merdaill... Perdaillon.

— C'est cependant cela que mon associé voulait vous dire... Monsieur le caissier, veuillez extraire de cette somme deux mille cinq cents francs que vous passerez au débit de M. Robillot.

Croquet se décide à lâcher sa moustache. Il prend trois billets de mille francs et dit :

— Je n'ai pas de billets de cinq cents francs.

— Ça m'est égal, donnez-les-moi en or, dit Robillot. C'est pour m'amuser, pour rigoler un peu à Paris ; faudra toujours que je change...

— C'est que... j'ai envoyé ce matin tout mon or à la Banque... Je vous devrai ces cinq cents francs.

— J'aimerais mieux les avoir tout de suite...

— Voulez-vous que j'aille changer? dit le faux Perdaillon, auquel Berlingot marche sur le pied, en lui disant :

— Vous! monsieur Perdaillon, y pensez-vous?... Un de nos commis va y courir... Jeune homme, allez, courez changer ce billet de mille francs chez l'épicier voisin. Dépêchez-vous!

— Vous allez un peu faire le garçon, avec vos dix mille francs de rente, hein, papa Robillot?

— Ma foi! oui, je veux m'amuser un tantinet. Au fait, il faut jouir de la vie quand on est encore jeune... Je n'ai que cinquante-cinq ans, ce n'est pas vieux!

— C'est le plus bel âge pour un homme, celui où il commence seulement à jouir de tous ses avantages...

— Avec deux mille cinq cents francs tous les trois mois, je peux bigrement m'amuser!...

— Oui!... mais, quand vous en toucherez le double, vous vous amuserez deux fois plus.

— Oh! alors, ce sera une noce continuelle!...

— Ce petit jeune homme est bien long à trouver de la monnaie dit Berlingot d'un air inquiet. Monsieur Croquet, êtes-vous sûr de vos jeunes gens?

Croquet était toujours occupé de ses moustaches ; il répond en mâchonnant des poils :

— J'en suis sûr... sans en être sûr!... Est-ce qu'on est sûr de quelque chose!... Ainsi, on m'avait dit que ça tiendrait tout seul... Va te faire fiche!...

— Voulez-vous que j'aille à la recherche du petit? dit le colosse qui ne demande qu'à s'en aller.

— Mais non, monsieur Perdaillon... vous n'y pensez pas!... Ce n'est pas à vous de prendre cette peine... D'ailleurs nous avons notre groom... il est vrai qu'il est bien petit!

Le retour du jeune commis met fin aux inquiétudes que la maison Perdaillon et Compagnie commençait à concevoir. Il apporte de la monnaie. On compte à Robillot les cinq cents francs qui lui reviennent encore ; puis ces messieurs n'ont plus qu'un désir : c'est de se débarrasser de leur pigeon, afin de se partager ses plumes. Le campagnard, qui est moins pressé de s'en aller, tape sur le ventre de celui qu'il croit le chef de la maison, en disant :

— Eh ben! maintenant que voilà une affaire terminée, est-ce que nous n'allons pas un peu arroser cela avec un verre de n'importe quoi?... Les affaires, ça s'arrose toujours!...

— Moi, je ne demande pas mieux! répond le soi-disant Perdaillon. J'aime aussi z'à m'humecter!...

Mais Berlingot donne un grand coup de coude au colosse en s'écriant :

— Vous n'y pensez pas, monsieur Perdaillon! Et la Bourse, où l'on vous attend!... Vous êtes déjà en retard...

— Ah! c'est vrai, j'avais oublié la Bourse.

— Moi, j'ai affaire aussi à la Banque... mais Volenville va vous emmener, monsieur Robillot. .

— Non pas! s'écrie Volenville, oh! je ne m'en vais pas! J'ai un compte très-long à régler avec le caissier... J'ai des dividendes à toucher. Après tout, monsieur Robillot n'a pas besoin de nous pour se promener. Notre voiture l'attend en bas ; il peut se faire conduire où bon lui semblera.

— Tiens, c'est une idée, ça! dit le marchand de fromages. Et, pour commencer à m'amuser, je vais me faire conduire à l'Exposition des chiens... car on m'a dit qu'il y avait une Exposition de chiens?...

— Oui, oui, on ne vous a pas trompé!... C'est aux Champs-Élysées.

— Eh bien ! je vais m'y faire rouler... Faut s'amuser! Eh! on ne sait pas, je suis capable de me faire cadeau d'un dogue...

— Vous en avez le droit.

— J'adore les dogues! Ma femme prétend que ce n'est pas commode dans les appartements ; que, quand ça monte sur vos genoux, ça vous fait tomber... moi, je dis que tout dépend de la manière dont ils ont été élevés!... J'en veux un qui rapporte.

— Monsieur Robillot, il ne faut pas que les délices de Paris vous fassent oublier les affaires sérieuses. Vous avez encore cent mille francs à nous verser, et nous comptons dessus pour une grande opération, très-avantageuse, mais qui nécessite une grande mise de fonds.

— Soyez tranquille... c'est mon intérêt de vous les donner, puisque ça me rapportera.

— Oh! sur-le-champ vous toucherez encore deux mille cinq cents francs...

— Je vais écrire à Thérèse de m'envoyer les fonds... ou peut-être irai-je moi-même les chercher... Ce sera plus sûr.

— Je crois que vous ferez bien.

— Au revoir donc, messieurs!... Ah! dites-moi donc, les levrettes, ça rapporte-t-il comme les dogues?

— Je ne vous affirmerai pas. Je crois que là-dessus il faudrait consulter Buffon.

— Buffon! où demeure-t-il?...

— Il est mort!

— Alors, pourquoi me dites-vous qu'il faudrait le consulter, farceur?... Décidément, j'aime mieux les dogues. Au revoir, messieurs! je vais prendre la voiture.

XIV

LA CLASSE DE DANSE

La classe de danse où les enfants de madame Filamour vont prendre leurs leçons est située faubourg du Temple, près de l'ancienne barrière, dans le centre de ce qu'on appelait autrefois la Courtille. C'était de là que partait jadis cette foule de masques, qui sortait des cabarets, des guinguettes, des bastringues qui foisonnent dans ce quartier. Alors on disait : « Allons à la Courtille, chez Desnoyers,» comme on dit aujourd'hui : « Allons dîner au Palais-Royal.» Des gens fort bien élevés, des personnages du grand monde même, ne craignaient pas d'aller se commettre chez ces marchands de vin-traiteurs. Et, pendant les jours gras, pour assister à la descente de la Courtille, pour voir les masques avinés, la plupart à moitié vêtus, se traînant dans la boue et joutant à qui se dirait le plus d'ordures, il y avait une queue de voitures, beaucoup d'équipages et, dedans, des dames très-distinguées qui, pour voir ce spectacle, n'avaient pas craint de se lever à sept heures du matin.

Quantum mutatus ab illo! Heureusement.

Cependant, on danse, on boit et l'on mange toujours à la Courtille, qui est maintenant dans Paris et fait partie du faubourg du Temple. Mais les guinguettes ont pris un air de bal; les cabarets sont devenus des traiteurs faisant noces et festins. La société y est bien à peu près la même que jadis, mais, en carnaval, les masques s'y donnent moins rendez-vous, et la fameuse descente n'attire plus personne.

C'était donc sur cette montagne un peu roide, qui mène à Belleville, que M. Deschassez avait établi sa classe de danse. Ce petit homme sec, qui ne veut pas qu'on se moque de lui, et s'était permis de regarder dans les cartons qui tapissaient le cabinet de Volenville, a trouvé dans l'ancienne Courtille un petit entre-sol bon marché. Il ne contient, à la vérité, que deux pièces : une petite, assez sombre, qui sert d'entrée, de vestiaire, de cuisine, de tout ce qu'on veut; puis une plus grande, plus aérée, qui donne sur la rue et dont il a fait sa classe. On y trouve pour tous meubles des bancs, des chaises et la fameuse boîte dans laquelle on fait mettre les pieds des élèves qui ont besoin d'acquérir du dehors. Enfin un petit paravent à cinq feuilles est fixé dans un coin, où il sert de cabinet aux élèves qui mettent et ôtent leur costume de classe. Vous me demanderez peut-être où couchait le professeur de danse haute école? Car on ne voyait pas l'ombre d'une couchette dans tout cela, et la boîte, qui ne pouvait contenir que deux pieds, ne pouvait en tenir lieu.

Mais en homme amoureux de son art M. Deschassez avait tout sacrifié au désir d'avoir une belle salle de danse. Il avait relégué son matelas dans un placard, qu'il ouvrait le soir après le départ de ses élèves; alors le lit se rabattait comme un truc dans une féerie. Il était un peu court, mais le maître de danse était fort petit. Et, lorsque ses pieds dépassaient son matelas, il se disait : — J'aime encore mieux cela que de coucher sur le lit de *Procuste*, ce fameux brigand de l'Attique, qui vous faisait coucher sur un lit de fer, vous coupait les jambes si elles dépassaient le lit, et faisait allonger avec des cordes celles qui n'étaient pas assez longues. Décidément, *Thésée* a bien fait de tuer ce monsieur-là!

La jeune Louise, la fille de madame Filamour, se sentait beaucoup de sympathie pour la gentille Claudinette, locataire de madame Cylindre. De son côté, la jeune fille de Bauvais, qui ne connaissait personne à Paris et ne parvenait jamais à rencontrer la belle dame à laquelle on l'avait recommandée, était contente de trouver quelqu'un à peu près de son âge avec qui elle pût causer. Elle avait donc accepté avec joie la proposition d'accompagner Louise et son petit frère à leur classe de danse. Comme il n'y avait pas loin du faubourg Saint-Martin au faubourg du Temple, madame Filamour laissait sa fille aller avec son frère chez M. Deschassez. Elle se contentait d'aller les y rechercher.

Claudinette n'avait qu'une crainte en sortant avec Louise : c'était que le jeune homme, qui lui avait fait rendre son soulier, ne vînt la voir pendant son absence. Car il lui avait promis de s'occuper d'elle, et elle comptait sur cette promesse. Mais la propriétaire lui a bien assuré qu'elle saurait retenir ce monsieur jusqu'à son retour, lors même qu'il faudrait, pour cela, lui offrir du chou farci.

— Voilà une de mes amies que je vous présente, monsieur, dit Louise à son professeur en introduisant Claudinette dans la classe.

A la vue de la jeune fille, M. Deschassez s'écrie :

— Eh! mais, je reconnais mademoiselle. Oui, oui, oh! je reconnais aussi son pied... pied admirable!... Je me suis trouvé avec vous chez ce soi-disant homme d'affaires, ce Volenville!... Un faiseur d'embarras et de dupes, j'en suis certain!

— En effet, monsieur, je vous reconnais aussi; c'est vous qui avez trouvé que j'étais mal chaussée...

— Mais vous l'êtes bien mieux aujourd'hui... ces petits souliers verts font valoir encore votre pied mignon. Vous venez prendre des leçons de danse, mon enfant? Oh! comme vous avez raison!... Vous avez deviné enfin que la nature vous avait façonnée pour être une sylphide.

— Mais non, monsieur, je ne suis pas venue pour cela... mais seulement pour être avec Louise.

— Et vous n'apprendriez pas à danser!... Oh! ce serait une grande faute... tournée, bâtie comme vous l'êtes!...

— Mais... à quoi cela me servira-t-il, de savoir bien danser?

— A quoi?... Elle demande à quoi!... Vous irez à l'Opéra, c'est moi qui vous le dis!... C'est donc votre fortune que vous avez dans vos pieds!...

— Ma fortune! vraiment?... Ah! si je savais cela!

— Je vous en réponds! Je vais vous apprendre la haute école, ce qui signifie la belle danse. C'est toujours par là qu'il faut commencer... c'est ce qui donne de bons principes, cela est indispensable! comme le latin aux hommes, dans une bonne éducation.

— Mais, monsieur, cela coûte-t-il cher d'apprendre à danser?

— Très-cher quand on est cagneux, mal bâti, et qu'on a des pattes, au lieu de pieds. Mais quand on est faite comme vous... quand on a ce cou-de-pied... cette jambe fine... ce mollet bien placé!... Laissez voir votre mollet, ne craignez rien, c'est mon état! A vous, jeune fille, on montre gratis, parce qu'on est certain qu'une telle élève nous couvrira de gloire!

— Gratis!... c'est bon marché, cela. Vous êtes bien bon, monsieur!

— Eh! non, je ne suis pas bon, mais je suis fin... et je sais mon affaire!... C'est décidé, vous êtes mon élève?

— Je le veux bien... Mais est-ce qu'il faudra que je me mette dans cette vilaine boîte?

— Ce n'est pas la peine... la nature a tout fait pour vous! Vous avez un joli dehors... nous le soignerons. Aujourd'hui, bornez-vous à regarder; pour demain, faites-vous faire une petite jupe légère, enfin un costume pour apprendre à danser...

— Oui, monsieur ; avec un pantalon?

— Un pantalon ou un caleçon. Oh! la plus grande décence règne toujours dans ma classe. J'ai renvoyé une grosse dame, qui voulait à toute force faire des pirouettes sans mettre de pantalon. Je lui ai dit : « Madame, chez moi, on ne montre que son talent.» Elle n'a pas compris, je lui ai fermé ma classe.

Pendant que le professeur cause, la jeune Louise a mis son costume d'étude derrière le paravent. Puis arrivent trois autres jeunes filles et un grand dadais de seize ans. C'est celui-là qui touche presque le plafond avec sa tête, quand il fait des entrechats. Chacun se livre aux exercices qui lui sont ordonnés. L'une fait des pliés, l'autre s'exerce à lever la jambe; on répète un pas de quadrille. Le professeur a pris sa pochette et se met à en jouer, en ayant soin de se tenir toujours contre la fenêtre, afin qu'on l'entende de la rue. De cette façon, les personnes qui passent ont l'oreille frappée par le son du violon ; de plus, le professeur crie à tue-tête : « Balancez, chassez, chaîne anglaise!... » Il crie même : « *En avant quatre!* » lorsqu'il n'a que deux élèves dans sa classe. Mais qu'importe! l'important, c'est d'attirer l'attention; c'est que les passants puissent se dire : « Il y a bal dans la journée, ici! Il paraît que c'est une école de danse bien en vogue! »

Pendant les leçons arrive un monsieur qui frise la soixantaine, qui est gros, trapu, dont les jambes ressemblent à des tire-bouchons. Il va droit au professeur, qui présume que ce monsieur a des enfants à lui envoyer et n'est pas peu surpris lorsque cet homme, mûr et tordu, lui dit :

— Monsieur, je viens pour apprendre à danser.

— Vous-même, monsieur, ou bien si c'est un élève que vous voulez me donner?

— Non, monsieur, c'est moi-même qui désire avoir quelques notions sur cet art.

— Vous vous y prenez un peu tard, monsieur.

— Monsieur, on s'y prend quand on a le temps. Je suis coupeur de poils, mon commerce m'occupe beaucoup; mais je vais me marier... j'épouse une jeune fille qui aime la danse et je veux apprendre à danser pour faire danser ma femme.

— C'est différent, monsieur, je comprends votre désir... Mais vous avez des jambes qui ne se prêteront pas facilement aux exercices qu'il vous faudra faire?

— Oh! monsieur, je vous assure que je fais tout ce que je veux de mes jambes...

— Mais elles sont torses... on croirait que vous avez du mollet par devant?... Et vos pieds... sapristi! Qu'est-ce que vous avez dans vos souliers?...

— Mes pieds, comme tout le monde...

— Je vois de grosse bosses sur les doigts...

— Ah! ce sont des cors... des oignons, qui me font beaucoup souffrir. Mais cela se passera...

— Tenez, monsieur, je vais vous parler contre mon intérêt; mais, entre nous, je crois que vous devriez vous borner à savoir les figures d'un quadrille, et point apprendre à danser.

— Monsieur, je vous répète que je veux danser avec ma femme et faire devant Félicité de jolis pas... C'est mon idée, c'est mon dada!... Mes moyens me permettent cette dépense!...

— C'est différent, monsieur, puisque vous y tenez, allez vous mettre dans la boîte.

— Quelle boîte?

— Là-bas, où est en ce moment un jeune élève. Loupin, quittez la boîte, cédez-la à monsieur.

— Oh! je ne demande pas mieux!...

Le frère de Louise est vivement sorti de la boîte. Le monsieur qui va se marier s'en approche, fronce les sourcils et murmure :

— Que dois-je mettre là dedans, monsieur?

— Vos pieds, monsieur, vos deux pieds. Cela vous fera un peu mal pour commencer, mais vous vous y habituerez.

— Oh! je comprends.

Mais ce monsieur ne comprenait pas du tout, car au lieu de se placer devant le milieu de la boîte, il prend une chaise, va s'asseoir en face d'un des bouts, puis met un de ses pieds droit devant lui et l'autre au-dessus, en posant son talon contre la pointe du premier, puis il dit :

— M'y voilà, monsieur, et ça ne me gêne pas du tout!... Félicité sera contente!...

Tous les élèves se mettent à rire.

— Eh! monsieur, que faites-vous là? s'écrie le professeur, vous n'y êtes pas du tout!

— Pardonnez-moi, monsieur, je vous assure que j'ai mes deux pieds dans la boîte!...

— Mais ce n'est pas ainsi qu'on les met!... Cela ne vous donnerait jamais de dehors!... Otez vos pieds de là dedans.

— Vous m'aviez dit de les y mettre.

— Pas ainsi. Maintenant, mettez-vous en face de la boîte, dans sa largeur et non pas au bout!...

— M'y voilà.

— Mettez votre pied gauche...

— De face... impossible!

— Eh! non, monsieur, tournez... tournez encore votre pied...

— Ah! diable, c'est difficile! ça fait mal!...

— Monsieur, rien ne s'apprend sans peine.

— Il y est.

— Mettez l'autre à présent.

— Je comprends... J'y arriverai... Il y est, monsieur.

— Eh bien! qu'est-ce que vous avez donc fait? Pour mettre votre pied droit en boîte, vous en avez retiré votre pied gauche?

— Je n'aurais jamais pu y arriver sans cela!...

— Il le faut, cependant, monsieur, sans quoi vous n'apprendrez jamais à danser.

— Mais, monsieur, je n'ai pas l'intention de danser avec ma femme dans une boîte!

— Aussi n'est-ce que pour vous donner du dehors que je vous fais mettre là-dedans... Si vous ne pouvez pas vous y mettre, je renonce à vous donner des leçons.

— Ah! monsieur, vous êtes bien cruel!... Mais je tomberai quand je serai là-dedans?...

— Non, vous vous tiendrez à ce bâton qui est en travers.

Après beaucoup d'efforts inutiles, on parvient enfin à faire entrer dans la boîte le futur marié, qui pousse de longs gémissements, en murmurant :

— Ah! Félicité!... quel mal je me donne pour savoir te faire danser! J'aime à croire que je ne souffrirai pas tant quand j'ouvrirai le bal avec toi... le jour de notre hymen!

Deux jeunes gens assez distingués de manières et de

— Je l'ai aimée plus que toutes les autres. (Page 57.)

tournure, sont venus assister aux études des élèves. L'un d'eux va au professeur et lui dit :

— Mon cher Deschassez, je me suis permis de vous amener un de mes amis, qui est très-lié avec plusieurs directeurs de théâtres. Il pourra être utile à quelques-unes de vos élèves qui voudraient se risquer sur les planches...

— Vous avez très-bien fait, et je vous en remercie.

— Mais quelle est cette nouvelle jeune fille dont le minois est si agaçant? et ce pied... et cette jambe!... C'est une merveille!

— C'est une nouvelle élève que je vais former... Oh! ce sera bien autre chose quand vous la verrez en petite tenue de classe!

— Telle qu'elle est, c'est une perle! Elle est faite comme Hébé... et je vois que déjà mon ami ne la quitte pas des yeux.

La classe dure longtemps. Les deux jeunes gens restent jusqu'à la fin. Ils adressent force compliments à Claudinette, en lui prédisant les plus beaux succès dans la carrière qu'elle va embrasser; et déjà l'un d'eux lui promet de la faire entrer au théâtre aussitôt qu'elle se sentira assez forte pour débuter. Claudinette écoute tout cela en souriant; son amour-propre est flatté par les compliments que l'on adresse à sa personne; cependant elle ne semble pas encore bien résolue à embrasser cette carrière dans laquelle on lui prédit et succès et fortune.

— A demain, ma chère élève! dit M. Deschassez lorsque madame Filamour vient chercher sa famille.

— Oui, monsieur... je reviendrai demain si mon costume de classe est fait, reprend Claudinette; car je vois bien que je ne pourrais pas étudier, habillée et chaussée comme me voilà.

— Oh! surtout n'oubliez pas les chaussons de danse!... C'est de rigueur.

— Soyez tranquille, je veux que rien ne me manque. Je tiens à être bien mise, car ces beaux messieurs qui viennent de partir ont dit qu'ils reviendraient pour me voir.

— Et ils n'y manqueront pas! Vos jolis pieds leur ont déjà tourné la tête.

En ce moment, des gémissements attirent l'attention du professeur : c'est le coupeur de poils, qu'il a oublié dans la boîte, et qui ne peut pas en sortir tout seul. Il s'empresse d'aller le débotter. Le futur marié peut à peine se tenir sur ses jambes quand il a les pieds libres; il jure comme un charretier, sort une pièce de quarante sous de sa poche, la jette dans la chambre et s'en va en boitant et en disant :

— J'en ai assez, de vos leçons de danse!... Je ne peux plus marcher... Que va dire Félicité?...

— Qu'il aille au diable! dit le professeur en voyant ce monsieur s'éloigner. On n'apprend pas à danser quand on porte une botte d'oignons dans ses souliers.

On s'en retourne chez madame Cylindre. Louise va trouver une couturière qui vient convenir avec Claudinette de ce qu'elle veut pour mettre à la classe de danse. La jeune fille de Beauvais est difficile ; elle veut aller choisir d'autres étoffes que celles qu'on lui propose. Son choix une fois fait, la couturière déclare ne pouvoir livrer le costume que le surlendemain.

— Ce n'est qu'un jour de retard, dit Louise; mais, demain, tu peux malgré cela venir à la classe.

— Non, répond Claudinette, non, je n'irai pas demain; car j'ai une visite à faire... je veux absolument aller remercier ce jeune homme qui m'a fait rendre mon soulier. Il n'est pas venu me voir... il a peut-être oublié mon adresse; mais, moi, j'ai la sienne, elle est sous son nom, sur la carte qu'il m'a donnée... Il s'appelle Henri Demarsay. Eh bien! demain, j'irai faubourg Poissonnière, au numéro qui est sur cette carte, et je demanderai M. Henri Demarsay, avocat.

— Mais que lui diras-tu, à ce monsieur?

— Je le remercierai encore du service qu'il m'a rendu. Dans la rue, on n'a pas le temps de dire bien des choses...

— S'il avait pensé à toi, à te trouver une place, comme il te l'avait dit, il serait venu te voir, lui...

— Il n'a peut-être pas le temps... Les avocats, on dit que c'est toujours pressé.

— Tu as bien envie de le revoir, toi, ce monsieur-là?

— Oh! oui...

— Pourquoi?

— Je ne sais pas!

— Et l'autre... chez lequel tu as été deux fois... ce M. de Volenville?

— Oh! c'est différent : chez celui-là, je ne veux pas y retourner.

— Parce que?...

— Parce que ce gros monsieur-là voulait toujours m'embrasser, et que cela ne me plaisait pas.

Le lendemain, Claudinette soigne sa toilette, met ses petits souliers verts et se rend faubourg Poissonnière, à l'adresse que le neveu de Volenville lui a laissée. Elle trouve, dans la cour de la maison, Joconde, le portier. C'est un homme jeune encore, qui en conte à toutes les bonnes du quartier et se croit très-séduisant parce qu'il a des cheveux blonds qui frisent naturellement. Depuis qu'un Anglais a logé dans la maison, avec un petit jockey qui dansait continuellement la gigue, Joconde fait son possible pour danser comme les Anglais, et, tout en balayant sa cour, s'exerce à faire le pas de la gigue et tout ce qu'il en a retenu.

Claudinette ne sait pas si elle doit s'adresser à cet homme qu'elle voit danser la gigue dans la cour, avec un balai à la main, que, dans le feu de la danse, il passe quelquefois derrière son dos ou par-dessus sa tête. Elle attend d'abord, espérant qu'il va s'arrêter; mais, bien loin d'y songer, Joconde, qui a vu entrer dans la maison une jeune femme qui s'est arrêtée pour le regarder, ne doute pas qu'elle ne soit en admiration devant sa grâce et sa manière de danser; cela redouble son ardeur. Au lieu de s'arrêter, il se trémousse avec une ardeur nouvelle, et, en voulant inventer une figure, il jette en l'air son balai, mais il l'envoie de travers; et, au lieu de retomber dans sa main, l'instrument de ménage tombe sur les épaules de Poussinet qui se disposait à aller faire une commission pour M. Croutmann.

— Que le diable vous emporte! dit le vieux domestique en portant sa main à sa tête. Quelle est cette idée de jouer au tambour-major dans la cour?... Un peu plus, et je recevais votre balai sur la tête!...

— Mon Dieu! ça ne vous aurait pas tué!... Papa Poussinet, il n'est pas défendu de gigner un peu!

— Si; M. Tourbillon l'a positivement défendu... il n'aime pas tout ce qui lui rappelle le négociant en allumettes chimiques. Mais, en dansant, vous ne voyez donc pas qu'il y a là une jeune dame... qui demande quelqu'un, sans doute?...

— Oh! si fait, j'avais très-bien vu entrer mademoiselle... mais, comme elle paraissait prendre plaisir à me voir danser, je continuais. Qu'y a-t-il pour votre service, mademoiselle? car je gage que vous êtes une demoiselle... j'ai pour cela un flair étonnant!...

— C'est vous qui êtes le portier, monsieur?

— C'est moi-même. Joconde... j'ai un joli nom, et tout le monde dit que je suis bien nommé!...

— Vous avez dans cette maison un jeune homme... M. Henry Demarsay?

— Oui, oui, nous avons ça; un avocat?

— Justement, c'est lui que je demande.

— Vous voulez parler à l'avocat? Est-ce que vous auriez déjà un procès, belle jeunesse? Ce serait fâcheux... Pourquoi voulez-vous consulter l'avocat?... Je vous dirai tout de suite s'il est capable de vous tirer d'affaire... et, entre nous, je ne le crois pas encore bien malin, celui-là... il ne lui vient presque personne pour le consulter.

— Monsieur, je désire parler à M. Henri Demarsay, et ce que j'ai à lui dire ne vous regarde pas. Est-il chez lui? à quel étage demeure-t-il? Voilà tout ce que je vous demande.

Le ton fort sec avec lequel Claudinette a répondu au portier a piqué le Joconde de la porte; il hoche la tête en disant :

— Ah! voilà tout!... ah! vous voulez voir ce monsieur... et vous ne voulez pas dire pourquoi! Très-bien... on a compris!...

— Est-il chez lui?

— S'il est chez lui?... C'est douteux... Je ne crois pas...

— Si fait, si fait, M. Demarsay est chez lui, dit Poussinet; je viens de le voir rentrer il n'y a pas cinq minutes...

— Je ne l'ai pas vu, moi!

— C'est que vous dansiez la gigue, probablement. Mademoiselle, c'est au troisième étage, l'escalier qui est là, à votre gauche.

— Merci, monsieur, bien obligée.

Et Claudinette est déjà dans l'escalier qu'on vient de lui indiquer que Joconde est encore à se disputer avec Poussinet, auquel il reproche d'empiéter sur ses attributions en indiquant où logent les locataires.

La jeune fille a monté lestement les trois étages. Elle s'arrête devant une porte sur laquelle une plaque en cuivre porte le nom de la personne qu'elle vient voir. Avant de tourner le bouton de cette porte, elle a besoin de reprendre sa respiration. Elle se sent émue et presque tremblante, elle qui n'a pas l'habitude de trembler. Enfin elle tâche de se remettre, tourne le bouton et entre dans une pièce dans laquelle il n'y a personne. Mais une porte est en face, elle l'ouvre et aperçoit celui qu'elle cherche, assis devant un secrétaire et paraissant plongé dans ses réflexions. Au bruit que vient de faire la jeune fille, il relève la tête et pousse un cri de surprise.

— Claudinette!... Est-ce possible?... Mademoiselle Claudinette!...

— Oui, monsieur, c'est moi... Est-ce que je vous dérange, monsieur?

— Pas du tout... Vous voyez que je n'étais pas occupé. Mais par quel hasard?... Qui me procure enfin le plaisir de vous revoir?...

— Ce n'est pas un hasard, monsieur; il y a longtemps que je désirais vous revoir, moi. Je vous attendais toujours, mais vous n'êtes pas venu... Alors je me suis dit : « Puisque ce monsieur ne vient pas, eh bien! j'irai chez lui. »

— D'abord, asseyez-vous, reposez-vous...

— Merci, monsieur. Je ne vous gêne pas, bien sûr?...

— Mais non... En effet, mon enfant, je vous ai oubliée... je dois l'avouer, je ne me suis pas occupé de vous... Faites-moi des reproches; je les mérite... Mais que voulez-vous? j'ai une pensée qui m'absorbe toujours... un souvenir qui m'obsède... Je cherche une personne que je ne puis parvenir à trouver! Cela me fait négliger toutes les autres affaires...

— Oh! monsieur, je ne veux pas vous faire de reproches! Par exemple! ce serait bien mal reconnaître le service que vous m'avez rendu... car c'est grâce à vous que j'ai ces souliers-là... Ils sont bien gentils, n'est-ce pas, monsieur?

— Ils vous chaussent très-bien.

— C'eût été dommage si je ne les avais pas eus... n'est-ce pas, monsieur?

— Assurément!... Et, dites-moi, mademoiselle Claudinette...

— Ah! monsieur, quand je suis entrée et que vous m'avez reconnue, vous m'avez appelée Claudinette... tout court, sans dire mademoiselle... et cela m'avait fait tant de plaisir! Si vous vouliez dire encore comme ça... cela me rendrait si heureuse, monsieur! Est-ce que cela vous contrarierait de ne pas me dire mademoiselle?

Henri sourit en répondant :

— Non, cela ne me contrarie en rien; seulement je vous ferai observer que c'est la seconde fois que je vous vois, et que l'on ne parle pas aussi familièrement à une jeune fille que l'on connaît encore si peu.

— Oh! monsieur, qu'est-ce que cela fait? Je ne suis pas une cérémonie, moi, et puisque ça me fera plaisir, monsieur, je vous en prie, appelez-moi Claudinette!...

— Puisque vous le voulez, puisque cela peut vous contenter, soit! Eh bien! Claudinette, avez-vous trouvé quelque emploi?

La jeune fille a fait un bond de joie sur sa chaise en s'entendant appeler rien que par son petit nom; puis elle s'écrie :

— Non, monsieur, je n'ai rien trouvé... Je suis entièrement libre!... Seulement j'ai une jeune amie qui apprend à danser : elle m'a menée à sa classe. Le professeur m'a dit que je ferais ma fortune au théâtre... Croyez-vous cela, monsieur?

— Il y a tant de manières de faire fortune au théâtre que je ne puis deviner celle que vous emploierez.

— Moi... j'hésite... il y a des choses que j'aimerais mieux. Voulez-vous me conseiller, monsieur?

— Non, je n'ose pas... Je craindrais de nuire à votre avenir. Je conviens que vous êtes taillée, faite pour devenir un excellente danseuse... mais c'est une carrière si dangereuse!...

— Monsieur... est-ce que vous demeurez seul, ici?

— Oui, seul.

— Vous n'avez pas une bonne avec vous?

— Je n'ai personne; c'est le portier qui fait mon ménage.

— Monsieur... voulez-vous que je sois votre bonne? J'aurai bien soin de votre ménage, de vos effets... Vous verrez, monsieur, que vous serez contente de moi! Oh! prenez-moi!... prenez-moi avec vous!... Je n'aurai plus besoin de chercher fortune ailleurs.

Henri regarde la jeune fille avec surprise, en lui disant :

— Y pensez-vous, Claudinette? Vous consentiriez à être ma bonne... à me servir!... Mais où cela vous mènerait-il?... Quelle position cela vous promettrait-il pour l'avenir?... Bonne, domestique!... Ah! vous valez mieux que cela!...

— Mais, monsieur, puisque cela me rendrait bien heureuse de rester avec vous!... Je ne chercherais plus autre chose.

— Cela ne se peut pas!... Il y a encore une autre raison à laquelle vous ne pensez pas; mais je dois y penser pour vous, moi!...

— Quelle raison? quel obstacle?...

— Vous êtes jeune et gentille... moi, je suis jeune encore. Si je vous prenais chez moi, savez-vous ce qu'on dirait? Que vous êtes ma maîtresse, que vous n'avez plus rien à me refuser.

Claudinette baisse les yeux; elle garde quelques instants le silence, puis enfin elle balbutie d'une voix tremblante :

— Mais... que m'importe à moi ce que l'on dirait!... Si je me trouve heureuse d'être avec vous... de rester toujours avec vous... cela me serait bien égal, tout ce que l'on pourrait dire!

— Vous parlez là comme une jeune fille qui ne réfléchit pas; mais moi, qui suis raisonnable, je dois voir les choses autrement, je dois vous empêcher de faire une chose dont vous ne tarderiez pas à vous repentir...

— Oh! non, je ne m'en repentirais pas, monsieur Henri!... Prenez-moi pour votre bonne...

— Encore une fois, Claudinette, cela ne se peut pas!

— Ça ne se peut pas parce que vous ne le voulez pas! sans cela, ça se pourrait tout de suite...

Claudinette est bien émue; elle retient avec peine des larmes qui obscurcissent sa vue. Un silence assez long se fait, car le jeune avocat, qui craint de lui avoir inspiré un sentiment trop tendre, cherche ce qu'il pourrait lui dire pour adoucir la peine que lui cause son refus. Mais Claudinette met fin à cette situation en se levant tout à coup. Elle tend sa main au jeune avocat en lui disant :

— Adieu, monsieur! je ne veux pas vous déranger davantage; et, puisque vous ne voulez pas de moi pour votre bonne... eh bien! cela me décidera à choisir une autre carrière...

— Vous me quittez... mais vous n'êtes pas fâchée contre moi, j'espère?

— Fâchée contre vous? Oh! jamais!... Adieu... pour longtemps peut-être, car je ne sais plus quand je vous reverrai maintenant...

— Mais vous pouvez toujours revenir me voir quand cela vous fera plaisir.

— Oh! non, monsieur, non... c'est fini; je ne reviendrai plus.

Et Claudinette sort précipitamment, car elle ne se sentait plus la force de retenir ses larmes.

M. Joconde, qui guettait la sortie de la jeune fille et la voit passer tout en pleurs, ne manque pas de se dire :

— Son amant ne veut plus d'elle; il vient de la mettre à la porte... C'est bien fait!... Allons giguer!...

XV

UNE MAISON BIEN TENUE

Après le départ de leur client Robillot pour l'Exposition des chiens, les associés de la maison de banque Perdaillon-Berlingot et compagnie n'ont plus songé qu'à prendre leur part de la somme que le ci-devant marchand de fromages a versée dans leur commerce. Cette affaire étant pour eux la plus intéressante, pour tout au monde aucun d'eux n'eût consenti à s'éloigner un moment de la caisse, notre les gens de mauvaise foi, la confiance n'étant jamais illimitée.

Ces messieurs commencent par renvoyer Boiron après lui avoir compté les quarante francs promis. Le colosse empoche la somme, promet le secret sur la petite scène de comédie dans laquelle il vient de jouer un rôle, et déclare qu'il sera tout à la disposition de ces messieurs lorsqu'il faudra recommencer.

Croquet était un bon garçon dont les deux fins matois faisaient ce qu'ils voulaient. On lui donne trois billets de mille francs en lui promettant une part beaucoup plus forte sur la prochaine affaire. Mais Croquet n'en demande pas davantage; il est enchanté : il a de quoi boire une grande quantité de chopes et acheter une infinité de contre-marques.

— Par exemple! lui dit Volenville, une autre fois, attache mieux tes moustaches! Tu as manqué de me faire éclater de rire devant le pigeon. Qu'aurait pensé cet homme en ne voyant plus qu'une moitié de moustache? Cela aurait pu diminuer sa confiance en nous. Rappelez-vous, messieurs, que les plus petites choses amènent quelquefois les plus graves événements. J'avoue aussi que les cuirs dont M. Boiron émaille ses discours me faisaient souvent grincer les oreilles. Je sais bien que le ci-devant marchand de fromages n'a pu les remarquer, mais si nous avions besoin que ce superbe homme jouât encore le personnage de Perdaillon il faudrait prendre garde, parce que nous n'aurons pas toujours affaire à des gaillards de la force de Robillot!

— Nous aviserons à cela plus tard, dit Berlingot. Maintenant, sur la somme qui reste, il faut ôter cinq mille francs que nous allons donner au tapissier, et qui, avec cette somme, consent alors à nous meubler encore deux pièces : une salle à manger et une chambre à coucher.

— Oui, dit Volenville, car nous avons un local magnifique, il faut en tirer parti; il faut qu'il nous serve à autre chose qu'à recevoir des Robillot! Toi, Berlingot, tu vas y demeurer.

— C'est bien mon intention, et j'y recevrai la famille Croutmann.

— Oui, tu donneras des soirées, on taillera des lansquenets, des petits bacs, des chemins de fer... enfin, tous ces jeux de société dans lesquels les hommes habiles savent forcer la fortune à leur être favorable. Ce serait bien le diable si ton Alsacien ne jouait pas! Tous les hommes ont la bosse du jeu.

— Sais-tu quelle est la bosse que je crois avoir découverte chez ce Croutmann?

— Celle des femmes?

— Oh! par exemple, c'est celle-là que tous les hommes ont; mais, chez le papa Croutmann, je ne la crois pas très-prononcée, car il adore encore sa femme comme un jeune marié!... Non, mon cher, sa bosse dominante est celle de la vanité. Son plus grand désir est de se faire honneur de sa fortune en allant dans de belles réunions, dans le grand monde, ou du moins dans celui où se donnent de ces fêtes dont on parle dans les journaux. Au spectacle, où je suis allé le retrouver, il lisait avec attention un journal qui, en parlant d'une grande fête donnée par un de nos plus gros capitalistes, citait les noms des personnes qui s'y trouvaient. « Si j'allais à une fête semblable, me dit-il, est-ce qu'on mettrait aussi mon nom dans le journal comme y ayant assisté?— Mais assurément, lui dis-je. Dès le lendemain, vous verriez votre nom accolé à ceux de toutes nos célébrités artistiques et littéraires. » Oh! alors, mon cher, sa figure devint rayonnante de plaisir et il me serra la main en me disant : « Je vous avoue, monsieur Berlingot, que cela me rendrait l'homme du monde le plus heureux. »

— Ah! ce cher Allemand, Strasbourgeois ou Suisse... ça m'est égal, a de la vanité! Eh bien! nous verrons à la satisfaire...

— Ce ne sera pas aussi facile que tu crois, car le sieur Croutmann n'est point un idiot comme le ci-devant marchand de fromages... Il ne prendra pas le salon d'une cocotte pour le rendez-vous de la bonne compagnie! Et puis il voudra mener sa femme et sa fille avec lui dans le grand monde...

— Ce sera gênant!

— Enfin, c'est pour cela qu'il est urgent que cet appartement l'éblouisse par son élégance.

— Nous disons cinq mille francs au tapissier... il nous reste quatre-vingt-neuf mille cinq cents francs... à empocher!

— Mais il faut bien laisser ici un petit fonds de roulement pour les besoins imprévus... Quand ce ne serait que pour offrir des rafraîchissements aux visiteurs!

— C'est juste... Laissons quinze cents francs en caisse. C'est bien gentil?

— Ce n'est pas trop! Et ces deux apprentis commis, qu'est-ce que j'en vais faire?

— Qu'ils ouvrent des comptes courants sur plusieurs des registres qu'ils ont devant eux. Donne-leur une liste de noms, ceux que tu voudras, et toujours avec des étrangers!... S'il prenait fantaisie à un curieux de jeter les yeux sur nos livres, qu'il voie toujours : monsieur un tel, à Hambourg, ou à Vienne, ou à Londres, ou à Naples... De cette façon, tu comprends qu'on ne va pas aussi facilement aux informations...

— Très-bien! Et il faut que tous nos correspondants nous doivent de l'argent?...

— Naturellement. Comme cela, si nous faisons faillite, ce n'est pas notre faute; c'est parce que les rentrées ne rentrent pas. Nous disons qu'il nous reste quatre-vingt-huit mille francs...

— Oui, à partager entre nous deux.

— A partager me semble mériter réflexion. C'est moi qui ai trouvé le Robillot, qui ai conduit toute l'affaire...

Je crois, cher ami, que cela vaut bien une prime?...

— Ah! tu vas déjà vouloir la part du lion!... Tu sais, Volenville, qu'en affaires j'aime la probité...

— Il n'est pas question de lion! D'ailleurs je te conseille de dire quelque chose, toi qui, dans l'affaire Croutmann, ne songes qu'à épouser la fille pour toucher une dot de trois cent mille francs!...

— Ah! nous n'en sommes pas là... Enfin, voyons, que veux-tu?

— Mon Dieu! je suis très-bon enfant, tu le sais bien... D'ailleurs, entre nous, ce qui est à l'un est à l'autre!... Je vais prendre cinquante mille francs et je t'abandonne les trente-huit mille restants. J'espère que tu ne grogneras pas! Car, sur ce que je m'adjuge, il faut aussi que je songe, moi, à meubler mon cabinet d'affaires et à m'en faire un logement confortable.

— Soit, voilà qui est entendu. Je vais presser le tapissier et soigner la famille Croutmann. Mais tu ne me parles plus de ce jeune Russe avec qui ton neveu a causé chez le traiteur et dont tu voulais faire la connaissance?

— Oh! si je ne t'en parle plus, crois bien que je ne l'ai pas oublié. C'est à lui que je songe, au contraire; mais, pour chercher à me lier avec ce jeune boyard, il fallait d'abord que je fusse en fonds, car, avec les étrangers, il ne faut pas regarder à dépenser quelques billets de mille, si on veut les prendre dans ses filets : il faut les éblouir; ils n'ont de confiance que pour les gens qu'ils croient pour le moins aussi riches qu'eux. Maintenant que me voilà en fonds, je vais entamer cette affaire. Je ne sais pourquoi elle me tente, elle me sourit!... Un seigneur russe immensément riche... qui est tout jeune encore, et qui vient à Paris pour s'amuser!... Pardieu! cela doit aller tout seul! Dès demain, j'irai déjeuner au *café Anglais*.

Volenville a mis dans sa poche cinquante mille francs, et il part. Berlingot en fourre trente-huit mille dans son portefeuille et il s'en va, en disant à Croquet :

— Veille sur la maison, sur les commis, et ôte tes fausses moustaches; tu laisseras pousser celles qui te viendront, cela vaudra mieux, tu n'auras plus peur de les perdre. Tu as quinze cents francs en caisse, ne te laisse pas voler! tu en réponds. Tu ne payeras les commis qu'à la fin de la semaine... Surtout, jamais d'argent d'avance! ils ne reviendraient plus.

Croquet, demeuré seul avec les deux petits commis, qui continuent à faire des polichinelles sur du papier, se promène quelque temps dans le salon, dans les bureaux, regarde avec amour les trois billets de mille francs qu'on lui a donnés, se propose de les changer tous les trois, parce qu'il trouve que l'or fait plus d'effet que le papier, puis se dit :

— Est-ce que ces messieurs croient que je vais passer ma journée à garder leur maison de banque... dans laquelle il ne viendra plus personne, c'est probable? Je suis en fonds, je puis m'amuser aussi, moi! Depuis bien longtemps, je promets à ma jeune ouvrière en cheveux de la mener dîner au chalet du bois de Boulogne... Il paraît que c'est très-cher, chez ce traiteur-là... mais je m'en moque! il faut que je m'exécute!... Cette pauvre Gribiche, qui passe ses journées à faire des chignons et des tresses pour les belles dames, ne s'amuse pas souvent! Si je ne la régale pas bien, une fois, elle me plantera là!... Ce n'est pas que j'y tienne beaucoup... mais je ne veux pas qu'elle me traite toujours de rat!... C'est décidé!... Je vais prendre une jolie voiture découverte et aller arracher Gribiche à ses perruques. Holà!... groom... Athanase!... Messieurs, où donc est le groom, s'il vous plaît?

Cette question s'adresse aux commis, qui interrogent leurs dessins fantaisistes, se regardent et répondent :

— Le petit garçon... le jockey?

— Oui, le jockey; il doit toujours rester dans la première pièce, et je ne l'y vois pas...

— Me voilà, monsieur, dit une voix qui sort de dessous un bureau, où le nouveau groom s'était fourré, pour tâcher de rattraper des billes avec lesquelles il jouait.

— Comment! petit Anathase, tu te mets ainsi sous les meubles, sans respect pour ton costume tout neuf?...

— Dame! ma bille a roulé par là... Je veux la ravoir.

— Tu es un polisson! on ne t'a pas fait groom pour que tu joues constamment aux billes. Va me chercher un cabriolet, un joli cabriolet découvert... Tu diras au cocher que tu le prends à l'heure.

— A quelle heure, monsieur?

— A l'heure qu'il sera, imbécile. Allons, dépêche-toi!

Le petit groom parti, Croquet s'adresse aux commis et tâche de prendre un air paternel :

— Messieurs, je suis obligé de sortir... pour affaires urgentes. Je vous confie la maison. Je sais bien qu'elle ne s'envolera pas, mais je vous prie de veiller sur la caisse... que je ferme, du reste, avec soin. Il n'est que deux heures et demie, promettez-moi de ne pas bouger d'ici avant cinq heures. Alors vous pourrez fermer le bureau et remettre la clef au portier.

— Il suffit, monsieur.

— Mais vous resterez ici jusqu'à cinq heures?...

— Oui, monsieur.

— Et si quelqu'un venait demander un des chefs de la maison Perdaillon et Compagnie, vous direz : « Ils sont tous à la Bourse, ils n'en reviendront pas! »

— Oui, monsieur.

Le petit Athanase revient dire :

— La voiture est en bas, avec le cocher qui a l'heure dans sa poche!

— Très-bien. Messieurs, rappelez-vous mes instructions!...

Croquet est parti en tenant toujours une de ses mains sur ses billets de banque, de peur qu'ils ne s'envolent.

Un quart d'heure s'écoule. Les deux gamins qui servent de commis commencent à se lasser de faire des polichinelles; ils jettent leur plume de côté, quittent leur place et se mettent à jouer au cheval fondu dans le bureau.

Puis l'un dit à l'autre :

— Il n'y a pas de place ici! nous serions mieux dehors!

— D'ailleurs, qu'est-ce que nous faisons ici?... Rien! J'en ai assez, de leur bureau... il fait si beau temps!... Veux-tu que nous allions jouer dans le parc Monceaux?

— Ah! oui, allons-y!

— Le petit Thanase peut garder la maison aussi bien que nous!..

— Ohé!... petit groom... viens donc un peu!...

— Me voilà, messieurs... Que me voulez-vous?

— Nous voulons nous en aller parce que nous avons fini notre ouvrage...

— Allez-vous-en!... Je m'en bats l'œil!...

— Oui, mais il faut que quelqu'un reste ici jusqu'à cinq heures... Tu vas rester, toi?

— Oui, monsieur; pourvu que j'aie mes billes, je veux bien rester.

— Joue avec tes billes tant que tu voudras, mais ne quitte pas ce bureau avant cinq heures... Tu entends?

— Oui, oui... soyez tranquilles!

— Et puis tu donneras la clef de la porte à ton père...

— Ça suffit.

Les deux jeunes commis se hâtent de se donner de l'air, et le petit apprenti groom s'est remis à quatre pattes pour jouer aux billes. Une grande demi-heure s'écoule; alors un remise, le même qui avait déjà amené et remmené Robillot lorsqu'il était venu faire connaissance avec la maison Perdaillon et Compagnie, s'arrête devant la porte cochère, et l'on entend aussitôt les aboiements d'un chien qui partent de l'intérieur de la voiture, dans laquelle le ci-devant marchand de fromages est en tête-à-tête avec un gros dogue qui semble lui donner beaucoup d'occupation.

Que venait faire là le campagnard, avec cet énorme chien? C'est ce qu'il est facile d'expliquer :

En sortant de chez les soi-disant banquiers, Robillot, qui ne songeait plus qu'à s'amuser, s'est fait conduire aux Champs-Élysées et se fait arrêter devant l'Exposition des chiens. Il va regarder les différentes espèces qui sont rassemblées là. Il admire les caniches, les levrettes, les barbets; mais ce qui le charme le plus, ce sont les dogues. Il y en a là de superbes, mais qui n'ont pas l'air doux. Quelques-uns sont muselés; Robillot les examine et demeure en admiration devant un dogue blanc et noir dont les yeux sont bordés de rouge et qui a la tête toute blanche, sauf le visage qui ressemble à un masque d'arlequin. Le campagnard lui crie :

— Ici, Sultan!

Et ce nom se trouvant être justement celui du chien, le dogue relève le nez et vient aussitôt du côté de Robillot.

— Tiens! il m'a obéi! s'écrie celui-ci. Ce chien se sent disposé à avoir de l'attachement pour moi. Pourquoi est-il muselé? il est donc bien méchant?

— Non, monsieur, mais il n'aime pas qu'on le taquine; il est très-doux quand il connaît les personnes...

— Il me plaît. Est-il à vendre?

— Oui, monsieur.

— Combien en veut-on?

— Vous voyez que c'est un bel animal! Il ne craindrait pas trois hommes si on vous attaquait.

— Oh! je vois bien qu'il est solide. Enfin, combièn en demande-t-on?

— Cent francs, monsieur.

— Bigre! c'est salé, ça! Les chiens se vendent si cher que ça, à Paris?

— Monsieur, pour un amateur, ce chien-là vaudrait le double... Il est tout jeune; dans un an, il vaudra bien plus.

— Ma foi! tant pis! je m'en fais cadeau... je l'achète!...

— Vous allez l'attacher alors, car il ne vous connaît pas assez pour vous suivre; il pourrait se perdre.

— J'ai une voiture, je vais le mettre dedans avec moi.

— Ah! comme cela, c'est très-bien...

— Dites-moi, je pourrai bien, dans la voiture, lui ôter sa muselière, hein?

— Monsieur, vous le pouvez, mais je ne vous le conseille pas. Vous ferez bien, avant tout, de faire plus ample connaissance... Il s'appelle Sultan.

— Tiens! justement le nom que je lui avais donné. J'avais deviné que ce dogue m'appartiendrait... Voilà vos cent francs. Tant pis! J'ai dix mille francs de rente, bientôt j'en aurai vingt mille, je peux bien me payer des chiens!... Viens ici, Sultan... viens avec ton maître!... tu vas aller en voiture.

L'homme préposé aux chiens fait avancer le dogue devant lui et le conduit jusqu'à la voiture, en lui montrant toujours son fouet quand il ne paraît pas disposé à obéir.

Cependant Robillot a pris place dans le remise, et il crie tant :

— Ici, Sultan!

Que le chien s'élance enfin dans la voiture.

— Où va monsieur, à présent? demande le cocher.

— Ah! une idée!... Je vais aller montrer mon achat à mes banquiers! Je suis sûr qu'ils m'en feront compliment... Cocher, vous savez d'où nous venons, sur ce superbe boulevard de... chose?

— Le boulevard Malesherbes? Oui, monsieur.

— Eh bien! ramenez-moi là... Vous reconnaîtrez bien la belle porte cochère?

— Oh! soyez tranquille, monsieur! je sais où c'est.

La voiture part. Le chien, qui n'a pas grand'place pour se remuer, fait entendre de sourds grognements.

— Il n'aime pas à aller en voiture, se dit Robillot; et puis cette muselière semble beaucoup l'ennuyer... Voyons, Sultan, écoute un peu, mon ami : si je t'ôtais cette vilaine muselière, serais-tu bien doux, bien aimable avec ton nouveau maître, qui veut gagner ton affection par de bons procédés?... Hein?... tu grognes... ça veut dire oui... Allons! je vais te débâillonner; mais tu seras gentil et tu ne monteras pas sur moi... parce que tu es trop gros.

Notre homme ôte la muselière au dogue, qui se laisse faire, mais ne se sent pas plutôt libre de faire usage de ses crocs qu'il en menace son nouveau maître et commence déjà à lui emporter un morceau de son pantalon.

— Hé bien! qu'est-ce que c'est que ça? dit Robillot. A quoi pensez-vous, Sultan, mon ami? Que vous a fait mon pantalon?... Allons, bon! voilà qu'il me mord les jambes, à présent!... Sultan, à bas!... Lâchez mon mollet!... Veux-tu lâcher!...

Robillot est très-fâché d'avoir démuselé M. Sultan; il voudrait maintenant lui remettre ce qu'il vient de lui ôter, mais il n'y a pas moyen. Le dogue cherche toujours à saisir quelque chose; le campagnard veut en vain se le rendre favorable en l'appelant :

— Mon gros Sultan, mon cher Sultan, mon bon chien!

Le bon chien déchire l'habit, la manche, les jambes de son maître qui n'est plus occupé qu'à se défendre et soutient depuis dix minutes une lutte dans laquelle il a toujours le dessous, lorsque enfin la voiture s'arrête devant la maison de ses banquiers.

Robillot a ouvert la portière; il saute en bas et arrive devant la porte cochère, poursuivi par son dogue qui veut absolument tâter de ses mollets. Mais le portier arrive, reconnaît le monsieur qui est déjà venu le matin, et, avec son balai, écarte Sultan, en disant :

— Est-ce que c'est à vous, ce chien-là, monsieur?

— Oui, c'est à moi, je viens de l'acheter... il est superbe!

— Eh bien! il vous a joliment arrangé!... vous avez des accrocs de tous les côtés!...

— C'est pour jouer... je le crois très-joueur! Je vais

voir MM. Perdaillon et Berlingot, leur montrer mon chien...

— Mais il n'y a personne là-haut, monsieur; personne absolument que mon fils, qui garde les bureaux...

— Ah! diable!... ils sont sortis?... C'est que je ne me soucie pas de remmener mon dogue avec moi... il ne me connaît pas encore assez. J'ai bien envie de le laisser chez MM. Perdaillon et Compagnie...

— Dame! monsieur, si vous croyez que ça leur fera plaisir!...

— D'abord ça m'en fera, à moi!... Ils auront la complaisance de l'habituer à sa muselière... car vous ferez bien de la lui remettre, portier, si toutefois vous le pouvez... Tenez, la voilà!

— Oh! moi, j'en viendrai à bout... je sais m'y prendre!...

— Vous direz à ces messieurs que je crois mon chien plus en sûreté chez eux qu'à mon hôtel... que je les prie de me le garder...

— C'est entendu, monsieur.

— Je m'en vais, pendant que Sultan ne me regarde pas... sans quoi il courrait encore après mes mollets... Je viendrai le voir dans quelques jours.

Robillot remonte dans sa voiture, en criant au cocher :

— Au Palais-Royal!

Le portier, qui ne craint pas les chiens, remet la muselière au dogue, puis le fait monter avec lui au premier étage, en criant à son fils :

— Thanase! voilà un animal qui vient te remplacer. Il gardera ce bureau tout aussi bien que toi... Tu dois t'ennuyer ici!

Le petit groom se relève; il est couvert de taches d'encre et de poussière. Son père lui donne une légère tape sur la joue en disant :

— Quel enfant gâté!...

XVI

REVUE DE BIBELOTS

Volenville s'en est retourné chez lui, leste comme une plume, quoique porteur maintenant d'une somme assez considérable; mais il est prouvé que le poids d'une somme que nous venons de recevoir et sur laquelle nous ne comptions pas, au lieu d'alourdir notre marche, nous rend au contraire plus légers.

Volenville est entré chez un tapissier et le prie de venir voir plusieurs chambres qu'il veut faire meubler; car, outre sa salle d'attente et son cabinet, il possédait encore plusieurs pièces que, jusque-là, il n'avait pas occupées, n'ayant rien à mettre dedans.

Le tapissier promet d'aller bientôt voir l'appartement, et l'homme d'affaires rentre chez lui où il est tout surpris de trouver Fricandeau, seul, dans son antichambre.

— Eh quoi! personne n'est venu pour me consulter? s'écrie Volenville.

— Si, monsieur, il est venu du monde, mais je les ai tous renvoyés, en leur disant que vous étiez sorti et que vous ne reviendriez pas de la journée.

— Tu es un sot, tu ne sauras jamais ton état! On fait attendre, on laisse le monde s'amasser, s'impatienter, crier!... Cela fait bien, cela donne du relief, de la réputation. Puis, quand ton monde a bien donné des marques d'humeur, d'impatience, tu arrives annoncer qu'un seigneur turc ou espagnol vient de m'envoyer chercher avec son équipage... et que je n'ai pu refuser Sa Grandeur. Comprends-tu?... Mais que diable en as-tu avec ce soulier vernis que tu regardes d'un air désolé?...

— J'ai... j'ai que je n'ai pas l'autre, monsieur, et que je comptais sur la paire pour aller en soirée...

— Ah! tu vas en soirée, toi?... Et qui donc donne des soirées où M. Fricandeau est invité?

— Monsieur, voilà ce que c'est : je suis ami avec un nommé Lafleur, qui est valet de chambre chez le banquier Cramoisan... Monsieur connaît sans doute ce banquier-là?...

— Cramoisan?... J'ai entendu plusieurs fois prononcer ce nom-là... il demeure dans ce quartier, je crois?

— Oui, monsieur, ici tout près, rue d'Antin. Il paraît que c'est une maison très-riche. Ce banquier-là connaît tout Paris... Il donne des fêtes magnifiques... splendides! des bals, des soupers... et on joue un jeu d'enfer!... Lafleur me contait que, dans une de ces dernières fêtes, M. de Cramoisan avait perdu cent vingt mille francs au baccarat... et que cela ne l'a pas du tout empêché de danser.

— Diable! il faut avoir les reins solides, en effet!... Et enfin?

— Enfin, monsieur, Lafleur, que j'ai vu ce matin, m'a dit : « Après-demain, il y a grande fête chez nous : concert, jeu, bal, soupers; pour ces soirées-là, nous avons toujours besoin d'un supplément de domestiques : veux-tu en être? Tu gagneras cent sous, mais tu mangeras des glaces, des gâteaux, tant que tu en voudras; ensuite nous souperons et nous n'épargnerons pas le champagne des maîtres. Enfin tu verras de bien jolies femmes et des toilettes magnifiques. Il te suffira de venir à neuf heures du soir et tu seras libre à sept heures du matin. Seulement fais-toi bien beau, sois bien mis, bien chaussé, sans quoi tu ne serais pas reçu. » Voilà ce que Lafleur m'a proposé, et j'avais accepté, parce que je sais que monsieur n'a jamais besoin de moi le soir...

— Non, sans doute... Oh! je te laisse libre d'aller à ce que tu appelles ta soirée. Mais, dans tout cela, je ne vois pas comment tu as perdu ton soulier?

— Je ne l'ai pas perdu, monsieur, mais j'avais donné la paire à arranger à une espèce de savetier, notre voisin, qui travaille très-bien. Ne voilà-t-il pas que ce gredin-là, après s'être fait payer, ne me rend plus qu'un soulier et garde l'autre, en m'annonçant qu'il fait banqueroute de cinquante pour cent!...

— Ah! ah! ah! la bonne plaisanterie!

— J'ai d'abord cru aussi que c'était pour rire. Mais c'est très-sérieux. Je suis retourné chez Dutalon, il n'a pas voulu me rendre mon autre soulier. Je n'avais que cette paire-là de vernis... C'est fort cher, des souliers vernis bien faits, je n'ai plus le sou... et je ne pourrai pas aller à la belle fête du banquier Cramoisan!...

— Allons, console-toi, Fricandeau, je viens à ton aide, je suis en fonds! Tiens, voilà trois napoléons; tu pourras t'acheter d'autres souliers...

— Ah! quel bonheur!... Merci, monsieur! J'irai à ma soirée!

— Sa soirée! Ces drôles-là sont étonnants : à les entendre, on croirait vraiment que c'est pour eux que le banquier donne cette fête. Il est bien certain que souvent, dans ces raouts, les valets s'amusent mieux que les maîtres. Oui, Fricandeau, tu iras chez ce M. de Cramoisan, qui étale un faste si éblouissant...

— Et qui envoie des bracelets aux danseuses des petits théâtres.

— Bah! vraiment? Tu sais déjà cela, toi?

— Oui, monsieur. Lafleur est au courant des intrigues de son maître. C'est lui qui portait le bracelet... il me l'a fait voir; c'était chouettau!

— Gredins de valets! ayez donc confiance en eux!... Enfin, c'est leur état. Mais ce banquier n'est-il pas marié?

— Si fait, monsieur; oh! il a même une très-jolie femme, une beauté, à ce qu'il paraît!

— Alors il est bien probable que, de son côté, si monsieur porte ses hommages ailleurs, madame doit écouter ceux des galants?

— Eh bien! non, monsieur, non, ça n'est pas comme ça. La dame n'a aucune intrigue... ce qui même contrarie beaucoup sa femme de chambre.

— Allons donc! ce n'est pas possible! Quel âge peut avoir cette dame?

— Vingt-quatre ans au plus.

— Et son mari?

— Hum! il approche de la cinquantaine... Mais c'est un bel homme, très-soigneux de sa personne.

— C'est égal, la femme de chambre est une sotte, elle n'a pas bien vu; cela prouve encore que cette dame est plus prudente que son mari et qu'elle ne confie pas ses intrigues à ses domestiques. Fricandeau, si tu veux que je te croie un digne successeur des Crispin et des Scapin, tu feras la cour à cette femme de chambre... et tu tâcheras d'obtenir de plus amples renseignements sur l'intérieur de la maison Cramoisan. Il est toujours bon de connaître les petits secrets des gens... cela peut servir au moment où l'on s'y attend le moins! D'ailleurs je veux faire connaissance avec ce banquier... Je veux être invité à ses fêtes. Une maison où l'on joue si gros jeu... c'est d'une fréquentation fort agréable. Va t'acheter des souliers, des manchettes, fais-toi superbe!... Si plus tard le maître du logis demande à qui tu es, je tiens à ce que tu me fasses honneur. Et j'espère que tu sauras faire mousser ton maître!... Je serai bien aise que cela donne au banquier le désir de faire ma connaissance.

— Soyez tranquille, monsieur. Je n'aurai l'air de rien, mais je saurai tout ce qui se passe dans cette grande maison.

Volenville est entré dans son cabinet; il s'assied devant son grand secrétaire, ouvre le tiroir où est la caisse, et dans laquelle il n'y avait que quelques-uns ces billets à vingt-cinq centimes, pour des loteries dont le gros lot ne se tire jamais; il les jette de côté et met à leur place son portefeuille renfermant cinquante mille francs. Il le considère avec bonheur, compte encore les billets de banque, en met quelques-uns dans sa poche en se disant :

— Je suis en fonds; il faut être toujours en état d'entamer une partie. Si la fortune m'est favorable, avec cette somme je puis devenir millionnaire... Je n'ai qu'à faire sauter la roulette de Bade, de Monaco, de Hombourg... Mais non, je ne le tenterai pas; je n'ai jamais été heureux ni à la roulette ni au trente-et-quarante. Chaque fois que je suis allé à Bade, j'en suis revenu comme un petit saint Jean, entièrement nettoyé!... Et cela va si vite! C'est de la duperie... ce n'est pas ainsi qu'on mène joyeuse vie.... Cette petite Claudinette n'est pas revenue... Elle est fort gentille, cette jeune rosière de Beauvais. J'aurais eu du plaisir à la couvrir de soie, de velours, de bijoux... Elle a fait la cruelle avec moi... et, pourtant, je la crois destinée à tenir sa place parmi nos courtisanes à la mode. Oh! je la retrouverai!... Ce tapissier va venir... J'ai encore, dans la pièce qui mène à l'escalier dérobé, un vieux pupitre à tiroirs... Ce n'est plus de bon goût; je le ferai emporter par le tapissier... Mais, auparavant, assurons-nous si je n'y laisse pas quelque trésor... Cela m'étonnerait beaucoup.

Volenville passe dans la petite pièce qui est derrière son bureau, et s'arrête devant un petit meuble à tiroirs fermant à clef. Le meuble est couvert de poussière. La clef est après l'un des tiroirs.

— Décidément M. Fricandeau ne se fatigue pas à faire son service! dit Volenville. Et j'avais laissé la clef après ce meuble, ce qui m'annonce déjà que je n'avais pas peur que l'on me volât ce qu'il renferme... C'est égal, c'est une faute, car si ce meuble avait été dans mon cabinet il est probable que M. Deschassez y aurait aussi jeté un coup d'œil... Voyons dans ce tiroir... Oh! des lettres!... des lettres de ces dames!... En voilà de toutes les écritures et de tous les styles... Mais le fonds en est à peu près le même « Je t'adore! » quand nous faisons toutes leurs volontés ; « Je vous déteste! » quand nous les prenons en faute; car alors c'est toujours nous qui avons tort. Allons! au feu tout cela!... Je ne veux compromettre personne... et il n'y a rien là-dedans qui mérite d'être mis à part. Voyons dans cet autre tiroir... Diable! des paquets bien fermés. Oh! mais il y a une étiquette : « Cheveux de Rosa... cheveux de Julie... une boucle de Mélanie... » Oui, je me rappelle, ces dames me donnaient de leurs mèches... Je devais toujours m'en faire faire une chaîne... puis on se brouillait... et avant que la chaîne en cheveux fût faite l'autre chaîne était brisée... Tout est si fragile en amour!... Voilà jusqu'à des bagues en cheveux dont on voulait aussi orner mes doigts. Tout cela peut aller avec les billets doux. Voyons dans ce dernier tiroir... Tiens! des petites boîtes en carton!... Il a dû y avoir des bijoux là-dedans... maintenant il n'y a plus que du coton. Ah! cependant, je trouve dans celle-ci un anneau brisé, que probablement on m'avait donné pour que je le fisse raccommoder... Et puis, comme à l'ordinaire, nous nous serons brouillés avant que l'anneau fût fait! Alors je me suis dit : « Ce n'est plus la peine de te faire raccommoder... Nous sommes fâchés, tu es brisé, tout est pour le mieux. » Ah! qu'est-ce que c'est que cela?... Une boîte en chagrin... non, c'est un médaillon; cela doit s'ouvrir...

Volenville pousse un bouton, et une miniature représentant un portrait de femme s'offre à sa vue. C'est une femme jeune et fort jolie; l'éclat de ses yeux semble annoncer un caractère déterminé; elle sourit, mais dans son sourire même on dirait qu'il y a quelque chose d'amer, comme des soupçons ou de la jalousie. Sa mise est fort simple; elle est en cheveux; ils sont très-noirs et très-beaux, mais elle n'a sur sa tête aucun autre ornement.

Volenville est demeuré comme frappé, comme saisi à la vue de ce portrait; mais il ne peut en détacher ses yeux et murmure :

DÉPÔT LÉGAL
Seine
Sceaux
57 N° 48
1877

Le riche Cramoisan. (Page 61.)

— Georgina!... c'est Georgina!... Ah! oui, elle m'avait donné son portrait un peu avant notre rupture... Je l'ai cherché depuis... Je ne savais pas ce qu'il était devenu... et il était là... au fond de ce tiroir. Pauvre Georgina!... comme elle était jolie!... elle l'est peut-être encore!... Ah! qu'est-ce que je dis?... il y a vingt-deux ans de cela! Elle est morte peut-être... Que n'est-elle encore là... telle que je la vois sur ce portrait!... Il est ressemblant, très-ressemblant. Voilà bien son regard qui cherchait à pénétrer jusqu'au fond de votre âme... Elle avait trop bien lu dans la mienne quand elle m'a dit : « Vous ne m'aimez plus! » Et, pourtant, je sens bien à présent que je l'ai aimée plus que toutes les autres!... Oh! toi, cher portrait, je te garde! Tu n'iras pas avec le reste... D'ailleurs le portrait d'une jolie femme, cela fait toujours honneur!

— Monsieur, voilà le tapissier! dit Fricandeau en appelant son maître.

— Très-bien! répond Volenville qui serre le portrait qu'il vient de retrouver dans son beau secrétaire, près de son portefeuille, en murmurant :

« Me porteras-tu bonheur? Ce n'est pas sûr, car ce n'est pas cela qu'elle m'a prédit en me faisant ses adieux!

XVII

ENTRE VOISINS

Quelques semaines se sont écoulées. Après avoir fait meubler son appartement d'une façon assez confortable, Volenville s'est rendu plusieurs fois le matin au *café Anglais*, où il a fort bien déjeuné, mais où il n'a pas aperçu le jeune comte russe, avec lequel il désire faire connaissance. Surpris de ne jamais le rencontrer dans un endroit où il avait dit à Henry Demarsay qu'il se rendait tous les jours, Volenville interroge un jour un garçon du restaurant :

— Est-ce que vous n'avez pas souvent vu ici... à l'heure où l'on déjeune, un assez joli garçon, grand, belle tournure, un comte russe qui est fort riche et devait dépenser ici pas mal d'argent?

Le garçon réfléchit un moment, puis s'écrie :

— Ah! je sais de qui monsieur veut parler... c'est le jeune comte Agénor Ladiscof; je l'ai entendu nommer plusieurs fois.

— Agénor Ladiscof? c'est cela même. Eh bien! il ne vient donc plus?

— Oh! il reviendra, monsieur, car il se plait infiniment à Paris; mais, la dernière fois qu'il a déjeuné ici avec plusieurs de ses amis, je me rappelle fort bien qu'il leur a dit : « Je pars pour l'Angleterre. J'ai des fonds à toucher par là, et d'ailleurs il faut bien voir Londres ; mais je n'y ferai pas un long séjour : trois semaines, pas davantage; puis je reviens à Paris que je ne quitterai plus. »

— Ah ! il est en Angleterre?...

— Il paraît qu'il s'y amuse plus qu'il ne croyait, car voilà près de six semaines qu'il est parti. Mais un de ses amis est déjà venu hier le demander, ce qui me fait penser qu'on l'attend incessamment.

Pendant que Volenville guette le retour du jeune Russe, son associé Berlingot s'occupe de la famille Croutmann. Après avoir donné des ordres pour faire meubler son bel appartement du boulevard Malesherbes, il se rend, le surlendemain, à son nouveau domicile, où il veut, cette fois, s'établir tout à fait.

En entrant dans la maison, Berlingot voit le petit Athanase qui n'a plus son costume de groom, et qui joue au bouchon avec les deux commis, sous la porte cochère.

— Qu'est-ce que cela signifie, messieurs? C'est ainsi que vous travaillez dans les bureaux? s'écrie Berlingot. Toi, petit, pourquoi n'as-tu plus ton costume de groom?

— Parce que le chien m'a tout emporté le fond de ma culotte... Je n'ai eu que le temps de me sauver, et papa a donné mon vêtement à raccommoder.

— Le chien!... Quel chien?... Et vous, messieurs mes commis, pourquoi jouez-vous dans cette cour, au lieu d'être à votre bureau?...

— Monsieur, nous allions nous y rendre, mais le chien nous a fait peur... il a aboyé après nous comme nous entrions; alors nous ne sommes pas entrés...

— Encore le chien ! Mais qui donc s'est permis de placer un chien dans mon appartement? C'est donc Croquet? Il est donc là-haut, Croquet?...

— Oh ! non, monsieur, répond le petit Athanase. M. le caissier est parti en voiture avant-hier ; il n'est pas revenu depuis.

L'arrivée du portier met fin aux questions de Berlingot. Le père d'Athanase explique comment le monsieur parti dans le remise est revenu avec un dogue qu'il venait d'acheter, puis a prié que l'on chargeât la maison Perdaillon et Compagnie d'en avoir soin, de le lui garder. Alors, lui, portier, a introduit le chien dans l'appartement, où il lui a porté à manger et à boire; ce qui n'empêche pas M. Sultan de faire un vacarme horrible et d'effrayer tous ceux qui veulent le visiter.

— Ah ! M. Robillot nous donne ses chiens à garder, à présent ! Il est par trop sans gêne, ce marchand de fromages ! dit Berlingot en se dirigeant vers l'escalier. Je vais sur-le-champ mettre à la porte le locataire que l'on m'a donné. Venez, messieurs, venez avec moi; nous allons chasser cet intrus qui se permet de loger chez moi sans ma permission. Si vous en avez peur, prenez des bâtons, des manches à balai...

— Comment! monsieur, vous voulez le chasser? dit le portier d'un air contrit. Mais c'est un dogue superbe !...

— Voulez-vous le garder? Je vous le donne, à condition que vous ne le laisserez plus entrer chez moi !

— Ah ! monsieur, je ne peux pas le garder, je n'ai pas de place.... et puis il casse tout ce qu'il touche... il a déjà cassé deux chaises là-haut.

— Sapristi ! et vous laissez cet animal-là chez moi, où tout est neuf, superbe, flambant!... Allons, messieurs, vite, la chasse au dogue!...

Les deux jeunes commis ont pris chacun un bâton, le portier a son plumeau, Berlingot, lui, a pris un balai. On monte, on ouvre la porte ; M. Sultan accourt en jappant de toutes ses forces; mais, en voyant tous les bâtons qui le menacent, il prend son élan, saute pardessus les personnes qui sont devant lui, et disparaît, emportant avec ses pattes de derrière la perruque dont le concierge ornait sa tête. Tout le monde rit, excepté le portier, qui suit le chien pour tâcher de ravoir sa perruque et la voit avec douleur disparaître du côté de la Madeleine. Berlingot fait alors la revue de son appartement, et constate que le dogue a brisé deux chaises, déchiré trois coussins de fauteuils, sali un divan et brisé une superbe cuvette, une théière et des tasses.

— Ah ! mon cher Robillot, s'écrie-t-il, voilà une fantaisie, un caprice de chien qui vous coûtera cher et diminuera beaucoup la somme que nous aurons à vous donner en recevant vos autres cent mille francs!... Pourvu qu'il les verse, ceux-là!... Avec les gens de la campagne, on n'est jamais sûr de rien. Faisons vite réparer ces dégâts; puis, quand tout sera bien en ordre, quand rien ne clochera, j'engagerai la famille Croutmann à venir déjeuner chez moi... Un déjeuner, c'est moins prétentieux qu'un dîner. Le soir, on fait ce qu'on veut... Volenville sera du déjeuner ; il fera le galant avec la maman, pendant que, moi, je dirai des douceurs à la fille. Reste le père... Qui diable s'occupera du père?... A la rigueur, j'aurai Croquet... Je dirai que c'est un exilé américain... auquel nous avons tendu la main. Croquet adore la bière et fume comme un vieux grognard; il plaira beaucoup à Werther Croutmann.

Mais, du côté des Alsaciens, Berlingot avait aussi dû remettre la partie; car, peu de jours après leur entrée dans leur nouveau local du faubourg Poissonnière, la piquante Gotlieb était tombée malade et s'était vue forcée de garder le lit au lieu d'aller visiter les curiosités de Paris. Ce qui avait peut-être augmenté le malaise de madame Croutmann, lorsqu'elle s'était sentie indisposée, c'était la crainte que son mari, pressé d'avoir un médecin, ne s'adressât à celui qui logeait dans la maison et dont elle avait une peur horrible. Aussi, dans les premiers jours de son indisposition, lorsque maître Croutmann lui disait :

— Il faut voir un médecin ; je vais en faire chercher un !

Gotlieb s'écriait :

— Non, non ! je n'en veux pas!... Ce ne sera rien ! Je n'ai pas besoin de médecin ! Je te supplie de ne point en demander un!... Je guérirai bien plus vite si je n'en vois pas.

Comme cependant la fièvre persistait, madame Croutmann avait dit en secret à sa fille :

— Informe-toi à quelqu'un d'un excellent docteur; alors tu le feras venir. Ton père serait capable de m'envoyer ce M. Sangsue qui rend les femmes sourdes, paralytiques et muettes... Tu comprends bien, ma fille, que j'aimerais mieux garder le lit six mois que d'avoir affaire à cet homme-là...

La jolie Ketly ne songeait plus qu'à trouver un médecin pour sa mère. Elle en avait parlé à Poussinet; mais le vieux domestique, qui entendait sans cesse son maître vanter la science de M. Sangsue, croyait aussi que l'on ne pouvait pas trouver mieux. Quant à Joconde, c'était une autre affaire : le médecin de la maison lui avait dit :

— Toutes les fois que vous m'enverrez un nouveau client, que vous me procurerez un malade, il y aura cinq francs pour vous.

Alors vous comprenez que M. Joconde, dès qu'on parlait d'avoir un médecin, s'empressait d'offrir M. Sangsue ; il vantait son locataire, le donnait comme guérissant tous les maux. Avait-on la migraine, la fièvre, la colique : « Voyez le docteur Sangsue ! » s'écriait Joconde qui, une fois, même, voulait absolument aller le chercher pour une dame qui ne pouvait pas mettre son corset.

Les Croutmann avaient pris à leur service une grosse fille qui ne savait que faire la cuisine et tirer les cartes pour savoir si son bon ami, qui était troupier, reviendrait bientôt prendre garnison à Paris. Kelly lui avait dit plusieurs fois :

— Connaissez-vous un bon médecin, Jacqueline ? Vous nous avez dit avoir déjà servi dans beaucoup de maisons ; vous pourriez avoir servi chez un médecin.

— Ah ! non, mamzelle, j'ai servi chez un dentiste. J'en suis sortie parce qu'il voulait absolument, comme j'ai de belles dents, me les arracher pour les mettre dans les fausses mâchoires qu'il faisait. Il m'offrait six francs par dent ; mais je n'ai pas voulu, et je suis sortie de chez lui parce que, me sachant le sommeil très-dur, le dentiste aurait été capable de m'arracher des dents pendant que je dormais, d'autant plus que je dors toujours la bouche ouverte.

— Mon Dieu ! à qui donc vais-je demander un médecin ?

— Mamzelle, le portier, M. Joconde, assure qu'il y en a un excellent dans la maison, au quatrième, et qu'il guérit même les gens qui se portent bien.

— Gardez-vous, Jacqueline, de parler de celui-là à ma mère !... Elle en a une peur terrible ; il rend les femmes sourdes et muettes.

— Ah ! s'il est Dieu possible ! Je n'oserai plus passer devant lui ! C't homme-là doit jeter des sorts...

Mais en montant ou descendant l'escalier Kelly a plusieurs fois rencontré Henri Demarsay, qui l'a toujours saluée très-respectueusement. Madame Croutmann, ainsi que sa fille, avait remarqué l'extrême politesse de ce jeune homme qui s'effaçait pour les laisser passer, et, curieuse comme toutes les femmes qui habitent une ville où elles sont étrangères, la tendre Gotlieb avait dit à Poussinet :

— Quel est ce jeune homme que nous venons de rencontrer dans l'escalier ?

— Madame, c'est votre voisin ; il demeure au-dessus de vous.

— Ah ! mon Dieu ! est-ce que ce serait le docteur Sangsue ?

— Oh ! non, madame ; le docteur n'est pas si jeune que ce monsieur-là...

— Ah ! tant mieux !... Je me disais aussi : Ce ne peut être cet empirique du quatrième.

— Ce jeune homme que vous venez de voir est M. Demarsay. C'est un avocat.

— Ah ! c'est un avocat ?... Est-ce qu'il est marié ?

— Non, madame, il est garçon ; il demeure tout seul au troisième. C'est un jeune homme très-rangé ; il ne voit presque personne ; il est toujours rentré avant minuit. Il paye son loyer très-exactement. Aussi M. Tourbillon l'a-t-il engagé plusieurs fois à venir faire sa partie d'échecs ; mais M. Demarsay n'y est jamais venu.

— Il a l'air bien sérieux, ce jeune homme, pour un avocat ! Est-ce qu'il ne plaide que des causes criminelles ?

— Madame, je ne vous dirai pas. Joconde, le portier, prétend, au contraire, que c'est parce qu'il ne plaide pas du tout qu'il a cet air-là... Il manque de clients ; mais aussi il paraît qu'il ne les reçoit pas toujours bien : dernièrement, une jeune fille fort gentille est venue pour le consulter. Probablement, son affaire était bien mauvaise et il aura refusé de s'en charger, car la jeune personne s'en est allée en pleurant... Voilà du moins ce que Joconde m'a conté.

Kelly avait écouté le bavardage de Poussinet ; mais, lorsqu'elle est en quête d'un médecin, elle pense à s'adresser à son voisin l'avocat, en se disant :

— Ce monsieur a l'air trop poli pour ne pas chercher à me rendre service... et je ne crois pas qu'il soit capable de faire pleurer les jeunes filles qui viennent le consulter. Ce portier est un menteur.

Puis, comme tout en allant et venant dans l'appartement elle jetait souvent un coup d'œil dans la rue, elle a vu rentrer Henri Demarsay, et se trouve sur l'escalier au moment où il monte chez lui.

Le neveu de Volenville a salué sa voisine et va passer, lorsque Kelly lui adresse la parole avec embarras et en rougissant :

— Monsieur... pardonnez-moi de vous arrêter... mais nous sommes depuis peu de jours à Paris, et maman est tombée malade...

— Mon Dieu ! mademoiselle, si je puis vous être bon à quelque chose, parlez, de grâce, disposez de moi !...

— Ah ! merci, monsieur ! Cela ne vous fâche pas que je vous demande un service ?...

— Me fâcher !... Mais, entre voisins, c'est tout naturel... Je serai trop heureux si je puis vous être utile !

— Eh ! monsieur, c'est que maman est malade, et je voudrais qu'elle vît un bien bon médecin... Mon père a dit cela à M. Tourbillon ; mais le propriétaire veut absolument que l'on prenne celui qui demeure dans la maison, au quatrième, et, pour tout l'or du monde, maman ne prendrait pas ce médecin-là !...

— Entre nous, mademoiselle, je crois que madame votre mère a raison. Je n'ai pas la moindre confiance dans ce docteur Sangsue. Alors, c'est un bon médecin que vous cherchez ?...

— Oui, monsieur... En connaissez-vous un ?... Je voudrais tant voir maman guérie !...

— Mademoiselle, je n'ai pas eu pour moi besoin d'un médecin, mais un de mes amis avait sa mère fort malade, et aujourd'hui elle est entièrement rétablie. Mon ami connaît encore plusieurs personnes que ce même docteur a guéries. Auriez-vous confiance en lui ?...

— Oh ! oui, monsieur... Où demeure-t-il ?... Quel est son nom ?...

— Je vous avoue que je l'ai oublié. Mais il m'est bien facile de le savoir : je vais sur-le-champ me rendre chez mon ami ; il me dira le nom, l'adresse du docteur. J'irai le trouver et je l'amènerai moi-même chez vous... Dans une heure, s'il est libre, il sera chez vous.

— Ah ! monsieur, que vous êtes bon !... Comment ! vous allez vous-même prendre tant de peine !...

— C'est un plaisir que vous me procurez... Je n'ai rien à faire! Et, aujourd'hui, du moins, je n'aurai pas perdu ma journée!

— Ah! monsieur... comment vous remercier!...

Mais Henri n'écoutait plus la jeune fille. Il est reparti, a pris une voiture, s'est fait conduire chez son ami, puis chez le médecin, qu'il est parvenu à emmener avec lui et qu'il conduit sur-le-champ près de madame Croutmann.

Ketly avait conté à sa mère ce qu'elle avait fait, et celle-ci ne pouvait croire que ce jeune avocat prendrait autant de peine pour des personnes qu'il ne connaissait pas. Mais, en voyant Henri arriver avec un étranger, Ketly a poussé un cri de joie et dit à demi-voix :

— J'étais bien sûre, moi, qu'il tiendrait sa promesse!

Pourquoi en était-elle sûre? Ah! ceci tient à cette seconde vue que possèdent les femmes et que les hommes n'auront jamais!

Le médecin amené par Henri était un homme d'un vrai talent. La maladie de madame Croutmann n'était pas grave; elle ne demandait que du repos et des soins. Au bout de quelques jours, Gotlieb pouvait quitter son lit. Mais cet incident avait amené des relations amicales entre les Croutmann et le jeune avocat. Il plaisait à toute la famille : au papa, parce qu'il parlait un peu allemand; à la maman, parce qu'il était jeune, gentil, et que ses manières étaient celles d'un homme comme il faut; et enfin à la fille, parce que... mais, avec les demoiselles, il n'y a pas besoin de parce que.

XVIII

ROBILLOT SE LANCE

Avec les joueurs, la fortune a des caprices qui déroutent souvent tous leurs plans, qui, en une nuit, en une soirée, parfois en une heure, détruisent toutes leurs espérances, mettent à néant tous leurs projets.

La maladie de madame Croutmann avait suspendu les visites de Berlingot, qui, trouvant toujours la jeune Ketly au chevet de sa mère, ne pouvait guère lui tenir là de tendres discours. Mais enfin, lorsque la maman est rétablie et que l'on a consenti à accepter un déjeuner chez l'associé de la maison Perdaillon, quand on est prêt à fixer le jour de ce déjeuner, auquel Volenville doit être convié, et qui lui fournira l'occasion de faire connaissance avec les Croutmann, Berlingot, qui a passé la nuit à jouer chez une courtisane à la mode, rentre un matin dans son beau logement, pâle, défait, et surtout de fort mauvaise humeur. Il donne une claque à son groom qui ne se rangeait pas assez vite pour le laisser passer; demande pourquoi ses commis ne sont pas à leur bureau, quoiqu'il ne soit que neuf heures et que ces messieurs ne viennent jamais avant dix; regarde Croquet qui déjeune avec du fromage de Camembert, et va se jeter sur le divan dans son salon en s'écriant :

— Ça empoisonne ici!...

Croquet, qui a suivi son chef, tout en continuant de tenir dans sa main son pain et son fromage, s'arrête devant lui en répondant :

— Je ne trouve pas, moi!

— Tu ne trouves pas... parce que tu en manges, tu t'en bourres... tu t'en farcis!... Ah çà! tu es donc voué au camembert pour tes déjeuners?

— Non, mais je l'aime beaucoup... Autant manger cela qu'autre chose!...

— O destin! ô fortune! la bouillotte! scélérate de bouillotte!... Je m'étais pourtant promis de ne plus y jouer... mais cette nuit la partie était si engageante! Tous joueurs solides... pas de fétiches sur la table... de l'or, des billets... et cela roulait! C'était vraiment une belle partie!...

— Et vous avez perdu?

— Tout ce que je possédais!

— Tout? pas vos trente-huit mille francs?...

— Tout, te dis-je! D'abord je n'avais plus trente-huit mille francs, parce que tu penses bien que, depuis un mois et plus que nous avons fait les comptes, j'ai vécu, moi, je ne me suis privé de rien!...

— C'est comme moi : j'ai mené Gribiche dîner au Chalet, au bois de Boulogne; nous avons fait des repas de Balthazar!... Ensuite elle m'a demandé une chaîne pour sa montre... et une montre pour sa chaîne... et puis des boucles d'oreilles... Je me suis fendu de tout cela!

— Et ensuite?

— Ensuite elle voulait un vrai cachemire... Comme je n'avais plus assez d'argent pour lui faire ce cadeau, elle m'a appelé pingre et m'a mis à la porte!...

— Ah! mon pauvre Croquet, cela t'apprendra à vouloir entretenir une femme!...

— Je ne le voulais pas!..: C'est elle qui s'est imaginé que j'étais devenu millionnaire... Et combien donc avez-vous perdu cette nuit?

— Trente-trois mille francs, tout ce qui me restait!... Le tapissier est bien heureux d'avoir reçu ses cinq mille francs, sans quoi ils seraient allés rejoindre les autres.

— Oui, mais ce n'est qu'un à-compte; il redemande déjà de l'argent...

— Il n'en aura jamais!...

— Sapristi! et ce beau déjeuner que vous voulez donner à cette famille de Croutons?

— De Croutmann, imbécile!... Oui, c'est là ce qui me vexe. Car, au jeu, on perd un jour, on gagne l'autre... Combien te reste-t-il de tes trois mille francs, Croquet? Tu pourras peut-être m'aider!

Le caissier avale sa dernière bouchée de pain, fouille dans son gousset, en tire son porte-monnaie, le visite et dit :

— Je possède encore vingt-deux francs et quinze centimes.

— Comment! monsieur Croquet, vous avez déjà mangé les trois mille francs dont nous vous avons gratifié?...

— Ce n'est pas moi qui les ai mangés, c'est Gribiche; c'est elle qui m'a induit en dépenses...

— Taisez-vous! vous êtes un affreux bambocheur! Voyons, ouvre-moi ta caisse, que j'y prenne quelques espèces...

— Ma caisse! vous voulez prendre dans la caisse?

— Sans doute. Nous y avons laissé quinze cents francs... ils doivent être à peu près intacts...

— Intacts est joli!... Vous croyez donc que depuis cinq semaines on n'a rien dépensé ici?... D'abord, vos deux commis à quarante sous par jour... c'est douze francs par semaine... soixante francs à chacun. Au petit groom... pour jouer aux billes dans la pièce d'entrée, cent sous par semaine.

— C'est dix fois trop cher!... Enfin, va toujours!...

— Pour le chien que M. Robillot a laissé ici deux

jours... ah! ça, c'est cher! cinq cent quarante francs...

— Qu'est-ce que j'entends là!... Vous osez me dire que ce dogue a mangé en deux jours pour cinq cent quarante francs de pâtée?...

— Mais non... ce n'est pas pour ce qu'il a mangé, c'est pour ce qu'il a gâté! Il y a un divan qu'il a fallu recouvrir tout entier, puis trois coussins de bergères perdus, deux chaises superbes brisées, une cuvette, une théière cassées, et plusieurs tasses...

— Mais tout cela regardait le tapissier! Il a reçu cinq mille francs ; il devait faire ces réparations.

— Non, monsieur. Le tapissier a dit : « Les cinq mille francs que j'ai reçus, c'est un à-compte sur les meubles neufs que j'apporte. Les dégâts à réparer, c'est à part et doit m'être payé à part... »

— Et tu as payé, nigaud que tu es?...

— Mon Dieu! oui, j'ai payé!

— Tu n'étais pas digne d'être caissier!... C'est tout, j'espère?...

— Il n'y a plus que pour le portier, qui fait les appartements et frotte; puis pour l'éclairage. Ah! et pour une perruque neuve, le chien ayant emporté celle du concierge... Ça, c'est salé.

— Que le diable soit du chien!... C'est tout, enfin?

— Et pour la chope que j'ai fait venir...

— Ah! tu te payes des chopes à nos dépens?...

— C'était pour les commis qui avaient soif... et le groom... et moi aussi.

— Quel désordre!... Cette maison est devenue un café!... On profite de ce que je sors dès le matin et ne rentre que fort avant dans la nuit pour faire ici tout ce qu'on veut!

— Ce n'est pas déjà si amusant de garder votre maison de banque où on ne voit personne!... C'est bien le moins que l'on s'y rafraîchisse!

— Voyons, ouvre ta caisse...

Croquet se décide à ouvrir sa caisse, dans laquelle on aperçoit un fromage de Camembert tout entier et une bouteille de cognac; mais, en or, en argent et en billets, on ne parvient à réunir que la somme de quatre cent cinquante-cinq francs, que Berlingot s'empresse de mettre dans sa poche, tout en disant :

— Monsieur Croquet, je ne trouve pas là mon compte; il est impossible qu'il vous reste si peu.

— Monsieur, la perruque du portier coûte à elle seule quatre-vingt-dix francs!...

— Bigre! il est donc coiffé à la Louis XIV! Alors, avec ce qu'il y a là, il est impossible que je donne le superbe déjeuner suivi de punch, glaces, thé, pâtisseries, auquel je veux convier mes Alsaciens. Croquet, tu vas courir jusque chez Volenville; tu lui feras part de ma déveine de cette nuit, tu lui diras de me prêter deux ou trois mille francs... Ensuite nous aviserons.

— Très-bien! j'y vole.

Croquet est parti. Berlingot se promène dans les différentes pièces de son appartement en se disant :

— C'est beau, ici! c'est bien meublé... bien décoré... Mais à quoi sert d'avoir un si bel appartement si l'on n'y reçoit personne? Et ce Robillot qui ne nous apporte pas les autres cent mille francs!... Que diable fait-il, celui-là?... Trois fois j'ai été le demander à son hôtel, il n'y est jamais! Il paraît que le provincial s'en donne; il se dépêche de dépenser son trimestre... Espérons que Volenville n'a pas fait comme moi et qu'il n'a pas déjà joué ses cinquante mille francs... O la bouillotte!... il n'y a pas moyen, à ce jeu-là, de dompter la fortune!...

Croquet revient tout essoufflé.

— Eh bien! Volenville t'a donné ce que je lui demandais? s'écrie Berlingot en tendant sa main; mais le caissier se contente de tirer de sa poche un cigare d'un sou en disant :

— Volenville ne m'a rien remis, pour une bonne raison : il n'est pas à Paris.

— Comment! il a quitté Paris sans me prévenir?

— Oh! il n'est pas loin. Fricandeau pense qu'il est à Enghien.

— Que diable va-t-il faire à Enghien?

— Écoutez ce que Fricandeau m'a conté : il n'y a pas bien longtemps, un de ses amis, nommé Lafleur, et qui est valet de chambre du banquier Cramoisan...

— Le banquier Cramoisan! en voilà un qui fait de l'esbrouffe, qui mène un train de prince... et donne des fêtes superbes! Il faudra que je m'y fasse introduire!... Eh bien! achève!...

— Justement ce riche banquier donnait une fête. Dans cette circonstance, on a toujours besoin d'un supplément de valets pour le service du bal et de la soirée...

— Je sais cela. Après?

— Après, Lafleur a proposé à Fricandeau de faire partie du supplément, et celui-ci a accepté avec la permission de Volenville, qui lui a recommandé de bien se mettre au fait des us et coutumes de la maison Cramoisan... qui n'est pas une maison de paille comme la nôtre!...

— Et dont on ne te ferait pas le caissier, imbécile... qui payes les dégâts du chien! Enfin, quel rapport entre tout cela et le départ de Volenville pour Enghien?

— Ah! si vous me laissiez continuer, vous le sauriez déjà!... Mais vous m'interrompez à chaque instant...

— Mais tu m'infectes avec ton cigare d'un sou!... Tu as donc résolu de m'empoisonner? Quand ce n'est pas avec le fromage, c'est avec le tabac!...

— Achetez-moi des londrès, comme à vous, je les fumerai.

— Ne paye pas les perruques du portier, et tu auras de quoi acheter de bons cigares. Enfin, Volenville?... y arriveras-tu?

— Volenville a su par Fricandeau, lequel l'a su par Lafleur... que le banquier Cramoisan est un grand amateur du beau sexe. Dès qu'une femme galante est à la mode, dès qu'elle fait sensation dans la jeunesse dorée, il faut qu'elle soit sa maîtresse. Rien ne lui coûte pour en arriver à ses fins... Et comme, avec ces dames-là, le triomphe est assuré au plus généreux, le banquier triomphe toujours.

— Diable!... mais tout cela doit lui coûter cher... il faut qu'il ait une grande fortune.

— Or Volenville désire ardemment faire la connaissance de ce Cramoisan...

— Moi aussi!

— Il paraît que c'est un beau joueur... assez aimable quand il reçoit; c'est un bel homme... très-coquet... très-soigneux de sa personne...

— Après, maudit bavard?

— Après, il y a une dame à la mode... une étoile, comme disent ces messieurs, qui donne aussi de très-jolies fêtes auxquelles elle invite ce qu'il y a de mieux dans le monde du turf... ou du sport... ou du théâtre. Elle se nomme madame de Sainte-Hermine...

— La Sainte-Hermine... oh! je la connais!... Elle a été fort belle... mais elle commence à épaissir un peu trop.

— Volenville aussi connaît cette grande cocotte, et il paraît que le banquier Cramoisan va assez souvent aux fêtes qu'elle donne. Eh bien! cette dame a une belle campagne à Enghien. Elle y donne une fête qui durera plusieurs jours et plusieurs nuits. Lafleur a dit à Fricandeau que son maître y serait ; alors Volenville s'est dit : « Voilà une occasion pour faire la connaissance du banquier... » Et vous comprenez, à présent, pourquoi il est parti pour Enghien?

— Oui. Pardieu! si je voulais y aller aussi, moi, chez la Sainte-Hermine, je serais bien reçu; je le sais. Mais on y joue un jeu d'enfer! et ce n'est pas avec quatre cents francs dans sa poche qu'on peut se présenter là!... Il n'y en aurait pas pour deux parties d'écarté... c'est même ce qui, depuis quelque temps, m'a empêché de me rendre aux invitations de cette dame... qui s'est lassée et ne m'en envoie plus. Eh! si je n'avais pas tout perdu cette nuit, je partirais tout de suite pour Enghien. Mais je ferai mieux d'aller à la recherche de notre homme de Meaux.

Comme Berlingot disait ces mots, la voix du petit groom se fait entendre : il crie de toutes ses forces :

— Entrez! entrez! messieurs, c'est ici!

— Est-ce que c'est à mes commis qu'il dit cela! murmure Berlingot. Ce petit garçon a l'air d'être devant un spectacle de saltimbanques. Il ne lui manque plus que de dire : Ça va commencer!...

Mais la porte s'ouvre et c'est Robillot qui paraît. C'est le ci-devant marchand de fromages, qui s'est fait un peu Parisien, qui a changé son costume, porte un paletot presque élégant, un chapeau dont la forme est à la dernière mode, et tient une jolie canne à sa main. Mais il conserve, avec cette toilette, sa tournure et ses manières d'autrefois.

— Robillot! s'écrie Berlingot en poussant un cri de joie.

— Notre client! dit Croquet en caressant ses véritables moustaches, qui ont eu le temps de pousser.

— Oui, mes enfants, c'est moi, Robillot; je viens vous voir... Je voulais toujours venir, mais je n'avais pas le temps! J'étais retenu par celle-ci, puis par celle-là... C'est un déjeuner, puis un dîner... Ah! mais c'est que je m'en suis donné depuis que vous ne m'avez vu!... Je peux dire que je m'amuse! que j'en ai fait de ces folies!... et avec des femmes!... Figurez-vous que j'ai fait des conquêtes... Je ne pouvais pas le croire d'abord, c'était si peu dans mes habitudes!... Eh bien! je suis devenu un homme galant... un farceur... un coureur d'amourettes! O Thérèse, si tu savais cela!... Elle m'arracherait le nez! Mais bah! elle ne le saura pas!...

— Ah! monsieur Robillot, vous êtes devenu un Lovelace. C'est cela qu'on ne vous trouve jamais à votre hôtel!

— Naturellement!... Elles viennent me prendre au saut du lit; elles me disent : « Tu vas me payer des côtelettes ce matin... ou bien des huîtres avec du vin blanc... » Moi, je ne demande pas mieux... Oh! ces femmes! quand une fois on est leur idole, il n'y a plus moyen de les faire vous lâcher.

— Oh! que si, il y a toujours moyen! Enfin vous voilà, mauvais sujet! c'est bien heureux! nous vous attendions tous les jours...

— Ah! à cause de mon chien que j'ai laissé ici en pension?... un superbe dogue, n'est-ce pas?... Où donc est-il... ce farceur de Sultan?

— Oui! un joli cadeau que vous nous avez fait là!... J'allais vous en parler, de votre chien; il a fait de belles choses ici!... cassé des meubles, des porcelaines, sali, abîmé un divan!... Enfin, tenez, demandez au caissier ce qu'il a été obligé de payer pour réparations des dégâts?...

— Cinq cent quarante francs! dit Croquet; j'ai la note acquittée, vous pourrez la voir...

— Cinq cent quarante francs!... Gredin de Sultan!... Et cent francs qu'il m'a coûté...

— Voilà une fantaisie qui vous aura coûté cher...

— Et mes vêtements qu'il avait déchirés... j'ai été obligé d'en acheter d'autres. Mais je suis joliment mis maintenant, n'est-ce pas?

— Vous êtes magnifique...

— Ce sont mes conquêtes de femmes qui m'ont dit : « Habille-toi donc mieux... » Elles me tutoient, les enjôleuses!... Enfin je revendrai Sultan... je le vendrai bien plus qu'il ne m'a coûté...

— Votre chien! Est-ce que vous croyez, par hasard, que nous avons gardé ici ce maudit animal? Mais il aurait brisé toute la maison... Il est loin, s'il court toujours!

— Vous avez laissé Sultan s'en aller?

— Avec la perruque du portier, auquel il a fallu en fournir une neuve.

— De quatre-vingt-dix francs, dit Croquet en présentant un papier ; voici la facture; c'est à ajouter aux cinq cent quarante.

Robillot examine Croquet et s'écrie :

— Tiens! c'est drôle... vous aviez des moustaches très-noires, et à présent elles sont blondes... blondes filasse même.

— Vous croyez?

— N'est-ce pas, monsieur Berlingot, que ses moustaches étaient noires?

— En effet, mais c'est tout simple... N'est-il pas vrai, caissier, que vous avez eu longtemps un rhume de cerveau?

— Oui, pendant quinze jours mon nez coulait comme une fontaine...

— Eh bien! justement, c'est là ce qui a fait pâlir vos moustaches... Ne cherchez pas une autre cause.

— Ah! que c'est drôle!... voilà un effet que je n'avais jamais remarqué! Quand notre nez coule, ça blanchit nos moustaches?

— Oui, monsieur, de même que quand une femme pleure, ça lui fait tout de suite venir des cheveux blancs. Mais laissons tout cela; parlons d'affaires : Savez-vous, monsieur Robillot, que votre retard à nous apporter les autres cent mille francs nous a mis dans l'embarras? M. Perdaillon comptait dessus pour un achat important... il nous a fallu emprunter...

— Et à propos... où donc est-il, le grand bel homme... le Perdaillon... que je lui dise bonjour?

— M. Perdaillon est en ce moment à Marseille, où il surveille la cargaison d'un vaisseau chargé de nos marchandises... Mais j'ai qualité pour recevoir en son absence... Vous allez nous compter la somme. Seulement, sur le trimestre qui vous revient, je serai obligé de déduire tout ce que nous avons payé pour votre dogue... Monsieur Croquet, prenez le compte courant de M. Robillot.

— Un instant, monsieur le caissier ! si vous cherchez mon compte pour y inscrire l'argent que je vous apporte, ce n'est pas la peine de vous déranger... car, voyez-vous, mes enfants, au lieu de vous apporter de l'argent, je viens vous en demander...

Berlingot fait la grimace, Croquet se verse du cognac et se rassied.

— Vous venez nous demander de l'argent? s'écrie le beau gandin, quand c'est vous qui nous en devez maintenant !... Cent mille francs que vous vous êtes engagé à nous verser !... Voyons, monsieur Robillot, vous plaisantez sans doute?

— Mais non, je ne plaisante pas... Voilà la chose : j'ai plusieurs fois écrit à Thérèse de m'envoyer le restant de l'héritage, elle m'a répondu : « J'irai te le porter moi-même à Paris; tu t'y amuses, je veux m'y amuser aussi. » Vous comprenez que maintenant, ayant des intrigues avec des femmes de la plus belle venue, je ne me soucie pas de voir Thérèse arriver à Paris.

— Eh bien! il faut aller vous-même chercher votre argent et nous le rapporter... cela devrait être fait depuis longtemps!

— Certainement, tous les jours je me disais : Partons pour Meaux!... Mais un déjeuner, un dîner se prolongeait... et je remettais mon voyage...

— Qui vous empêche de partir tout de suite?

— Ah! voilà... je me croyais encore riche! Mais hier j'ai régalé une société... et, ce matin, je me suis fouillé... Je ne possède plus que trente-deux sous!

— Ah! monsieur Robillot! quelle conduite!...

— Eh bien! oui, c'est vrai... j'ai trop fait le jeune homme... je suis trop aimable... je le serai moins à l'avenir. Alors, me trouvant presque à sec, je me suis dit : « Allons voir mes banquiers, mes amis ; ils m'avanceront quelque chose sur mon prochain trimestre... » et me voilà. Dites à moustaches blondes de me compter deux ou trois cents francs, ça me suffira pour le moment...

— Deux ou trois cents francs! Peste! pour un campagnard, comme vous y allez!... Justement Croquet vient d'envoyer tous nos fonds à la Banque... N'est-il pas vrai, Croquet, que vous avez envoyé à la Banque tout notre encaisse?...

Croquet se verse un petit verre de cognac tout en répondant :

— Oui, j'ai tout versé, parce que j'attends des rentrées...

— Tiens!... qu'est-ce que vous buvez là... en tapinois?...

— On m'a vendu cela pour du vrai cognac, mais c'est tout bonnement du tord-boyaux...

— Donnez-m'en donc un petit verre; je ne déteste pas le tord-boyaux... Ça sent bon, dans votre bureau! Je parie que vous y avez mangé du fromage...

— Oui, du camembert.

— Ça ne vaut pas le brie!

— Oh! si!

— Je veux vous faire cadeau d'un brie que ça vous fera noircir vos moustaches... Voyons, mes banquiers, me donnez-vous des fonds?

— Puisque le caissier a tout mis à la Banque...

— Alors je vais aller chez l'autre ami, Volenville; il m'avait offert de me prêter le premier jour qu'il m'a vu... A présent qu'il me connaît mieux, je suis bien sûr qu'il ne me refusera pas.

— Vous ne trouverez pas Volenville; il est à la campagne...

— Ah! fichtre! je ne peux pourtant pas vivre à Paris avec trente-deux sous...

— Non, cela ne vous mènerait pas loin.

« Voyons, monsieur Robillot, il faut sortir de cette ornière. Je veux bien vous avancer encore cent francs...

— Ah! bravo! voilà un ami!...

— Oui, mais c'est à condition que vous allez sur-le-champ partir pour Meaux, et qu'après-demain, pas plus tard, vous nous apporterez les cent mille francs. Je vous laisse deux jours pour rester près de votre femme...

— C'est assez! c'est bien assez! Ça va; c'est convenu!

— Oh! je ne me fie plus à vos promesses; je veux moi-même vous conduire en chemin de fer et vous mettre en wagon...

— Je le veux bien.

— Mais j'y songe! si je partais avec vous, je serais bien plus sûr de vous ramener...

— Oui, mais ça pourrait effaroucher Thérèse, qui ne vous connaît pas... Elle croirait que vous m'emmenez de force.

— Alors je vous laisse aller seul. Songez que si vous ne reveniez pas faire votre second versement cela annulerait le premier... vous ne toucheriez plus de rente!

— Oh! il n'y a pas de danger... Je reviendrai! Je ne veux plus vivre qu'à Paris maintenant!

— Tenez... voilà cent francs; soyez plus sage désormais...

— On tâchera, mon banquier! O scélérat de beau sexe!...

— Venez, que je vous mette en wagon...

FIN DE MONSIEUR DE VOLENVILLE

SCEAUX. — IMP. CHARAIRE ET FILS.

BIBLIOTHÈQUE DE BONS ROMANS ILLUSTRÉS

Format grand in-4°

N. B. — Les mêmes ouvrages peuvent être demandés PAR SÉRIES SÉPARÉES à 60 C. L'UNE

fr. c.

AYMARD (GUSTAVE).

Le Fils du Soleil, 2 séries 1 20

ANCELOT (MADAME V.).

Laure, 2 séries. 1 20
La Fille d'une joueuse, 2 séries 1 20

ANONYME.

Mémoires secrets du duc de Roquelaure, 8 séries.
1re et 2e séries brochées ensemble. . . } 1 80
3e et 4e — — — . . . }
5e et 6e — — — . . . }
7e et 8e — — — . . . }

BAUCHERY (ROLAND).

Les Bohémiens de Paris, 3 séries 1 80

BERNARDIN DE SAINT-PIERRE.

Paul et Virginie, 1 série . . . . » 60
La Chaumière Indienne, 1 série . . . . » 60

BERTHET (ELIE).

Mademoiselle de la Fougeraie, 1 série . . . . » 60
L'Oiseau du désert, 2 séries. 1 20
Paul Duvert, 1 série. . . . . » 60
L'Incendiaire, 1 série. . . . . » 60
Le Val d'Andorre, 1 série. . . . . » 60
M. de Blangy et les Rupert, 1 série . . . . . » 60
Les Chauffeurs, 3 séries. 1 80
Le Château de Montbrun, 2 séries. 1 20
La Directrice des postes, 2 séries. 1 20
La Folle des Pyrénées, 2 séries. 1 20
L'Assassin du percepteur, 2 séries 1 20

BILLAUDEL (ERNEST).

Un Mariage légendaire, 1 série . . . . » 60
La Femme Fatale, 1 série. . . . . » 60
Les Vengeurs de Lorraine, 2 séries. 1 20
Miral, 2 séries. 1 20

BOULABERT ET PHILIPPE ROLLA.

La Franc-Maçonnerie des Voleurs. 1 80

BOISGOBEY (F. DU).

L'Empoisonneur, 3 séries. 1 80
La Tête de Mort, 3 séries. 1 80
La Toile d'Araignée, 3 séries 1 80

BOULABERT (JULES).

La Femme bandit, 6 séries 3 60
Le Fils du Supplicié, 3 séries. 1 80
La Fille du Pilote, 5 séries . . . . 3 »
Les Catacombes sous la Terreur, 3 séries. . . 1 80
Les Amants de la Baronne, 3 séries. 1 80
Luxure et Chasteté, 2 séries. 1 20

CAPENDU (ERNEST).

Mademoiselle la Ruine, 3 séries. 1 80
Le Pré Catelan, 2 séries 1 20
Capitaine Lachesnaye, 3 séries. 1 80
Les Grottes d'Etretat, 3 séries 1 80
Surcouf, 1 série. . . . . » 60
La Mère l'Etape, 3 séries. 1 80
La Tour aux Rats, 2 séries 1 20
Le Sire de Lustupin, 2 séries. 1 20

CAUVAIN (JULES).

Le voleur de Diadème 1 80

CHARDALL.

Le Bâtard du roi, 2 séries 1 20
Les Jarretières de Mme de Pompadour, 2 séries. 1 20
Trois Amours d'Anne d'Autriche, 2 séries. . 1 20
Capitaine Dix, 2 séries. 1 20
Les Vautours de Paris, 3 séries. 1 80

CHATEAUBRIAND.

Les Natchez, 4 séries. 2 40
Atala 1 série. . . . . » 60
René, le dernier des Abencérages, 1 série. . . » 60
Les Martyrs, 3 séries. 1 80
Itinéraire de Paris à Jérusalem, 3 séries. . . 1 80

DESLYS (CHARLES).

Le Canal Saint-Martin, 3 séries. 1 80
Les Compagnons de minuit, 2 séries. 1 20
La Marchande de plaisirs, 1 série . . . . . . » 60
L'Aveugle de Bagnolet, 1 série . . . . » 60
Le Mesnil-au-Bois, 1 série . . . . » 60

DULAURE.

Les Deux Invasions (1814-1815), avec préface de JULES CLARETIE, 4 doubles séries à 1 20 4 80
Le Crime d'Avignon, 1 série. . . . . » 60
Les Tueurs du Midi, 1 série . . . . » 60
Les Jumeaux de la Réole, 2 séries. 1 20
L'Assassinat de Rodez (Affaire Fualdès) 1 série . . . . » 60

DUPLESSIS (PAUL).

Les Boucaniers, 5 séries. . . . . 3 »
Montrevert l'Aventurier, 2 séries 1 20
Les deux Rivales, 2 séries 1 20
Les Etapes d'un Volontaire, 5 séries. . . . 3 »
Le Batteur d'Estrade, 5 séries . . . . 3 »
Les Mormons, 4 séries 2 40

FABRE D'OLIVET.

Le Chien de Jean de Nivelle, 2 séries. 1 20

FÉRÉ (OCTAVE).

La Bergère d'Ivry, 3 séries. 1 80

FOUDRAS (MARQUIS DE).

La Comtesse Alvinzi, 2 séries 1 20

GONDRECOURT (A. DE).

Les Péchés Mignons, 4 séries 2 40
Les Jaloux, 3 séries 1 80
Mademoiselle de Cardonne, 2 séries 1 20
Le dernier des Kerven, 3 séries. 1 80
Le Chevalier de Pampelonne, 2 séries 1 20
Régicide par Amour, 1 série . . . . » 60
Les Cachots de la Bastille, 3 séries 1 80

CAMILLE GROS.

Les Camisards, 2 séries 1 20

KOCK (PAUL DE).

L'Amant de la Lune (en théâtre), 1 série. . 0 60

KOCK (HENRY DE).

La Fille à son père, 1 série . . . . » 60
Le Démon de l'Alcôve, 1 série. . . . . » 60
Les Baisers maudits, 1 série . . . . » 60
La Tigresse, 2 séries. 1 20
L'Amant de Lucette, 1 série . . . . » 60
Le Médecin des Voleurs, 4 séries 2 40
Ni Fille, ni Femme, ni Veuve, 1 série . . . . » 60
Les Trois Luronnes, 3 séries 1 80
L'Auberge des Treize Pendus, 3 séries. . . . 1 80
Les Mystères du village, 2 séries 1 20

LABOURIEUX.

L'Ouvrier Gentilhomme, 2 séries 1 20

LANDELLE (GUSTAVE DE LA).

Les Géants de la Mer, 4 séries. 2 40
Reine du Bord, 3 séries. 1 80
Une Haine à bord, 2 séries. 1 20
Les Iles de glace, 3 séries. 1 80

LAVERGNE (ALEXANDRE DE).

Le lieutenant Robert, 2 séries. 1 20
Epouse ou Mère, 2 séries. 1 20

fr. c.

MAIMBOURG (LE P.).

Les Croisades, 4 doubles séries à 1 fr. 20. . . 4 8

MÉRY.

Un Carnaval à Paris, 2 séries 1 2

MEUNIER (ALEXIS).

Le Comte de Soissons, 2 séries 1

MONTÉPIN (XAVIER DE).

Les Viveurs de Province, 4 séries 2
Le Loup Noir, 1 série . . . . »
Les Amours d'un fou, 2 séries 1
Les Chevaliers du lansquenet, 7 séries. . . . 4
La Sirène, 1 série . . . . »
L'Amour d'une Pécheresse, 1 série . . . . . »
Un Gentilhomme de grand chemin, 3 séries . 1
Confession d'un Bohême, 2 séries 1
Le Vicomte Raphaël, 2 séries 1
La Fatalité, 1 série. . . . . »
Les Oiseaux de nuit, 3 séries. 1

NOIR (LOUIS).

Le Coupeur de têtes, 4 séries 2
Le Lion du Soudan, 4 séries 2
Jean qui tue, 4 séries. 2
Jean Chacal, 2 séries. 1
Le Roi des Jungles, 3 séries. 1
La Tombe ouverte, 2 séries. 1
La Folle de Quiberon, 3 séries 1
Grands jours de l'armée d'Afrique, 3 séries. 1
Campagnes de Crimée, 12 séries à 50 c. . . . 6
Campagnes d'Italie, 6 séries à 50 c. 3
Le Corsaire aux cheveux d'or, 3 séries. . . . 1

PERCEVAL (VICTOR).

Blanche, 1 série . . . . »
La plus Laide des Sept, 2 séries 1
Régina, 2 séries 1
Beatrix, 1 série. 0
Un Excentrique, 1 série. 0

PERRIN (MAXIMILIEN).

Les Mémoires d'une Lorette, 2 séries . . . 1
Le Bambocheur, 2 séries 1

PREVOST (L'ABBÉ).

Manon Lescaut, 1 série . . . . »

ROLLA (UN OFFICIER D'ÉTAT-MAJOR).

Crimes et Folies en l'année terrible, 2 doubles séries à 1 fr. 20 2

RIEUX (JULES DE).

Ces Messieurs et ces Dames, 2 séries. . . . 1

ROUQUETTE.

Ce que coûtent les Femmes 1

ROUQUETTE ET FOURGEAUD.

Les Drames de l'Amour, 2 séries 1

ROUQUETTE ET MORET.

Le Médecin des Femmes, 3 séries. 1

VADALLE (DE).

L'Homicide d'Auteuil, 3 séries 1

VIDOCQ.

Les Vrais Mystères de Paris, 4 séries. . . . 2

VOLTAIRE.

Candide, 1 série. . . . . »

ŒUVRES DE CH. PAUL DE KOCK

Édition grand in-4° illustrée

DÉPOT LÉGAL Seine et Marne N° 10 1879

LES INTRIGANTS

BERLINGOT & CIE

Prix : **75** centimes. — Par poste et étranger : **1** franc.

PARIS
DEGORCE-CADOT, ÉDITEUR
9, RUE DE VERNEUIL, 9

ŒUVRES DE CH. PAUL DE KOCK

Édition de luxe grand in-4° illustrée

Le Petit Bonhomme du Coin, dessins de Hadol et de Morland. . . . . » 65
L'Amant de la Lune (théâtre) . . . . » 60
Flon Flon Flon Lariradondaine. 1 brochure in-4°. . . . . » 75
Monsieur de Volenville, 1 brochure in-4°. . . . . » 75

ŒUVRES DE HENRY DE KOCK

PARUES DANS LA COLLECTION DES BONS ROMANS ILLUSTRÉS

La Fille à son père, brochure grand in-4°. . . . . » 60
Le Démon de l'Alcôve . . . . » 60
Les Baisers maudits . . . . » 60
L'Amant de Lucette . . . . » 60
Le Médecin des Voleurs 2 40
Ni Fille, ni Femme, ni Veuve . . . . » 60
Les Trois Luronnes 1 80
L'Auberge des Treize Pendus 1 80
Les Mystères du Village 1 20
L'Heure du Berger . . . . » 60

BIBLIOTHÈQUE NATIONALE R.F. IMPRIMÉS

LES INTRIGANTS

BERLINGOT & CIE

I

UNE FÊTE CHEZ UNE COCOTTE.

Madame de Sainte-Hermine, qui s'appelait d'abord Olympie, puis Laurette, au théâtre où elle avait fait des bouts de rôle, et auparavant Goton, chez sa respectable mère, était devenue une femme à la mode, grâce à sa beauté, et peut-être aussi à quelque chose d'original dans la voix, dans sa manière de prononcer les *r*. Cela lui avait nui au théâtre, et cela était cause de ses succès à la ville; aussi avait-elle promptement quitté la scène.

Ayant fait la conquête de ces hommes qui croient devoir jeter leur argent par la fenêtre pour obtenir l'amour d'une femme, la belle Olympie s'était volontiers prêtée au caprice de ces messieurs, qui se ruinaient pour elle; mais, plus prévoyante que beaucoup de ses émules, elle n'avait pas gaspillé les richesses qu'on avait mises à ses genoux; elle avait songé que la jeunesse n'est pas éternelle, et ne voulant pas s'ennuyer, lorsque les autres s'amuseraient encore, elle avait amassé une fortune qui, maintenant qu'elle approchait de la quarantaine, lui permettait de donner des dîners, des fêtes, et, par conséquent, de s'entourer encore de tout ce monde de viveurs qui va toujours où l'on rit, où l'on joue, où l'on mange, où l'on danse, enfin où l'on s'amuse.

Volenville (1) avait, comme beaucoup d'autres, offert ses hommages et ses billets de banque à la belle Olympie. Ce temps était passé; mais, entre gens bien appris, d'une chaîne d'amour il reste toujours des relations agréables. Volenville était donc certain d'être le bienvenu à une fête donnée par madame de Sainte-Hermine, qui n'était jamais si heureuse que lorsque la foule encombrait ses salons et que les danseurs trouvaient à peine une petite place pour danser, en se marchant sur les pieds.

L'homme d'affaires se trouve justement dans l'un de ces raouts qui plaisent tant à ces dames. C'est avec peine que l'on parvient à pénétrer dans les salons de la ravissante villa, où l'on ne voit que fleurs, lustres, feux de toutes couleurs; où les accents de la joie se mêlent aux sons de la musique et à l'odeur du punch. Toutes les femmes galantes de Paris ont été conviées à cette fête; elles y rivalisent de charmes, d'attraits, d'allégresse, de coquetterie. Quant aux hommes, qu'est-il besoin de dire qu'ils y sont accourus en foule? ces messieurs ne forment-ils pas toujours le cortége de ces dames!

La déesse de la fête, qui trouve à peine le temps de recevoir tout son monde, aperçoit Volenville et lui donne une poignée de main en lui disant :

— Ah! c'est vous, cher ami, que vous êtes gentil d'être venu!... Vous ne connaissiez pas ma villa?...

— Non; c'est la première fois que j'y viens...

— C'est votre faute; vous savez qu'on vous voit toujours avec plaisir.

— Je sais que vous êtes toujours adorable...

— Taisez-vous, flatteur... je serais capable de vous croire! Pardon, cher ami, je vais recevoir un baron allemand qui m'arrive là-bas...

— Allez, allez... Ah! je ne vous demanderai qu'une chose...

— Quoi donc?...

— C'est de me présenter au banquier Cramoisan, dont je tiens à faire la connaissance...

— Cramoisan?... Oh! c'est très-facile... Il n'est pas encore venu, mais il viendra... oh! je suis sûre qu'il viendra; Primerose est ici...

— Qu'est-ce que Primerose?

— C'est sa nouvelle, sa dernière, à ce que je crois, du

(1) *M. de Volenville*, broch. gr. in-4° illustrée. Prix : 0 fr. 75.

moins, car c'est un vrai pacha, que ce Cramoisan!... Ah! mon Dieu! et mon baron...

Olympie a quitté Volenville; celui-ci parcourt les salons, y trouve beaucoup de visages de connaissance, regarde les parties qui sont en train, reconnaît dans les joueurs quelques-uns de ces messieurs qui gagnent toujours, et qui ont quelquefois des compères, contre lesquels ils entament une forte partie, qu'ils ne manquent pas de perdre alors, puis une autre, puis une autre encore; ce qui est fort adroit, parce que les niais, les voyant perdre, se disent:

— Qui diable prétendait donc que ce monsieur gagnait toujours?... Voilà dix mille francs qu'il vient de perdre devant nous, et il paye sans murmurer. C'est un beau joueur!... un très-beau joueur!

— Oui, se dit Volenville, pour ceux qui ne savent pas que l'autre lui sert de compère, et qu'il lui rendra tout à l'heure tout ce qu'il vient de lui gagner. Mais vous ne m'y prendrez pas, mes gaillards... Je vous connais, moi... je ne ferai pas votre partie. Si je perds de l'argent ici, il faut au moins que cela me serve à quelque chose.

— Bonjour, Volenville!

— Te voilà, mon gros Volenville!...

— Que deviens-tu donc? On ne te voit nulle part depuis quelque temps...

— Mesdames, vous êtes trop aimables de vous en être aperçues... J'avais fait comme les colimaçons, j'étais rentré dans ma coquille!...

— Il faut que tu aies une fameuse coquille pour te cacher dedans...

— Dis-donc, Volenville, toi qui aimais tant la nouveauté, connais-tu cette nouvelle beauté à la mode, qui a, dit-on, tourné la tête au petit Anglais... lord Rigfort... au point qu'il lui a tout de suite donné un hôtel?...

— De qui voulez-vous parler, mesdames? Je n'y suis pas du tout.

— Eh bien, de celle qui se fait appeler madame Astrakan... Elle a pris un nom russe... Quel genre!...

— On assure qu'elle est Suédoise...

— Laissez-moi donc! elle dansait à un petit théâtre du boulevard...

— Eh bien, qu'est-ce que ça fait?

— Elle est donc bien jolie, cette nouvelle?...

— Elle est plutôt gentille que jolie; mais ce qui a fait son triomphe, c'est son pied, c'est sa jambe!... Il paraît qu'elle est faite comme un amour!

— Crois-tu qu'elle vienne ici? Sainte-Hermine l'a-t-elle invitée?

— Oh! non pas, elle s'en serait bien gardée!... Songez donc qu'on attend Cramoisan, le fastueux Cramoisan! Et, comme c'est un monsieur qui prend feu comme une chimique... il serait capable de s'enflammer tout de suite pour cette nouvelle Cendrillon.

— Cramoisan est donc toujours l'amant d'Olympie!

— Mais non! Ah! d'où sors-tu donc, ma chère? Comme tu es arriérée! Il y a longtemps que le banquier a lâché Olympie!... Pour le moment, il est avec Primerose, la langoureuse Primerose, que Sainte-Hermine aime beaucoup!...

— Parce qu'elle l'a remplacée près de Cramoisan!

— Ah! que tu es bête!... Il y en a eu dix autres dans l'intervalle! Enfin, elle n'a pas invité cette madame Astrakan, parce qu'elle sait bien que cela aurait beaucoup contrarié Primerose, qui se flatte de conserver longtemps le cœur du riche banquier...

— Moi, je me moque pas mal de son cœur! S'il veut me donner sa caisse, ça me suffira... Je lui permets un sérail!

Volenville n'est pas fâché d'écouter le caquetage de ces dames, qui achèvent de lui faire connaître les goûts du banquier; et comme en ce moment il entend une de celles qui parlaient s'écrier:

— Le voilà, ce monsieur qui fait le Grand Turc! Mesdames, que pas une de vous ne souffle mot sur la nouvelle maîtresse de lord Rigfort, sur cette séduisante Astrakan!... Olympie me l'a bien recommandé!... Le pacha ne la connaît pas encore; il est inutile de lui mettre la puce à l'oreille.

— C'est convenu!

— Enfin! se dit Volenville, je vais le voir, ce fortuné mortel!...

Et il examine tout à son aise ce personnage, qui vient d'entrer dans le salon.

M. Cramoisan est un homme de quarante-huit ans, mais qui a encore toutes les manières et la vivacité d'un jeune homme. Il est grand, fort bien fait, et sa mise, toujours élégante et soignée, est choisie de façon à faire valoir tous ses avantages. Il est aussi fort bien de figure, et au premier abord on trouvera que c'est un cavalier accompli; mais, en le considérant avec attention, on reviendra sur ce jugement. Le banquier a des cheveux bruns et abondants; ils sont toujours frisés, lissés, séparés, parfumés avec soin: on n'aperçoit pas un filet blanc; mais l'éclat, le brillant même de ces cheveux peut faire croire qu'on leur met quelquefois de la couleur; la raie est toujours irréprochable; le front est bas, les yeux sont assez grands, mais couverts; ces yeux-là veulent avoir presque toujours une expression aimable, courtoise; ils s'accordent avec la bouche pour vous sourire. Mais tout cela est faux: cette bouche mince et rentrée est plutôt faite pour exprimer l'ironie que la satisfaction, et ces yeux en dessous cherchent à lire dans votre pensée, tout en ayant soin de vous dissimuler la leur.

Toutes les femmes, même celles qui avaient eu l'air de se moquer du banquier, courent au-devant de lui en faisant les gentilles, en employant toutes ces petites minauderies auxquelles les hommes aiment à se laisser prendre. De son côté, le beau monsieur fait l'aimable avec toutes ces dames, leur sourit, leur baise les mains; il a beaucoup à faire pour répondre aux empressements dont il est l'objet.

Un monsieur entre deux âges, qui se trouve alors près de Volenville, ne peut s'empêcher de dire:

— Adulent-elles ce Cramoisan!... sont-elles toutes après lui!... En vérité, cela fait pitié de voir l'engouement de ces dames pour cet homme qui joue au sultan!... Il se moque d'elles toutes!

— Il ne s'en moque pas! répond un jeune dandy, puisqu'il les comble de cadeaux...

— Et où prend-il tout l'argent qu'il dépense avec ces cocottes?

— Mais, dans sa caisse, probablement.

— Quand on y va de ce train-là, c'est dangereux; je ne lui confierais pas ma fortune, à moi!

— Ça lui serait peut-être bien difficile, à ce monsieur, de confier sa fortune à quelqu'un, murmure le jeune dandy à l'oreille d'un autre.

Le monsieur entre deux âges, qui semble vexé des succès que M. Cramoisan obtient auprès des jolies femmes, reprend au bout d'un moment, en s'adressant cette fois à Volenville :

— Quand je vois ce Cramoisan courtiser toutes ces folles créatures, je me dis qu'il n'est pas digne d'avoir pour femme légitime une personne aussi remarquable pour sa beauté que pour sa vertu... Et, en vérité, il faut en avoir, de la vertu, pour la conserver près d'un tel débauché !

— Vous connaissez la femme de ce monsieur?

— Oui, je me suis trouvé dernièrement avec elle en soirée; je l'ai reconnue pour l'avoir vue à Lyon, où j'ai habité quelque temps. C'est une demoiselle d'une noble famille... mademoiselle Mathilde de Brillanval.

— De Brillanval, dites-vous ?... Quoi ! l'épouse de ce monsieur Cramoisan est mademoiselle de Brillanval ?

— Sans doute, est-ce que vous la connaissez ?

— Non... pas moi..., mais une personne qui me touche un peu.

— Ces Brillanval n'avaient plus le sou, ils étaient complétement ruinés; alors on a consenti à donner la belle Mathilde à Cramoisan, qui commençait à briller dans le monde.

— Et il a bien voulu épouser cette demoiselle qui n'avait rien ?

— Mais qui était fort belle, et dont il était éperdument amoureux; et, quand ce monsieur est amoureux, il ne connaît aucun obstacle ! Je crois que maintenant il se repent bien d'avoir fait ce mariage. Son amour pour sa femme n'a guère plus duré que celui qu'il a pour ses maîtresses... Mais, une femme, cela se garde !... Vous voyez du reste que cela ne le gêne pas.

— Pour subvenir à tout cela, il faut qu'il ait une grande fortune ?...

— Il a joué à la Bourse, il a été heureux dans ses opérations... Maintenant, il a un grand crédit !... Mais c'est égal, je répète que je ne lui confierais pas ma fortune... Ah ! l'on apporte du punch glacé... voilà qui me va !... Je vais m'en fourrer jusque-là !

Le monsieur court après le plateau de punch. Volenville le laisse aller, réfléchissant à ce qu'il vient d'apprendre et se disant: — Cette femme que mon neveu adorait, qu'il veut absolument retrouver, est l'épouse de ce fameux banquier, qui fait tant parler de lui !... Pardieu! si maintenant je rencontrais Henry, je le rendrais bien heureux ! Mais à quoi bon ?... Quel bénéfice gagnerais-je à ce que mon neveu sache cela? Voyons, il faut avant tout tâter le Cramoisan.

Cinq minutes après, madame de Sainte-Hermine vient à Volenville, le prend par la main et le conduit devant le fastueux banquier, qui était assis sur un divan à côté de celle de ces dames que l'on appelait Primerose.

— Mon cher Cramoisan, dit Olympie, permettez-moi de vous présenter un de mes bons, de mes vrais amis, M. de Volenville, qui a le plus grand désir de faire votre connaissance et qui en est digne sous tous les rapports.

Cette dame ne se doutait pas qu'elle disait là une grande vérité. Mais, en général, dans la conversation, les vérités passent souvent inaperçues; on ne fait attention qu'aux blagues.

Le banquier fait l'accueil le plus aimable au monsieur qu'on lui présente. On échange ces phrases faites d'avance pour de telles circonstances, puis, pour cimenter leur connaissance, ces messieurs se proposent une partie d'écarté que Cramoisan veut bien ne jouer qu'à cent francs, parce que la tendre Primerose lui a dit : « Je serai de moitié dans votre jeu ! » Ce qui, avec ces dames, veut dire : « Nous partagerons si vous gagnez; si vous perdez, ça ne me regarde pas. »

Volenville, qui tient à être agréable au banquier et à sa maîtresse, perd lestement quelques billets de mille francs; mais Primerose le trouve très-beau joueur et Cramoisan l'engage à venir à ses soirées. C'est tout ce que l'homme d'affaires voulait. Il passe une partie de la nuit à Enghien, s'en revient le lendemain matin et voit arriver chez lui son associé Berlingot, qui fait une mine piteuse et lui dit:

— Tu viens de t'amuser, toi, tu es bien heureux !

— Et qui t'empêche d'en faire autant?

— Je suis à sec!... J'ai joué à la bouillotte et j'ai tout perdu !

— Pourquoi diable t'avises-tu de jouer à la bouillotte ?... Tu es un niais !... Enfin, nous avons encore des fonds en caisse ?

— Ah! oui! il n'en restait pas lourd; ce butor de Robillot nous avait mis en pension un énorme dogue qui a fait des horreurs dans notre beau local.

— J'espère que tu as mis le chien à la porte?... Et il n'apporte pas ses autres cent mille francs, ce drôle?

— Bien au contraire ! le marchand de fromages est devenu un bambocheur; il fait ici des folies avec les femmes. Il a mangé son trimestre, il est venu m'emprunter de l'argent. J'ai bien été forcé de lui en donner pour retourner à Meaux chercher le restant de son héritage; je l'ai mis moi-même en wagon, il doit être de retour demain... Mais je n'ai plus que quelques napoléons en poche, je ne puis pas avec cela offrir un festin à la famille Croutmann. Cela me met dans une fausse position; je m'étais avancé, je pressais la maman Croutmann de se rétablir en lui disant: « Dès que vous serez guérie, je vous offre un joli déjeuner dans ma maison de banque. » Maintenant cette dame est guérie, et le papa me dit tous les jours: « Eh bien, à quand ce fameux déjeuner? J'ai bon appétit, moi !... » J'ai été obligé de dire que j'avais les peintres, et que je ne voulais pas exposer une convalescente à venir chez moi tant que cela y sentirait la couleur.

— Mais pourquoi diable vas-tu jouer à la bouillotte?...

— Tu es en fonds, toi, tu vas me prêter quelques billets de mille? Il faut bien que je donne ce déjeuner... Mon Alsacien, dès qu'il me voit, m'aborde en me disant: « Cela sent-il encore la couleur chez vous? » Je suis obligé de répondre: « Oui. » Et il reprend: « Vous avez donc fait vernir partout. » Quand ils viendront, j'aurai soin de frotter plusieurs meubles avec de la térébenthine.

— Allons, j'ai pitié de toi. Tiens, voilà trois mille francs. Fais tes invitations et donne ton déjeuner dînatoire: nous tâcherons de griser ton capitaliste; il faudra bien qu'il fasse une partie le soir...

— Merci, cher ami !... Tu as probablement été heureux chez la Sainte-Hermine?... Je vois cela à ton air triomphant.

— Tu te trompes, j'y ai perdu autant que je viens de

te prêter; mais je n'en suis pas moins content d'y avoir été, parce que j'ai fait la connaissance du banquier Cramoisan, qui m'a engagé à aller à ses soirées..., et j'ai idée que je ferai de bonnes affaires dans cette maison-là.

— Ah! à propos... je savais bien que j'avais encore quelque chose à te dire!...

— Voyons, qu'est-ce encore?

— Il se trouve, par un hasard singulier, que ton neveu demeure dans la même maison que la famille Croutmann.

— C'est assez drôle, en effet. Mais qu'est-ce que cela peut te faire?

— Cela fait que, comme voisin, il a rendu quelques services à ces Alsaciens : il a procuré un médecin à la mère, médecin dont on a été fort satisfait. Alors on a engagé M. Henry Demarsay à venir voir souvent ses voisines...

— Eh bien?

— Eh bien, quoi, tu ne devines pas? Ton neveu est assez joli garçon... pas si bien que moi, à coup sûr; mais les femmes... les jeunes filles surtout, aiment les airs mélancoliques, les teints pâles... Cette petite Ketly, qui doit avoir le goût romanesque des Allemandes, est capable de se prendre de passion pour ton neveu!... Ensuite, ton neveu, qui me connaît pour m'avoir vu plusieurs fois avec toi... ne peut-il pas me desservir près des Croutmann?...

— Oh! Henry est incapable de dire du mal de quelqu'un qui ne lui en a pas fait!...

— C'est égal; je ne l'ai encore rencontré que deux fois chez les Croutmann, mais ma présence chez eux a paru le surprendre.

— Eh bien, rassure-toi, mon pauvre Berlingot; puisque mon neveu se trouve sur ton chemin, je vais t'en débarrasser en lui donnant de l'occupation... Je te réponds qu'il ira moins chez les Croutmann!

— Comment donc vas-tu faire pour cela?

— J'ai découvert le nom du mari de cette femme qu'il adorait, qu'il brûle de revoir... Il y a mieux : je sais l'adresse de ce mari...

— Il serait possible!... Est-ce que tu le connais?

— D'hier seulement. C'est le banquier Cramoisan qui a épousé la belle Mathilde!...

— Cramoisan!... celui qui change si souvent de maîtresse?

— Lui-même!... Oh! j'ai été bien renseigné par un monsieur qui ne l'aime guère, à ce que je crois. Ce Cramoisan est le fils d'un négociant en rubans de Saint-Étienne. Le père avait une excellente réputation; le fils étant jeune était déjà un farceur, un assez mauvais sujet... Mais tout cela nous est égal; l'important c'est que je sais que sa femme est cette demoiselle de Brillanval, que mon neveu devait enlever. Je ne comptais pas d'abord faire part de ma découverte à Henry, mais du moment qu'il te gêne et pourrait te nuire chez les Croutmann, je n'hésite plus. Je vais lui écrire de venir au plus vite me trouver; il devinera bien pourquoi et s'empressera d'accourir. Je vais lui donner des nouvelles de cette femme qui lui tient tant au cœur, et il n'aura plus le temps d'aller causer chez ses voisines.

— Merci, cher ami; moi, je vais alors penser à mon grand déjeuner. J'inviterai quelques amis!...

— Oui, deux ou trois, ce sera assez... Est-ce que tu ne connais pas quelque femme qui puisse aussi se tenir convenablement devant tes deux Alsaciennes?...

— Ma foi! c'est difficile... il y a bien Florine Legras mais elle se grise toujours au dessert.

— Pas de femme alors... tu diras que c'est un déjeuner de garçon.

— C'est aujourd'hui lundi, j'inviterai pour jeudi...

— Très-bien; et, d'ici là, si le Robillot a fait son second versement, on pourra l'inviter au déjeuner.

— Ma foi, oui; cela fera d'une pierre deux coups.

— Commande tout chez Potel et Chabot, et que rien ne manque!

— Sois tranquille!... mais n'oublie pas d'écrire à ton neveu.

II

UN MYSTÈRE

M. Joconde, le portier de M. Tourbillon, celui qui s'exerçait à danser la gigue dans sa cour, en s'appuyant sur son balai; M. Joconde, ce séducteur des bonnes du quartier, n'avait pas tardé à savoir que le jeune avocat du troisième avait amené un médecin pour madame Croutmann. Il en avait ressenti une vive colère, qui s'était traduite par ces menaces :

— Ah! ce monsieur se permet d'amener un médecin étranger dans la maison, tandis que nous en avons un au quatrième, qui est capable de purger et de saigner tout le quartier!... C'est bien! on s'en souviendra dans l'occasion!... C'est cent sous que ce monsieur m'ôte de la main!... C'est absolument comme s'il me les prenait dans ma poche!... Mais qu'il vienne quelqu'un le demander pour le consulter!... Je dirai toujours qu'il n'y est pas. Qu'il lui arrive des lettres pressées!... il les aura le lendemain.

Malheureusement pour le portier, Henry Demarsay ne recevait presque jamais de lettres et rarement du monde; il était donc difficile à M. Joconde de trouver l'occasion de se venger.

L'amitié que la famille Croutmann témoignait au jeune avocat lui avait fait trouver sa société agréable. Il parlait un peu allemand, ce qui enchantait le papa; il s'informait avec intérêt de la santé de la maman, la complimentait sur le retour de ses couleurs, ce qui plaisait fort à Gotlieb; enfin il causait avec Ketly, ou plutôt l'écoutait lui raconter ce qui l'avait le plus frappée dans Paris, et l'impression qu'elle ressentait dans ces belles promenades, devant les magasins de nouveautés si brillants, si élégants, où la foule se portait. Henry Demarsay écoutait peut-être assez mal ce que lui disait la jeune fille; souvent son esprit était ailleurs et il lui eût été difficile de répondre à ce qu'on lui racontait. Mais ce que Ketly disait ne demandait pas de réponse; la jolie Alsacienne se trouvait heureuse d'être ainsi écoutée par un monsieur de Paris, et ce qui la charmait, surtout, c'est que celui auquel elle faisait part de ses impressions ne l'interrompait pas pour lui dire des douceurs, pour lui adresser de ces fades compliments que bien des hommes croient devoir sans cesse glisser dans ce qu'ils disent à une femme et qui fatiguent celles auxquelles le complimenteur ne plaît pas.

C'était justement ce qui arrivait lorsque Berlingot tâchait de causer avec Ketly. Si celle-ci disait : « J'ai vu une dame qui avait une toque rose et noire. Est-ce la mode? » Berlingot répondait :

« — Ce sera la mode si vous en portez, car vous êtes faite pour donner la mode... vous ferez adopter tout ce qu'on vous verra. »

« — J'ai vu hier une pièce au théâtre du Vaudeville... celui qui fait l'amoureux, joue très-bien, il m'a fait grand plaisir, » disait Ketly; et Berlingot s'écriait :

« — Ah! qu'il est heureux, l'acteur qui vous a fait plaisir!... Que je voudrais être à sa place!... Mais il ne connaît pas son bonheur. »

Alors Ketly, que ces discours ennuyaient, se levait vivement et allait s'asseoir près de sa mère, tandis que le beau gandin, piqué de ce qu'on le laissait là, se disait :

« Elle ne comprend pas toutes les jolies choses que je lui adresse... Je la crois bête comme un pot, cette demoiselle! Mais elle a une dot qui a diablement d'esprit. »

En rencontrant Berlingot chez les Croutmann, Henry en a été assez surpris. Mais il s'est bien gardé de laisser paraître l'impression peu agréable que lui a fait éprouver la vue de ce monsieur, qu'il sait être intimement lié avec son oncle. Un salut a été simplement échangé entre ces messieurs.

— Vous connaissez M. Berlingot? a dit Gotlieb à son jeune voisin.

— Fort peu, madame, et seulement pour m'être rencontré avec lui dans le monde.

— Vous connaissez notre jeune avocat du troisième? avait demandé Croutmann à Berlingot, qui avait répondu :

— Je le connais... légèrement... C'est un avocat sans causes!... Je doute qu'il fasse jamais fortune dans sa profession... Entre nous, il n'a pas la moindre éloquence!... et un avocat sans éloquence, à mon avis, c'est une fontaine sans robinet!...

Mais une lettre est arrivée pour Henry Demarsay, une lettre sur laquelle on a écrit : « Pressée. » M. Joconde en est tout joyeux. Il regarde cette lettre, la tourne, la tâte, la flaire en murmurant :

— Ah! c'est pressé!... Ah! on t'écrit quelque chose qui presse, bel avocat!... chercheur de médecin... Eh bien, tu ne l'auras pas aujourd'hui, ta lettre... nous verrons demain... ça lui fera peut-être manquer son affaire?... Tant mieux! Ça lui apprendra à ne pas vouloir du docteur Sangsue; un homme qui m'a dit : « Quand vous voudrez un remède, je suis toujours à votre disposition. » Ah! je suis très-content!

Et le portier fourre la lettre dans sa poche et met son mouchoir par-dessus.

Le lendemain, en causant dans la cour avec Poussinet, le portier tire son mouchoir et fait tomber à terre la lettre qui était restée dans sa poche. Le vieux domestique la ramasse en disant :

— Vous gardez donc dans votre poche les lettres que vous recevez pour les locataires?

— Ah! je l'avais oubliée! Mais ce n'est pas un grand mal, c'est pour le soi-disant avocat du troisième... qui fait venir des médecins inconnus dans la maison.

— Ce n'est pas une raison pour ne pas lui donner les lettres qui arrivent pour lui. Si M. Tourbillon savait cela...

— M. Tourbillon ne me gronderait pas! vu qu'il protége aussi le docteur Sangsue, qui lui a annoncé que sous peu sa femme serait muette!

— Mais le voilà justement, M. Demarsay.

Grâce à Poussinet, Henry reçoit la lettre de son oncle, arrivée la veille. Mais il regarde le timbre et dit au portier :

— Vous avez cette lettre depuis hier?

— Depuis hier... je ne m'en souviens pas.

— Pourquoi ne me l'avez-vous pas remise aussitôt que vous l'avez reçue?

— Remise! est-ce que vous croyez, monsieur, que je vais monter des étages à chaque lettre qui arrivera.

— Mais, hier, j'ai passé plusieurs fois devant votre loge, et vous pouviez bien alors me la donner?

— Je pensais à autre chose apparemment! Si monsieur croit qu'on n'a que ses lettres dans la tête!... quoique portier, on a des idées aussi!

— Ayez des idées tant qu'il vous plaira! mais, avant tout, quand vous occupez un poste, remplissez-en les fonctions.

Henry ouvre vivement la lettre de son oncle et, sans même remonter chez lui, se hâte de se rendre chez Volenville, qui lui dit :

— Je vous aurais cru plus empressé de savoir ce que j'ai à vous apprendre...

— Si mon concierge m'avait remis votre lettre hier, vous m'auriez vu bien plus tôt. Enfin, me voici, mon oncle; vous avez quelque chose à m'apprendre?... Vous allez me donner des nouvelles de Mathilde?

— Oui... je me suis trouvé il y a quelques jours en soirée avec son mari...

— Son mari... et vous le nommez?

— Cramoisan. C'est le riche banquier Cramoisan, qui étale tant de luxe, a de si beaux chevaux et de si belles maîtresses!...

Le nom du mari de Mathilde a vivement frappé Henry, qui s'écrie :

— Cramoisan! Comment, celui qui a épousé mademoiselle de Brillanval...

— Eh bien, oui, c'est le beau, le riche Cramoisan!

— Ah! ce n'est pas possible, mon oncle!

— Et pourquoi ne serait-ce pas possible? Que voyez-vous d'extraordinaire dans cette union? Votre Mathilde n'avait pas le sou, mais ce monsieur en était tombé éperdument amoureux... Il était riche, on a fort bien accueilli sa demande.

— Il était riche?...

— Peut-être pas autant alors qu'il paraît l'être aujourd'hui...

— Mais est-ce bien le Croimoisan dont le père était fabricant de rubans à Saint-Etienne?

— Justement... et qui a eu, dit-on, une jeunesse un peu orageuse.

Henry ne répond rien, il réfléchit. Volenville continue : — Ce Cramoisan peut avoir maintenant quarante-huit ans environ, mais il est encore fort bien! C'est un bel homme!... petit-maître, très-élégant, très-soigneux de sa personne...

— Et il est très-riche, dites-vous?

— Mais on doit le croire d'après le train qu'il mène!... Il a toujours pour maîtresses les femmes les plus à la mode de Paris!

— Pour maîtresses? Est-ce qu'il est déjà séparé d'avec sa femme?

— Nullement!... Mais, en vérité, Henry, on croirait, à vous entendre parler, que vous ne connaissez pas le monde, et surtout le grand monde!... Ne savez-vous pas que, quoique mariés, ces messieurs du turf, du sport, des clubs de la haute fantaisie, ne se gênent point pour avoir des maîtresses auxquelles ils prodiguent des parures, des diamants, des équipages!...

— Et leurs femmes sont abandonnées alors?

— Pas du tout! d'abord une femme bien élevée ne s'occupe jamais de ce que fait son mari. Fi donc! il faut laisser cela aux petites bourgeoises, qui se mettent dans la tête qu'un mari doit être fidèle. Ensuite, et cela se voit souvent, ces dames n'ont pas le droit d'adresser des reproches à leur époux, parce que, de leur côté, elles ont des intrigues qu'elles doivent soigneusement tenir secrètes.

— Et Mathilde ferait-elle comme son mari... aurait elle des intrigues?

— On ne le dit pas. Si elle en a, elle a le talent de les bien cacher.

— Vous l'avez vue, mon oncle? Est-elle toujours aussi belle, aussi ravissante qu'autrefois?...

— Il m'est impossible de vous renseigner à ce sujet, car je n'ai pas vu cette dame. La réunion dans laquelle je me suis rencontré avec le banquier, était de celles où les maris ne mènent point leurs femmes... c'était chez la Sainte-Hermine : une camélia, passée un peu à l'état de pivoine, mais qui a le talent de rassembler chez elles les courtisanes les plus en vogue, et les hommes du meilleur monde. Aussi ses réunions sont-elles très-suivies.

— Avoir épousé Mathilde, et lui préférer des courtisanes..., c'est indigne!

— Mon neveu, vous me faites de la peine. Vous n'avez donc pas lu *La Fontaine?* Vous avez donc oublié *le Pâté d'anguille?*

— Vous direz ce que vous voudrez, mon oncle, mais un homme qui a une femme charmante et qui entretient publiquement des maîtresses, ne doit pas rendre sa femme heureuse... et si je savais que Mathilde fût malheureuse avec ce Cramoisan...

— Eh bien! que feriez-vous? vous la lui enlèveriez?... Reste à savoir si elle voudrait maintenant vous suivre et renoncer à cette vie de luxe, de fêtes, qu'elle mène... car son mari donne souvent des fêtes superbes. Reste à savoir, dis-je, si elle laisserait tout cela pour aller s'ensevelir dans la retraite d'un simple avocat.

— Vous vous trompez, je ne pense pas à enlever Mathilde à son mari, à ses devoirs...

— Mais vous venez de dire que vous ne voulez pas que cette femme, que vous avez tant aimée... que peut-être vous avez la faiblesse d'aimer encore, vous ne voulez pas que son mari la rende malheureuse!... D'abord, il faudrait savoir si elle se trouve malheureuse... parce que son mari ne lui est pas fidèle?... Ce n'est pas probable; car cette union n'a été pour elle qu'une affaire d'argent, puisque c'est vous qu'elle aimait. Ensuite, si vous ne voulez ni enlever cette dame, ni chercher à la faire manquer à ses devoirs... en imitant son mari... ce que le monde trouverait cependant tout naturel!... quels moyens emploieriez-vous donc pour obliger le banquier à changer de conduite, à ne plus entretenir des femmes galantes, à devenir sage enfin?... Ah! je vous devine, vous êtes brave, vous avez une tête exaltée!... Vous ferez en sorte de rencontrer ce Cramoisan, alors vous lui chercherez querelle, vous le provoquerez; vous vous battrez avec lui. Si vous le tuez, il est bien certain qu'il n'entretiendra plus de cocottes; mais si c'est lui qui vous tue... et cela pourrait bien arriver, comment et par qui votre Mathilde sera-t-elle protégée?...

Henry, qui a écouté froidement Volenville, se borne à faire un léger mouvement de tête en répondant :

— Vous vous trompez toujours... non, je ne me battrai pas avec cet homme... Je ne lui ferai pas cet honneur!

— Cet honneur! diable! mais vous devenez bien fier... Le banquier est fort considéré dans le monde!... On se trouve très-heureux d'être reçu à ses soirées, à ses fêtes! C'est une faveur que d'y être invité... et personne que je sache, ne refuserait d'avoir un duel avec lui bien au contraire; il y a des gens que cela poserait, que cela ferait arriver!... Vous avez beau dire, mon cher neveu, je suis certain, moi, que si votre père vous a si bien caché le nom de celui qui avait épousé votre belle, c'est qu'il voulait éviter qu'un duel ne fût le résultat de cette découverte

— Vous vous trompez encore, monsieur, ce n'est pas ce motif qui a guidé mon père. Mais je devine bien maintenant pourquoi il me faisait un mystère du nom de cet homme...

— Il y a donc une autre raison? Quelle est-elle?

— C'est un secret entre mon père et moi, vous me permettrez de le garder.

Volenville fait un mouvement d'impatience en s'écriant :

— Allez au diable! avec vos secrets, vos mystères et vos amours!... Je suis vraiment trop bon de m'être occupé de tout cela. Je vous ai dit ce que j'avais à vous apprendre sur votre Mathilde; maintenant, faites ce qui vous plaira! Tuez ou ne tuez pas le banquier, enlevez sa femme, menez-la en Cochinchine, je m'en lave les mains, et je n'en serai pas moins charmé d'aller aux soirées de son mari!

Henry salue bravement son oncle, et se lève en lui disant :

— Recevez mes remerciements pour ce que vous venez de m'apprendre... Cela est bien plus important que vous ne pouvez le croire.

— Tant mieux! vous savez que le mari de votre belle adorée entretient les plus jolies femmes de Paris? Si vous n'êtes point un sot, vous en profiterez!...

Henry se contente de froncer légèrement le sourcil, et quitte Volenville après l'avoir salué de nouveau.

III

LES ÉTRANGERS

Volenville a regardé son neveu s'éloigner en se disant :

« Il y a dans tout ceci un secret que je voudrais bien connaître, car quelque chose me dit que ce n'est point à l'avantage du banquier, et qu'il se trouve mêlé dans une fâcheuse affaire. Tout autre qu'Henry tirerait parti de cette circonstance pour faire chanter ce Cramoisan; mais mon neveu est trop niais! Il a une manière de

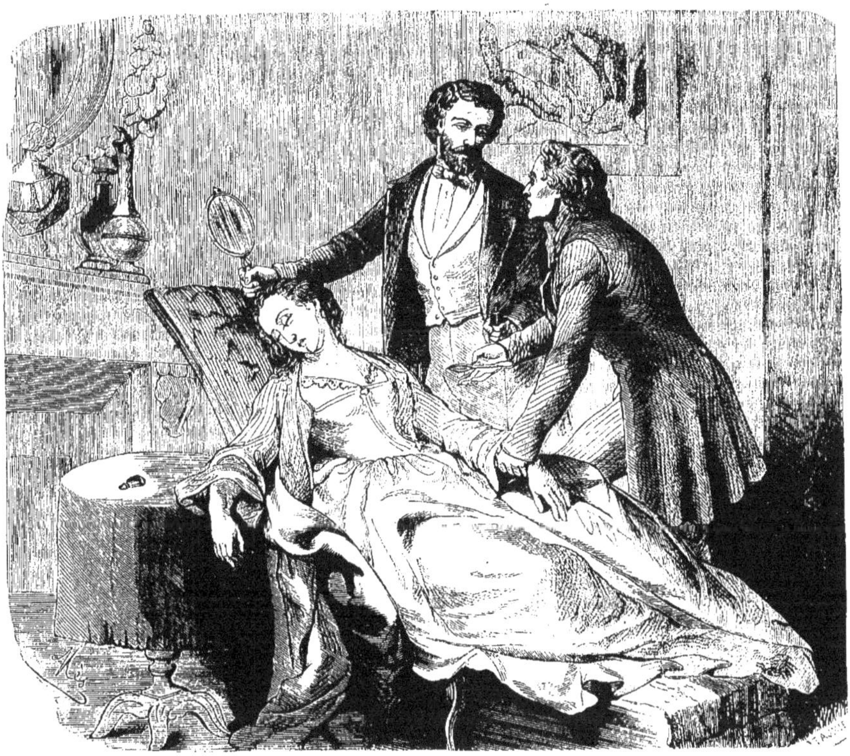

Il a procuré un médecin à la mère, médecin dont on a été fort satisfait. Page 6.

voir trop sévère, pour profiter de ce que le hasard lui offre. N'importe! il veut protéger sa belle Mathilde, cela va l'occuper : il verra moins les Croutmann. J'ai oublié de lui demander si son ami le comte Ladiscof était de retour!... Il est capable d'avoir oublié le jeune Russe... Il n'est que midi; allons au café Anglais, j'y apprendrai peut-être de ses nouvelles. »

Volenville se rend au café Anglais, et, parmi les personnes qui déjeunent, il aperçoit celui dont il voulait s'informer. Le jeune Russe était avec deux beaux élégants, un Anglais et un Italien : l'Anglais, qui savait fort peu de français, parlait à peine, mais mangeait beaucoup; l'Italien, qui possédait au contraire une parfaite connaissance de la langue et des modes de Paris, parlait presque constamment, et semblait vouloir mettre le jeune seigneur russe au fait des habitudes de la capitale.

Volenville cherche à se placer près de ces messieurs, puis se décide à aller sur-le-champ à son but; saluant profondément le jeune comte, il lui dit de son air le plus aimable :

— Veuillez me permettre, monsieur, de vous offrir tous les compliments de quelqu'un qui espérait vous voir ici aujourd'hui, mais que des affaires imprévues ont empêché de s'y rendre... Je suis l'oncle de M. Henry Demarsay.

Aussitôt le comte Agénor se lève et fait un gracieux salut à Volenville.

— Vous êtes l'oncle de M. Henry Demarsay... Enchanté, monsieur, d'avoir le plaisir de faire votre connaissance! Est-ce que monsieur votre neveu ne va pas venir vous retrouver?

— Non, monsieur, des affaires l'en empêchent; c'est pourquoi, sachant que je venais ici, il m'a chargé de le rappeler à votre souvenir...

— Monsieur, ne nous ferez-vous pas l'honneur d'accepter une place à notre table? Nous commencions seulement à déjeuner... Soyez assez bon pour être des nôtres...

— Monsieur le comte, votre offre est trop aimable... Mais, en vérité, je ne sais si je dois... Je n'ai pas l'avantage d'être connu de vous...

— Vous êtes l'oncle d'Henry Demarsay, un jeune homme que j'aime et que j'estime beaucoup. En Russie, il était aimé de tout le monde; jamais Français n'y fut plus sympathique; c'est donc une parfaite recommandation que d'être son parent. Seulement, ne me connaissant pas, monsieur, je me permettrai de vous demander qui m'a fait sur-le-champ connaître à vous?

— Monsieur le comte, j'avais déjà eu le plaisir de vous voir, il y a deux mois environ; vous diniez au Palais-Royal, aux Frères Provençaux : c'est même là que vous avez revu mon neveu, que vous ne saviez pas être à Paris. Eh bien, je dînais avec Henry et, comme il avait causé avec vous, je me suis permis de lui demander quelques renseignements sur vous...

— Ah! oui, en effet, au Palais-Royal, je me rappelle; c'était avant mon départ pour l'Angleterre... Garçon! un couvert pour monsieur?

Volenville se place à la table des trois étrangers. L'Anglais le salue gravement; l'Italien lui adresse un charmant sourire; et le jeune Russe lui verse sur-le-champ du champagne, boisson que ces messieurs buvaient pour leur ordinaire.

Après avoir porté quelques toasts, Volenville qui est en fonds d'esprit et d'anecdotes, se permet de succéder à l'Italien, qui se bornait à passer en revue les bons restaurants de Paris, les pièces de théâtre et les bals publics.

L'homme d'affaires connait le côté faible du sexe soi-disant fort; il sait que c'est toujours avec ou par les femmes que l'on prend les jeunes gens, et même les galants sur le retour. Il choisit donc ce sujet de conversation :

— Vous arrivez d'Angleterre, monsieur de Ladiscof?

— Oui, j'y suis resté plus longtemps que je n'en avais d'abord l'intention.

— Ah! c'est que vous y aurez formé quelque liaison avec une belle Anglaise...

— Justement; c'est-à-dire ce n'est pas avec une, c'est avec deux belles Anglaises que j'ai fait connaissance.

— Cela n'en est que plus piquant, et ces dames ne voulaient plus vous laisser partir... Je le conçois!...

— Oui, mais, moi, je voulais revenir... Et je ne savais comment échapper à ces dames qui me surveillaient toujours.

— Est-ce qu'elles s'entendaient pour cela?

— Très-bien! Elles avaient parié entre elles à qui je resterais.... J'étais fort embarrassé; heureusement, voilà sir Chesterfield qui m'a tiré d'affaire.

— Par quel moyen?

— Il m'a tué!

— Il vous a tué?

— Oui, n'est-ce pas, Chesterfield? vous avez dit à Anna et à Lucida, que vous m'aviez tué en duel?

— *Aôh!... yes... aôh!... I have to kill, you are death...*

— C'est très-ingénieux! et ces dames ont cru cela?...

— Elles ont pris le deuil, et moi le paquebot.

— Les Anglaises sont superstitieuses, dit l'Italien; si, dans quelque temps, vous retourniez en Angleterre, ces dames vous prendraient pour un vampire.

— Oh! je n'ai pas envie de retourner dans ce pays. Paris, voilà où je veux me fixer. Je n'y suis de retour que depuis quelques jours, eh bien! croiriez-vous, monsieur... monsieur de Volenville, que je suis déjà amoureux?...

— Je ne vois à cela rien d'étonnant. A votre âge, on doit toujours être amoureux, et quand on ne l'est que d'une seule femme, cela s'appelle être sage...

— Ah! très-bien! voilà une doctrine que j'aime! Entendez-vous, Chesterfield? Monsieur assure qu'à mon âge, n'être amoureux que d'une femme, c'est être raisonnable...

L'Anglais se borne à faire de la tête un signe négatif, et regarde le garçon en criant :

— Porto! porto!...

Le garçon court chercher une carafe qu'il pose devant l'Anglais, qui, à la vue de la carafe, frappe avec colère sur la table, en répétant : — Porto! goddem!... *You are* stupide!... Je disais : Porto!... *you give my water!...*

— Je crois comprendre que milord veut du vin de Porto, dit Volenville au garçon, et non pas une carafe.

— Oui, oui, dit le jeune Russe en riant beaucoup de la méprise. Calmez-vous, mon pauvre Chesterfield; mais aussi vous ne voulez pas assez étudier la langue française, et vous voyez à quoi cela vous expose? Dernièrement vous vouliez déjeuner d'une côtelette de mouton. N'ayant jamais pu dire le mot côtelette, vous avez demandé un os de mouton. Figurez-vous, messieurs, qu'on lui a servi un gigot tout entier; et Chesterfield l'a mangé, tout en trouvant que nos moutons avaient de bien grosses côtelettes. Le plus piquant de l'aventure, c'est que dans la journée il conte à des amis qu'il a très-copieusement déjeuné d'une seule côtelette de mouton, et, l'un de ceux qui l'écoutaient s'écrie : « C'est bien peu! moi, j'en mange volontiers quatre à mon déjeuner. — Quatre! dit Chesterfield, c'est impossible, je parie cent napoléons que vous n'en mangerez pas quatre dans un repas! » Le pari est accepté, tenu. On se rend le lendemain dans le restaurant où Chesterfield avait déjeuné la veille. Son antagoniste demande quatre côtelettes de mouton et les mange avec appétit, tandis que mon pauvre ami apprend que la veille il a mangé tout un gigot! Et il a perdu son pari...

— Quand on voyage, dit l'Italien, la chose la plus essentielle à apprendre, c'est ce qui concerne le boire et le manger...

— Et la manière de plaire aux dames, reprend Ladiscof.

— Oh! pour celle-là, elle est à peu près la même

partout; et, d'ailleurs, avec les femmes, la pantomime est d'un grand secours... Elles comprennent fort vite le langage des yeux.

— Et vous nous disiez, monsieur le comte, que, depuis votre retour à Paris, vous avez déjà donné votre cœur à une dame?...

— Je l'ai donné, oui ; mais on ne l'a pas encore pris. C'est à l'Opéra, il y a peu de jours; j'y ai vu une femme dont le minois gracieux, spirituel, m'a séduit... Dans l'entr'acte, elle sort un moment au bras de son cavalier... Oh! alors, j'admire une taille de nymphe... et un pied!... Oh! mais un pied ravissant!... J'adore ces pieds-là; et je gagerais bien que la jambe doit être digne du pied! ce serait une erreur de la nature s'il en était autrement. Un gentleman, avec qui je me trouvais, me voyant admirer cette personne, me dit : « C'est la nouvelle divinité à la mode... c'est madame Astrakan!... — Oh! diable! m'écriai-je, est-ce qu'elle serait Russe aussi?... — Non, me dit-il, c'est une Française... Je ne sais pas au juste d'où elle vient, mais ce nom d'Astrakan est un pseudonyme qu'elle s'est donné, parce qu'elle se nommait peut-être Jeanneton, Toinette ou Margot, et que cela aurait mal sonné aux oreilles des jeunes gens du beau monde... »

— Madame Astrakan! j'en ai déjà entendu parler... Et... elle est donc bien jolie?

— Pas extrêmement jolie peut-être, mais une figure piquante, spirituelle; de ces figures qui vous séduisent sur-le-champ, ou qui ne vous plairont jamais... Mais c'est surtout le pied, la taille..., oh! tout cela est divin!

— Et jeune?

— Toute jeune! Je gagerais que cette femme-là n'a que vingt ans.

— C'est singulier! Le portrait que vous en faites, monsieur le comte, me rappelle une jeune fille qui arrivait de son pays, il y a trois mois environ, et venait à Paris chercher à se placer. Elle avait aussi un pied et une jambe admirables...

— Et qu'est-elle devenue, votre jeune fille?

— Ma foi, je n'en sais rien!... Je lui avais donné quelques conseils... Mais c'était une assez mauvaise tête, elle n'a pas voulu m'écouter; j'ignore ce qu'elle est devenue. Revenons à votre dame à la mode : vous n'avez pas sur elle d'autres renseignements?

— Le monsieur qui m'en parlait ajouta : « Elle était la maîtresse de lord Rigfort, un Anglais extrêmement riche; mais il vient de partir pour les Indes. Il voulait y emmener sa belle, elle a refusé de l'accompagner si loin. Il lui a laissé un petit hôtel fort gentil, et maintenant elle est avec le jeune Arthur de Grainwal, que vous voyez avec elle... »

— Arthur de Grainwal! dit Volenville ; oh! mais je le connais beaucoup... C'est un charmant garçon!... Un viveur! un joueur déterminé!...

— Vous le connaissez?... Mais alors vous devez connaître madame Astrakan, sa maîtresse.

— Non ; d'abord il y a près d'un mois que je ne me suis trouvé avec Arthur et alors il ne connaissait pas encore cette dame...

— Et votre neveu, Henry Demarsay, connait-il aussi ce monsieur de Grainwal?

— Oh! non... Tenez, monsieur le comte, je vais vous parler avec franchise : il y a, entre mon neveu et moi, une énorme différence dans la manière de vivre, de penser, d'agir. Mon neveu est un véritable Caton!... Il n'a aucun des défauts ou plutôt des penchants de son âge... car je ne trouve pas que ce soient des défauts : il ne pense ni aux femmes, ni au jeu, ni à la table! Moi, je dois vous avouer que j'ai conservé tous les goûts, toutes les passions de ma jeunesse... Le plaisir, voilà mon idole!... Je dis comme Jean-Jacques : *Il faut être heureux, cher Émile, c'est le premier besoin de l'homme!*... et, ma foi! je me conduis en conséquence.

— Oh! bravo!... oh! vous parlez bien... Je suis charmé d'avoir fait votre connaissance!... Oui, en effet, votre neveu, c'était son seul défaut; mais, en Russie, il refusait souvent de prendre part à nos festins, à nos folies... Dites-moi, monsieur de Volenville, est-ce que vous pourriez me faire faire la connaissance de ce jeune Arthur!... Si c'est un viveur, un joueur, je serai son homme! J'aime le jeu presque autant que les femmes...

— Oh! ce sera très-facile... Je vais aller voir Grainwal, je saurai quand il donne une soirée, un punch; je le préviendrai que j'ai un jeune seigneur russe à lui amener; il sera enchanté... il me remerciera...

— Et si sa maîtresse pouvait se trouver à cette réunion...

— Il est bien probable qu'elle y viendra! D'abord, Arthur n'est pas jaloux et, lorsqu'il a une jolie maîtresse, il est bien aise d'en tirer vanité...

— Que vous êtes obligeant, cher monsieur! et que nous sommes heureux, nous autres étrangers, de rencontrer des personnes qui veulent bien nous piloter dans ce monde parisien que nous ne connaissons pas.

— Monsieur le comte, je me mets tout entier à votre service... disposez de moi ; je suis très-répandu dans les plus belles sociétés de Paris, et je me ferai un véritable plaisir de vous y présenter.

Pendant cet entretien, l'Anglais continuait de manger et l'Italien de chercher sur la carte un vin qu'il ne connût pas encore, s'étant promis de faire connaissance avec tous.

Le déjeuner se prolonge assez longtemps, mais Volenville se rappelle qu'il a affaire à la maison Perdaillon et Cie. Il prend congé du jeune Agénor Ladiscof, après lui avoir promis d'aller, le surlendemain, le voir au Grand-Hôtel, entre dix et onze heures du matin.

IV

BERLINGOT DONNE SON DÉJEUNER

Le jour est arrivé du fameux déjeuner qui doit se donner dans la maison de banque Perdaillon-Berlingot et Cie. La famille Croutmann avait promis depuis longtemps de ne point manquer de se rendre à l'invitation qui avait tant tardé. Le brave Alsacien, qui avait fort bien remarqué les petits soins et les galanteries que Berlingot employait près de sa fille, et en devinait le motif, n'était point fâché de connaître un peu l'intérieur de ce jeune homme, de pouvoir juger par lui-même de sa position, enfin de se renseigner sur cette maison de banque, dont Berlingot se disait l'associé; car on n'accorde pas légèrement la main d'une demoiselle qui reçoit en dot trois cent mille francs, écus. Sur ce sujet, d'ailleurs, on se réservait de consulter celle que cela regardait principalement; les parents de Ketly aimaient trop leur fille pour avoir jamais l'intention de la marier à quelqu'un qui ne lui plairait pas. Mais Berlingot était jeune, joli garçon, constamment mis à la dernière mode; il tâchait toujours d'être aimable; il avait dans les manières, dans le langage, cet entrain, ce babil, cette assurance qui séduit souvent les femmes, et leur fait parfois croire qu'elles ont affaire à un aigle, lorsqu'elles n'entendent qu'un perroquet. C'est pourquoi M. et madame Croutmann pouvaient supposer que leur fille Ketly ne serait point insensible aux hommages du soi-disant banquier.

Leur voisin, Henry Demarsy, causait bien aussi quelquefois avec Ketly, mais quelle différence! Le jeune avocat toujours froid, sérieux, écoutait parler la jolie demoiselle bien plus qu'il ne lui parlait. Près d'elle, toujours respectueux et obligeant, il ne se permettait jamais de lui dire la moindre fadeur: il ne savait pas faire de compliments, il ne se serait pas permis, tout en causant, de prendre un seul moment la main de la jeune fille. Celle-ci n'avait donc aucune raison pour penser à lui. Voilà ce que se disaient le papa et la maman; mais les parents oublient toujours que le cœur d'une femme fait bon marché de toutes ces considérations, et qu'il est au contraire dans sa nature de vouloir atteindre la branche qui ne penche pas de son côté.

Un fort beau repas a été commandé chez Potel et Chabot. L'appartement et le bureau ont été soigneusement inspectés; on s'est assuré que rien ne manquerait de ce qui pouvait donner une idée avantageuse de la maison Perdaillon et Ce. Les pièces principales de l'appartement, — le salon et la salle à manger, — avaient été meublées avec goût, avec élégance; le salon était resplendissant: les peintures, les dorures, les lustres, les fleurs y étaient prodigués et, dans la salle à manger, des étagères établies dans chaque encoignure étaient surchargées de porcelaines et de bouteilles; ces dernières se présentaient sous toutes les formes, ce qui, naturellement, promettait une grande variété de vins.

Dans les bureaux, on avait habillé de neuf les deux commis ainsi que le petit groom, auquel on avait expressément défendu de jouer aux billes. Pour le service, on avait loué deux valets, auxquels on avait donné pour chef Fricandeau. Il était assez naturel que Volenville l'eût prêté à son ami pour aider le service.

Croquet, comme caissier, était du repas. Il avait ses moustaches naturelles et un assez gros bouton qui lui était venu sur le nez; mais Berlingot trouvait que, loin de lui nuire, cela lui donnait un air plus distingué. Comme il fallait encore du monde, pour engager le soir quelque partie, Berlingot avait recruté dans ceux de ses intimes qui avaient l'air le plus comme il faut, et il avait fixé son choix sur messieurs Déméloir et Vernouillet. M. Déméloir était un grand homme de cinquante ans, sec, jaune, anguleux, qui avait la prétention d'être poëte et d'improviser des vers sur tous les sujets. Il travaillait depuis vingt ans à une comédie, qu'il ne voulait achever que lorsqu'il aurait trouvé un dénouement d'un effet entièrement neuf. Vernouillet était un gros compère, bien rougeaud, bien gai, dont les petits yeux brillaient, étincelaient à la vue d'une table bien servie; qui approuvait tout, qui était constamment de votre avis, qui riait pour le moindre mot, et contait drôlement lorsqu'il voulait bien se donner la peine de raconter; mais qui, à table, ne laissait échapper que des éclats de rire ou des monosyllabes, parce qu'il ne voulait pas perdre un coup de dent.

M. Déméloir se donnait pour homme de lettres, Vernouillet pour financier, négociant, courtier au besoin. Ces messieurs sont en grande tenue. Le poëte tout en noir, avec la cravate blanche, ce qui fait qu'on peut le prendre aussi pour un notaire. Vernouillet a une toilette moins sévère, mais il est mis à la mode. Ce serait un élégant, s'il n'avait pas le visage si rouge, si bourgeonné. Croquet s'est fait superbe, et il caresse avec orgueil ses moustaches qui commencent à friser du bout.

Le déjeuner a été fixé pour une heure. Berlingot, qui se pavane dans son appartement, a les yeux fixés sur la pendule placée dans le salon. Volenville n'est pas encore arrivé; mais, pour ces messieurs, lorsqu'on dit: « On déjeunera à une heure, » cela signifie que tout le monde aura été exact si à deux heures on se met à table.

Cette mode, adoptée à Paris, ne l'est pas encore en province. Pour le papa Croutmann, on doit être exact et ne point accorder de quart d'heure de grâce lorsqu'il s'agit d'un repas. Ainsi la pendule allait sonner l'heure convenue pour le déjeuner, lorsqu'une voiture s'arrête devant la porte cochère et la famille Croutmann en descend.

— Ah! fichtre! voilà une belle maison! dit M. Croutmann en passant devant le concierge. Vois donc, Gotlieb, cet escalier, cette rampe dorée!... Ces statues dans des niches!...

— Oh! oui, Werther, c'est superbe, ici! N'est-ce pas Ketly?

Mais Ketly regarde tout cela d'un air assez indifférent. Ce déjeuner chez M. Berlingot ne lui plaisait pas du tout, car la jeune fille s'était aussi fort bien aperçue que ce beau monsieur lui faisait la cour, et, comme elle n'avait aucune envie d'accueillir sa recherche, elle était fâchée que ses parents fussent si émerveillés de sa demeure.

— Nous allons chez messieurs Perdaillon et Berlingot! dit Croutmann au concierge, qui s'empresse alors de sortir de sa loge, et court au bas de l'escalier crier:

— Athanase! Attention, petit!... du monde pour chez M. Berlingot.

Presque aussitôt on entend la voix du petit groom, qui crie de toutes ses forces, et sur un ton de fausset qui perce les oreilles:

— Entrez! entrez! messieurs, mesdames!... C'est ici!... c'est ici!... c'est ici!...

— Comment! est-ce que ce seraient déjà les Croutmann? dit Berlingot en sortant précipitamment de son salon; tandis que Croquet, qui avait commencé une partie de bézigue avec Vernouillet, jette les cartes de côté. Mais Vernouillet les ramasse en criant:

— J'ai le cinq cents, mon cher ami, et je n'entends pas que la partie soit nulle... Ah! ah! il est charmant, le caissier, il brouille les cartes quand il perd!... Connue, celle-là!... on ne fait pas ça entre nous!

Tout en maudissant la trop grande exactitude de ses convives, qui arrivent bien avant le déjeuner, Berlingot s'empresse d'aller les recevoir. Il offre sa main aux dames ; la maman accepte, mais Ketly reste au bras de son père.

— Ah ! que vous êtes aimables de venir de bonne heure ! dit Berlingot, en introduisant la société dans son appartement.

— De bonne heure ? dit Croutmann, mais nous ne sommes qu'exacts... voilà une heure qui sonne, et vous nous avez dit : « Nous déjeunerons à une heure ! »

— Oui, oui, c'est vrai ; mais, vous savez... on a toujours le quart d'heure de grâce...

— Est-ce que tout votre monde n'est pas arrivé ?...

— Si... à peu près, excepté un ami intime que je tiens beaucoup à vous présenter. Mais entrez donc dans le salon.

— Bigre ! vous êtes fièrement bien logé !...

— O le beau salon ! s'écrie Gotlieb, comme cela est bien décoré !... comme tout cela est frais !... élégant !... En vérité, monsieur Berlingot, vous êtes logé comme un prince. Regarde donc, Ketly, ces chinoiseries... ces jolies fleurs !

— Oui, cela sent très-bon, dit froidement Ketly.

— Mesdames, débarrassez-vous de vos pardessus, de vos châles... faites comme chez vous... et permettez-moi de vous présenter deux de mes amis : M. Déméloir, homme de lettres, et M. Vernouillet, homme de... homme de bourse ; puis enfin M. Croquet, mon caissier, qui a un intérêt dans la maison.

Ces messieurs vont saluer les dames. M. Déméloir commence un compliment en vers, mais, comme la rime ne lui vient pas, il se décide à le finir en prose. Vernouillet se contente de rire en regardant le papa, de sourire en regardant la maman, puis enfin de cligner de l'œil en saluant la fille. Quant à Croquet, très-vexé d'avoir un bouton sur le nez, il se tient à l'écart et ne salue que de loin.

— Mais, dit Croutmann, où donc est votre principal associé, M. Perdaillon ?... Celui dont le nom est en tête de votre maison de banque ?

— Eh ! mon Dieu ! il est en voyage, à Marseille, en ce moment ; et il n'est pas certain qu'il ne pousse pas jusqu'en Italie... Nous avons de grosses opérations entamées avec des négociants de Naples, de Rome. J'avais écrit à Perdaillon pour le prévenir que j'avais l'avantage de vous recevoir aujourd'hui, et lui demander s'il ne pourrait pas prendre un train express pour être des nôtres ; il m'a répondu que cela était impossible, en me chargeant de vous témoigner tous ses regrets.

— Oh ! les affaires avant les plaisirs ! dit Croutmann, c'est fort bien cela, et c'est en se conduisant ainsi qu'on fait de bonnes maisons. Mais, faute d'un moine, on déjeune tout de même, n'est-ce pas ?

— Oui, oui. Ah ! voilà de Volenville.

L'homme d'affaires se présente avec sa figure riante, aimable ; il s'excuse de s'être fait attendre et trouve moyen d'adresser sur-le-champ des compliments aux dames et de dire des choses obligeantes au riche Alsacien. Grâce à lui, la conversation s'anime, s'égaye, devient générale ; excepté pour M. Déméloir, qui cherche toujours une rime qui ne vient pas. Mais l'esprit et les mots heureux dont Volenville sème sa conversation ne font point oublier à Croutmann le déjeuner, et il s'écrie bientôt :

— C'est gentil, de causer, mais ça n'emplit pas le ventre, mon cher monsieur Berlingot ; l'heure du déjeuner est passée depuis vingt minutes, pourquoi donc ne nous mettons-nous pas à table ? Est-ce que vous attendez encore du monde ?...

— Non, je n'attends plus de convives ; mais, s'il faut vous l'avouer, monsieur Croutmann, c'est le déjeuner que j'attends à présent, et qui est un peu en retard...

— Le déjeuner ?...

— Sans doute. Vous concevez bien qu'un garçon ne fait pas faire la cuisine chez lui... D'ailleurs, où je l'ai commandé, je suis sûr que le repas sera bon... mais je n'avais pas dit pour une heure bien précise...

— Diable ? c'est fâcheux, je comprends que nous ne pouvons pas nous mettre à table s'il n'y a rien dessus...

— Si vous nous donniez un verre de madère en attendant ? dit Vernouillet, cela nous ferait prendre patience.

— Très-bien pensé ! dit Croutmann, le verre de madère arrivera à propos.

Berlingot n'avait chez lui aucune provision. Mais heureusement, avant le menu pour le déjeuner, le traiteur avait envoyé tous les vins qu'on lui avait demandés. Sur un signe de son maître, Fricandeau apporte un plateau, des verres et plusieurs bouteilles.

— Où est le madère ? demande Berlingot.

— Je ne sais pas, monsieur, je n'ai pas encore goûté à ces bouteilles-là...

— C'est heureux...

— Je vais vous déguster cela, moi ! dit Vernouillet, en courant prendre une bouteille. Sur le chapitre des vins, je suis de première force.

Et, se versant dans un verre, il le vide aussitôt, puis secoue la tête en disant :

— C'est bon, mais ce n'est pas cela !... passons à une autre.

Le monsieur rougeaud débouche une autre bouteille, emplit de nouveau son verre, le vide, et dit :

— C'est fort bon... mais ce n'est pas encore cela !... Passons à une autre. Et ce monsieur débouche une troisième bouteille.

— Est-ce que cela va durer longtemps comme cela ? dit Croutmann. Si nous goûtions tous, il me semble que ce serait plus réconfortant.

Au moment où l'on va adopter cette proposition, le petit groom s'élance dans le salon, en s'écriant :

— Voilà le fricot... il est arrivé.

Volenville fait un geste de dépit, mais Berlingot se hâte de dire :

— Mesdames et messieurs, excusez le langage de mon petit groom... c'est un Auvergnat, on n'a pas encore eu le temps de lui apprendre à bien s'exprimer.

— Oh ! moi, je trouve son langage excellent, dit Croutmann, puisqu'il nous annonce le déjeuner... je pense que rien ne nous arrête, cette fois ?

— Non, non, à table... Mesdames, permettez-moi de vous conduire.

Berlingot a présenté ses deux mains aux dames, la maman et sa fille sont conduites par lui dans la salle à manger ; il les fait placer, et, naturellement, se met entre elles deux. Puis Volenville s'assied à côté de la mère. Le papa, assis en face du maître de la maison, a d'un côté Vernouillet et de l'autre le poète Déméloir; quant à Croquet, comme il a souvent besoin de se lever pour surveiller le service, il se met près de la porte.

Le repas est friand, recherché, bien servi, les vins sont excellents : M. Vernouillet n'est plus seul à les goûter, Croutmann tient à lui prouver qu'il est aussi bon dégustateur que lui. Berlingot est aux petits soins pour la jolie Ketly, qui mange peu et ne boit guère. En revanche, la tendre Gotlieb fait honneur au repas et se montre très-flattée des attentions que Volenville a pour elle. C'est encore Volenville qui soutient la conversation et tâche de mettre de l'entrain dans la réunion; car Berlingot, tout occupé de Ketly, lui glisse à chaque instant à l'oreille des petits mots brûlants dont il attend en vain l'effet; Vernouillet ne pense qu'à se remplir la panse, et Croquet à tâter son bouton pour s'assurer s'il ne grossit pas. Mais, tout à coup, M. Déméloir, que plusieurs verres de chambertin ont inspiré, se lève à demi et s'écrie, en élevant son verre :

Je bois, que chacun se le dise,
Aux hôtes de cette maison.
Ma foi, tant pis si je me grise!
Vive la maison Perdaillon!

Tous les hommes crient bravo, Vernouillet manque d'étouffer à force de rire; Volenville applaudit plus fort que les autres, en se mordant les lèvres.

— Ce sont, je crois, des vers? dit madame Croutmann.

— Oui, belle dame, ce sont des vers; au premier abord, ça n'en a pas l'air, mais M. Déméloir fait ses vers si facilement qu'on les prend souvent pour de la prose.

— J'espère en faire d'autres, au dessert, en l'honneur de ces dames.

— Nous y comptons bien, cher poète, le sujet vous inspirera.

Un bruit de voix qui se fait entendre dans la pièce d'entrée attire l'attention des convives, et surtout des deux associés, qui ont cru reconnaître celle de quelqu'un dont l'arrivée leur ferait grand plaisir. Ils ne se sont pas trompés, car la porte de la salle à manger s'ouvre... et c'est Robillot qui paraît.

— Eh! c'est ce cher Robillot! dit Berlingot.

— C'est notre cher ami Robillot, s'écrie à son tour Volenville.

— Mais entrez donc, vous êtes toujours le bienvenu... pas de cérémonie, ne restez pas ainsi contre la porte!

— Oh! mais une minute, répond Robillot, c'est que je ne suis pas seul, cette fois... c'est que j'amène quelqu'un qui fait bien des façons pour entrer!...

— Est-ce qu'il aurait retrouvé son chien! murmure Croquet.

Ce n'est pas un chien, c'est sa femme que cette fois le campagnard amène avec lui; car Thérèse a tenu bon. Elle n'a pas voulu que son mari revînt à Paris sans elle, et, quoique cela dérange beaucoup les projets de celui-ci, il a bien été forcé de céder à la volonté de sa femme.

L'ancien marchand de fromages retourne dans la pièce d'entrée en criant :

— Mais viens donc, Thérèse on ne te mangera pas! Je t'ai déjà dit que mes banquiers étaient de bons enfants, tout ronds, pas fiers du tout... et nous arrivons joliment bien, ils sont à table!...

Enfin Thérèse se décide à entrer. Madame Robillot est tout à fait le type des femmes de la campagne lorsqu'elles sont endimanchées et qu'elles ont mis leur plus belle robe, avec des collerettes, des fichus et des châles qui les engoncent et leur laissent à peine la faculté de tourner la tête. Pour coiffure, cette dame a un petit chapeau de paille qui doit bien lui servir depuis plusieurs années, mais qui ne s'use pas, parce qu'on ne le met que les jours de fête ou dans les grandes occasions. Quant au physique, il répond à la toilette : les femmes de la campagne ont de bonne heure le teint bistré et la peau ridée; Thérèse, qui avait un an de plus que son mari et paraissait beaucoup plus âgée, avait pu être passable à vingt ans, mais maintenant elle avait l'air d'être en bois ou en pain d'épice.

Berlingot s'est levé pour aller au-devant de la campagnarde, qui ne fait point un pas sans faire une révérence, salue aussi les domestiques et se fait tirer pour approcher de la table; cependant, la vue de madame Croutmann et de sa fille semble lui donner de la confiance, elle regarde son mari en balbutiant :

— Tiens, il y a des dames!...

— Eh ben! oui, il y a des dames... Ah! ça te rassure, ça!...

— Madame, dit Berlingot, lors même qu'il n'y en aurait pas, je vous prie de croire que vous seriez parfaitement en sûreté ici...

— Mais oui, mais ne faites donc pas attention... elle est peureuse comme un lièvre, mais après, elle s'apprivoise comme un pierrot! Tout à l'heure elle vous mangera dans la main... Ah çà! nous arrivons bien, vous dînez, et nous n'avons pas encore dîné, nous autres!... Je m'invite, moi et ma femme... ça vous va-t-il?

— C'est-à-dire, mon cher monsieur, que vous ne pouviez pas arriver plus à propos! Vous nous faites le plus vif plaisir... nous ne dînons pas, nous déjeunons. Mais cela ne fait rien, je suis seulement fâché que vous arriviez un peu tard... nous sommes déjà à peu près à la moitié de notre repas...

— Oh! c'est égal, nous vous aurons bientôt rattrapés: Thérèse mange comme un loup, et, moi, je ne vais pas mal...

— Madame, veuillez vous mettre ici...

— Et vous, Robillot, près de moi, dit Volenville en faisant une place à sa gauche pour le nouveau venu. Tandis que s'adressant aux Croutmann, qui regardent avec intérêt ce couple qui vient d'arriver, Berlingot dit avec emphase :

— Monsieur Croutmann, permettez-moi de vous présenter M. Robillot, ancien négociant de Meaux, dont nous soignons ici les intérêts et faisons valoir les fonds... et qui, je crois, nous fait encore aujourd'hui un nouveau versement...

— Oui! oui!... Oh! les noyaux sont là! s'écrie Robillot en frappant sur sa poche de côté. Oh! cette fois, j'ai dit à Thérèse : « Nous avons encore cent mille francs pour nos banquiers... ils comptent dessus... ils nous payeront sur-le-champ le trimestre des intérêts... nous rigolerons un peu à Paris, je te mènerai voir l'Exposition... je n'achèterai plus de chien, parce que c'est trop cher; mais tu pourras t'acheter un petit couteau ou des chaussettes pour moi. Et puis, tu repartiras, parce qu'il ne faut pas que la maison reste longtemps seule... elle s'ennuierait, cette pauvre maison... moi, je resterai plus longtemps à Paris pour toucher nos autres trimestres et prendre l'habitude des affaires. » Ce qui fut dit, fut fait... et nous voilà... Mais dans toute la société, je ne vois pas le banquier en chef, l'ami Perdaillon; où donc est-il, ce bel homme..... car on peut dire que c'est un bel homme! J'avais dit à Thérèse : — Tu vas voir notre banquier, c'est un véritable tambour-major, il ne lui manque que la canne; s'il avait la canne, il pourrait briller devant tous les lapins de Paris!

— Mon associé est en voyage, dit Berlingot, et votre présence ici ajoutera encore à ses regrets. Je propose de boire à sa santé!

— Ah! oui, buvons à sa santé!... Thérèse, il faut boire à la santé de Perdaillon... Ah! il est fameux, ce vin-là! nous n'en buvons pas comme cela à Meaux... Ne mange pas si vite, Thérèse, tu vas te faire mal...

— Donnez-vous le temps, madame, rien ne vous presse, dit Volenville; quand on est bien à table, il faut y rester longtemps.

— Ah! comme il parle bien, mon homme d'affaires... C'est que Thérèse tient à vous rattraper! Ah! voilà notre caissier, je ne l'avais pas vu en entrant. Bonjour, cher ami; qu'est-ce qui vous est donc poussé sur le nez?...

— Je n'en sais rien... Je crains que ce ne soit un clou...

— Si c'est un clou, Thérèse vous donnera un remède pour le guérir. C'est une vraie médecine, que ma femme; elle sait un tas de choses pour guérir les maladies... elle n'est pas si bête qu'on pourrait le croire! Mais ne mange donc pas si vite, Thérèse! Regardez-la donc... Ne dirait-on pas qu'on va lui voler son assiette?..... Bois donc, au moins, car tu t'étoufferas...

Thérèse, qui n'avait pas encore parlé, se décide enfin à suspendre un moment son occupation, pour dire à son mari :

— Nicodème, je te prie de me laisser manger tranquillement!...

— Ah! vous vous appelez Nicodème? dit Vernouillet en offrant à boire à Robillot.

— Oui, monsieur, pour vous servir...

— Il y a un de vos ancêtres qui a été dans la lune!

— Dans la lune!... je n'en ai jamais entendu parler.

— Mon cher Robillot, n'écoutez pas notre ami Vernouillet, qui ne sait que plaisanter... mais félicitez-vous de vous trouver avec monsieur Croutmann et son aimable famille, que nous recevons ici aujourd'hui pour la première fois, et qui, je l'espère, se fixera à Paris. Je porte un toast à la santé de ces dames.

— Ah! buvons; pour ce qui est de boire je suis toujours là... Thérèse, entends-tu? on porte un toast!..

— Laisse-moi dîner, Nicodème.

On porte de fréquentes santés; le champagne frappé plaît beaucoup à Croutmann, et la vue du couple Robillot ne fait qu'augmenter la confiance qu'il avait en Berlingot. De leur côté, les deux Alsaciennes tâchent de mettre à son aise la campagnarde, qui, lorsqu'elle commence à se rassasier, échange enfin quelques paroles avec la maman de Ketly. Les entremets, puis le dessert, qui est très-recherché, ont fait prolonger le repas. La société y a mis aussi de la complaisance, afin que le couple que l'on n'attendait pas puisse rattraper les premiers servis. Ce long séjour à table n'amusait pas Ketly, et les fadeurs que Berlingot trouvait encore moyen de lui débiter augmentaient son ennui.

Il est sept heures passées lorsqu'on passe enfin au salon pour prendre le café et les liqueurs. Robillot, sans être absolument gris, a une pointe très-prononcée. Les deux associés, qui ne veulent pas qu'il s'en aille sans leur avoir laissé ses fonds, saisissent ce moment du passage au salon pour emmener le campagnard dans les bureaux. Ils ouvrent le treillage qui sépare de la caisse, et poussent Robillot devant eux, en lui disant :

— Terminons tout de suite les affaires, afin de ne plus avoir à songer qu'aux plaisirs... Faites-nous votre versement, cher ami!

— Vous avez raison... Terminons les affaires! J'aime mieux cela aussi... Ce gros portefeuille me gêne... Tenez, mes enfants, voilà les billets!... le paquet!... Il y en a bien cent... comptez...

— Oui. Oh! le compte y est!... D'ailleurs, nous avons confiance en vous...

— Serrez cela bien vite dans votre caisse... Ah! regardez donc!... la clef y est, à votre caisse!... A quoi donc pense votre caissier?

Les deux associés, qui savent qu'il n'y a plus un sou dans la caisse, répriment une envie de rire et Berlingot s'écrie :

— Cet étourdi de Croquet n'en fait jamais d'autres?... Mais peut-être avait-il versé tous nos fonds à la Banque... Cette fois, soyez tranquille, je vais fermer avec soin.

Berlingot se dispose à placer les billets dans la caisse. Robillot l'arrête :

— Eh bien! dites donc... une minute!... et mon trimestre?... C'est que je n'ai plus d'argent, moi! et je veux me dépêcher d'amuser Thérèse pour la renvoyer bien vite chez nous... Donnez-moi mes deux mille cinq cents francs.

— C'est juste!... Mais il y a un compte que vous devez... Votre chien a cassé, brisé... Croquet en a la note...

Volenville interrompit Berlingot, en s'écriant :

— Fi donc! mon ami; vous allez retarder ici notre ami Robillot pour un misérable compte de chien?... Est-ce que vous n'êtes pas gens de revue? Est-ce que vous n'avez pas tout le temps de lui parler de cela plus tard?... Donnez-lui donc ses deux mille cinq cents francs, et rentrons vite au salon où ses dames nous attendent!

— Ah! bravo, mon homme d'affaires! Ah! il parle toujours bien, lui!... Pardi! d'ailleurs, un autre trimestre va bientôt échoir, je payerai alors les bêtises de mon dogue... mais rien ne presse, nous avons le temps...

Berlingot n'insiste pas; il donne deux mille cinq cents francs au campagnard, échange un coup d'œil significatif avec Volenville, ferme la caisse, met la clef dans sa poche, et les trois messieurs rentrent au salon.

— Où étais-tu donc, Nicodème? demanda la timide Thérèse en voyant reparaître son mari.

— Chère amie, j'étais dans les affaires, parce que, vois-tu... à Paris, les hommes en ont toujours et qui ne regardent pas les femmes... Maintenant, vivent le café, les liqueurs et le tord-boyaux!... N'est-ce pas, le caissier?... Ah! j'ai oublié de lui apporter un fromage, mais ma femme vous en enverra un, dès quelle sera de retour chez nous... n'est-ce pas Thérèse?

— Oui, Nicodème.

— C'est égal, je suis bien fâché que le superbe Perdaillon ne soit pas ici... Thérèse, tu verras le bel homme à un autre voyage.

A peine a-t-on pris le café et les liqueurs que Volenville entame une partie d'écarté avec Vernouillet. Ces messieurs jouent un napoléon la partie.

— Pariez-vous pour moi, monsieur Croutmann? demande l'homme d'affaires à l'Alsacien, qui répond :

— Volontiers!... Je parie dix sous... si on les tient.

— Dix sous? s'écrie Vernouillet en riant. Ah! quelle bonne farce!... Est-ce qu'on joue des sous?... C'est sans doute dix francs que vous voulez dire?... et encore est-ce bien modeste?

— Dix francs!... Oh! quand vous me verrez jouer dix francs, vous pourrez dire : Croutmann n'a plus sa raison. Je ne joue que dix sous moi, monsieur, car, Dieu merci! je n'ai pas besoin de vous gagner votre argent, mais je ne vois pas la nécessité de vous donner le mien!... Je joue pour m'amuser, voilà tout.

Volenville se mord les lèvres, donne un coup de genou à Vernouillet pour qu'il n'insiste pas et dit :

— Du moment que cela vous amuse de jouer si petit jeu, vous avez parfaitement raison, monsieur Croutmann, de ne rien changer à vos habitudes... Qui est-ce qui tient les dix sous?

— Moi, s'écrie Robillot. Oh! tant pis! je me lance aujourd'hui. Bast! on n'est pas en fête tous les jours!...

« Voilà des gaillards avec lesquels je ne ferai pas les frais de mon déjeuner, se dit Berlingot, mais, le principal, c'est que le marchand de fromages a apporté ses autres cent mille francs et que le papa et la maman Croutmann sont enchantés de ma maison. La vue du couple campagnard n'a pu que produire un bon effet, en faisant voir que nous avons des clients même en province. Mademoiselle Ketly n'a pas l'air bien touchée de mes compliments, mais elle est soumise, respectueuse, et elle obéira à ses parents, lorsque ceux-ci lui diront :

« — C'est monsieur Berlingot qui sera ton mari. »

Robillot a déjà gagné vingt sous à Croutmann, lorsque Thérèse fait un signe à son mari, qui s'empresse d'aller à elle et lui dit :

— Qu'est-ce que tu veux?

— Nicodème, je suis malade!... j'ai mal au cœur!

— Ah! bon! j'en étais sûr! Tu t'es flanqué une indigestion... voilà ce que c'est de manger trop vite!... Messieurs, mesdames, nous sommes bien fâchés de vous quitter... mais ça ne serait pas gentil si Thérèse faisait des renards dans le salon... excusez-la... Je ne la mènerai plus dîner en ville.

On accepte les excuses du couple Robillot. Thérèse s'en va en faisant autant de révérences pour sortir qu'elle en a fait pour entrer.

— A bientôt, mes banquiers!... Je reviendrai sous peu vous voir! crie le marchand de fromages en prenant le bras de sa femme, qu'il fourre sous le sien avec un mouvement d'humeur qui fait rire Vernouillet tandis que M. Déméloir, qui s'est tenu dans un coin du salon depuis qu'on a pris le café, s'écrie :

— Eh quoi! ces braves campagnards s'en vont?... mais je faisais justement un quatrain pour eux!... ils m'ont rappelé les *Bergeries* de Florian!...

Berlingot, qui a été reconduire les Robillot, rentre dans le salon et y trouve les dames Croutmann, qui se préparent aussi à partir.

— Comment! vous voulez déjà nous quitter? s'écrie-t-il; mais il est de très-bonne heure, à peine dix heures!...

— Oui, dit Croutmann, mais nous avons riboté!... Gotlieb vient d'être malade, Ketly semble fatiguée... Écoutez donc, vous nous avez tant fait boire!... Nous ne sommes pas indisposés comme cette brave dame qui vient de partir, mais nous ne serons pas fâchés de trouver nos lits.

Volenville fait signe à Berlingot de ne pas insister; et, en effet, que voulez-vous que ces messieurs fassent avec un homme qui ne veut pas jouer plus de dix sous? La famille Croutmann prend congé, et le papa serre la main à Berlingot en lui disant :

— Mon cher, votre déjeuner était délicieux!... Vous êtes logé comme un prince?... vous avez pour clients de braves gens, qui paraissent fort contents d'être en relations avec vous!... recevez mes compliments. Je suis content de vous savoir dans une si belle position.

Berlingot est enchanté; il sert de toutes ses forces la grosse main de l'Alsacien et va rejoindre ses amis en disant :

— Ça marche!... ça ira!... la journée a été bonne!

— Oui, dit Volenville, mais ce Croutmann est un dur-à-cuire!... et ce n'est pas au jeu qu'il se ruinera.

V

MADAME ASTRAKAN

Henry Demarsay, en apprenant que la femme qu'il a tant aimée est l'épouse du banquier Cramoisan, est rentré chez lui pensif, rêveur, après avoir quitté son oncle. Il demeure assez longtemps plongé dans ses réflexions; l'expression de ses traits annonce que les pensées qui l'absorbent augmentent sa mélancolie.

Tout à coup, comme faisant un effort sur lui-même, il se dit :

— N'importe! il faut que je la voie, que je lui parle, que je sache enfin si cet homme la rend heureuse : et ce que l'on vient de m'en dire me fait craindre le contraire.

Henry est sorti. Il lui a été facile de se procurer l'adresse du riche banquier Cramoisan, qui donne des fêtes dont parlent les journaux. Il va se promener dans la rue d'Antin, passe et repasse plusieurs fois devant la maison habitée par le fastueux homme de Bourse, voit que cela ne l'avance à rien; puis, avisant à quelques pas plus loin un commissionnaire assis sur ses crochets, va droit à cet homme et lui dit :

— Connaissez-vous le banquier Cramoisan?...

— Oui, monsieur. Qui est-ce qui ne le connaît pas... Tenez, voilà son hôtel!...

— Je le sais... Mais pouvez-vous me donner quelques renseignements sur les habitudes des personnes qui habitent cet hôtel?...

— A coup sûr, je le peux! je suis assez souvent em-

... Que M. Cramoisan entretient les courtisanes les plus en vogue. Page 21.

ployé par les gens, ou les commis... quelquefois même par le banquier lui-même.

Henri fouille à sa poche, et en tire une pièce de cinq francs qu'il met dans la main du commissionnaire. Celui-ci, tout en la prenant, examine avec plus d'attention la personne qui la lui donne et dit :

Tiens!... c'est drôle!... Je vous reconnais, à présent, monsieur... Oh! oui, c'est bien vous!... je ne me trompe pas.

— Vous me connaissez?... Je ne me rappelle pas cependant vous avoir jamais employé !

— Ah! monsieur, c'est qu'il n'y a pas bien longtemps que je suis commissionnaire ; auparavant, j'exerçais l'état de savetier-cordonnier... Un jour, des idées d'ambition m'avaient tourné la tête... je n'entendais parler que de faillites qui enrichissaient... ma foi ! j'ai voulu essayer de faire comme les autres ! mais ce qui réussit aux grands enfonce quelquefois les petits !... Je gardais la moitié de la marchandise qu'on m'avait confiée... et, sans vous, une jeune et jolie fille n'avait qu'un petit soulier vert, au lieu de deux qu'elle m'avait remis à raccommoder...

— Quoi ! ce serait vous... ce savetier dans la rue Saint-Lazare, qui voulait ne donner que cinquante pour cent de ce qu'il devait ?...

— Oui, monsieur, oui, c'est moi, Dulalon...

— Et il me paraît que votre faillite ne vous a pas enrichi ?

— Oh ! non, monsieur, au contraire, elle m'a fait aller en prison pendant un mois. Là, je me suis rappelé ce que vous m'aviez dit... que je prenais une vilaine route pour faire fortune. Alors, quand j'ai été libre, je me suis fait commissionnaire... et je m'en trouve mieux.

— Quelle que soit la profession que vous embrassiez, conduisez-vous avec honneur, vous vous en trouverez toujours bien. Maintenant, puisque je vous connais mieux, je puis bien vous dire que c'est sur l'épouse du banquier que je désirerais obtenir quelques renseignements. Il ne s'agit pas ici d'une intrigue d'amour. Je ne suis point un amoureux qui cherche à parvenir jusqu'à cette dame. Je suis un ancien ami de sa famille ; je veux savoir si cette dame est heureuse... et si je ne pourrais pas trouver une occasion pour lui parler.

— Oh ! monsieur, pour ce qui est de ça, ce sera difficile, car cette dame sort peu ; ensuite, son mari, quoiqu'il ait toujours des maîtreses de tous les côtés, est cependant très-jaloux de sa femme... je le sais par ses domestiques. Quand madame est sortie, il s'informe où elle a été, si elle a parlé à quelqu'un... et ce serait pourtant difficile : la dame sort presque toujours dans sa voiture. Elle va au bois de Boulogne assez souvent, de trois à cinq heures.

— Avec son mari ?...

— Oh ! par exemple !... jamais. Avec une amie, ou seule, ou bien elle emmène sa femme de chambre.

— Alors vous pensez qu'elle ne reçoit point de visites en cachette... qu'elle n'a aucune intrigue secrète ?...

— Non, monsieur ; oh ! si elle en avait, nous autres, nous le saurions bien vite.

— Il suffit. Je vous reverrai plus tard ; si vous apprenez quelque chose d'intéressant touchant cette dame, vous me le diriez.

— Oui, monsieur, vous pouvez compter sur moi...

— Et sur votre discrétion?

— C'est notre premier devoir, monsieur.

Henry s'éloigne en se disant : « Elle va se promener au bois de Boulogne,... de trois à cinq heures... J'irai ; peut-être le hasard me la fera-t-il rencontrer. »

Et pendant huit jours le neveu de Volenville ne manque pas d'aller se promener au Bois ; là, ses yeux plongent dans les calèches, dans les coupés, ils y cherchent cette femme qu'il n'a pas vue depuis près de trois ans, et Henry se dit :

« Elle ne me reconnaîtra pas peut-être ?... mais, moi, je la reconnaîtrai toujours ! »

Un jour que l'affluence des voitures, encore plus grande que de coutume, forçait les équipages à aller presque au pas, dans une jolie calèche, une jeune femme fort élégante était seule, et jetait des regards moqueurs sur les piétons. Tout à coup, en apercevant Henry, elle pousse un cri, ordonne à son cocher d'arrêter, puis, faisant au jeune avocat de gracieux saluts, lui fait signe de venir se placer près d'elle dans sa voiture. Henry hésite, il regarde cette dame, dont les traits ne lui sont pas inconnus, il cherche à se rappeler où il l'a déjà vue... il s'est approché doucement de la calèche, se demandant si c'est bien à lui que l'on fait signe de monter ; mais alors une voix lui crie :

— Montez donc, monsieur Henry Demarsay, venez donc un peu causer avec moi !... Ah ! je suis si contente de vous rencontrer !...

— Est-ce possible !... Claudinette ! s'écrie Henry, en montant dans la voiture, où la jeune femme s'empresse de lui faire une place à côté d'elle, en lui répondant :

— Oui, monsieur, oui, c'est moi, c'est Claudinette.. c'est-à-dire : c'est moi, mais ce n'est plus Claudinette. c'est madame Astrakan que vous voyez près de vous.

— Madame Astrakan !... Pourquoi ce nom ?

— Pourquoi ! vous me demandez pourquoi ?... Ne le devinez-vous pas ?

— En effet, ce changement de manières, cette élégante toilette, cet équipage...

— Mon Dieu, oui, monsieur, je suis devenue une cocotte comme les autres... Que voulez-vous !... j'allais à une classe de danse !... il y venait des jeunes gens ; un jour il y est venu un Anglais excessivement riche qui s'est avisé d'être amoureux de moi !... Il m'a éblouie par ses présents, par sa magnificence... J'allais débuter au théâtre ; il ne l'a pas voulu... il a mis à mes pieds un hôtel, une voiture, des diamants... et... je n'ai pas eu la force de résister !... J'ai accepté tout ce qui était à mes pieds...

— Je le conçois. Seule, sans parents, sans protecteurs autour de vous... cela devait arriver. Vous deviez infailliblement succomber.

— Cela devait arriver, dites-vous ; mais pourtant il n'eût tenu qu'à vous que cela n'arrivât pas. Quand je suis allée vous voir... si vous aviez accepté mes services... si vous aviez bien voulu me garder avec vous, tout cela ne serait pas arrivé ; au contraire !...

— Vous ne devez pas regretter que je n'aie pas accepté vos offres... Je ne vous aurais pas fait un sort brillant, moi ! Vous n'auriez pas aujourd'hui cette toilette, ces diamants, cet équipage !... Vous ne seriez encore qu'une pauvre jeune fille !... Allons, avouez que vous trouvez maintenant que j'ai eu raison d'agir comme je l'ai fait.

— Ah ! vous pensez que je trouve cela ?...

La jeune femme détourne la tête ; une larme est venue mouiller sa paupière. Demarsay ne l'a pas vue, cette larme, mais il l'a devinée, car les larmes sont aussi dans la voix. Il prend la main de la jeune femme :

— Qu'avez-vous donc, Claudinette ?... Ah ! pardon ! j'oubliais que je dois dire madame Astrakan !...

— Oh ! non, appelez-moi toujours Claudinette... Avec vous, je voudrais l'être encore !... Si vous pouviez savoir quel plaisir vous me faites, en me donnant ce nom-là !... ah ! vous me le répéteriez plus souvent !... Monsieur Henry, la dernière fois que je vous ai vu, je vous ai quitté bien brusquement... je croyais ne plus vous retrouver... mais, à présent que je suis chez moi, ma maîtresse... est-ce que vous ne me viendrez pas voir un peu ?... Ah ! je vous en prie !... Si vous saviez comme cela me rendra heureuse !... Tous ces beaux messieurs, ces dandys, ces élégants qui viennent me faire la cour, m'ennuient tant ! Je me moque d'eux... mais, c'est singulier, plus je m'en moque, plus je leur ris au nez, et plus ils m'accablent de déclarations et de cadeaux. C'est à qui me fera les offres les plus magnifiques. Mon Dieu ! que les hommes sont bêtes !... Il suffit donc de leur résister, de les envoyer promener, pour leur tourner la tête !... Mais vous n'êtes pas comme cela, vous ; aussi je trouve à vous dire... des choses que je ne dirais jamais à ces messieurs-là... Monsieur Henry, viendrez-vous me voir?... Ah! vous craindriez peut-être de vous compromettre?...

— Non, Claudinette, telle n'est pas ma pensée. Un homme peut toujours aller rendre visite à une dame. Je suis avocat, vous pourriez avoir besoin de mon ministère... Mais, seulement, il me semble... Enfin, vous devez craindre de donner de la jalousie à celui qui maintenant est votre... votre amant?

— Mon amant!... D'abord ne donnez pas ce titre-là à celui qui est en ce moment mon protecteur. Un amant est un homme que l'on aime... Est-ce que vous pensez que j'aime celui qui se ruine pour moi?... Oh! non! Et, pourtant, je vous prie de croire que je ne cède pas aux offres les plus brillantes, si celui qui me les fait n'a pas au moins, dans son langage, dans sa personne, dans sa tournure, quelque chose qui annonce un homme distingué. Je suis encore neuve dans la carrière que j'ai embrassée. Lord Rigfort m'y a fait débuter, mais depuis qu'il est parti pour les Indes, je n'ai accepté que les hommages de M. Arthur de Grainval, et Dieu sait combien j'en ai refusé!... Je sais bien que je ne puis pas me donner pour une femme sage!... mais je ne voudrais pas cependant être confondue avec ces folles qui changent chaque jour d'amoureux et se font une gloire de tromper tous les hommes. Je prétends me singulariser en tenant mes promesses. Tenez, monsieur Henry, je crois, dans le fond de mon cœur, que je n'étais pas née pour la vie que je mène à présent!... Non! aucun de ceux qui m'entourent n'est mon amant... Je n'en aurai jamais, d'amant!... parce que... je ne dois plus aimer personne!...

— Ne dites donc pas cela, Claudinette, à votre âge!... Est-ce qu'on peut prévoir l'avenir?...

— Si l'on ne peut pas prévoir l'avenir, on peut au moins répondre de son cœur... et le mien ne sera plus à personne... puisque celui auquel je l'avais donné... l'a repoussé... n'en a pas voulu...

Henry se tait. Il est embarrassé, car cette fois il n'y avait plus à feindre de ne pas comprendre. La jolie fille laissait trop bien deviner ses sentiments; et, comme si ses paroles n'avaient pas suffi, ses yeux, attachés sur ceux de celui qui était près d'elle, en disaient au moins autant que sa bouche.

Un silence de quelques instants s'établit. C'est la jeune femme qui le rompt la première, en s'écriant:

— Mon Dieu! que suis sotte! que je suis ridicule!... Je ne vous entretiens que de moi, comme si cela pouvait beaucoup vous intéresser. Ce sont tous ces imbéciles qui m'entourent sans cesse, qui m'ont ainsi rendue vaine et babillarde!... Je ne puis pas dire un mot sans qu'ils le trouvent charmant. Très souvent je me moque d'eux et ils ne s'en aperçoivent pas, ou cela les fait rire aux larmes... et c'est à qui dira que j'ai de l'esprit!... Il est certain qu'avec eux je ne me gêne pas: je dis tout ce qui me passe par la tête et, dans la quantité, il peut parfois se trouver des choses spirituelles. On est bien forte quand on n'aime pas!... Bon! voilà encore que je vous parle de moi!... Pardon, monsieur Henry, et, dites-moi: Êtes-vous toujours sérieux?... Avez-vous toujours un secret dans le cœur, qui vous occupe?... qui vous attriste?...

— Et qui vous fait penser, Claudinette, que j'aie un secret au fond de mon cœur?

— Ah! monsieur... dame!... j'ai cru cela, parce que je vous ai vu sans cesse sérieux, préoccupé... et, en général, c'est l'amour qui nous rend comme cela... quand on n'obtient pas tout ce qu'on désire. Est-ce que je me trompe?... Voyons, si je ne puis être que votre amie, ne m'ôtez pas cette consolation, monsieur Henry! Est-ce que vous ne voulez pas même que je sois votre amie?... Est-ce que vous me méprisez trop pour cela?... Mais, ce que je suis... c'est votre faute. Il ne fallait pas me faire rendre mon soulier... je serais retournée bien vite à Beauvais.

Henry presse avec effusion la main de Claudinette, en lui disant:

— Non, non, je ne vous méprise pas, pauvre fille, car, en effet, si vous avez glissé dans le chemin dangereux où vous vous engagiez, c'est un peu ma faute, à moi, qui vous avais promis de m'occuper de vous et qui ne l'ai pas fait. Mais ne revenons pas sur le passé!... Soyez mon amie, j'accepte avec joie votre amitié, car je sais que l'on peut bien plus compter sur l'amitié d'une femme que sur son amour. Oui, Claudinette, vous ne vous trompez pas, j'ai au fond du cœur un souvenir qui attriste ma vie... J'aimais, j'adorais une femme... et, pendant un voyage que j'étais forcé de faire, elle en a épousé un autre!...

— Mais elle ne vous aimait donc pas, alors?...

— Peut-être fut-elle contrainte par ses parents?...

— Ah! on ne m'aurait pas contrainte, moi!...

— Depuis peu de temps, seulement, je sais qui est son mari, je sais qu'elle habite Paris; mais je n'ai pu encore la rencontrer.

— Vous voulez l'enlever à son mari?

— Non. Oh! je n'ai jamais eu cette pensée!... mais un autre motif... Je désire savoir si elle est heureuse... car, si son mari se conduisait mal avec elle...

— Eh bien?...

— Mais ceci est tout une autre histoire!... Enfin, ma bonne Claudinette, si vous me voyez aujourd'hui au bois de Boulogne, c'est que j'y viens dans l'espoir de rencontrer cette femme que je brûle de revoir...

— Vous l'aimez donc toujours?

— Je la vois encore telle qu'elle était avant mon départ pour la Russie!... Je me figure que je vais la retrouver de même... Je me fais illusion sans doute...

— Vous l'aimiez tant! Et elle en a épousé un autre!... Ah! elle ne vous aimait pas comme vous méritez de l'être!...

— Adieu! Claudinette; je vais vous quitter...

— Déjà!... mais je n'ose pas vous retenir davantage; c'est bien bon à vous d'avoir consenti à être vu dans ma compagnie...

— Bien des hommes ont dû envier mon sort!...

— Ce qui prouve que les apparences sont souvent trompeuses! Monsieur Henry, voilà mon adresse... Viendrez-vous me voir?

— Oui, j'irai.

— A la manière dont vous dites cela, je vois que vous ne viendrez pas...

— Claudinette, vous vivez dans un monde qui n'est pas le mien. Je suis un Huron! un ours! pour ces gens-là...

— Mais c'est moi seule que vous viendrez voir!... et, pour vous recevoir, je congédierai bien vite toute ma cour. Enfin, vous ferez comme vous voudrez!... mais si jamais, par hasard... ce qui malheureusement pour moi n'arrivera pas!... si jamais je pouvais vous être bonne à quelque chose... songez que je serai là : le jour, la nuit, n'importe à quelle heure, à votre disposition; car j'entends l'amitié, moi, mieux que votre belle n'entendait l'amour.

— Adieu!... non, au revoir, Claudinette!

— Ah! merci! merci! de m'appeler comme cela!

Henri dit au cocher d'arrêter. Il descend de la calèche, qui bientôt reprend sa course emmenant madame Astrakan; et celle-ci retourne longtemps la tête pour voir celui qui vient de la quitter.

VI

MATHILDE

Il y a des jours *fastes* et des jours néfastes, ou, si vous l'aimez mieux, des jours heureux et malheureux. Il y en a où tout vous réussit, où les événements semblent d'eux-mêmes s'arranger pour que vos moindres désirs soient satisfaits, et d'autres où rien ne vous réussit. Probablement Henry Demarsay devait ce jour-là voir se réaliser toutes ses espérances, car à peine avait-il fait quelques pas dans le Bois, en se dirigeant vers la cascade, et du côté où les dames vont souvent s'asseoir, que, parmi cette société élégante, ces enfants bien parés, ces mamans encore coquettes, assises sur des chaises, il aperçut enfin celle qu'il cherchait depuis si longtemps : cette Mathilde qu'il désirait tant revoir!

Madame Cramoisan est une femme de vingt-quatre ans, d'une taille élevée, mais parfaitement proportionnée. Sa figure est à la fois belle et imposante; ses traits sont corrects; c'est un profil grec qui rappelle les plus belles statues de *Phidias*; ses yeux bruns sont grands, fiers, et surmontés de deux arcs bien tracés. Ses cheveux, très-noirs, sont abondants, mais laissent voir un front noble et blanc. Ses épaules, sa poitrine, son col, tout est parfait! Enfin, rien ne manque à la beauté de cette dame, si ce n'est un peu d'animation; mais on voit qu'elle sait ce qu'elle vaut, et ne doute pas que chacun ne doive lui rendre hommage. Avec cette croyance, vous concevez que cette dame ne se donne même pas la peine de chercher à paraître agréable, elle se contente de poser, en ayant l'air de dire : « Admirez-moi!... »

Une toilette d'une extrême élégance mais de fort bon goût, ajoute encore à l'éclat de sa beauté, car tout ce que l'on dira contre la parure n'ôtera rien à son pouvoir, surtout quand elle est bien portée.

Henry Demarsay a sur-le-champ reconnu, dans cette belle dame, la demoiselle qu'il était sur le point d'enlever. Il s'est fait cependant un changement assez notable chez Mathilde. Lorsqu'elle était encore demoiselle, il y avait en elle plus de vivacité, plus d'expression dans ses traits; car alors elle ne posait pas encore, mais elle voulait plaire, et daignait chercher à paraître avec tous ses avantages. Le changement qui s'est opéré chez elle depuis qu'elle est l'épouse d'un millionnaire, n'a point empêché celui qui l'adorait de se dire : « C'est elle! » et de s'arrêter alors, en se tenant un peu à l'écart afin de l'examiner plus à son aise.

Une jeune dame, fort élégante, mais dont la toilette un peu originale semble ne pas sortir des magasins de Paris, est avec la femme du banquier. Seulement, Henry remarque que ces deux dames se parlent fort peu, et que celle qui a tout l'air d'être une étrangère, s'exprime plutôt par signes qu'autrement.

Le jeune homme brûle d'envie de parler à cette femme, qu'il n'avait pas vue depuis trois ans. Il est curieux de savoir comment elle l'accueillera, et si son cœur a perdu tout souvenir du passé; mais il se demande si le lieu est convenable pour une telle entrevue. Cependant, ces dames sont assises à une place assez éloignée du monde. Près d'elle il y a plusieurs chaises qui ne sont pas occupées; en s'approchant par derrière ces dames, il est facile d'arriver jusqu'à elles sans qu'elles aient pu vous voir. C'est ce que fait Henry, qui se trouve bientôt derrière la chaise occupée par Mathilde, et s'arrête là, presque suffoqué par l'émotion qu'il ressent.

Puis enfin, lorsqu'il est un peu remis, Henri murmure à demi-voix, mais en se penchant tout contre la tête de celle à laquelle il s'adresse :

— Madame Cramoisan veut-elle me permettre de lui présenter mes hommages?

L'oreille a toujours de la mémoire, lors même que le cœur n'en a plus. Mathilde est vivement frappée par ces accents. Elle tourne aussitôt la tête, aperçoit Henry, et son visage exprime enfin une assez vive émotion, tandis qu'elle s'écrie :

— Monsieur Henry Demarsay!... Est-ce possible?...

— Et pourquoi donc ne serait-ce pas possible, madame? Est-ce qu'on vous avait dit que j'étais mort?

— Non! Mais depuis si longtemps... et ne vous ayant rencontré nulle part... je pensais que vous n'habitiez point Paris.

— J'y suis depuis près de six mois, madame, et c'est pour vous revoir, c'est dans l'espoir de vous rencontrer que je suis venu m'y fixer. Mon Dieu!... pardon!... j'ai tort peut-être de vous dire cela ici?... vous n'êtes pas seule...

— Oh! c'est absolument comme si je l'étais. Je suis avec milady Wasting, une Anglaise, qui ne sait pas quatre mots de français mais qui désirait venir au Bois, où j'ai bien voulu me charger de la conduire. Nous pouvons donc causer comme si j'étais seule. Ce pauvre Henry!... Vous n'êtes pas changé!... Est-ce que vous pensez encore à moi?...

— Ah! je n'ai jamais cessé d'y penser!... Pas un jour! pas une heure!...

— Vraiment? Eh bien, il faudra cesser, mon ami, car à présent cela ne vous avancerait à rien.

— Comme vous me dites cela, madame! Ah! Mathilde! il vous a donc été bien facile à vous, d'oublier nos serments, notre amour?

— Mais il l'a bien fallu. Il me semble que votre amour pour moi ne vous a pas empêché de me laisser là, et de partir pour la Russie?...

— Ne savez-vous pas que j'y ai été forcé, contraint par mon père?... mais je vous avais écrit : « Attendez-moi! je reviendrai. »

— Oui, on écrit cela!... Mais on écrit tant de choses que l'on ne fait pas! Je m'ennuyais chez mon père... On ne pouvait se procurer aucun plaisir. L'idée de vivre dans la retraite me faisait frémir. M. Cramoisan s'est présenté. Il est excessivement riche; il m'a offert une existence toute parsemée de fêtes, de bals, de diamants, de belles toilettes. C'était bien séduisant!...

Mon père me suppliait d'accepter. Ma foi! je me suis laissé marier.

— Sans donner un regret, un soupir à ce pauvre Henry qui vous aimait tant ?...

— Mais si, j'ai donné un soupir! j'ai donné infiniment de soupirs à ce pauvre Henry, qui peut-être alors faisait la cour à quelques jolies Moscovites...

— Ah! Mathilde, que vous me connaissez mal!

— Eh bien, franchement, mon ami, vous auriez bien fait, et je ne vous en voudrais pas du tout pour cela; car, maintenant, je regarde l'amour comme une folie, et je trouve que, dans la vie, ce qu'il faut avant tout, c'est être riche, afin de pouvoir satisfaire toutes ses fantaisies. Briller au premier rang, éclipser toutes les autres femmes par son luxe, par ses toilettes, enfin, avoir une existence comme celle que je mène, voilà le bonheur? Celui-là ne se contente pas de soupirs... mais il est réel, il est positif!

Henry a écouté la jeune femme sans l'interrompre, puis il murmure :

— Comme le mariage vous a déjà changée, Mathilde!

— Mais non, mon ami, j'ai toujours pensé de même: seulement je gardais peut-être mes idées pour moi. Elles ne sont pas les vôtres? Eh bien, vous voyez que nos parents ont eu raison de ne pas nous marier, car nous n'aurions pas été toujours d'accord. Ah! mon ami, pourquoi ne portez-vous pas des gilets en cœur comme c'est la mode maintenant? Voyez, tous les hommes en ont! Il faut vous mettre à la mode... Vous êtes fort bien de votre personne, il ne faut pas vous habiller comme un provincial.

Le jeune homme se tait. Ce qu'il entend lui donne beaucoup à réfléchir.

La dame anglaise pousse madame Cramoisan, en lui désignant une belle calèche renfermant une dame dont la robe couvre tout l'intérieur de la voiture. Elle frappe dans ses mains, en s'écriant :

— *Beautiful! beautiful!...*

— Oui, c'est beaucoup d'étoffe, répond Mathilde en souriant; mais c'est mal porté.

Un monsieur fort élégant, le monocle à l'œil, passe alors devant les deux dames et s'arrête pour saluer la femme du banquier, en s'écriant :

— Ah! quel heureux hasard! quel délicieux hasard! et que ce jour m'est donc favorable!!! Rencontrer madame Cramoisan au Bois, c'est chose rare, et je suis un mortel favorisé des dieux!

— Bonjour, monsieur de Minosas. Vous n'étiez pas hier au bal de madame de Senange?

— Eh! mon Dieu, non. Un incident inattendu m'a empêché de m'y rendre. J'étais presque habillé, lorsque je me suis aperçu que mon pantalon faisait un faux pli par devant: c'était fort vilain. Je n'avais pas d'autre pantalon de bal; ma foi! je me suis abstenu.

— Coquet que vous êtes!

— Écoutez donc, on ne veut pas être malfagoté! il faut se montrer avec tous ses avantages. Un pantalon mal fait, voyez-vous, c'est hideux! c'est déshonorant! Mais, pardon; j'aperçois là-bas de Crécy qui m'attend... Mes hommages, mesdames, mes plus sincères hommages!

Le beau monsieur s'est éloigné. Henry regarde Mathilde en disant : — En effet, ce monsieur-là a un gilet en cœur.

— C'est un homme du meilleur monde; il suit les modes à la rigueur.

— Et vous voudriez me voir comme ce monsieur, qui ne va pas en soirée parce que son pantalon fait un faux pli ?...

— Mon Dieu! je voudrais vous voir suivre les modes comme le font tous les hommes qui vont dans le grand monde; voilà tout.

— Je vous certifie, moi, que je ne ressemblerai jamais à ce monsieur qui vient de vous parler, et que je ne suis nullement tenté de le prendre pour modèle.

— Vous êtes toujours le même, Henry; toujours frondeur, austère, dans vos manières. Mon Dieu! habillez-vous comme il vous fera plaisir. Ce que je vous en disais, c'était dans votre intérêt... Je n'en resterai pas moins amie avec vous.

— Ah! j'avais besoin de vous entendre me dire ces dernières paroles!... Maintenant, permettez-moi quelques questions, et croyez bien que c'est le désir que j'ai de vous voir heureuse qui me porte à vous les faire.

— Parlez, mon ami.

— Votre mari tient-il toutes ses promesses? Votre vie est-elle en effet parsemée de fêtes, de plaisirs? Enfin, vous rend-il heureuse?

— Mais oui; j'ai tout ce que je puis désirer en parures, en toilettes... M. Cramoisan a trop de vanité pour ne pas vouloir que sa femme brille partout où elle va.

— Ainsi, il ne refuse jamais de satisfaire vos fantaisies ?

— Jamais. Pourquoi me faites-vous ces questions ?

— C'est que l'on m'avait dit... Mais, je crains d'être indiscret...

— Je vais vous aider, moi! On vous a dit, n'est-ce pas, que M. Cramoisan a une foule de maîtresses? qu'il entretient les courtisanes les plus en vogue? qu'il dépense beaucoup avec elles ?

— En effet, oui; on m'a dit cela... Vous ne le croyez pas?

— Au contraire, j'en suis bien persuadée, et surtout fort satisfaite. Que M. Cramoisan ait autant de maîtresses que bon lui semble, croyez-vous que j'en suis jalouse? Est-ce que je l'ai jamais aimé, cet homme? Je l'ai épousé pour briller dans le monde. J'y tiens la place que je voulais avoir; le reste m'occupe peu! Il y a mieux: je suis enchantée qu'il ait des maîtresses, car cela m'a délivrée de son amour, qui m'était insupportable, mais qui, heureusement, n'a pas duré longtemps.

— Quoi! votre mari n'a plus d'amour pour vous?

— Oh! plus du tout... M. Cramoisan a les passions violentes. Pour les satisfaire, il n'est rien dont il ne soit capable; mais, lorsque sa passion est satisfaite, elle s'éteint promptement.

— On dit, cependant, qu'il est extrêmement jaloux; qu'il fait surveiller vos moindres démarches?

— Il est jaloux par amour-propre, mais pas par amour. Il serait désolé que l'on pût rire à ses dépens. Il veut bien tromper les autres, mais il ne veut pas l'être. Il y a beaucoup d'hommes comme lui, et que leur surveillance n'empêche pas d'être trompés. Quant à moi, qu'il me fasse surveiller tant qu'il voudra, peu m'importe! Je n'ai point d'intrigues, je n'en aurai jamais. Je trouve, maintenant, qu'il est cent fois plus agréable de recevoir les hommages d'une foule élégante qui brigue le moindre de vos regards, qui fait tous ses efforts pour vous plaire, que de passer son temps à soupirer en secret, en éprouvant toutes les inquiétudes de la jalousie et de l'amour. Si M. Cramoisan me fait épier, croyez bien que je n'en suis pas moins ma maîtresse, et c'est justement parce que rien dans ma conduite n'autorise sa jalousie, que je veux être libre de recevoir chez moi qui bon me semble. Qu'il coure avec ses belles! oh! je ne courrai pas après lui!... Mais c'est bien le moins qu'il me laisse recevoir mes amis. Vous êtes du nombre, Henry, vous êtes même mon meilleur ami, j'en suis persuadée; aussi, je veux que vous veniez me voir. J'espère que vous ne me refuserez pas?

— Comment, Mathilde, vous voulez que j'aille chez vous?

— Pourquoi pas?

— Mais... votre mari ne me connaît pas...

— Qu'est-ce que cela fait? Ce n'est pas pour lui que vous viendrez, c'est pour moi.

— Oh! non, non, cela ne se peut pas!

— Et, moi, je vous dis que cela se peut très-bien. Tenez, voulez-vous une occasion? Nous allons bientôt donner un bal, une de ces fêtes brillantes où nous recevons tant de monde, que très-souvent nous n'avons pas le loisir de voir la moitié des personnes que nous avons reçues. Une dame m'a dit, il y a quelque temps: « Mon Dieu que votre dernière fête était belle! — Quoi! lui ai-je répondu, vous y étiez donc? — Mais sans doute, me dit-elle. — Eh bien! je n'en savais rien. » Je vous enverrai une invitation pour cette fête, et vous y viendrez.

— Mais... je ne sais.

— Je vous répète que je veux que vous y veniez... Donnez-moi votre adresse...

— Je vous assure, Mathilde, que je ne puis aller chez vous...

— Vous avez donc bien peur de mon mari?... Vous, que j'ai connu si brave!...

— Peur de votre mari?... Moi!...

En disant cela, Henry fouille à sa poche, y prend une de ses cartes et la donne à la femme du banquier, en lui disant :

— Voilà mon adresse, madame.

— A la bonne heure! Alors, vous viendrez à cette fête... vous me le promettez?

— Oui, madame, je vous le promets.

— Je suis tranquille, car je sais qu'on peut compter sur vos promesses... et j'espère bien...

Mathilde est interrompue par un jeune gandin qui vient la saluer, en s'écriant :

— Ah! madame Cramoisan avec lady Wasting!... Quel plaisir de vous rencontrer, mesdames, et que j'ai donc bien fait de laisser mon cheval prendre haleine à Madrid!... vous savez, au délicieux repos de Madrid?... Cette pauvre bête était tout en nage... Je trotte deux heures sans m'arrêter!...

Henry Demarsay, qui ne se soucie pas d'entendre une autre conversation, dans laquelle il apprendrait peut-être que ce monsieur avait manqué un mariage parce qu'il n'avait pas bien noué sa cravate, se lève alors et prend congé de Mathilde, qui lui dit :

— Au plaisir de vous revoir, monsieur, et n'oubliez pas votre promesse!...

— Non, madame, je la tiendrai!... Vous pouvez y compter.

Puis Henry s'éloigne et gagne des endroits du Bois moins fréquentés, car il éprouve le besoin de réfléchir, de se dire à lui-même : « Je l'ai revue enfin, cette femme à laquelle je pensais sans cesse!... Elle est toujours aussi belle. Et pourtant il me semble que ce n'est plus la même femme!... que ce n'est pas là cette Mathilde qui me regardait si tendrement!... Aujourd'hui, elle remarque que je n'ai pas un gilet en cœur... La mode! voilà ce qui l'occupe avant tout!... Trois ans suffisent donc pour changer ainsi?... Cette rencontre trouble toutes mes idées... détruit toutes mes illusions. Quand on est longtemps séparé des personnes, dans sa pensée, on les revoit toujours telles qu'on les a quittées!... Quelle faute! et comme le temps se charge de nous désabuser! »

VII

LE JEU

Volenville et son associé se trouvent de nouveau en fonds. Grâce au second versement effectué par Robillot, chacun d'eux cherche à tirer parti de sa position, tout en continuant cette vie de jeu, de festins, de galanterie et de bombance qui est leur élément. Berlingot achète les bouquets les plus gros et loue des loges à tous les théâtres, pour achever de se faire bien venir de la famille Croutmann, à laquelle il ne manque pas d'aller porter ces cadeaux; car il ne perd pas de vue le but qu'il s'est proposé et se flatte qu'on lui accordera la main de la jolie Ketly, dont il compte faire la demande incessamment.

Volenville, non content d'avoir dans sa poche la moitié de l'héritage du marchand de fromages, songe à poursuivre l'heureuse chance qui le favorise, en aidant le jeune comte russe à dépenser sa fortune. Aussi n'a-t-il pas oublié sa promesse; il a revu Arthur de Grainwal, jeune viveur, mais qui du moins perd loyalement son argent. Celui-ci donne une soirée, ou plutôt un punch, car c'est ainsi que ces messieurs appellent les réunions entièrement consacrées au jeu, et dans lesquelles ils invitent rarement des dames, parce que la présence du beau sexe distrait trop les joueurs. Mais aussi, on y joue un jeu d'enfer, et il est rare que, dans une de ces parties de plaisir, deux ou trois des invités n'en sortent pas entièrement ruinés.

Volenville a revu le comte Ladiscof, et ne manque pas à la promesse qu'il lui a faite de le conduire chez Arthur de Grainwal. On a déjà aperçu le jeune Russe dans quelques cercles; on sait qu'il est riche et beau joueur, aussi est-il accueilli avec joie par ces messieurs. Car, dans ces réunions d'amateurs du lansquenet et du baccara, il est bien rare qu'il ne se glisse pas quelque grec, quelque gentilhomme de contrebande qui connaît les moyens de se rendre la fortune favorable.

Mais, pour le comte Agénor, le jeu n'est que le prétexte. Ce qui l'amène dans cette réunion, c'est l'espoir d'y rencontrer cette femme dont il est devenu amoureux, cette madame Astrakan qu'on lui a dit être la maîtresse du maître de la maison. Aussi, en entrant dans le salon, ses yeux n'y cherchent qu'une femme; et c'est à peine s'il entend les choses obligeantes que lui adresse l'amphitryon. Cependant, son espoir est déçu; il n'y a pas une seule dame dans la société. Mais il n'est pas encore tard; il pense qu'elle peut venir, et en attendant accepte une place à une table de bouillotte qui vient de se former.

On joue gros jeu, suivant l'habitude de la maison. Agénor perd presque à chaque coup, mais il est tellement distrait, il porte si souvent les yeux sur la porte du salon, que ceux qui jouent à la bouillotte avec lui sont obligés de lui dire :

— C'est à vous de parler, monsieur !

— On a fait jeu...

— Tenez-vous ou ne tenez-vous pas ?

Alors le jeune Russe répond, sans trop savoir ce qu'il fait :

— Oui, oui, je tiens ! Oh! je tiens toujours!...

Et, comme il a fort mal fait de tenir, il perd, perd encore ; mais toujours avec une telle facilité, on peut même dire une telle indifférence, que chacun s'écrie :

— Il est difficile d'être plus beau joueur ! Volenville a eu une excellente idée d'amener avec lui ce jeune Russe!... Il perd déjà une vingtaine de mille francs... Oh ! il va très-bien !

Volenville, qui joue au baccara et veut aussi faire la partie du comte, lui crie :

— Lâchez donc un peu la bouillotte, comte; vous y avez une trop mauvaise chance... il faut changer de jeu.

Agénor se décide à quitter la table, avec d'autant plus d'empressement qu'en ce moment le maître du logis ne joue pas, et qu'il va tâcher de causer avec lui. Après avoir cédé sa place, il s'approche d'Arthur de Grainwal, qui lui dit :

— Vous avez joué malheureusement, monsieur ; est-ce que vous perdez beaucoup?

— Non, une vingtaine de mille francs... une misère!...

— J'espère que vous prendrez votre revanche à une autre partie...

— Oui, oui... ceci m'inquiète peu!... Mais... vous ne recevez donc que des hommes à vos soirées?

— Oui, quand c'est un punch, ce qui veut dire soirée et nuit consacrées entièrement au jeu. Vous aimeriez mieux voir quelques dames ici?

— J'avoue que j'aime beaucoup les dames... Les Françaises sont si aimables, si séduisantes !... elles portent si bien leur toilette!...

— Je conçois. Vous, messieurs les étrangers, cela vous tourne la tête!...

— Est-ce que la vôtre ne tourne pas aussi quelquefois?... Je crois avoir eu le plaisir de vous apercevoir au spectacle avec une personne... bien jolie!... oh ! plus que jolie!...

— Vraiment ! y a-t-il longtemps de cela?

— Mais non, pas longtemps... Et cette dame... quand vous vous êtes promenés au foyer, j'ai vu cela... elle a le pied le plus mignon ! le plus charmant !...

— Ah! c'est Astrakan!... c'est ma maîtresse! elle a, en effet, la jambe faite au tour... Quant à sa figure, rien d'extraordinaire... seulement un petit air mutin, décidé!... du chic, enfin!...

— Ah ! c'est votre maîtresse !... Je vous en fais mon compliment!... Mais, ayant une si charmante maîtresse, comment ne l'avez-vous pas pour présider à votre soirée?

— Je comptais bien l'avoir et la présenter à mes amis, car elle vaut la peine qu'on la montre, mais cette dame m'a refusé; elle n'a pas voulu venir. Oh! elle est très-singulière et, en cela, ne ressemble pas aux courtisanes à la mode: c'est une bégueule ! Une autre aurait été ravie de venir trôner ici et recevoir les hommages de tous ces messieurs, mais Astrakan, ce n'est pas cela. « Que voulez-vous que j'aille faire parmi tous vos amis? m'a-t-elle dit. Est-ce que vous voulez me montrer comme la lanterne magique? Cela ne me convient nullement, je n'irai pas. » Nous nous sommes même quittés fâchés, car son refus m'a déplu.

— Alors, elle ne viendra pas ?

— Oh! pas du tout!... il n'y a pas de danger qu'elle cède!... Elle a dit non! c'est fini!...

Agénor se mord les lèvres avec dépit, puis va se mettre à la table où est Volenville, en se disant :

— Alors jouons! jouons!... cela me distraira... Volenville, tenez-vous six mille francs ?

— Tout ce que vous voudrez, cher comte !

— Bravo ! ils sont au jeu.

Le jeune Russe a tellement envie de se distraire qu'il joue avec ardeur, avec frénésie même. On offre à chaque instant des punchs au kirch, au rhum, au cognac. Ces messieurs ne s'en font pas faute ; cela entretien l'ardeur des perdants, cela consolide la veine de ceux que le sort favorise. Lorsque, par hasard, la chance semble favoriser Agénor, et qu'il gagne quelques coups, il double, triple ses enjeux et ne tarde pas à reperdre bien plus qu'il n'avait gagné. La nuit est avancée; à trois heures du matin, le jeune comte est en perte de quatre-vingt mille francs, et il n'en a que plus d'ardeur à jouer, car il ne peut croire que la veine lui sera constamment défavorable.

Mais, ainsi que cela se voit souvent, plusieurs de ces messieurs qui ont gagné, ne voulant pas courir la chance de reperdre, se sont éclipsés avec leur bénéfice. A quatre heures du matin, il ne reste plus que le maître de la maison et Volenville pour faire la partie d'Agénor, et encore ne faut-il pas compter sur Arthur de Grainwal, qui s'est jeté sur une causeuse, où il commence à s'endormir.

— Eh quoi ! tout le monde s'en va? dit le comte. On ne me donnera donc plus de revanche?...

— Pardon, mon cher comte, dit Volenville; mais je ne m'en vais pas, moi, je suis là, et toujours prêt à faire votre partie...

— Ah! c'est bien, cela, vous êtes un brave, vous!.. Cependant, je dois vous dire que j'ai perdu tout ce que j'avais sur moi... il faudrait donc me faire crédit jusqu'à demain, car demain j'irai chez mon banquier redemander des fonds ; et puis j'écrirai en Russie, à mon intendant, qu'il vende quelques propriétés... Ce sera la seconde fois que je lui donnerai cet ordre... car, en Angleterre, j'ai perdu aussi.

— Mon cher comte, je jouerai avec vous et vous ferai tout le crédit que vous voudrez... Oh! je sais que votre parole vaut de l'or !...

— Merci ; mais dès demain, si je perds, vous aurez votre argent; les dettes de jeu sont des dettes d'honneur qui, je le sais, se payent dans les vingt-quatre heures...

— J'espère, moi, que la chance vous sera plus favorable... Ces messieurs vous emportent une partie de votre argent, vous allez vous venger sur moi !... Ce sera de bonne guerre. A quel jeu voulez-vous que nous jouions ?

— A l'écarté, cela vous va-t-il ?

— Parfaitement !... tous les jeux me vont... Va pour l'écarté !

On se remet à une table ; on prend des jeux de cartes neufs, et le jeune Russe, qui veut absolument se rattraper, dit à Volenville :

— Cinq mille francs en cinq points... cela vous va-t-il ?

— Très-volontiers. Je tiens les cinq mille francs !

La partie s'engage, mais les cartes favorisent toujours Volenville ; il a sans cesse dans son jeu le roi et des atouts.

— Quitte ou double ! dit Agénor qui a perdu.

— C'est entendu, mon cher comte.

Le cher comte perd également la seconde partie.

— Je vous dois dix mille francs, dit-il d'une voix un peu altérée par l'émotion ; car si beau joueur que l'on soit, il y a cependant de ces déveines qui lassent la patience du plus stoïque.

— Voulez-vous encore quitte ou double ?

— A vos ordres !... Jouons les vingt mille francs.

Agénor continue de perdre. Il se frappe le front en s'écriant :

— C'est inconcevable ! je ne gagnerai donc pas une partie ?... Je vous dois quarante mille francs... Eh bien ? jouons-en encore vingt....

— Encore vingt ?... Ils sont tenus !

Les autres vingt mille francs sont perdus comme les précédents. Alors le jeune Russe quitte la table en disant :

— Il faut que je m'arrête, car je vous dois soixante mille francs, et, si je perdais plus, mon banquier n'aurait peut-être plus assez de fonds à mon crédit... Demain, monsieur de Volenville, veuillez bien vous trouver à midi au café Anglais, et j'acquitterai ma dette. Ah ! si du moins j'avais vu ici cette femme qui m'a tourné la tête !... mais elle n'y est pas venue...

— Consolez-vous, mon cher comte, je vais vous donner, moi, un moyen de la rencontrer. J'ai questionné aussi Arthur sur sa nouvelle maîtresse, dont chacun lui fait compliment ; je lui ai dit que ce n'était pas aimable à lui de ne point nous l'avoir fait connaître dans cette réunion, et il m'a répondu : « Mon cher, Astrakan adore le spectacle, surtout l'Opéra ; il est rare que nous manquions deux représentations. Venez-y de votre côté, vous nous y trouverez ; vous viendrez causer dans notre loge et vous verrez tout à votre aise ma nouvelle conquête. »

— En vérité ?... Il la mène souvent à l'Opéra... et on peut aller lui parler dans sa loge ?

— Parfaitement ! puisque lui-même m'y a engagé...

— Et je pourrai aussi aller le saluer ?...

— Il sera enchanté de vous revoir...

— Ah ! c'est charmant !... Je ne manquerai plus une représentation de l'Opéra... Merci, cher monsieur, merci... à demain !...

Le jeune Russe s'en va transporté de joie, et ne songeant plus à la perte énorme qu'il a faite au jeu.

Volenville ne juge pas nécessaire de réveiller Arthur de Grainwal, qui s'est endormi sur la causeuse Il s'en va, monte dans un fiacre qui stationnait à la porte et se fait conduire chez lui. Là, avant de se coucher, il ne peut résister au désir de connaître l'état de ses richesses. Il visite sa caisse, son portefeuille, ses goussets qui sont remplis d'or. Il est ébloui lui-même de sa position. Avec l'argent de Robillot et ce qu'il a gagné dans la soirée, il a, en or et en billets, soixante-douze mille francs ; et, le lendemain, il est certain de toucher les soixante mille francs que le jeune Russe lui doit.

Il se frotte les mains, jette de côté des paperasses entassées sur son bureau, en se disant :

— Maintenant, au diable l'homme d'affaires !... Je ne dois plus songer qu'à jouir de la vie !... Il est vrai que ce fut presque toujours là ma première occupation ! Oui, mais jamais je ne me suis trouvé dans une aussi belle passe !... Le pauvre petit comte ! comme il a été *nettoyé* !... J'ai à moi, en ce moment, cent trente-deux mille francs !... Avec cela et de l'adresse, on devient millionnaire. On peut satisfaire tous ses souhaits !... Quel dommage de n'avoir pas quelqu'un à aimer réellement !... car, ces dames qui vous aiment pour vos cadeaux, je sais très-bien que ce n'est pas là de l'amour. On prend celui-là faute de mieux !... Ah ! si j'avais eu un fils !... comme j'aurais voulu qu'il fût heureux !...

Et Volenville se couche, en murmurant encore :

« Ah ! si j'avais eu un fils !... J'aurais fait son bonheur... et j'aurais quelqu'un à aimer. »

VIII

A L'OPÉRA

Quelques jours après cette soirée, c'était représentation à l'Opéra ; et, dans une loge de rez-de-chaussée, trônait une jeune femme aussi remarquable par son élégance, par ses beaux diamants, que par le charme ou plutôt l'esprit qui animait sa physionomie, et donnait à ses yeux un attrait tout particulier, un cachet tout à fait original.

Les lorgnettes des hommes étaient braquées sur cette loge, et on entendait ces messieurs se dire, en se montrant la personne qui l'occupait :

— C'est Astrakan ! la beauté en vogue en ce moment !

— Astrakan ! qu'est-ce que c'est qu'Astrakan ?

— Cette jolie femme que vous voyez là-bas...

— D'où sort-elle, celle-là ?

— Pardieu ! mon cher, vous faites là une drôle de question ! Eh ! qu'importe d'où elle sort ! Le principal, c'est qu'elle est charmante... on ne lui demande pas autre chose !... Est-ce que vous vous êtes jamais enquis des ancêtres d'une courtisane ? Après tout, elle sort de la côte d'Adam comme les autres !...

— Messieurs, ce qui ajoute aux charmes de celle-ci, c'est une taille de nymphe, et un pied, une jambe, dignes de servir de modèle !

— Avec qui est-elle ?

Voyez-vous, mon cher monsieur, il y a cocotte et cocotte... Page 26.

— Avec Arthur de Grainwal.

— Il se ruinera pour elle, s'il lui donne tous les diamants qu'elle porte...

— Ils viennent pour la plupart de lord Rigfort, l'Anglais qui le précédait. Ensuite, de tous côtés, elle reçoit de riches présents, et le plus piquant, c'est qu'il paraît qu'elle n'accorde rien à ceux qui les lui font. Elle a dit à plusieurs de ses soupirants : « Messieurs, je veux bien recevoir vos cadeaux, mais ne croyez pas que je vous céderai davantage pour cela!... Du moment qu'on ne me plaît pas, tous les trésors du Pérou ne me feraient pas changer de langage!... »

— Ah! voilà qui est original!

— Eh! mon cher, c'est justement là ce qui accroît la vogue de cette dame!... On sait qu'il est très-difficile de triompher d'elle, par conséquent, c'est à qui en triomphera! Des difficultés à vaincre, cela donne bien plus de prix à une conquête!... et malgré le peu de cas qu'elle semble faire des présents qu'on lui envoie, c'est à qui se montrera le plus généreux, le plus magnifique pour l'éblouir.

— Du train dont vont les choses, si cette petite femme-là ne jette pas l'argent par les fenêtres, comme la plupart de ces dames galantes, avant deux ans elle aura une belle fortune!...

— On dit qu'elle était danseuse figurante dans un petit théâtre!

— C'est possible, mais nous avons de grandes célébrités artistiques qui sont parties de plus bas. Pour le moment, le plus acharné à la conquête de madame Astrakan, celui qui a juré qu'elle serait sa maîtresse et qui ne doute pas de parvenir à toucher son cœur, ou d'arriver à l'éblouir par la richesse de ses présents...

— C'est encore un Anglais, je gage?

— Non, c'est un Français; c'est le riche banquier Cramoisan!

— Cramoisan!... Est-ce qu'il n'est plus avec la belle Primerose?

— Eh! qu'importe Primerose!... Ce monsieur n'a pas l'habitude d'être plus fidèle à ses maîtresses qu'à sa femme. Mais, cette fois, il est piqué au jeu! Il rencontre une cruelle, il en est tout surpris!...

— Il est fort riche, ce Cramoisan?

— On le dit; mais on dit tant de choses! Ce qu'il y a de certain, c'est qu'il donne des fêtes splendides!...

Cette conversation avait lieu à l'orchestre. Volenville vient d'y entrer. Il entend causer de madame Astrakan; il écoute, puis dirige ses regards vers la loge dans laquelle Arthur de Grainwal est avec sa maîtresse. Il lorgne à son tour cette beauté qui fait tant parler d'elle. Alors il n'est pas maître d'un mouvement de surprise, il ne peut d'abord en croire ses yeux... mais, dans cette dame si élégante, il lui semble bien retrouver Claudinette, la jeune fille qui était venue à son cabinet d'affaires pour tâcher de trouver à se placer.

Pressé de savoir s'il ne se trompe point, Volenville quitte aussitôt l'orchestre et court se faire ouvrir la loge dans laquelle est Grainual. Il entre et demeure assez indécis. Mais déjà Arthur lui a tendu la main et la jolie femme part d'un éclat de rire, en disant :

— Tiens! monsieur de Volenville!...

Alors celui-ci ne peut plus conserver de doute, il salue tout radieux et murmure :

— Enchanté, madame, d'avoir le bonheur de vous rencontrer... Ma foi! je ne m'y attendais pas!...

— Ah! vous vous connaissez? dit Arthur.

— Oui, mon ami; c'est chez monsieur que j'étais allée pour trouver une place lorsque j'arrivai à Paris... Je venais alors de mon pays, de Beauvais... et au lieu de chercher à me placer, monsieur a voulu me faire la cour... Ah! ah! ah!... n'est-ce pas, monsieur de Volenville, que c'est la vérité?

L'homme d'affaires fit une drôle de mine, tout en répondant :

— Vous n'étonnerez personne, madame, en disant que l'on vous a fait la cour?...

— Non, vraiment! et je trouve cela tout naturel. Allons, puisque vous vous connaissez, je vous laisse causer ensemble et renouveller connaissance. Moi, je vais faire un tour au foyer.

Le jeune homme est sorti de la loge. Volenville s'assied alors près de la femme à la mode, qu'il ne peut se lasser de contempler; si bien que cela impatiente celle-ci, qui lui dit :

— Quand vous aurez fini de me regarder comme une pièce curieuse, cela me fera plaisir.

— Mon Dieu! belle dame, mon étonnement ne devrait cependant pas vous paraître surprenant; vous êtes maintenant si différente de ce que vous étiez... il y a tout au plus quatre mois! Pouvais-je me douter que dans cette femme, qui porte si bien une toilette ravissante, je retrouverais cette jeune fille qui est venue me demander un emploi?...

— Je croyais qu'à Paris vous étiez habitué à de tels changements? Vous vous étonnez que je sache porter une toilette à la mode? Vous m'aviez donc cru bien gauche, bien niaise?...

— Vous, niaise!... Oh! non, je n'ai jamais cru cela! Non, je vous avais bien jugée au contraire en disant que vous feriez aisément fortune. Vous le rappelez-vous, mademoiselle Claudinette?

La jeune femme fait un brusque mouvement pour s'éloigner de Volenville, et lui répond d'un ton sec et impérieux :

— Monsieur, je vous défends de m'appeler Claudinette!... Il n'y a qu'un seul homme, un seul, auquel je donne le droit de me nommer ainsi; mais vous, je vous répète que je vous le défends!... Et vous devez bien voir que ce n'est pas une sotte vanité qui me fait vous dire cela. Je ne cache pas ce que j'étais, vous avez pu entendre tout à l'heure, que, devant Arthur, je n'ai pas rougi de mon passé, puisque moi-même je lui ai dit comment et pourquoi j'avais été chez vous. Mais ce n'est pas une raison pour que je vous permette de m'appeler de mon nom de jeune fille...

— Ne vous fâchez pas, madame, ne vous fâchez pas. En vous donnant votre petit nom de baptême, celui sous lequel vous vous êtes présentée chez moi, en vérité, je ne croyais pas vous offenser... surtout ainsi que vous venez de le dire, vous ayant entendu tout à l'heure, devant Arthur, rappeler ce passé que vous paraissez vouloir oublier avec moi.

— Je ne veux rien oublier... j'ai une excellente mémoire... mais, il y a des choses... que je n'ai pas besoin de vous expliquer; car, après tout, cela ne vous regarde pas.

Volenville rit, tout en répondant :

— Vous êtes toujours charmante, même quand vous dites des méchancetés!

— Je ne sais peut-être dire que cela!...

— Mais, puisque vous avez une si excellente mémoire, vous devez vous rappeler que je vous ai dit que je vous adorais, et que je voulais mettre ma fortune à vos pieds?...

— Ah! ah! j'ai bien dans l'idée que, lorsque vous m'avez dit cela, votre fortune n'aurait pas tenu beaucoup de place à mes pieds!...

— Vraiment?... Eh bien, c'est la vérité, je vois que vous avez aussi le don de deviner. Mais, puisque vous avez ce pouvoir, vous devez savoir que maintenant ma position n'est plus la même, que je suis aujourd'hui riche, très-riche... que je puis satisfaire toutes vos fantaisies et que...

— Assez! assez, de grâce!... mon cher monsieur de Volenville, vous perdez votre temps! Je n'ai pas voulu vous écouter quand je n'étais qu'une pauvre fille... je ne vous écouterai pas davantage à présent que je suis ce que vous appelez une cocotte à la mode!... Voyez-vous, mon cher monsieur, il y a cocotte et cocotte, comme il y a fagot et fagot... Ah! ah!... la comparaison n'est pas élégante... mais j'ai pris l'habitude de dire tout ce qui me passe par la tête et, depuis que je parle à tort et à travers, on me trouve infiniment d'esprit; moi, que l'on trouvait toute simple à Beauvais! Voyez comme j'ai bien fait de venir à Paris!... Je suis une cocotte, qui, lorsqu'on ne lui plaît pas, ne fait aucun cas de l'argent... Or, vous ne me plaisez pas... Comprenez-vous ?

— Si bien, belle dame, que je vous tire ma révérence.

Volenville salue la jolie courtisane et quitte la loge, très-piqué de l'accueil que l'on a fait à ses déclarations ; mais connaissant assez les femmes pour ne plus avoir envie de reparler d'amour à madame Astrakan, et se disant, ce qu'un homme se dit toujours lorsqu'il n'a pas réussi près d'une belle :

— Après tout, elle n'est pas bien jolie!... Et je ne sais vraiment pas pourquoi les hommes sont assez bêtes pour être tous amoureux de cette femme-là.

Dans un corridor, le comte Ladiscof se jette presque dans les bras de Volenville, en s'écriant :

— Ah ! mon ami, elle est ici... je vous ai aperçu tout à l'heure dans sa loge. Venez, je vous en prie, rentrez-y avec moi ; vous allez me présenter à madame Astrakan.

— Que je retourne dans sa loge !... Non, vraiment, Dieu m'en garde ! Allez-y, mon cher comte, allez-y sans moi, vous n'en serez que mieux reçu.

— Comment ! vous ne voulez pas me présenter ?...

— Vous présenter !... Est-ce que vous croyez avoir affaire à une véritable grande dame?... Avec les Astrakan et autres, on peut se présenter tout seul ; surtout quand on a vos avantages...

— Vous croyez que je puis aller seul !... Mais monsieur de Grainwal n'est pas dans la loge avec elle...

— Raison de plus ! vous pourrez causer tout à votre aise. Pardon, cher comte, mais j'aperçois là-bas quelqu'un à qui j'ai un mot à dire.

Volenville s'éloigne. Agénor reste un moment dans le corridor, ne sachant s'il ira ou non, seul dans la loge : tout à coup un bras se glisse sous le sien : c'est Arthur de Grainwal qui l'entraîne avec lui, en lui disant :

— Que faites-vous là ?... Vous désiriez voir chez moi ma jolie maîtresse : elle est là, dans ma loge ; venez donc que je vous présente à elle... avec Astrakan, il faut profiter de l'occasion.

Agénor est enchanté ; il se laisse emmener, et bientôt il est devant cette femme qui lui tourne la tête et qu'il salue profondément, tandis que son interlocuteur dit :

— Madame, permettez-moi de vous présenter monsieur le comte Agénor Ladiscof, qui a quitté la Russie pour venir manger sa fortune à Paris, mais qui la dépense noblement ! Monsieur est un des plus beaux joueurs que je connaisse ; dernièrement, chez moi, il a essuyé une déveine accablante, mais il l'a supportée sans même se plaindre.

— C'est donc bien amusant de se ruiner ? dit Claudinette en attachant ses regards sur le jeune Russe.

Celui-ci se sent rougir et balbutie :

— Ce qui est amusant, c'est de jouer... on ne se ruine pas toujours !

— C'est égal, monsieur, je trouve que les hommes sont bien sots de risquer ainsi leur fortune sur des cartes !...

— Ah ! bon ! dit Arthur, voilà madame qui va nous faire de la morale !,.. Mais tu perds ton temps, chère amie, les hommes ont toujours été joueurs !... c'est un défaut qu'ils ont en venant au monde !... A peine peuvent-ils marcher qu'ils jouent aux billes, aux bouchons, aux quilles... plus tard, ils veulent gagner l'argent de leurs amis... puis enfin ils courent après la fortune...

— Qu'ils n'attrapent jamais en jouant !

— Mais si, quelquefois ils font sauter la banque à Bade, à Hombourg, à Monaco... quand ce n'est pas la banque qui saute, alors ce sont eux qui se font sauter la cervelle !...

— Quelle sottise !... Est-ce que vous jouez aussi en Russie, monsieur ?

— Oui, madame, beaucoup,

Ma chère Astrakan, si tu peux me trouver un pays... un petit endroit où l'on ne joue pas, je te promets de t'y conduire en ballon. Depuis ma soirée, comte, avez-vous été plus heureux ?

— Depuis... je n'ai pas joué... je suis si occupé d'un autre objet...

— Ah ! un amour en tête ?

— Oui... oui... en tête et au cœur !

— Très-bien, cela, monsieur le comte ! dit Claudinette. De l'amour, à la bonne heure, voilà une occupation agréable !

— Mais qui ruine également ! dit Arthur en riant. Et, votre belle, répond-elle à votre flamme ?

Agénor jette des regards furtifs sur la jeune femme et balbutie :

— Elle ne sait pas... je ne lui ai pas encore déclaré mon amour.

— Oh ! diable ! c'est tout nouveau, alors... Déclarez-vous, mon cher, parlez hardiment !... montrez-vous audacieux, vous savez le vers : *Audaces fortuna juvat !*

— Mais, moi, je vous avouerai que je suis très-timide avec les femmes...

— Oh ! défaites-vous de ce défaut-là... Il vous fera manquer une foule de bonnes fortunes. Mais, pardon, je vous ai entraîné ici, sans savoir si vous n'aviez pas affaire ailleurs... je vous rends votre liberté, comte, allez rejoindre ou surveiller votre belle, qui probablement est ici ; allez, et que Cupidon vous soit favorable !

Agénor ne sait que répondre, mais il pense qu'il ne doit pas rester davantage. Il bredouille quelques mots sans suite et quitte la loge, après avoir jeté un dernier regard sur madame Astrakan.

Lorsque le jeune Russe est parti, Claudinette dit à Arthur :

— Tu crois que tu l'envoies rejoindre ses amours ?

— Oui, est-ce que je me trompe ?

— Complétement ! Pauvres hommes ! vous ne voyez pas ce que nous devinons sur-le-champ, nous autres !

— Ah ! il y avait donc quelque chose à deviner ?

— Mais assurément... un jaloux l'aurait vu peut-être ; mais, toi, tu n'es pas jaloux !... Sais-tu de qui ton seigneur russe est amoureux ?

— Ma foi, non !

— Eh bien, c'est de moi.

— De toi ?...

— Oui, de moi ; ah ! tu n'as pas vu quels regards il me lançait... tu n'as pas entendu les soupirs qu'il étouffait en approchant sa main de mon bras !... J'ai compris tout cela sur-le-champ !...

— Diable ! Mais tu me donnes des craintes !... Il est bien, ce jeune homme ! Il a tout ce qu'il faut pour séduire !...

— Rassure-toi ! il ne me séduira pas. Il a l'air fat, et je ne crois pas que ce soit un génie... Tu as vu, il n'a rien trouvé à nous dire...

— Ah! s'il faut être un génie pour te plaire!... je me demande comment j'ai pu faire ta conquête... Explique-moi donc cela!

— Tais-toi! il y a de ces choses que nous gardons au fond de notre cœur et qui ne s'expliquent jamais!...

— Je n'insiste pas. Je craindrais que l'explication ne tournât pas à mon avantage.

Un acte de l'opéra se joue. A l'entr'acte qui suit, Arthur sort de la loge, suivant son habitude; à peine l'a-t-il quittée qu'un monsieur se la fait ouvrir, y entre précipitamment et s'assied le plus près possible de madame Astrakan, qui a vivement retourné la tête et s'écrie :

— Monsieur Cramoisan! Ah çà, on s'est donc donné le mot, ce soir? c'est la course aux amoureux!

— Bonsoir, charmante, divine enchanteresse!... Vous avez reçu ma petite broche en diamants?

— Votre petite broche est magnifique!... Oui, je l'ai reçue; mais vous savez, mon cher banquier, ce que je vous ai dit : Je veux bien recevoir vos cadeaux, puisque vous tenez tant à m'en faire, mais cela ne vous avancera nullement dans vos amours. Je ne veux pas être votre maîtresse!...

— Oh! vous ne serez pas toujours si cruelle!... Je triompherai de vos rigueurs...

— Jamais!

— Vous savez bien qu'il ne faut dire ni jamais, ni toujours!...

— Moi, quand j'ai dit une chose, je la fais!

— Vous finirez par être sensible à ce que je ferai pour vous plaire... Savez-vous bien que je suis capable de mettre un million à vos pieds?...

— Un million!... ah! quelle folie!...

— Rien ne me coûte quand je veux réussir!... Vous voyez bien, le million vous fait réfléchir déjà...

— C'est-à-dire que je n'y crois pas...

— Je vous forcerai bien à y croire. Sans adieu, femme céleste!... Je vous répète que vous serez à moi.

— Non! mille fois non!...

— Si! mille fois si!

Et Cramoisan sort de la loge aussi vivement qu'il y est entré.

IX

DEMANDE EN MARIAGE

Berlingot s'est fait superbe, il embaume, il exhale sur son passage les parfums les plus recherchés. Il est monté dans un joli cabriolet qu'il loue au mois, depuis que le marchand de fromages a fait son second versement, et il se fait conduire chez les Croutmann, pour y demander la main de la jolie Ketly. La famille alsacienne a vu son bel appartement, ses commis, son groom; elle a même vu de ses clients : braves campagnards, faits pour inspirer la confiance; il doit donc avoir toutes les chances pour être accepté et obtenir ce qu'il convoite depuis longtemps : la demoiselle et sa dot de trois cent mille francs; à la rigueur, il prendrait bien la dot sans la demoiselle, mais l'une ne va pas sans l'autre.

M. Croutmann était seul chez lui, lorsque sa bonne lui annonce la visite de M. Berlingot. Le bon Alsacien va au-devant du beau gandin et lui serre la main :

— Bonjour, mon cher monsieur Berlingot. Ah! parbleu, vous arrivez bien; j'étais tout seul et je m'ennuyais.

— Ah! ces dames sont sorties?

— Oui, elles sont allées chez une nouvelle couturière, histoire de robes, d'étoffes à choisir; on me proposait d'y aller aussi, mais ces conversations sur la toilette ne m'amusent pas, j'ai préféré rester ici.

— Eh bien, monsieur Croutmann, je ne suis pas fâché de cette circonstance; car j'ai à vous parler d'une affaire grave, importante, et il vaut peut-être mieux que je m'explique d'abord en tête-à-tête avec vous...

— Une affaire grave... oh! voyons cela, mon cher ami; mais avant tout, vous allez prendre quelque chose...

— Merci!

— Oh! si fait! un petit verre de rhum, mais du vrai... pas de celui que M. Tourbillon m'a fait acheter!... Je vous dirai que mon propriétaire, qui est extrêmement obligeant, dès que je manifeste le désir d'avoir quelque chose, soit vins, liqueurs ou conserves, s'écrie: « Je vous aurai cela, ne vous en occupez pas! je vous aurai cela première qualité!... Je connais tous les meilleurs débitants. » Et il se trouve ensuite que tout ce qu'il m'achète est fort mauvais... ma femme croit que les vins fins et les liqueurs que Poussinet nous apporte, comme achetés par son maître, sortent tout bonnement de la cave de ce dernier...

— Cela ne m'étonnerait pas. Après l'histoire des vieux fauteuils, des meubles dépareillés, M. Tourbillon veut placer ses vieilles bouteilles!... Je vous engage à ne pas accepter les offres obligeantes de ce monsieur.

Le rhum est apporté, servi, les petits verres sont vides. Alors Croutmann dit :

— Voyons maintenant cette affaire importante, je vous écoute.

— Monsieur Croutmann, je vais droit au but : vous avez une fille charmante, adorable; j'en suis passionnément amoureux et je viens vous demander sa main...

— Ah! oui-da, mon jeune ami, vous croyez peut-être me surprendre, en me disant cela?.. Mais pas du tout, je vous avais deviné, et je m'y attendais.

— Quoi! vraiment... vous aviez deviné mon amour pour la belle Ketly?

— Comme c'est malin!... Votre galanterie, vos bouquets, vos loges de spectacle, vos petits soins... est-ce qu'il fallait croire que c'était pour faire la conquête de ma femme que vous agissiez ainsi?

— Ah! monsieur Croutmann, vous aviez bien lu dans mon cœur! Et puis-je espérer que ma demande...?

— Votre demande me va: vous êtes un gentil garçon, bien établi, vous avez une belle maison de commerce... Combien gagnez-vous par an l'un dans l'autre?

— Mais, pour ma part, j'ai toujours de vingt-cinq à trente mille francs, c'est le moins, et cela ne peut qu'augmenter.

— Très-bien. Moi, vous savez que je donne en dot à ma fille trois cent mille francs comptant...

— Est-ce que vous les avez à Paris?

— Oui, mais j'ai déposé cette somme à la Banque; je n'aurais pas voulu la garder chez moi.

— Vous avez très-bien fait. Croyez bien que ce n'est pas la dot de mademoiselle votre fille qui me tente... C'est d'elle, avant tout, dont je suis épris!...

— Oui, oui, vous en êtes amoureux, c'est fort bien!

Mais une belle dot ne gâte jamais rien, et je suis bien aise que ma fille se présente à son mari avec une riche dot...

— Ainsi donc, cher monsieur Croutmann, ma demande vous agrée... vous m'acceptez pour gendre ?

— Je vous répète que vous m'allez...

— Ah! que je suis heureux ! quel fortuné destin m'est promis!... Epouser la divine Ketly !... la joie... le plaisir... laissez-moi vous embrasser, cher beau-père !...

— Hé bien! hé bien ! il devient fou, je crois!... Calmez-vous, mon ami, et remarquez bien que la chose n'est pas encore faite!... J'ai dit oui, moi ; ma femme, je le crois bien, ne me contredira pas; mais il y a ma fille, il y a Ketly, dont il faut avoir aussi le consentement, car ça la regarde encore plus que nous !... Et, si elle vous refusait, il n'y aurait rien de fait.

— Ah!.:. Et vous pensez que mademoiselle votre fille peut me refuser?...

— Je ne pense pas, mais pourtant cela se pourrait... les jeunes filles sont si bizarres, si capricieuses!...

— Mais, dans ce cas-là... un père peut faire usage de son autorité, lorsqu'il est certain que plus tard sa fille l'en remerciera...

— Oh! mon cher ami, l'autorité, nous ne voulons pas en venir là, nous autres; des conseils, à la bonne heure, nous lui en donnerons, et de bons!... Mais, après tout, pourquoi ma fille vous refuserait-elle ? Vous êtes jeune, gentil, à la mode ; vous aimez les plaisirs, vous ne cherchez qu'à lui en procurer, vous ferez un mari charmant !...

— Ah! monsieur Croutmann !... dites-lui tout cela !

— Soyez tranquille: il vaut bien mieux que vous m'ayez parlé d'abord ; je ferai part de votre proposition à Ketly, et, vous n'étant pas là, elle sera bien plus à son aise pour répondre et nous laisser lire dans son cœur.

— C'est juste; oui, cela vaut mieux en effet. Alors je vous quitte. Vous parlerez à mademoiselle votre fille, et demain j'aurai votre réponse?

— C'est cela même. Demain, trouvez-vous à midi au café où l'on prend de si bon chocolat... au coin du boulevard et de la rue Poissonnière...

— Ah! chez Provost!... c'est entendu. J'y serai. Je remets ma cause entre vos mains.

Berlingot est parti et Croutmann attend avec impatience le retour de sa famille. Ces dames ne tardent pas à rentrer.

— En votre absence, mesdames, j'ai reçu une visite, dit Croutmann; et une visite importante... intéressante !

— En vérité, Werther? Et qui donc est venu ?

— M. Berlingot.

— M. Berlingot! s'écrie Ketly, et c'est là ce que mon père trouve intéressant!... Comme cela ne m'intéresse pas du tout, moi, je rentre dans ma chambre.

— Non, non, il faut que tu restes, ma fille, car cette visite t'intéresse plus que tu ne penses... Assieds-toi, ainsi que ta mère...

— Mon Dieu, Werther, quel air grave tu prends !

— C'est que le sujet en vaut la peine, Gotlieb.

Ketly se sent tout émue, elle pressent maintenant quelque chose de fatal. Elle s'assied en tremblant devant son père.

— Oui, mesdames, M. Berlingot est venu... et m'a officiellement demandé la main de ma fille.

Ketly pâlit puis s'écrie :

— Eh bien, mon père, que lui avez-vous répondu?

— Que cette demande m'agréait et que je ne voyais pas d'obstacle à ce mariage...

— Ah! jamais! jamais, mon père!... Moi, épouser M. Berlingot... mais je ne l'aime pas... mais je le déteste, cet homme!... Ah! je ne serai jamais sa femme... Vous ne me contraindrez pas, vous ne voudriez pas faire le malheur de votre fille!... Maman, je vous en prie, parlez donc pour moi à mon père ; dites-lui bien que je ne veux pas épouser ce monsieur!

Le papa Croutmann semble consterné, Gotlieb est surprise d'entendre sa fille se prononcer ainsi; mais elle s'empresse d'aller embrasser Ketly, qui verse déjà de grosses larmes, en lui disant :

— Allons, allons, calme-toi, mon enfant, ne te fais pas ainsi du chagrin; ne sais-tu pas que tes parents t'aiment et qu'ils ne voudront jamais te faire de la peine?... N'est-ce pas, Werther, que tu ne veux pas contraindre ta fille à épouser ce monsieur, s'il lui déplait?

Werther est de mauvaise humeur, il murmure :

— Non, sans doute, je ne la contraindrai pas... mais cependant je voudrais savoir pourquoi elle refuse ce jeune homme... qui a tout ce qu'il faut pour plaire ! Voyons, ma fille, est-ce que tu aimes une autre personne ?

Ketly baisse les yeux, en balbutiant :

— Non, mon père... je n'ai pas dit cela...

— Alors, tu m'étonnes... ce jeune Berlingot est charmant, galant, riche...

— En êtes-vous bien sûr, mon père ?

— Mais tu as pu voir, ainsi que nous, le train de sa maison... ces bons campagnards qui sont venus à l'improviste lui apporter des fonds à faire valoir prouvent la confiance que l'on a en sa capacité... Les jeunes filles ne réfléchissent pas assez... elles disent vivement un: non! et s'en repentent après. Donne-toi le temps de réfléchir, à la bonne heure!... Je puis répondre à M. Berlingot que tu ne veux pas encore te marier... que tu te trouves trop jeune... qu'il faut qu'il attende un peu...

— Dites-lui cela, si vous voulez, mon père ; mais, plus tard comme aujourd'hui, ma réponse sera la même: je n'épouserai jamais ce monsieur.

Croutmann est très-contrarié. Il prend son chapeau tout en murmurant:

— Hum ! ces jeunes filles !... c'est quelquefois pour aimer un homme qui n'a pas le sou qu'elles refusent un bon parti... Mais nous verrons... nous verrons...

Le papa sorti, Ketly se jette dans les bras de sa mère, qui lui dit :

— Je ne veux jamais forcer ton choix, ma fille, mais je t'avoue que je suis très-étonnée de te voir repousser si formellement ce M. Berlingot, qui est vraiment un charmant cavalier.

— Je vous assure, maman, que je le déteste...

— Tu le détestes !... mais ton père a dit en sortant quelque chose qui m'a donné à réfléchir... Est-ce que tu en aimerais un autre ?

— Ah! maman!...

— Nous ne recevons guère ici que M. Berlingot et M. Henry Demarsay... Voyons, parle sans crainte...

ouvre-moi ton cœur... Aimerais-tu notre voisin l'avocat?

Ketly baisse les yeux, cache sa figure dans le sein de sa mère et murmure bien bas... mais une mère entend toujours :

— Mon Dieu! je ne puis pas aimer toute seule ce monsieur... puisqu'il ne m'a jamais dit qu'il m'aimait, lui. Oh! mais je voudrais bien qu'il me le dise!...

— Ketly, je crois que tu as tort de penser à ce jeune homme, car je gagerais bien qu'il ne pense pas à toi...

— Pourquoi donc gageriez-vous cela, maman?

— Parce que rien en lui n'annonce un amoureux!... Ensuite, comme parti, il est bien loin de valoir l'autre... Il est avocat, dit-il; mais il me semble si peu s'occuper de son état!...

— Si, maman, depuis quelques jours il s'en occupe davantage; il va au Palais très-souvent...

— Ah! tu sais cela, toi?

— Je l'ai entendu dire... à Poussinet.

— C'est égal, ce serait aux yeux de ton père un pauvre parti pour toi...

— D'ailleurs, puisque vous êtes sûre que ce monsieur ne m'aime pas!... Mais n'importe! je ne veux pas être la femme de ce M. Berlingot.

— Si tu le détestes!... Ah! j'ai oublié de dire à la couturière que je voulais que mon corsage fût soutaché avec du jais... il faut que j'y retourne. Viens-tu avec moi, Ketly?

— Oh! non, maman, je ne suis pas en train de sortir. Allez-y sans moi, j'aime mieux rester à la maison.

— Comme tu voudras... mais ne te chagrine plus, surtout!

— Je tâcherai.

La maman est partie. Ketly, demeurée seule, pense... vous devinez bien à qui et à quoi? mais la sonnette s'est fait entendre, et bientôt c'est Henry Démarsay qui entre dans le salon.

A sa vue, la jeune fille sent son cœur se gonfler d'émotion et de plaisir. Il lui semble qu'il a deviné sa peine et vient pour la consoler; elle se lève en balbutiant :

— Ah! c'est vous, monsieur Henry?...

— Oui, mademoiselle, je venais m'informer de votre santé et de celle de votre chère famille... Est-ce que vous êtes seule?

— Oui, toute seule, mes parents sont sortis...

— Alors je suis peut-être indiscret en restant?... Je vous dérange... je reviendrai plus tard...

— Oh! non, non; je vous en prie, ne vous en allez pas... car, moi, je suis bien contente de vous voir... et puis... je voudrais vous consulter... vous demander conseil...

— Oh! alors, je reste... je suis tout à votre disposition.

Et le jeune homme va s'asssoir à côté de Ketly, dont l'émotion augmente, mais qui se sent bien heureuse.

— Voyons, mademoiselle, sur quoi désirez-vous me consulter? dit Henry. La jeune fille rougit et garde le silence; il attend un moment, puis reprend :

— C'est donc quelque chose d'embarrassant à dire... mon Dieu! mais je m'aperçois que vos yeux sont rouges... comme si vous aviez pleuré... Auriez-vous quelque chagrin? Ah! parlez, parlez vite...

Ketly balbutie :

— Oui, j'ai beaucoup de chagrin...

— Et qui donc peut vous en faire?... ce ne sont pas vos parents, qui vous adorent!...

— C'est égal! ils m'adorent... mais ils me font du chagrin!...

— Je ne vous comprends pas.

— Ils veulent me marier...

— Vous marier!... Mais c'est assez naturel...

— Vous trouvez que c'est naturel?...

— Et l'idée du mariage vous déplaît?

— Oh! ce n'est pas le mariage qui me déplaît... si c'était avec quelqu'un de mon choix... quelqu'un que j'aimerais... cela ne me ferait pas de chagrin!...

— Alors c'est qu'on veut vous faire épouser quelqu'un que vous n'aimez pas?...

— Oui, c'est cela... quelqu'un que je déteste... tandis que...

— Tandis que...?

— Mon Dieu... je crois que je me brouille... Je ne sais plus ce que je voulais dire...

— Remettez-vous... Calmez-vous...

Et Henry prend une des mains de la jeune fille, qu'il presse amicalement dans la sienne : ce qui augmente l'émotion de Ketly, au lieu de la calmer. Mais elle se garde bien de retirer sa main. Au bout d'un moment, elle reprend :

— Enfin, on veut me marier à M. Berlingot...

— Berlingot!... s'écrie Henry. Et il fait un mouvement si violent qu'il quitte la main qu'il tenait.

— On veut vous marier avec Berlingot!... Ah! mademoiselle, n'épousez pas cet homme!... Refusez! refusez!...

Ketly est enchantée, elle saute de joie sur sa chaise en s'écriant :

— N'est-ce pas!... J'ai raison... Vous ne voulez pas que je l'épouse, vous!... Ah! que je suis contente!... Ah! si vous saviez quel plaisir vous me faites en disant cela!...

— Mais, mademoiselle, c'est dans votre intérêt que je le dis; ce Berlingot n'est pas digne de vous! Il se donne pour ce qu'il n'est pas... il trompe effrontément votre père...

— Tant mieux! tant mieux!... vous ne voulez pas que je l'épouse... Ah! monsieur Henry! cela vous ferait de la peine, n'est-ce pas?

— J'en serais indigné, mademoiselle; pour vous d'abord, puis pour vos parents, qui ne tarderaient point à s'apercevoir de la faute qu'ils auraient commise...

— Oui... et puis pour... enfin cela vous ferait du chagrin! Mais pourquoi donc, puisque vous connaissez ce Berlingot mieux que mon père, n'avez-vous pas tout de suite, quand vous l'avez rencontré ici, éclairé mes parents sur son compte?

— Mademoiselle, il est toujours pénible de se faire le délateur de quelqu'un; quand j'ai vu ce Berlingot, j'ai cru que vous le receviez seulement pour vous distraire et pour vous tenir au fait des modes, des plaisirs de Paris; je sais que cet homme est au courant de tout ce qui se fait dans les théâtres, dans les fêtes, qu'il ne manque pas une course de chevaux à la Marche ou à Vincennes; enfin j'ai cru qu'il vous servait de courtier pour avoir des loges aux spectacles et voir la pièce en vogue. Je n'attachais pas plus d'importance à sa présence chez monsieur votre père, d'autant plus que M. Croutmann m'a plusieurs fois répété qu'il s'est retiré des affaires et ne veut plus se livrer à aucune spéculation. Mais se contenter d'être reçu dans une honnête famille, cela ne pouvait pas être là le but de cet intrigant; il a osé jeter les yeux sur vous... et vous avez sans doute une belle dot, mademoiselle? pardonnez-moi de vous demander cela!...

— Je n'y vois aucun mal. Oui, mon père me donnera, en me mariant, trois cent mille francs; et je crois qu'il a déjà cette somme à la Banque.

— Ne vous étonnez plus de la demande faite par M. Berlingot; à coup sûr, mademoiselle, vous méritez bien d'être aimée pour vous-même! Mais cet homme-là ne connaît pas l'amour... c'est l'argent, c'est votre riche dot qu'il convoite.

— Oh! je suis bien sûre que vous avez raison! Ce M. Berlingot n'aime que ma dot!... tandis que... il y en a d'autres... qui m'aimeraient sans cela... N'est-ce pas, monsieur Henry?....

— Mais, à coup sûr, mademoiselle.

— Mais ceux-là... n'osent peut-être pas parler... se déclarer...

En disant cela, les beaux yeux bleus de Ketly se sont fixés un moment sur Henry, et ils ont alors une expression si douce, si tendre, que celui-ci en est à son tour tout ému. Il se fait un assez long silence, mais qui passe bien vite pour la jeune fille. Elle attend, elle espère toujours que celui qui est là, devant elle, va lui avouer qu'il l'aime. Au lieu de cela, Henry Demarsay se lève.

— Vous me quittez déjà? lui dit Ketly.

— Oui, il ne serait peut-être pas convenable que je restasse plus longtemps en tête-à-tête avec vous...

— Ah!... vous croyez?... Mais... si l'on me parle encore d'épouser M. Berlingot, je pourrai dire à mon père ce que vous m'avez dit de ce monsieur?

— Oui, mademoiselle; ce que j'ai dit, je ne le rétracterai pas, et, si cela est nécessaire, je pourrai même donner à M. Croutmann des preuves de ce que j'avance...

— Oh! je suis bien contente!... Alors, c'est une chose convenue, je puis compter sur votre appui?...

— Vous n'en aurez sans doute pas besoin, mademoiselle, mais, en tout cas, je suis entièrement à votre disposition.

— Ah! c'est bien aimable, ce que vous me dites-là!... Je suis fâchée que vous me quittiez déjà... Mais puisque vous pensez... vous reviendrez bientôt nous voir, n'est-ce pas?...

— Oui, mademoiselle.

— Adieu, monsieur Henry... Pourquoi ne me donnez-vous pas la main?...

Le jeune homme hésite, mais il prend enfin cette main qu'on lui offre, la serre affectueusement, puis s'éloigne bien vite; car il a senti que l'on pressait doucement la sienne, et cela lui semble dangereux.

X

UNE FÊTE CHEZ CRAMOISAN

Henry Demarsay descendait assez lentement l'escalier en sortant de chez les Croutmann. Malgré lui... est-ce bien malgré lui?... je ne l'affirmerai pas; mais enfin il se sentait tout troublé par l'entretien qu'il venait d'avoir avec la charmante Ketly, par les regards qu'elle avait attachés sur lui, et surtout par la pression de cette main qui avait tenu la sienne.

Quelques semaines auparavant le jeune avocat n'aurait peut-être pas fait attention à tout cela: mais depuis qu'il a revu Mathilde, depuis qu'il a causé avec elle, ses idées ont changé; sa mélancolie s'est presque entièrement dissipée, et lorsqu'il songe à cette femme qu'il a tant aimée, c'est pour se dire : « Elle m'a reproché de n'avoir pas un gilet en cœur?... Elle ne s'est occupée que de ma mise!... »

Mais si sa pensée revient maintenant sur Ketly, il se dit :

— Cette jeune personne a trois cent mille francs de dot; son père voudra un gendre riche... c'est tout naturel. Ce serait donc une folie à moi de l'aimer, car je ne suis pas en position d'aspirer à sa main.

Suivant son habitude, Poussinet causait dans la cour avec Joconde, qui lui offrait de lui apprendre la gigue. En apercevant Henry, le vieux domestique s'écrie :

— Monsieur Demarsay, il y a une lettre pour vous.

Joconde donne alors un grand coup de coude à Poussinet, en murmurant :

— De quoi vous mêlez-vous?... Est-ce que c'est vous qui êtes le concierge?...

— Puisque le facteur vient de vous la remettre devant moi, je sais bien que c'est une lettre pour monsieur.

Joconde, tout en marronnant, se décide à donner la lettre à Henry; celui-ci se hâte de l'ouvrir et lit en caractères imprimés :

« Monsieur et madame Cramoisan vous prient de leur faire l'honneur d'assister au concert et au bal qu'ils donneront mardi prochain. On se réunira à neuf heures. »

Puis, plus bas, il y a, de la main de Mathilde :

« Rappelez-vous votre promesse, mon cher Henry, et ne manquez pas de venir à cette fête... sans quoi je suis pour jamais fâchée avec vous. »

« J'irai, se dit Henry en mettant la lettre dans sa poche. Je suis curieux de voir ce monsieur Cramoisan... qui donne des fêtes magnifiques, qui reçoit tout Paris!.. Ah! si le monde savait... si l'on connaissait tout le passé de ces gens chez qui on est empressé de se rendre! Mais je suis un niais de croire que cela arrêterait la foule. Le monde s'inquiète bien peu de ce que vous avez fait... souvent même, quand il le sait, il feint de l'ignorer, ou de ne pas y croire, afin de pouvoir toujours prendre sa part des plaisirs que vous lui offrez; le monde veut s'amuser avant tout. »

Le jour... ou plutôt la nuit de cette fête est venue : il est minuit, et les magnifiques salons du banquier commencent à être envahis par les hommes à la mode, les femmes du beau monde; les riches spéculateurs, les célébrités dans tous les genres. Les dames sont resplendissantes par leurs toilettes, par les diamants, les parures précieuses qui se montrent à profusion sur leur poitrine, leurs épaules, leurs oreilles, leurs bras et leur tête. Quelques-unes ne sont plus que des étalages de bijouterie, dans lesquels vous cherchez à faire votre choix. Mais, en général, les plus jolies femmes se montrent moins prodigues de pierres précieuses; elles savent que, pour plaire, il leur suffit des attraits qu'elles ont reçus de la nature. Celles-là ne sont pas les moins courtisées, les moins admirées.

La femme de l'amphitryon est nécessairement la reine de la fête ; elle mérite doublement de l'être par sa beauté, sa grâce et le choix de sa toilette, qui, sans être trop excentrique, est calculée de manière à faire valoir tous ses avantages. Aussi les hommes se pressent-ils de suivre ses pas, de l'entourer, de lui adresser leurs hommages. C'est à qui obtiendra un mot, un regard, un sourire de madame Cramoisan, qui, au milieu de ses admirateurs, semble distraite et cherche quelqu'un qui n'a pas encore paru.

Trois vastes salons sont envahis par la foule. Dans l'un on fait de la musique, dans le second on danse, dans le troisième on joue. Outre ces trois grandes pièces, qui donnent l'une dans l'autre, il y a encore plusieurs petits boudoirs, éclairés seulement par des lampes à globes dépolis, de façon à ne laisser dans ces charmants réduits qu'un demi-jour, qui repose la vue, fatiguée par l'éclat des lustres des salons. Des portières, relevées à demi, laissent voir à peu près l'intérieur de ces délicieuses retraites, où vont s'asseoir et causer un moment les couples qui ont quelque chose à se dire, quelque confidence à se faire; les dames, qui ont fait quelques remarques sur le mauvais effet d'une robe, ou le peu de goût avec lequel une de leurs amies est coiffée, et qui tiennent à le faire remarquer à d'autres, afin que toutes puissent s'en moquer. Dans toutes les réunions, la critique trouve à s'exercer : et puis, c'est si amusant de chercher à ridiculiser son prochain!

Au milieu de tout le monde, Cramoisan fait fort bien les honneurs de ses salons; il est aimable pour tous ses invités : mais cependant on peut remarquer la préférence qu'il accorde aux riches capitalistes, aux gros spéculateurs, aux étrangers qui veulent se lancer dans les affaires. Avec ceux-là, il est charmant; il fait, sans en avoir l'air, remarquer qu'il a à sa soirée des artistes que l'on ne peut posséder qu'à grands frais; mais, cela ne saurait l'arrêter ; il tient à ce qu'on trouve chez lui les plus grandes célébrités musicales. Les gens qui observent tout, et il y a toujours de ces gens-là dans une grande réunion, ne se gênent pas pour dire à leurs voisins :

— Le banquier donne des fêtes superbes, mais il veut que cela lui rapporte, que cela fasse abonder chez lui des grosses affaires, les placements de fonds, que cela lui amène des clients enfin! Et il a raison, c'est un bon moyen, la publicité !... toujours la publicité !... Un banquier ne peut pas se mettre en annonces dans les journaux comme un magasin de nouveautés, mais il donne des bals, des fêtes, des soupers ; ce sont ses annonces à lui.

Volenville n'a pas manqué de se rendre à l'invitation du banquier. Il a salué madame Cramoisan, en se disant : « Elle est superbe, cette femme-là!... Si j'étais à la place de mon neveu, je ferais en sorte de la rendre infidèle à son mari !... mais Henry est un monsieur à principes!... il est très-arriéré. »

Volenville a parcouru les salons, dont il admire la magnificence. Il a retrouvé là quelques-uns des joueurs qui étaient à la soirée d'Arthur de Grainwal. Bientôt il aperçoit Arthur lui-même, et s'empresse d'aller à lui.

— Enchanté de vous rencontrer !...

— Bonsoir, Volenville... Mon Dieu que de monde ici!... on y étouffe !

— Oui, c'est très-brillant. Vous connaissez donc Cramoisan ?

— Qui est-ce qui ne le connaît pas?... Je ne manque jamais une de ses fêtes !

— Ma foi ! je vous avouerai que, moi, c'est la première fois que j'y viens.

— Vous vous y amuserez ! Jolies femmes... beau souper... et on joue un jeu d'enfer!... A propos de jeu... votre pauvre Russe a été cruellement battu chez moi... il a perdu beaucoup !

— Oui... mais j'aime assez à voir perdre les étrangers !

— Surtout quand vous jouez avec eux, je conçois cela !

— Et que faites-vous de votre jolie maîtresse, madame Astrakan ?

— Ma foi ! pas grand'chose; nous sommes un peu en froid... elle est parfois trop volontaire !...

— On dit partout que Cramoisan est votre rival, qu'il veut vous l'enlever...

— Ah ! ça m'est bien égal, qu'il me l'enlève !... Cela m'évitera la peine de la quitter! mais, entre nous, je doute qu'il réussisse !...

— On m'a assuré... c'est mon valet de chambre qui sait cela par le valet de Cramoisan ; que celui-ci envoyait des présents splendides à madame Astrakan...

— Je le sais ! Elle me les a montrés, en me disant : « Vois-tu, ce riche banquier en sera pour ses cadeaux, je l'en ai prévenu. Il va toujours son train, tant pis pour lui!... il me déplaît, je ne veux pas de lui. »

— Ah ! elle est fort originale.

— D'autant plus originale que, ce qu'elle a dit, elle le fait.

— Je vais passer au salon de jeu.

— Je vous y rejoindrai, mais je vais danser un peu auparavant.

La demie après minuit vient de sonner lorsque Henry Demarsay fait son entrée chez Cramoisan. Au milieu de cette foule, il cherche des yeux Mathilde, sans s'inquiéter du maître de maison, qu'il ne connaît pas, qu'il n'a jamais vu. Il est parvenu dans le premier salon, et parmi toutes ces belles dames et ces brillantes toilettes qui passent et repassent devant lui, il n'a pas encore aperçu celle pour qui il est venu. Mais, dans le salon de la danse, comme l'orchestre se reposait, il remarque beaucoup de jeunes gens se pressant pour approcher d'une dame. Quelque chose dit à Henry que ces messieurs sont là pour encenser la reine de la fête. Il ne se trompait pas : Mathilde est assise là, près de jeunes personnes étrangères. Mathilde répond à peine aux compliments de ses adorateurs, elle les écoute d'un air distrait. Mais tout à coup sa figure s'anime, ses yeux expriment la satisfaction, c'est qu'elle vient d'apercevoir Henry. Aussitôt elle se lève pour aller au-devant de lui, ce qui cause un profond étonnement à tous ces beaux messieurs qui faisaient cercle devant elle. Ils se demandent quel est ce monsieur si favorisé du destin, et pour lequel la belle madame Cramoisan daigne se lever et montrer tant d'empressement ; elle qui ordinairement ne se dérange pour aucun d'eux. Ce qui augmente leur dépit, c'est que ce jeune homme, si bien accueilli, leur est entièrement inconnu.

— Enfin vous voilà ! dit Mathilde en tendant sa main à Henri. Je commençais à douter de vous...

— Vous aviez tort, je ne manque jamais à ma promesse, moi.

Vous autres hommes, vous avez tous le droit de connaître ces femmes-là. Page 34.

— Avez-vous vu mon mari ?

— Je n'en sais rien ; comme je ne le connais pas, j'ai pu passer près de lui sans m'en douter.

— Je vous présenterai à monsieur Cramoisan...

— Oh ! rien ne presse !...

— Mais s'il me voit causant avec vous... il voudra naturellement savoir qui vous êtes...

— Alors, il sera temps de le lui dire. Mon Dieu ! combien vous avez de monde !... c'est à peine si l'on peut circuler... et tous ces gens-là ont les yeux fixés sur nous, pourquoi ?

— Parce qu'on ne vous connaît pas et que l'on est curieux de savoir qui vous êtes... Mais on va danser ici ; venez, quittons ce salon, entrons dans un de mes petits « causeurs », c'est ainsi que j'appelle mes petits salons, où l'on est séparé de la foule ; donnez-moi votre bras et venez... Ah ! ah ! ah !

— Vraiment !

— Je ris de la mine que font tous ces messieurs en me voyant vous prendre le bras.

Mathilde fait quelques pas au bras de Demarsay, lorsqu'un beau monsieur court se placer devant elle, en lui disant :

— Madame !... madame ! mille pardons, mais c'est une mazurke qu'on va danser ; vous oubliez donc que vous m'avez accepté pour la danser avec vous ?...

— Ah ! mon Dieu ! excusez-moi, monsieur de Vermont, répond Mathilde, mais je me sens vraiment trop fatiguée, j'ai besoin de me reposer, je ne danserai pas celle-ci : ce sera pour une autre mazurke, si vous le voulez bien.

Le cavalier semble un peu froissé par ce refus ; mais, sans attendre ce qu'il va lui dire, Mathilde entraîne Henry, dont elle n'a pas quitté le bras, et bientôt elle entre avec lui dans un de ces jolis petits boudoirs où règne un jour si doux ; elle s'assied sur un divan et fait signe à Henri de se placer à côté d'elle, ce qu'il fait aussitôt.

— Mais je suis peut-être cause que vous avez manque cette danse, dit Henri ; et, en vérité, je serais désolé de vous avoir privée d'un plaisir !...

— Oh ! j'ai bien le temps de danser... mais vous, je ne vous vois pas si souvent ! Eh bien, comment trouvez-vous mes salons ? N'est-ce pas que c'est beau, chez moi ? que tout respire ici le luxe, le confortable... enfin qu'il est difficile d'offrir une soirée, un bal plus splendides ?

— Oui, madame, tout ici, en effet, est d'une élégance remarquable ; on semble y avoir semé l'or à pleines mains, et vous devez être heureuse, puisque briller était votre envie... Tous vos vœux sont satisfaits ?...

— Mais à peu près... je ne puis me plaindre de M. Cramoisan.. bien que mes bonnes amies... vous savez, ces bonnes amies du monde ? ne cessent pas de me dire que mon mari fait maintenant des folies, des extravagances pour une nouvelle courtisane à la mode, qu'on appelle, je crois, madame Astrakan...

— Astrakan, dites-vous ?...

— Oui, ce nom a paru vous frapper... Est-ce que vous connaissez cette drôlesse ?...

Henry garde un moment le silence : le mot drôlesse lui a été pénible à entendre, bien qu'il sente que l'épouse du banquier a parfaitement le droit de donner ce nom à Claudinette. Il répond après avoir hésité :

— Oui, je la connais... un peu...

— Mon Dieu ! mon cher, ne vous en défendez pas ! vous autres hommes, vous avez tous le droit de connaître ces femmes-là... Est-ce qu'elle est fort jolie ?...

— Mais... cela dépent du goût !...

— Après tout, cela ne m'inquiète nullement !... Mon mari court après les actrices, après toutes les danseuses...

— Avoir une femme si belle et la négliger !... Je ne le comprends pas ! Enfin, vous vous trouvez heureuse ! c'est le principal...

— Mais oui !... cette vie de luxe... c'était mon rêve !... Tenez, Henry, convenez que le hasard fait toujours pour le mieux... Si j'avais été votre femme, il vous eût été impossible de m'offrir tout cela... Et je vous aurais rendu malheureux peut-être...

— Il est certain qu'avec moi, votre position n'eût pas été la même... Oui, vous avez peut-être raison !

Pendant que cette conversation a lieu dans le petit *causeur*, M. Cramoisan, étonné de ne plus apercevoir sa femme dans les salons, au moment où il voulait lui présenter un riche étranger, la cherche de tous côtés et dit à quelques jeunes gandins :

— Messieurs, n'auriez-vous pas vu ma femme !... Je ne l'aperçois pas... Est-ce que l'un de vous me l'aurait déjà enlevée ?...

Cette question était naturellement faite en riant, mais les jeunes gens lui répondent :

— Ce n'est pas nous qui avons enlevé madame Cramoisan, c'est un monsieur que nous ne connaissons pas et qui venait d'arriver... Madame Cramoisan a été au-devant de lui... Elle a paru charmée de le voir...

— Un monsieur que vous ne connaissez pas ! dit le banquier dont les sourcils commencent à se froncer. Est-ce un jeune homme ?...

— Oui, oui, c'est un jeune homme... Madame Cramoisan a même refusé de mazurker avec de Vermont, à qui elle avait promis, pour continuer de causer avec ce nouveau venu... Elle a pris son bras et s'est éloignée avec lui...

— Voilà qui me semble bien singulier. Mais, ce monsieur, vous devez l'avoir déjà vu ici ?...

— Non, jamais !...

— Ah ! je saurai qui est cet étranger... Il me tarde de le voir !...

— C'est facile... s'écrie un des jeunes gens. Je sais où madame Cramoisan est en ce moment, car je l'ai toujours suivie des yeux ; elle est entrée, avec ce monsieur, dans le petit boudoir jaune... là-bas, à gauche et ils y sont encore en train de causer.

Le banquier n'en écoute pas davantage ; il quitte brusquement ces messieurs, et court vers la petite pièce qu'on lui a designée, et dont la portière, à demi fermée, ne laissait voir qu'une partie. Mathilde était alors assise à côté d'Henri et légèrement penchée vers lui pour ne parler qu'à demi-voix.

A l'aspet de son mari, qui s'arrête devant elle et dont les traits sont déjà contractés par la colère, elle cesse de causer pour regarder fort tranquillement M. Cramoisan, qui s'écrie :

— Que faites-vous donc ici, madame, au lieu de faire les honneurs de vos salons ? Vous vous cachez pour causer avec... quelqu'un que je ne connais pas !...

Ces mots ont été dits sans être accompagnés du moindre salut pour Henri ; de son côté, celui-ci est resté assis et n'a pas salué le banquier.

— Il me semble, monsieur, que je ne me cachais pas, répond Mathilde d'un ton ferme, car vous m'avez trouvée bien vite...

— Mais enfin, madame, qui est donc monsieur, pour lequel vous abandonnez votre société ? il me tarde de le connaître...

Mathilde va pour répondre, mais Henry ne lui en laisse pas le temps ; il se lève cette fois et regarde fixement le banquier, en disant d'une voix forte :

— Laissez, madame, c'est à moi de me faire connaître à monsieur... Je suis Henry Demarsay, fils de Jacques Demarsay, qui était notaire à Lyon... Vous avez connu mon père, monsieur, je le sais ; car il m'a beaucoup parlé de vous... et des relations qui avaient existé entre vous deux.

A peine Henry a-t-il prononcé son nom que Cramoisan change de couleur, puis à mesure que le jeune homme parle, le trouble du banquier augmente ; une pâleur effrayante couvre son visage, et cependant sur son front on voit perler des gouttes de sueur. Lorsque le jeune avocat se tait, ce n'est qu'au bout de quelques instants que le banquier, qui a perdu son ton arrogant, murmure d'une voix mal assurée :

— Ah ! oui, monsieur, oui... En effet... j'ai connu... j'ai eu l'honneur de connaître monsieur votre père... Mais il est mort, je crois ?...

— Oui, monsieur, il est mort il y a dix-huit mois...

— Et vous avez gardé... son étude ?...

— Non, monsieur... je m'en suis défait. Je n'ai gardé que les dossiers concernant des affaires... particulières, et que mon père lui-même n'aurait pas voulu laisser à son successeur.

Cramoisan garde un moment le silence. Il a passé sa main sur son front, comme pour se remettre de son trouble ; enfin, il reprend d'une voix qu'il s'efforce de bien poser :

— Et vous êtes à Paris pour quelque temps, monsieur ?

— Pour toujours, je l'espère, car rien ne me rappelle plus à Lyon et je compte me fixer ici.

— Je suis heureux, monsieur, que vous ayez bien voulu honorer cette soirée par votre présence... Et je remercie ma femme de vous avoir envoyé une invitation. Toutes les fois que nous donnerons de ces petites fêtes, je serai très-flatté si vous voulez bien y assister.

Après avoir, non sans effort, achevé ces paroles, Cramoisan salue profondément Henry et se hâta de sortir du boudoir jaune.

Mathilde, qui est encore toute surprise par ce qu'elle vient de voir et d'entendre, se tourne alors vers Henry, en disant :

— Qu'est-ce que cela signifie?..... Vous me voyez toute stupéfaite!..... Mon mari, ordinairement si jaloux... et qui arrivait ici fort mécontent de ce que j'avais abandonné ma société pour causer en tête-à-tête avec vous... par quel charme avez-vous donc changé tout cela? Il devient doux comme un mouton!... Il vous parle avec déférence!... vous engage à revenir... et enfin, vous laisse avec moi, sans me dire encore de rejoindre la société... Je trouve cela incompréhensible!... Et il vous a suffi de dire votre nom pour retourner ainsi l'humeur de M. Cramoisan!...

— Votre mari s'est rappelé qu'il avait connu mon père, et voilà pourquoi il a changé de manière avec moi...

— Oh! cela ne suffirait pas! il faut qu'il y ait autre chose... Mais enfin je suis toujours fort aise que M. Cramoisan vous ait engagé à ses fêtes. J'espère que vous viendrez souvent. Mais il est temps que je retourne dans mes salons, je suis sûre que tout le monde me cherche! Et je m'étais engagée encore pour plusieurs danses... Venez, Henry... Vous resterez au souper, j'espère?

— Je ne vous le promets pas...

— Quel jeune homme! Il ne danse pas, ne joue pas! et ne soupe pas!.... Ah! vous n'êtes pas de votre siècle!

On rentre dans les salons, où Mathilde est bientôt emmenée par un danseur. Henry se promène alors dans le superbe appartement du banquier, il en remarque le luxe, l'élégance; et, parvenu dans la pièce où l'on joue, voit beaucoup d'hommes se presser autour d'une grande table où l'on taille le trente-et-quarante et le baccara. Parmi les joueurs rassemblés là, il reconnaît Volenville, qui est un des plus animés. Alors Henry s'éloigne vivement de la table de jeu en se disant :

« Ne restons pas plus longtemps ici, je ne veux pas que mon oncle me voie dans cette maison, car il penserait que je n'y viens que pour nouer une intrigue avec Mathilde; et, comme tel n'est pas mon but, ne restons pas plus longtemps chez M. Cramoisan. »

Henry est parti. Mais Volenville ne l'avait pas aperçu; il est par trop occupé de son jeu pour regarder les personnes qui viennent donner un coup d'œil sur les tables couvertes d'or et de billets de banque. Volenville n'est pas en veine, il a affaire à forte partie : il a reperdu tout ce qu'il avait gagné au jeune Agénor ; il veut se rattraper et perd encore; enfin, lorsqu'on annonce le souper, pour lequel beaucoup de joueurs ne se dérangent pas, il faut bien qu'il se lève, car il n'a plus un seul billet de banque dans son portefeuille, plus un louis dans sa poche.

XI

VANITAS PERDIDIT HOMINEM

Berlingot n'a pas manqué de se rendre au rendez-vous que le père de Ketly lui a donné; il y trouve celui-ci. Croutmann lui dit que sa fille ne veut pas encore se marier, qu'elle désire attendre, afin de le connaître davantage; il ajoute : « Ce n'est pas un refus que je vous apporte, j'espère toujours vous nommer mon gendre; mais il ne faut pas brusquer les jeunes filles, dont les caprices ne durent jamais longtemps. »

Cette réponse n'a nullement satisfait notre jeune blagueur; pour lui, attendre, c'est fort chanceux, car d'un moment à l'autre, on peut découvrir que la maison Perdaillon et Comp. n'est qu'une maison de carton ; alors tout espoir d'épouser la riche dot serait perdu. Aussi fait-il son possible pour affermir la volonté de M. Croutmann, en lui disant :

— Quand il s'agit de l'avenir, du bonheur de votre fille, n'êtes-vous pas le maître, ne doit-elle pas se soumettre à votre volonté?... Plus tard, elle vous remerciera de l'avoir bien établie.

— Oui, sans doute, répond Croutmann, je me ferai obéir quand je le voudrai!... mais, enfin, rien ne presse : laissons Ketly réfléchir.

Quelques jours s'écoulent. Le surlendemain de la fête donnée chez Cramoisan, Berlingot, qui continue d'aller chez les Croutmann, où il ne rencontre presque jamais Ketly, parce que la jeune fille court se cacher dans sa chambre dès qu'elle l'entend ; Berlingot trouve le papa Croutmann lisant un journal et paraissant s'intéresser vivement à ce qu'il lit.

— Est-ce qu'il y a quelque chose de bien intéressant dans ce journal? dit le jeune homme, en offrant un superbe cigare à l'Alsacien ; sa lecture paraît vous occuper beaucoup ?

— Cela ne me regarde pourtant pas! répond Croutmann, en poussant un soupir. Mais c'est justement là ce qui me vexe!... Tenez, mon cher Berlingot, voyez ce qu'on met là... » Le banquier Cramoisan a donné « une de ces fêtes comme lui seul sait les ordonner, « tout y était réuni ; concert, danse, jeu ; les premiers « artistes s'y sont fait entendre ; un souper magnifique « a été servi à trois heures du matin. La belle ma- « dame Cramoisan faisait les honneurs de ses salons « avec sa grâce habituelle ; on ne s'est séparé qu'à six « heures du matin. Inutile de dire que tout ce qu'il y « a de mieux à Paris était là ; mais parmi cette foule « élégante et choisie, nous avons remarqué... » Maintenant voilà une kirielle de noms... que cite le journal!...

— Eh bien, qu'est-ce que tout cela vous fait, cher monsieur, puisque vous n'y étiez pas?...

— Eh! voilà justement ce qui me désole! C'est que je n'y étais pas!... C'est que depuis que je suis à Paris, toute mon ambition est d'aller dans une de ces fêtes du grand monde... où je suis assez riche pour figurer... Mais non, je ne vois rien!... Je vais aux spectacles, aux concerts, aux promenades!... mais tout le monde peut en faire autant! M. Tourbillon, mon propriétaire, qui devait donner de grandes soirées, en a donné une dernièrement. Il y avait une vingtaine de personnes, pas une jolie femme ; on a joué au loto, je n'aime pas ce jeu-là ; une demoiselle a chanté faux sans accompagnement ; ceux qui voulaient parler à madame Tourbillon étaient obligés de crier comme des aveugles, en mettant leur bouche dans son cornet. Pour rafraîchissements, on a servi de la bière qui devait avoir été coupée avec de l'eau, et du sirop de groseilles qui n'était pas sucré du tout. Je me suis beaucoup ennuyé, et mes dames aussi. Nous donnons à Strasbourg, entre négociants, d'autres soirées que cela ! rien n'y manque ; tout y est à profusion : punch, glaces, gâteaux, buffets garnis de comestibles, et je vous réponds que l'on s'y amuse. C'est pour savoir si vos grandes soirées de Paris sont plus belles que je voudrais y aller ! et je serais enchanté si quelques jours après je lisais mon nom, dans le journal, parmi ceux des invités. Ah ! mon cher Berlingot, voilà toute mon ambition, car ce journal-ci se reçoit, se lit aussi à Strasbourg... et vous jugez quel effet cela ferait si l'on m'y voyait figurer parmi tout ce grand monde !...

— Et... si je trouvais le moyen de vous faire inviter à la première fête du banquier?... me promettriez-vous de hâter mon union avec votre fille ?

— Oh ! pardieu, oui !... Alors je dirais à Kelly : « Je veux être obéi... » et il faudrait bien qu'elle fît ma volonté.

— Eh bien, cher beau-père, je vais m'occuper de vous... Je vais faire en sorte que vos désirs soient satisfaits...

— Vous me rendrez fier comme César. Est-ce que vous connaissez ce Cramoisan ?

— Pas personnellement... mais Volenville le connaît... Je le verrai ; enfin, par l'un ou par l'autre, le principal est que nous réussissions...

— C'est juste !

— Au revoir donc... je vais rêver à cette affaire.

— Au revoir, mon futur gendre !... Dans le journal ! être dans le journal ! j'en mourrai de joie !

Berlingot est rentré chez lui, en se disant :

— J'ai promis de le faire inviter chez ces Cramoisan... mais que le diable m'emporte si je sais comment je m'y prendrai ! Il faudra que Volenville vienne à mon secours.

Il rêvait encore à cette affaire, lorsqu'il entend du monde dans la pièce d'entrée : il y court, espérant que c'est Volenville ; mais au lieu de cela, il voit entrer dans ses bureaux Robillot et sa femme.

— Nous v'là ! dit le marchand de fromages en essayant de se débarrasser de sa femme, qui ne veut pas lâcher son bras. Bonjour, les amis !... Tiens, où sont donc les commis ?... il n'y en a pas un dans le bureau...

— Les commis sont allés déjeuner... Et cela va bien, mon cher monsieur Robillot?

— Mais oui, pas mal, à la douce... Thérèse a eu la grippe... mais aussi elle ne veut pas me quitter... dès que je sors, il faut que je l'emmène ; j'ai eu beau lui lui dire : « Je vas à un endroit où il y a la grippe !... » C'est égal, elle venait tout de même... Lâche donc mon bras, Thérèse ; tu vois bien que je ne veux pas me sauver !...

— C'est fort aimable à vous d'être venus nous dire un petit bonjour...

— Ah ! mais, oui... Je serais même revenu plus tôt sans sa grippe... ça m'a retenu ; car vous avez de l'argent à me donner... le second trimestre du premier versement... il y a plus de quatre mois... Oh ! oui, il y a quatre mois et demi que je vous ai compté les premiers cent mille francs... vous vous en souvenez ?

— Oui, très-bien ; d'ailleurs, c'est écrit...

— Oui, le caissier a écrit sur un livre... Et où donc qu'il est Croquet ? Est-ce que le clou qu'il avait sur le nez a fait des petits?

— Non, il est... à la Bourse.

— Ça ne fait rien, vous me payerez aussi bien que lui...

— Mais, mon cher Robillot, vous n'avez encore rien à toucher à notre caisse...

— Comment ?... Et le second trimestre des premiers cent mille francs ?...

— Eh bien, il n'est pas échu.

— Pas échu ?... mais puisque vous payez d'avance...

— C'est-à-dire que nous avons payé d'avance le premier, parce que c'était le premier ! mais les suivants ne se payent que lorsqu'ils sont échus... cela ne se fait jamais autrement.

— Ah ! bah !... Vois-tu, Thérèse, tu me pressais toujours, en me disant : « Vas donc toucher ton argent... il faut aller toucher... » Et c'est trop tôt, on ne touche pas encore...

— Mais, mon cher Robillot, est-ce que vous avez déjà dépensé les deux mille cinq cents francs que nous vous avons comptés il y a un mois environ ?

— Oh ! non, nous n'avons pas encore mangé tout ! mais ça va, ça marche !... Thérèse est gourmande, et puis elle aime beaucoup le spectacle... elle irait tous les soirs. Maintenant je te mènerai à ceux qui se jouent en dehors, devant la salle... Et le chef, le superbe Perdaillon est encore en voyage ?

— Oui, nous ne l'attendons pas de longtemps.

— Alors, bonjour, portez-vous bien, nous reviendrons à l'échéance... Thérèse, tu peux te recramponner après moi. Oh ! j'ai pas besoin de lui dire deux fois ! C'est le lierre et je suis l'ormeau. Bonjour, messieurs et la compagnie !

Et Robillot s'en va avec sa femme, qui n'a pas dit un mot et s'est bornée à saluer.

— En voilà un qui prend bien son temps ! se dit Berlingot ; est-ce qu'il compte venir nous ennuyer souvent comme cela ?... Et, pourtant, si le père Croutmann se trouvait là quand il reviendra, je serais fort embarrassé !... Il faudrait encore donner de l'argent à ce marchand de fromages, afin d'éloigner les soupçons !

L'arrivée de Volenville remet de la joie au cœur de Berlingot ; et pourtant la figure de son associé n'annonce rien de bon. L'homme d'affaires se jette dans un fauteuil, en s'écriant :

— Déveine, mon cher, déveine complète !... Jamais chance ne me fut aussi fatale !...

— Tu as perdu au jeu... où donc cela ?

— Parbleu ! chez le banquier Cramoisan ; j'étais à sa dernière fête ; c'était superbe ! Ah ! je dois convenir qu'il fait bien les choses !... ensuite on jouait un jeu d'enfer, les paquets de billets de banque encombraient le tapis... Ah ! les gaillards, comme ils y allaient largement !... des coups de trente, de quarante mille francs !... J'ai voulu leur tenir tête...

— Et tu as perdu ?

— Non seulement tout ce que j'avais gagné au jeune

comte Ladiscof, mais encore tout ce que j'avais en plus sur moi!... Si bien que c'est à peine si maintenant il me reste quelques misérables billets de mille francs!...

— Il faut rejouer avec ton Russe!...

— Oh! il va mal aussi, celui-là, je l'ai mené chez la Sainte-Hermine, il y perd avec toutes ces dames!... Je crois qu'il y met de la galanterie... l'imbécile!... Il paraît cependant qu'on lui a écrit, de Pétersbourg, que s'il continuait ainsi il serait bientôt ruiné!...

— Alors c'est qu'il n'était pas aussi riche qu'il voulait bien le dire!... Mais écoute-moi à ton tour : J'ai demandé la main de Ketly Croutmann...

— Et on t'a refusé... Je vois cela à ton nez!...

— Non, on ne m'a pas refusé. J'ai le père pour moi; il m'accepte, lui!... Mais sa fille demande du temps... elle veut réfléchir!...

— Si cela traîne en longueur, tu ne l'auras pas.

— Je le sais bien!... C'est pour cela que je presse le papa pour qu'il se fasse obéir!... Il est un peu mou!... Sais-tu ce qui le décidera?...

— Non. Voyons?...

— Il brûle d'aller à ces fêtes que donne le banquier Cramoisan, il ne rêve que cela, c'est son idée fixe!... Y aller, et être ensuite mis dans le journal!... Que je le fasse inviter par le banquier, et mon affaire est assurée; il ordonne à sa fille de m'épouser!... Et elle obéira, parce qu'elle n'oserait pas fâcher son père!...

— J'entends très-bien, et tu veux?...

— Je veux, que, toi, qui va chez ce banquier, tu obtiennes une invitation pour Croutmann et sa famille!... Tu entends?... Et sa famille; car il veut que sa femme et sa fille aillent avec lui à ces belles fêtes!... Voilà, mon cher ami, le cas de me donner un fameux coup d'épaule!...

— Oui, oui!... Il est certain que, si grâce à moi, tes Croutmann sont invités par Cramoisan... ton mariage se fera!... Tu épouseras trois cent mille francs! Un coup d'épaule qui vous donne cela vaut bien quelque chose aussi?...

— Sois donc tranquille!... Est-ce que tout n'est pas commun entre nous?... Que je palpe la dot, et tu en auras ta bonne part!.

— Comme cela, je consens à m'employer pour toi. Mais faire inviter ta famille bourgeoise par Cramoisan, qui ne reçoit chez lui que la fleur des pois de la mode!... ce n'est pas si facile!...

— Oh! tu trouveras un moyen!... Tu en feras naître!... Seulement, il faudrait agir le plus vite possible!...

— Cramoisan va tous les jours à la Bourse. Il n'est pas encore deux heures, je m'y rends, et j'espère l'y trouver...

— Bravo!... Va, mon cher Volenville, et, à six heures, au passage de l'Opéra, viens me dire où en est l'affaire.

— J'y serai.

Volenville se rend à la Bourse. Il ne tarde point à apercevoir Cramoisan causant affaires avec plusieurs capitalistes. Il attend que les conversations soient terminées avant d'aborder le banquier, car, en toutes choses, il faut savoir prendre son temps. Lorsque enfin il voit celui qu'il guette gagner la sortie, il se hâte de le rejoindre et de l'arrêter.

— Salut au favori de la Fortune! dit Volenville de son air le plus aimable.

— Ah! bonjour, monsieur, charmé de vous voir!... Vous étiez à ma dernière fête, n'est-ce pas?...

— Oui, certes, j'y étais! Je me serais bien gardé de manquer à une si flatteuse invitation...

— C'était brillant, n'est-ce pas?

— C'était magnifique!...

— Et avez-vous été heureux au jeu?

— Non... j'ai suivi une mauvaise chance... j'ai perdu plus de cent mille francs...

— Diable! mais c'est une somme, cela!...

— Oh! je la regagnerai une autre fois... Je suis au-dessus de ces pertes-là!... je prends cela très-philosophiquement.

Cramoisan regarde Volenville avec plus de considération. Un homme qui supporte de telles pertes sans se plaindre, doit nécessairement être fort riche. Notre blagueur s'aperçoit de l'effet qu'il produit et continue:

— Je suis très-heureux de vous rencontrer, monsieur, car j'ai quelque chose à vous demander. C'est presque un service que vous pouvez me rendre... ou du moins à des personnes qui m'intéressent et qui n'osent pas s'adresser à vous directement...

— Parlez, mon cher monsieur de Volenville; de quoi s'agit-il?...

— Vos fêtes sont si belles, si magnifiques, que l'on en parle partout! Y aller est un plaisir et un honneur que tout le monde envie... mais, comme dit le poëte latin : *Non licet omnibus adire Corinthum!*

— Je vous vois venir: un de vos amis désire y être invité?

— Ce n'est pas un de mes amis! Je vais vous expliquer carrément la chose: c'est une famille venue de Strasbourg. Elle se compose du père, de la mère et d'une jeune fille fort jolie... Ce sont des gens riches... très-riches! Je ne vous garantis pas qu'ils aient les manières du beau monde... Le papa, M. Croutmann, était éleveur...

— Diable!.. diable!... Il faut beaucoup de fortune pour faire passer cela.

— Ils en ont, car le père donne trois cent mille francs comptant à sa fille en la mariant. Il a même apporté sa dot avec lui, et l'a déposée à la Banque... Voilà les personnes qui briguent l'honneur d'être invitées à l'une de vos fêtes... Dites-moi si cela peut se faire?...

Cramoisan se caresse le menton. Il réfléchit quelques moments et répond enfin à Volenville :

— Mon cher monsieur de Volenville, je vais vous répondre aussi carrément que vous m'avez parlé. Je reçois, chez moi, la plus belle société de Paris; pour que je laisse s'y mêler de ces bons bourgeois, qui n'ont pas les manières du grand monde, il faut au moins que j'aie une raison... de ces raisons plausibles, concluantes, qui répondent à tout. Ainsi, quand on est mon client, que l'on a placé ses fonds chez moi, il est tout naturel que j'invite à mes fêtes celui qui participe au roulement de mes affaires... comprenez-vous?

— Je crois que oui.

— Pourquoi voulez-vous que je reçoive dans un salon votre famille d'éleveurs... votre monsieur... Croutmann!... qui place à la Banque les trois cent mille francs... dot de sa fille, au lieu de les placer chez moi? D'abord, dans son intérêt, cela vaudrait mieux; car à la Banque on paye un intérêt très-minime, tandis que, chez moi, il aurait plus du double. Ensuite, il me donnerait une preuve de sa confiance en ma maison; et, moi, si on se permettait de rire dans mes salons de la tournure un peu provinciale de ce monsieur, je clorais la bouche aux rieurs en leur disant : « J'ai à lui en caisse un demi-million!... » On enfle toujours un peu...

— En vérité, monsieur Cramoisan, votre raisonnement est si simple, si juste, que tout le monde pensera comme vous. Que M. Croutmann vous confie la dot de sa fille... et il est certain d'être invité à votre prochaine fête, lui et sa famille ?

— Lui et sa famille ! Oh! alors ce sera son droit!...

— Très-bien ! Je vais faire connaître votre réponse, et je ne doute pas que notre bon Alsacien ne s'empresse de retirer ses fonds de la Banque pour les porter chez vous... A quelle heure faut-il se présenter chez vous, pour vous y trouver, vous ? car vous comprenez que ce brave homme désire vous voir, vous parler... être connu de vous enfin!...

— Je suis toujours dans mon cabinet le matin, de neuf à onze; d'ailleurs, amenez-le vous-même...

— Si je ne puis vous l'amener moi-même, je le confierai à un de mes meilleurs amis... Berlingot, qui se chargera de vous le présenter.

— Comme vous voudrez! Votre éleveur se nomme... Croutmann ?

— Werther Croutmann, de Strasbourg.

— En disant ce nom-là, il sera introduit tout de suite... Bonjour!... Je vous quitte, car voici l'heure d'aller au Bois... et la divine Astrakan y sera!...

— Astrakan!... Ah! cette nouvelle femme à la mode... qui est avec Arthur de Grainwal ?

— Je vous certifie qu'elle n'y sera pas longtemps ! Le banquier monte dans son cabriolet et Volenville se rend au Palais-Royal. Il aperçoit dans les galeries Robillot, tenant Thérèse sous son bras. Le couple s'arrête devant chaque boutique et y fait de longues stations. Pour ne pas être aperçu par les campagnards, Volenville se réfugie dans le jardin et se cache une partie de la figure avec des journaux.

Un peu avant six heures, Berlingot vient le rejoindre, car il a hâte de connaître la réponse du banquier. Volenville rapporte toute sa conversation avec Cramoisan.

— Très-bien ! cela doit aller tout seul! s'écrie Berlingot. Le papa Croutmann ne demandera pas mieux que de mettre son argent chez le banquier, et il ira avec sa famille à la première fête qui se donnera!... Ah! mais, dis donc, Volenville...

— Qu'est-ce encore ?

— Est-il bien solide, ce banquier-là?... S'il allait lever le pied avec la dot... elle serait mauvaise, la combinaison!...

— Oh! pas de danger!... Informe-toi?... On te dira que c'est une des plus fortes maisons de Paris...

— Oui, c'est vrai, on me l'a déjà dit! Allons, point d'alarmes!... d'ailleurs, je tâcherai que la dot ne moisisse pas chez M. Cramoisan !

— C'est toi qui te chargeras d'y mener ton futur beau-père?

— Oui, cher ami, dès demain je verrai Croutmann... en attendant viens chez Véry ; je t'offre à dîner.

XII

L'AMOUR D'UNE JEUNE FILLE

Depuis l'entrevue qu'elle avait eue avec son jeune voisin, Ketly se flattait que son amour était partagé ; aussi était-elle plus que jamais résolue à ne point épouser Berlingot.

Croutmann ne parlait plus à sa fille qu'avec un air sévère, et d'un ton bourru. Celle-ci faisait semblant de ne point s'en apercevoir ; elle était pleine d'attentions, de prévenances pour son père. La maman voyait tout cela ; elle n'osait pas gronder son mari, mais elle redoublait de caresses pour sa fille. Les mamans sont toujours là pour rétablir l'équilibre, pour tâcher de faire rentrer l'espérance dans les cœurs affligés.

Berlingot, qui a hâte de faire part à Croutmann de ce qu'il faut faire pour être invité aux fêtes que donne le banquier Cramoisan, ne tarde pas à se rendre près du père de Ketly, qu'il trouve seul, et qu'il aborde d'un air joyeux en lui disant :

— Eh bien! mon cher monsieur Croutmann, quand je me mêle d'une chose, elle réussit toujours! Vous désiriez aller aux superbes fêtes que donne le riche Cramoisan? Vous irez quand vous voudrez. Maintenant cela dépend de vous!...

— Que m'annoncez-vous là, mon cher ami! répond Croutmann en se frottant les mains d'un air joyeux; cela ne dépend que de moi, dites-vous, d'être avec ma famille invité à ces magnifiques réunions, dont on parle dans le journal?

— Oui, cher monsieur.

— Dites-moi donc bien vite alors ce qu'il faut faire pour cela...

— Nous avons vu le banquier. Voici sa réponse, qui est bien simple : « Je ne reçois à mes soirées que mes clients, ceux dont je gère les fonds. Votre monsieur a mis, dites-vous, en dépôt à la Banque trois cent mille francs... qu'il destine pour dot à sa fille. Qu'il mette cette somme chez moi; d'abord elle lui rapportera beaucoup plus, ensuite il sera de droit invité à toutes les fêtes que je donnerai. » Vous voyez que ce raisonnement est aussi simple que juste?

— Oui, vraiment!... Oh! mais alors c'est très-facile. Je vais retirer mes fonds de la Banque et je les porterai chez ce banquier... Je n'ai pas besoin de vous demander si cette maison est solide?

— Oh! cela m'intéresse autant que vous! Ce Cramoisan a un crédit immense, c'est une des plus fortes maisons de Paris!... Au reste, informez-vous aussi... cela ne peut pas nuire.

— Je m'en rapporte à vous. Et puis, un homme dont les journaux s'occupent... il faut bien qu'il en vaille la peine!... Dès aujourd'hui, je vais à la Banque...

— J'aurai, si vous le voulez bien, l'honneur de vous conduire moi-même chez Cramoisan?

— Non-seulement je le veux bien, mais je vous en prie...

— Et, maintenant, vous vous souviendrez de votre promesse?...

— Soyez tranquille... Ketly sera votre femme.

— J'y compte... Ces dames sont-elles chez elles ?... je n'ose m'y présenter...

— Elles sont à leur toilette... laissez-les, vous les verrez plus tard. Demain, j'irai vous prendre chez vous avec les fonds, et nous irons tout de suite chez le banquier...

— Il faut y être avant onze heures... Je préfère venir vous chercher.

— Comme vous voudrez. Je serai prêt.

Dès que Berlingot est parti, Croutmann se rend dans la chambre de sa femme, qu'il trouve causant avec sa fille. L'air satisfait du papa frappe ces dames, et Gotlieb lui dit :

— Qu'y a-t-il donc de nouveau, mon ami? je vous trouve un air tout joyeux...

— C'est que je le suis, en effet, ma chère; et je pense que vous partagerez ma joie, lorsque vous saurez que nous irons à la première grande fête que donnera le banquier Cramoisan... Vous savez, ces fêtes dont les journaux rendent compte, en citant les personnes remarquables qui s'y trouvaient?... Berlingot m'a assuré que mon nom y serait mis... et ces journaux-là se lisent à Strasbourg, Gotlieb! Ah! comme cela va faire pester nos connaissances!... J'en ris d'avance!

— Mais, Werther, comment savez-vous que nous serons invités à ces belles fêtes?... Qui vous le fait espérer?

— Je ne l'espère pas, puisque j'en suis sûr. Je vous dirai plus tard par quel moyen. Qu'il vous suffise de savoir à présent que c'est grâce à Berlingot, et aux démarches qu'il a faites, que nous aurons l'avantage de nous trouver avec le plus beau monde de Paris. Vous entendez, Ketly, c'est à ce cher Berlingot que nous devons cela!... Il me semble que cela mérite bien une récompense?... Aussi, ma fille, je lui ai promis votre main.

La jolie fille pâlit; mais elle rappelle tout son courage et répond d'une voix ferme :

— Vous avez eu tort, mon père; car je vous ai déjà dit que je ne voulais pas épouser ce monsieur, et aujourd'hui j y suis encore plus résolue que jamais!...

— Encore plus résolue, mademoiselle! Et qui donc a pu augmenter votre résolution?...

— Ce que l'on m'a dit de M. Berlingot; ce que j'ai appris sur son compte...

— Ce que l'on vous a dit!... Et qui donc s'est permis de calomnier ce jeune homme?... Ah! je le devine! c'est M. Henry Demarsay, n'est-ce pas?... Allons, mademoiselle, ne mentez pas!...

— Oui, mon père, oui... c'est M. Demarsay; mais il n'a pas calomnié votre M. Berlingot... il n'a fait que dire ce dont il est sûr. Il prétend qu'il n'est pas digne d'être votre gendre...

— Ah! la ruse est trop grossière!... Il me croit donc bien bête, votre avocat, pour penser que je ne devine pas ce qui le fait parler ainsi?... Ah! il connait Berlingot!... Celui-ci n'est pas digne d'être mon gendre!... Et pourquoi donc, lorsque, après s'être rencontré ici avec lui, et que nous lui avons demandé s'il le connaissait, nous a-t-il répondu : « très-peu... très-superficiellement... et seulement pour l'avoir rencontré deux ou trois fois dans le monde. »

— Parce qu'alors, mon père, il ne voyait pas la nécessité de vous dire du mal de ce monsieur...

— Ta! ta! balivernes que tout cela!... parce qu'alors il ne devinait pas que Berlingot me demanderait votre main... mais, aujourd'hui, il le calomnie, parce qu'il trouve en lui un rival; car il vous aime cet avocat sans causes... il vous aime, et il voudrait vous épouser!...

— Mon père je vous jure que jamais M. Henry ne m'a dit un mot d'amour...

— Il ne vous en a pas dit un mot... c'est possible; mais on fait l'amour avec les yeux, et il y a mille manières de faire deviner ses sentiments à une jeune fille... Demandez plutôt à votre mère!...

— Ah! Werther! Werther! taisez-vous!...

— Mais mon père, autrefois, vous-même, vous aimiez M. Henry; il vous plaisait par ses manières simples et franches.

— C'est possible; il me plairait toujours s'il ne s'avisait pas de vous aimer, s'il ne vous disait pas de mal de Berlingot...

— Mon père, je vous assure...

— En voilà assez; je vous ai fait connaître ma volonté. Je veux que Berlingot soit mon gendre... et quand j'ai mis quelque chose dans ma tête, ça tient bien.

Croutmann est parti. Ketly pleure et la maman essaye encore de la consoler. Mais comme, au milieu de ses préoccupations, Gotlieb avait toujours en tête la coquetterie, elle ne tarde pas à s'écrier :

— Mon Dieu! si nous allons à ces belles fêtes chez ce banquier, il faudra que j'aie une magnifique toilette, que je choisisse pour robe l'étoffe qui est le plus à la mode!... Je vais aller, pour cela, consulter ma couturière. Viens avec moi, Ketly; tu choisiras aussi une robe pour toi, car ton père voudra que nous soyons très-élégantes...

— C'est inutile, ma mère, je n'ai pas besoin de robe nouvelle, car je n'irai pas à ce bal où nous serons invités par la protection ds M. Berlingot.

— Tu dis cela, ma fille; mais ce serait maladroit de vouloir en toute chose désobéir à ton père. Je choisirai moi-même l'étoffe, car tu changeras d'idée...

— Jamais pour le mariage, ma mère!

— Eh! non, mais pour le bal.

La maman quitte sa fille. Ketly n'est pas fâchée d'être seule. Quand on a de l'amour en tête, cela vous tient lieu de compagnie; et souvent on préfère celle-là à la présence de gens indifférents qui vous empêchent de vous livrer à vos pensées. Disons aussi que la chambre de Ketly donnait sur la cour; que, lorsqu'il sortait ou rentrait, depuis quelque temps, Henry ne manquait jamais de regarder à cette fenêtre; et, quand il y apercevait la charmante fille, il la saluait, puis, au moindre signe qui l'y engageait, pouvait monter chez elle. Et, cette fois, bien que Ketly fût persuadée qu'elle n'avait pas fait le moindre signe, Henry, en l'apercevant, en remarquant l'extrême tristesse empreinte sur son visage, s'est hâté de se rendre près d'elle.

Ketly tend la main à son jeune voisin, en lui disant :

— Ah! que vous faites bien de venir!... je suis si malheureuse!... J'ai bien besoin que vous me donniez du courage!

— Qu'y a-t-il donc encore? demande Henry en s'asseyant auprès de Ketly et en prenant cette main qui cherche la sienne.

— Il y a... toujours la même chose; que mon père veut que j'épouse son M. Berlingot!...

— Je croyais que M. Croutmann vous avait donné tout le temps de réfléchir à cette proposition?

— Oui, il m'avait donné du temps; mais aujourd'hui il est plus entiché que jamais de son Berlingot, parce que celui-ci va nous faire inviter à aller aux fêtes que donne un riche banquier... fêtes dont parlent les journaux... Cela tourne la tête à mon père... qui ne rêve, ne songe qu'à se voir dans un journal!...

— Est-ce chez le banquier Cramoisan que votre père désire aller?

— Justement ! chez le banquier Cramoisan !... Vous le connaissez?

— Oui... j'étais à sa dernière fête.

— Et c'est bien beau ?

— C'est du moins très-brillant. Mon Dieu ! si j'avais connu le désir de votre père, il m'eût été facile de le satisfaire...

— Vraiment?... Et, aujourd'hui, c'est ce M. Berlingot qui va lui faire ce plaisir ; et, pour l'en remercier, il veut que je l'épouse !...

— Vous n'avez donc pas dit à monsieur votre père que cet homme était indigne d'être son gendre?

— Oh ! si, je le lui ai dit !... mais j'ai été bien mal reçue quand j'ai dit cela... Mon père s'est écrié : « C'est M. Henry Demarsay qui t'a dit cela ! il calomnie Berlingot, parce qu'il craint que tu ne l'épouses... et il ne veut pas que tu l'épouses... parce que... »

— Parce que?... Achevez de grâce !...

— Je ne sais si je dois !... Mon père prétend que vous avez dit cela ... parce que vous m'aimez... Moi, j'ai juré à mon père que vous ne m'aviez jamais dit un mot d'amour... et je n'ai pas menti ; mais c'est égal, mon père veut absolument que vous m'aimiez !... Est-ce qu'il a raison?... Monsieur Henry, je voudrais bien savoir si mon père a raison ?...

Henry ne répond rien, mais il soupire en quittant cette main qui était dans la sienne, et la jeune fille balbutie :

— Ah ! je vous comprends... vous repoussez ma main... cela veut dire que vous ne m'aimez pas !...

— Non, non, vous ne me comprenez pas ! s'écrie Henry. Oh ! cela ne veut pas dire cela !...

— Alors, c'est donc vrai que vous m'aimez?... Ah ! dites-le-moi !... dites-le-moi au moins !...

— Ah ! charmante Ketly !... je ne dois pas vous le dire, au contraire...

— Si, si, vous devez me le dire !... Pourquoi donc ne me le diriez-vous pas si vous le pensez ?

— Parce que je dois cacher cet amour au fond de mon cœur, car je ne puis pas espérer de devenir votre mari !... Vous êtes trop riche... beaucoup trop riche pour moi, qui n'ai qu'une position modeste !... Votre père ne m'accorderait jamais votre main... il croirait peut-être que c'est votre dot qui me fait envie ! Il se tromperait bien !... Si vous n'en aviez pas, dès aujourd'hui je demanderais votre main à M. Croutmann.

— Et, moi, je veux que vous m'épousiez avec ma dot !... Vous m'aimez !... il serait possible !... Ah ! je suis bien heureuse, à présent !... je ne pleurerai plus.

— Aimable fille !... Ah ! tenez, j'ai eu tort de vous avouer cela... mais je n'ai pas eu la force de résister !...

— Vous avez bien fait, au contraire ; car maintenant je n'ai plus de chagrins, de tourments... je sais que vous m'aimez ! J'aurai du courage pour supporter la colère de mon père...

— Mais, pourtant, il ne faudrait pas...

— Assez !... Taisez-vous ! Ah ! non ; dites-moi encore une petite fois que vous m'aimez, et puis partez ! Mon père va rentrer, je ne veux pas qu'il vous trouve ici en ce moment... Ah ! vous reprenez ma main !... c'est bien heureux !

Henry baise à plusieurs reprises cette main qu'on lui abandonne et s'éloigne enfin, suivi par les doux regards de Ketly.

Le lendemain, à onze heures très précises, Berlingot vient avec une voiture chercher Croutmann. Le bel élégant avait eu ses raisons pour ne pas vouloir que l'Alsacien vînt le prendre dans son splendide logement, où régnait souvent un grand désordre ; les commis étaient très rarement à leur poste, et le tapissier qui avait fourni l'ameublement, et n'avait reçu qu'un à-compte, se permettait de venir fort souvent demander de l'argent.

Croutmann, qui a vu la voiture s'arrêter à la porte, se hâte de descendre et se place à côté de Berlingot en lui disant :

— Vous êtes un peu en retard...

— Des affaires imprévues... Est-ce que vous avez vos fonds ?

— Oui, sans doute ; ils sont là... dans un grand portefeuille.

— Oh ! très-bien ! Alors nous pouvons nous rendre tout de suite chez le banquier...

— C'est tout mon désir ; pourvu qu'il ne soit pas sorti ?

— Non, Volenville l'a prévenu... il doit nous attendre.

La voiture roule. Croutmann porte de temps à autre sa main sur la poche dans laquelle est son portefeuille, en disant :

— Je sais bien qu'il ne peut pas se perdre, et malgré cela, à chaque instant, j'éprouve le besoin de le tâter.

On est arrivé devant le fastueux hôtel de la Chaussée-d'Antin où trône le banquier que tout le monde veut avoir pour trésorier, afin d'aller à ses fêtes; car les hommes sont comme les moutons de *Panurge* : ce que l'un a fait, l'autre veut le faire, personne ne veut rester en arrière ; c'est à qui sautera le mieux.

Croutmann et son compagnon entrent chez le banquier. Berlingot donne à un valet la carte du père de Ketly et la sienne. On ne les fait pas attendre. Il est rare que l'on fasse attendre trois cent mille francs ! Cramoisan est dans son cabinet. Il accueille ces messieurs avec le plus aimable sourire, présente un fauteuil à l'Alsacien qui est tout intimidé en se trouvant devant un homme qui reçoit chez lui le plus beau monde de Paris. Mais le banquier le met bien vite à son aise, en lui disant :

— Je sais ce qui vous amène, monsieur. Vous avez, m'a-t-on dit, des fonds à me confier?...

— Oui, monsieur.

Et Croutmann sort de sa poche le volumineux portefeuille renfermant les billets de banque. Il le présente à Cramoisan, en lui disant :

— Il y a là-dedans trois cent mille francs... Veuillez les compter.

— Je le veux bien, répond Cramoisan en sortant les billets du portefeuille. Ne vous en formalisez pas ; mais, une si grosse somme, cela se compte.

— Oh ! monsieur, loin de m'en formaliser, je regarde cela comme un devoir.

— C'est fort juste... le compte y est... trois cent mille francs. Je vais vous en donner un reçu. Je vous donnerai six pour les intérêts... Cela vous va-t-il?

— Parfaitement, monsieur. Tout ce que vous ferez sera bien fait !....

Dans une brasserie alsacienne. Page 44.

— Je tâcherai d'être digne de votre confiance... Ah! je dois vous avertir : lorsque vous voudrez retirer vos fonds, vous me préviendrez trois jours d'avance, n'est-ce pas? parce qu'on n'a pas toujours une si forte somme chez soi....

— C'est entendu, monsieur, c'est entendu!... Voilà mon futur gendre, M. Berlingot, qui se chargera de vous avertir...

Cramoisan regarde Berlingot et le salue en souriant, puis s'occupe de serrer les billets de banque dans la caisse de fer qui est près de son bureau. Il fait ensuite un reçu de la somme qu'il a encaissée et le présente à l'Alsacien, en lui disant :

— Maintenant, monsieur Croutmann, que vous êtes mon client, me ferez-vous le plaisir de venir aux petites fêtes, aux bals que j'offre quelquefois à mes connaissances?

— Ah! monsieur, vous me comblez!... Je ne vous cacherai pas que c'est un honneur que j'ambitionnais depuis longtemps...

— Vous y avez droit dès aujourd'hui, monsieur.

— Mais... pardon, monsieur le banquier, c'est que j'ai une femme et une fille, ici, avec moi, à Paris...

— Vous les amènerai, mon cher cher monsieur, cela va sans dire! Vos dames seront parfaitement reçues... Madame Cramoisan sera charmée de les connaître...

— Vous êtes trop aimable! Au reste, je puis vous assurer que leurs toilettes seront dignes de vos salons...

— Oh! nous n'en doutons pas!

— Et moi, dit Berlingot, je me permettrai d'ajouter que madame Croutmann a une charmante tournure, et que sa fille, mademoiselle Ketly, est vraiment d'une beauté remarquable...

— Très-bien!... très-bien! Nous tâcherons que ces dames ne s'ennuient pas à notre bal. Vous, monsieur Berlingot, j'espère que vous accompagnerez la famille de monsieur.

— J'aurai cet honneur. Merci mille fois de votre invitation... Et maintenant, cher beau-père futur, comme les moments de monsieur Cramoisan sont précieux, nous allons le laisser à ses affaires...

— C'est juste!... c'est juste!... Ah! pardon!... une seule question... Monsieur le banquier, pensez-vous donner bientôt une autre fête?... Je vous demande cela, parce que ces dames auront besoin de se préparer à l'avance...

— Oh! vous avez le temps!... Il n'y a pas longtemps que ma dernière fête a eu lieu... Vous concevez que ces fêtes-là sont un peu dispendieuses?... on n'en donne pas à chaque instant; mais, dans quinze jours... trois semaines environ, j'aurai le plaisir de vous en offrir une. D'ailleurs, soyez sans crainte, vous recevrez huit jours d'avance vos lettres d'invitation... Bonjour, messieurs, je vous laisse partir, parce que le courrier m'attend.

Croutmann et son introducteur ont quitté l'hôtel de Cramoisan. Le père de Ketly est dans l'enchantement de la façon aimable dont il a été reçu par le banquier. Il se frotte les mains, en disant :

— Nous sommes invités?... Oh! cette fois, c'est une chose certaine!... nous irons à ces belles réunions?...

— Et bien! cher beau-père, à quand la noce alors?...

— Aussitôt après que M. Cramoisan nous aura donné une fête... et que vous aurez fait mettre mon nom dans le journal... car vous m'avez promis de l'y faire mettre?...

— Oui, oui, il y sera... mais pourquoi attendre tout cela?...

— Parce qu'alors, mon cher ami, ma fille ne pourra plus trouver de raison pour vous refuser. Un peu de patience; le banquier a dit qu'il donnerait une fête dans quinze jours, trois semaines au plus tard!...

— C'est long! murmure Berlingot en secouant la tête. Ah! comptez-vous apprendre à votre femme ce que vous avez fait ce matin?

— Non; je ne dirai tout cela à Gotlieb et à Ketly que lorsque je recevrai la lettre d'invitation du banquier. Je veux jouir de leur surprise... et, d'ailleurs, les femmes ne doivent pas être toujours au courant de nos affaires.

— Comme vous voudrez! Je vais acheter des cigares.

XIII

LE MARCHAND DE CONTREMARQUES

Quinze jours se sont écoulés, puis trois semaines, et le banquier n'a pas encore donné cette fête si désirée par Croutmann, et encore plus par Berlingot; car ce dernier a déjà dépensé, gaspillé, perdu au jeu presque tout l'argent qui lui venait de Robillot : la chance continuait à être mauvaise pour lui et pour Volenville. Ordinairement, cela inquiétait peu ces messieurs; mais en ce moment il fallait que Berlingot pût continuer à faire figure, à briller dans son bel appartement, où il pouvait prendre fantaisie à Croutmann d'aller le voir, et chaque jour la position devenait plus difficile.

Le marchand de fromages, assez contrarié de n'avoir pas touché d'avance le second trimestre de son premier versement, a dit à sa femme :

— Thérèse, il faut dépenser moins d'argent; tu ne veux pas retourner au pays... c'est un tort...

— J'y retournerai si tu y reviens avec moi.

— Je ne peux pas... puisque j'aurai bientôt de l'argent à toucher, ce n'est pas le moment de m'en aller.

— Alors je reste avec toi.

— Oh! es-tu entêtée!... Tu veux aller tous les soirs au spectacle, c'est trop cher!...

— Nous irons seulement nous promener...

— Oui, mais, quand nous nous promenons, tu as toujours soif ou faim!... Ça revient aussi cher que le spectacle!

— Mène-moi dans ce café où tu m'as dit que tu avais été reçu Mélodieux...

— Non, on y dépense aussi trop d'argent; et puis, quand je dis aux garçons : « Je suis de la Société des Mélodieux, je dois payer moins cher », ils me rient au nez, ils ont l'air de se moquer de moi. J'en demanderai la raison à mon ami Volenville, quand je le verrai.

— Qu'est-ce que c'est que ton ami Volenville?

— C'est l'ami de Berlingot.

— Qu'est-ce que Berlingot?

— C'est l'associé de Perdaillon et compagnie, chez qui nous avons placé notre héritage... et chez qui tu as si bien déjeuné, que tu as commis des inconvenances...

— Mais je ne l'ai pas vu, moi, ce M. Perdaillon.

— Non, il n'était pas du déjeuner; il voyageait... Mais je l'ai vu, moi, quand j'y suis allé la première fois... Ah! le bel homme! Il en ferait deux comme moi!

Il est huit heures du soir. Le temps est mauvais. Le couple Robillot, qui est sorti pour se promener, est surpris par la pluie. Mais en passant devant le théâtre de la Gaîté, un homme les accoste, en leur disant :

— Voulez-vous des places? Moins cher qu'au bureau!... Des fauteuils de galerie numérotés, premier rang!...

Thérèse regarde son mari en lui disant :

— Ah! Nicodème! voilà une occasion!... Moins cher qu'au bureau! il faut en profiter.

— Oui, mais la pièce doit être commencée!

— Presque pas, monsieur, les premières scènes seulement... celles qu'on n'écoute jamais; car, si j'étais des acteurs, je ne les jouerais pas.

— Où sont-elles, vos places?

— Venez par ici... je vais vous les donner.

Robillot et sa femme suivent le marchand de billets. C'est un gaillard très-grand, très-fort, qui les conduit devant une boutique éclairée, et là, cherche les places dans ses poches. Pendant qu'il se livre à cette occupation, Robillot, qui a eu tout le temps de le regarder, s'écrie tout à coup :

— Tiens!... mais je ne me trompes pas! Je vous connais!... Oh! oui, je vous reconnais bien, à présent!... Tiens, Thérèse, c'est le bel homme dont je te parlais tout à l'heure!... Vous êtes Perdaillon?... L'associé de Berlingot... et vous vendez aussi des billets de spectacle?... Ah! cette idée!

L'individu auquel Robillot s'adresse, l'examine, fronce les sourcils, semble un moment embarrassé, puis répond :

— Je ne sais pas ce que vous voulez dire, monsieur.

— Comment!... Vous n'êtes point Perdaillon... banquier, boulevard Malesherbes?...

— Ah! monsieur veut rire!... Si j'étais tout cela, je ne serais pas ici.

— J'avoue que ça m'embrouille un peu... cependant, vous êtes bien Perdaillon ?...

— Non, monsieur. Je me nomme Boiron. Je n'ai pas d'autre nom.

— Oh ! c'est bien singulier !... la même taille !... la même figure !... la voix enrouée comme l'autre !... Est-ce que vous avez un frère ?

— Oui, monsieur, un frère jumeau... tout mon portrait !

— Il s'appelle donc Perdaillon, lui ?

— Ah ! monsieur, je ne peux pas vous dire... il change très-souvent de nom. On m'a dit qu'il avait fait fortune; mais nous sommes brouillés; je ne le vois plus.

— Alors il faut que ce soit cela; c'est votre frère que j'aurai vu... Ah ! quelle ressemblance ! Eh bien! vous ne savez donc pas qu'il a fait fortune, votre frère ? Il est maintenant banquier; il a un superbe appartement boulevard Malesherbes !

— J'en suis bien aise pour lui, mais si vous voulez voir la pièce, il faut entrer.

— Oh ! oui, Nicodème, prends donc les billets et entrons.

— Combien vos deux places ?

— Six francs, moins cher qu'au bureau.

— Voilà votre argent... C'est égal ! Cette ressemblance est extraordinaire!... et vous vous appelez Boiron ?

— Oui, monsieur. Entrez, la pièce se joue...

— Viens donc, Nicodème !...

— Voilà !... voilà !... Monsieur Boiron, je reviendrai causer avec vous dans l'entr'acte.

— Ça suffit, monsieur.

Thérèse est parvenue à entraîner son mari. Ils vont prendre leurs places. La pièce était déjà au second acte, mais pour madame Robillot, cela ne faisait rien ; elle n'avait pas l'habitude de comprendre les drames, et c'est peut-être pour cela qu'elle y prenait tant de plaisir. Son mari, moins amateur du spectacle, s'intéresse peu à ce qu'on joue ; il est tout préoccupé du marchand de contremarques, qui ressemble si étonnamment à son banquier. Dans l'entr'acte, il sort, et cherche M. Boiron parmi les hommes qui font trafic de la contremarque, mais il ne le retrouve pas ; il s'informe de lui aux marchands de billets, qui lui répondent que Boiron est parti. Robillot revient dans l'entr'acte suivant pour chercher son homme, mais tout aussi inutilement.

Le lendemain, le ci-devant marchand de fromages ne peut résister au désir d'aller chez ses banquiers pour y parler de la rencontre qu'il a faite.

Robillot ne trouve plus de groom à la porte. Il entre dans les bureaux, où les jeunes commis ne viennent plus faire des chiffres, Croquet est seul dans son vitrage, dont la porte est ouverte. Étalé sur deux chaises, tout débraillé, tout crotté, il fume, boit de la bière et mange du pain et du fromage. A l'aspect du campagnard, il caresse ses moustaches et tâche de prendre une tenue plus décente.

— C'est moi, me voilà ! Bonjour les amis ! dit Robillot. Ah ! il n'y a que Croquet ici, notre caissier !... ça va bien, Croquet ?

— Mais, oui, monsieur Robillot, pas mal ; je vous remercie...

— Qu'est-ce que vous mangez donc là avec votre pain ?... Dieu me pardonne ! c'est du gruyère !

— Oui, en effet, c'est du gruyère...

— Et pourquoi donc ne mangez-vous pas plus tôt du brie ? c'est bien meilleur ! Est-ce qu'il y a rien au-dessus du fromage de Brie ?

— J'attends que vous me donniez celui que vous m'avez promis.

— Ah ! c'est vrai... je vous en dois un. Vous l'aurez quand on me payera mon second trimestre, et ce sera bientôt...

— J'aimerais mieux l'avoir avant.

— Est-il gueulard !... Berlingot est là ?

— Non, il est à la Bourse...

— Et Perdaillon, le superbe Perdaillon, toujours en voyage ?

— Toujours !...

— Ah ! c'est que, vous ne savez pas, j'ai fait une drôle de rencontre, allez ! Je suis fâché que Berlingot ne soit pas là !...

— Quelle est donc cette rencontre que vous avez faite ?

— Le frère jumeau de Perdaillon !... Saviez-vous qu'il avait un frère jumeau ?

Croquet se mord les lèvres pour ne point éclater de rire, et répond enfin :

— Ma foi ! non, je ne le savais pas ; en voilà la première nouvelle...

— Ah ! c'est parce qu'ils sont brouillés !... Celui d'ici a fait fortune ; il ne veut sans doute plus voir son frère, qui est marchand de contremarques... Ça arrive souvent dans les familles : les riches ne veulent plus voir les pauvres.

— Et où donc avez-vous rencontré ce frère de notre banquier ?

— Devant le théâtre de la Gaîté ! Il m'a vendu un billet moins cher qu'au bureau !... Alors j'ai causé avec lui ; il se nomme Boiron... moi, je l'appelais Perdaillon, tant la ressemblance est grande ! Je vous en prie, dites à Berlingot d'aller flâner par là... ce Boiron, qui vend des billets, doit y être tous les soirs; il le verra, et je gage qu'au premier moment il fera comme moi, il croira que c'est Perdaillon.

— Je le lui dirai...

— Est-elle bonne, cette bière ?

— Pas mauvaise...

— Donnez-m'en donc un verre?...

— Volontiers !

— Je me sens tout gaillard aujourd'hui, parce que je suis parvenu à sortir sans ma femme... Figurez-vous que j'ai profité de ce qu'elle a mal aux dents. Hier, au spectacle, elle aura pris un coup d'air. Ce matin, il lui vient une fluxion ; je lui ai dit : « Si tu sors avec ta fluxion, tu resteras enflée toute ta vie!... » Alors elle est restée...

— Et vous en profitez pour courir les belles ?... Mauvais sujet !

— Oh ! Dieu ! si sa fluxion pouvait seulement lui durer six semaines !...

— Dites donc, monsieur Robillot, vous nous devez toujours cinq cents francs pour les dégâts faits par votre chien !...

— C'est bon ! nous verrons ça quand je recevrai mon trimestre... et dans cinq jours il sera échu, mon petit, et je viendrai chercher les monacos !...

— Vous aurez le droit de venir les chercher.

— Adieu ! je vais me promener. Thérèse a mal aux

dents, je me donne de l'air. Vous direz à Berlingot d'aller voir le jumeau de Perdaillon, n'est-ce pas?

— Je n'y manquerai pas.

Pendant trois jours, Robillot passe ses journées à se promener, à mener de nouveau sa vie de garçon. Le quatrième, dans une brasserie alsacienne, il se trouve avec Croutmann, qui vient aussi y prendre son bock. Ces messieurs se reconnaissent. Le marchand de fromages va s'asseoir près de l'Alsacien, et la conversation s'engage. Robillot parle des fonds qu'il a placés chez Perdaillon et compagnie, et du taux de l'intérêt qu'on lui paye.

— Dix pour cent! s'écrie Croutmann, c'est énorme! et je m'étonne qu'on puisse vous donner tant que cela. Moi, j'ai placé des fonds chez le riche banquier Cramoisan; il me donne six, et je trouve que c'est fort raisonnable. Je crains que ces jeunes gens n'aillent trop vite.

Robillot s'inquiète peu si on va vite; il compte, le lendemain, aller toucher son trimestre. Puis il raconte à Croutmann la singulière rencontre qu'il a faite devant le théâtre de la Gaîté. Le père de Ketty l'écoute avec attention. Cette histoire semble le préoccuper beaucoup.

— Avez-vous été revoir ce marchand de contremarques? dit-il à Robillot.

— Ma foi! non, je n'ai pas eu le temps. Thérèse a sa fluxion, j'en profite pour me promener...

— Et vous n'avez pas causé de cela avec Berlingot?

— Quand j'y vais, il est toujours à la Bourse. Mais, demain, j'espère que je le trouverai chez lui; j'irai toucher mon trimestre.

Ces messieurs se séparent. Robillot va courir les endroits publics. Croutmann rentre chez lui. Ce qu'il vient d'entendre lui a donné à réfléchir; il n'est pas tranquille, il lui tarde de voir Berlingot; mais alors il est tard, et il se dit: « J'irai chez lui demain, après mon déjeuner. »

Le lendemain, Croutmann fait demander au portier s'il n'est pas arrivé pour lui des lettres, car il attend toujours l'invitation du banquier; depuis quelques jours on parle beaucoup d'une fête qu'il doit donner incessamment, et qui sera, dit-on, encore plus belle que les précédentes. Mais rien n'est venu. Après son déjeuner, Croutmann sort pour se rendre chez Berlingot. L'Alsacien faisait ses courses à pied quand il était seul, parce qu'il aimait beaucoup à marcher. Cependant quand il est dehors, il regarde sa montre et se dit: Midi et demi!... Peut-être Berlingot n'est-il plus chez lui? Allons d'abord à la Bourse, puisqu'il y va tous les jours; je suis plus sûr de le rencontrer là. »

Croutmann se rend à la Bourse. Sur les marches, sous le péristyle du bâtiment, il y a déjà beaucoup de monde: des groupes se forment, les conversations paraissent très-animées.

— Eh bien! savez-vous la nouvelle, la grande, la terrible nouvelle du jour? dit, à Croutmann, un monsieur qui se rencontrait souvent avec lui à la brasserie.

— Mais non, je ne sais rien encore, répond l'Alsacien. Qu'est donc? une faillite sans doute?

— Oui; mais une faillite infâme, épouvantable!... plus de trois millions de déficit! Et on est certain que le fripon en emporte une grande partie, qu'il s'en va avec l'argent de ses malheureux clients...

— Et qui donc a fait cela?

— Parbleu! celui qui donnait de si belles fêtes pour amorcer son monde... Cramoisan! le fastueux Cramoisan!...

Croutmann est obligé de s'appuyer sur le bras du monsieur qui lui parle; il espère avoir mal entendu, et balbutie:

— Vous avez dit... Mais non, vous n'avez pas dit Cramoisan, n'est-ce pas?

— Ah! bigre! il paraît que vous êtes du nombre des victimes! je vois cela à votre émotion... Mon cher monsieur, je suis fâché de vous apprendre une chose si désagréable; mais, tôt ou tard, il allait bien que vous en fussiez instruit. Oui, c'est bien le banquier Cramoisan qui a levé le pied...

— Ah! mon Dieu!... que me dites-vous là!...

— Vous êtes donc dans la faillite?... pour beaucoup?

— Trois cent mille francs! la dot de ma fille, que je lui avais confiée, il y a trois semaines environ...

— Ah! quel malheur!... trois cent mille francs!... Mais pourquoi diable avoir confié cela à ce fripon!...

— On m'avait dit!... Tous les renseignements lui étaient favorables!... ces fêtes qu'il donnait!...

— Eh? c'est justement cela qui aurait dû donner l'éveil aux imbéciles!... Ces grandes fêtes étaient pour amorcer les chalands, pour faire affluer chez lui les étrangers.

— Ah! j'étouffe!...

— Vous êtes bien pâle!... Allons, sacrebleu! soyez homme, mon cher monsieur... il faut savoir supporter les coups du sort...

— Oui, vous avez raison!... j'aurai du courage!... d'ailleurs, je ne suis pas ruiné pour cela...

— On rattrapera peut-être le fuyard... on tirera peut-être quelques bribes de son actif. Mais vous devriez aller prendre quelque chose au café pour vous remettre...

— Et de quand sait-on cette nouvelle?

— Il paraît que, hier au soir, on parlait déjà de la fuite de Cramoisan; mais, ce matin, il n'y a plus de doute: la caisse est fermée, on ne paye plus, plusieurs commis ont déjà abandonné leur poste... Mais venez donc au café...

— Merci... merci... il faut que j'aille d'abord chez Berlingot!... Merci!

Croutmann court sur la place, monte dans un cabriolet et se fait conduire au boulevard Malesherbes, à la demeure de Berlingot.

En descendant de voiture, notre Alsacien est très-surpris de voir un grand mouvement sous la porte cochère; des commissionnaires emportent des meubles, le portier se dispute avec un tapissier, le petit Athanase, qui n'a plus son costume de groom, crie autant que son père. Croutman, sans demander d'explications, monte vivement l'escalier, entre au premier, dans l'appartement où il a déjeuné, et y trouve tout en désordre; c'est là que les commissionnaires enlèvent les meubles, mais il n'y a plus de commis, plus de caissier: il n'y a plus dans les bureaux que Robillot, qui est assis devant le vitrage, et pleure en regardant la caisse qui est ouverte et parfaitement vide.

— Où est monsieur Berlingot? Je veux voir Berlingot? s'écrie Croutmann en entrant.

L'ancien marchand de fromages le regarde en disant:

— Ah! bien oui! Berlingot!... il n'y a pas plus de Berlingot que de Perdaillon! Il paraît que tout cela c'était une bande de filous... Je viens pour toucher mon trimestre, et plus personne... ils ont tous filé dès hier! Ah! Thérèse... qu'est-ce que tu vas me dire!... Notre argent!... notre pauvre argent perdu, deux cent mille francs!... ça ne guérira pas ta fluxion... mais je vais aller porter plainte chez le commissaire de police!...Le tapissier, qui reprend ses meubles, m'a dit que ça ne m'avancerait à rien... Ah! les gueux! les gredins!... En apprenant cela, ce matin... car j'étais ici à dix heures, j'ai couru chez Volenville, l'homme d'affaires, qui avait l'air si bon garçon... il est déménagé, et on ne sait pas son adresse; ils déménagent tous!... Alors, je suis revenu ici, voir si par hasard Berlingot ou Croquet serait caché dans quelque coin... Je ne peux pas me décider à m'en aller! Je veux mon trimestre, nom d'un nom!... il me faut mon trimestre... il me faut mon argent!...

Croutmann voit bien qu'il est inutile qu'il reste davantage. Tout honteux d'avoir été pris pour dupe par celui qu'il voulait nommer son gendre, il redescend lentement l'escalier et trouve le portier qui lui dit:

— Vous cherchiez les Berlingot, les Croquet... Ah! monsieur, c'était de la fameuse canaille!...

— Mais, cette maison de banque avec ce Perdaillon... ces commis dans les bureaux?...

— C'était de la frime tout ça, monsieur, du boniment, pour attraper des dupes! Au commencement, j'ai donné dedans; mais, depuis quelque temps, j'avais des doutes... Croiriez-vous, monsieur, que ce Croquet a été assez cuistre pour reprendre le costume de groom de mon fils, et le vendre à un marchand d'habits!... Il n'en avait pas le droit, n'est-ce pas, monsieur? je soutiens qu'il n'en avait pas le droit!...

Croutmann remonte dans son cabriolet et se fait conduire à l'hôtel du banquier. Là, on n'emporte pas les meubles, mais il y a déjà des gens de justice, des huissiers qui verbalisent. Cramoisan a disparu, et les bureaux sont fermés. Croutmann, accablé, désolé, se fait conduire chez lui; en arrivant, il se jette dans un fauteuil sans prononcer un mot; mais il est tellement pâle, tellement changé depuis le matin, que sa femme et sa fille accourent près de lui, et entourent son fauteuil, en lui disant:

— Qu'as-tu donc, mon ami?...

— Seriez-vous malade, mon père?...

— Que t'est-il arrivé depuis ce matin... tu es souffrant... mais parle, parle donc?...

Croutmann repousse doucement les deux femmes, en leur disant:

— Ah! laissez-moi!... je suis un imbécile... un sot!... je ne mérite pas votre pitié... et si je vous avais écoutées, tout cela ne serait pas arrivé!...

— Mais explique-toi donc, Werther, et ne te dis pas des sottises que tu ne mérites pas, bien sûr!...

— Si, Gotlieb, si, je les mérite!... Ce banquier... ce Cramoisan dont chacun vantait le crédit...

— Eh bien?...

— Et bien... il vient de faire faillite... il est en fuite!...

— Qu'est-ce que cela nous fait, à nous?... il ne donnera plus de fêtes, ça nous est bien égal...

— Ce que cela nous fait?... Ah! mes enfants, vous allez le savoir... C'est ma vanité, c'est mon orgueil qui m'ont perdu... je voulais aller à ces fêtes... Je voulais voir mon nom imprimé dans le journal... mais pour être invité par le banquier, il fallait être son client... Berlingot m'avait appris cela... Alors... oh! voilà ma faute... j'ai retiré l'argent que j'avais à la Banque... les trois cent mille francs... la dot de ma fille... et je les ai confiés à ce banquier...

— Ah! mon Dieu!... la dot de Kelly...

— Elle est perdue...perdue entièrement...

— Ma pauvre fille!...

— Eh bien! maman, est-ce que vous allez vous faire aussi du chagrin pour cela?... Oh! mais cela ne m'en fait pas du tout, à moi... je ne tenais pas à une dot, et M. Henry m'a dit que si je n'en avais pas, il aurait déjà demandé ma main à mon père... Vous voyez bien que je ne peux pas la regretter, ma dot, et qu'il ne faut pas vous désoler si je n'en ai plus...

— Ma fille, tu en auras toujours une... pas si belle, il est vrai... mais je tâcherai de réparer ma sottise...

— Oh! non, mon père, je vous en supplie, ne me donnez pas de dot... je n'en veux pas!

— Mais enfin, Werther, tu as dû aller voir M. Berlingot au sujet de cette faillite... que t'a-t-il conseillé de faire!

Croutmann hausse les épaules en murmurant:

— Le Berlingot peut aller avec le Cramoisan... C'est de la même espèce! Ah! je dois convenir à présent que notre jeune voisin avait raison... ce Berlingot est aussi un misérable... il est parti... ils ont ruiné ce pauvre homme que nous avons vu chez lui avec sa femme... ils lui emportent deux cent mille francs.

Kelly ne put s'empêcher de faire un bond de joie, en apprenant que Berlingot est démasqué, et sa mère s'écrie:

— Ah! mon ami, quel bonheur encore que cet homme n'ait point épousé notre fille!

— Oui, c'est vrai, tu as raison, Gotlieb, ceci est une consolation!

— Mais enfin pour cette faillite il y a peut-être des mesures à prendre, des démarches à faire... nous n'y entendons rien, nous autres. Veux-tu que pour cela nous consultions M. Henry qui est avocat?

— Oui, tu as raison, ma chère amie, voyons M. Demarsay... Ah! il ne se trompait pas, lui!...

— Kelly, dis à la bonne de monter chez notre jeune voisin pour le prier de venir nous voir... qu'il nous obligera beaucoup...

— Oui, maman, oui... j'y vole...

— Pourvu qu'il soit chez lui!...

— Oui, maman, oui, il y est. Oh! soyez tranquille, il descendra tout de suite.

XIV

UN AMI DÉVOUÉ, ET UNE FEMME RARE

Henry Demarsay ne se fait pas attendre, il est bientôt chez les Croutmann. Le papa lui tend la main en lui disant:

— Venez, mon cher monsieur, venez nous aider de vos conseils... Ah! j'ai eu bien tort de ne point vous croire plus tôt au sujet de ce Berlingot!...

— Qu'est-il donc arrivé, monsieur? dit Henry, tout surpris de l'air désolé de l'Alsacien et de sa femme, tandis qu'au contraire la joie brille dans les yeux de Ketly qui s'écrie :

— Mon père sait maintenant que ce M. Berlingot était un intrigant... il ne songe plus à me marier avec lui!...

— Oh! je savais bien que M. Croutmann connaîtrait bientôt la véritable position de cet homme, mademoiselle, mais je pense que ce n'est pas cela qui peut causer l'affliction que je remarque chez vos parents...!

— Non, mon cher ami, et ceci ne serait rien qu'un échec pour mon amour propre... mais il est arrivé bien autre chose; le banquier Cramoisan a fait faillite...

— Cramoisan, dites-vous?..

— Oui, oui, celui qui donnait de si belles fêtes, et justement j'ai voulu être invité à ces fêtes; et, pour y aller, il fallait, à ce que m'a dit cette canaille de Berlingot, être le client du banquier; alors, par son conseil, j'ai retiré la dot de Ketly que j'avais mise à la Banque... trois cent mille francs, et, il y a peu de temps, je les ai placés chez ce Cramoisan...

— Ah! monsieur, que m'apprenez-vous là!... Trois cent mille francs!... la dot de mademoiselle...

— Mais je n'en veux pas de dot, moi, ça m'est bien égal... je ne la regrette pas, entendez-vous, monsieur Henry?..

— Ma fille, vous parlez comme une enfant? mais trois cent mille francs, c'est une somme qui dérange ma position, car certainement je ne vous marierai pas sans vous rien donner... et je prendrai sur ce qui me reste...

— Cramoisan a fait faillite... mais est-ce bien certain, monsieur?

— Oh! que trop certain... je l'ai appris à la Bourse... Une faillite de plusieurs millions; il a pris la fuite, et on assure qu'il emporte une somme énorme...

— Le misérable!... Ah! cela devait être... après ce qu'il avait déjà fait? Monsieur, de quand cette faillite?

— C'est hier, dit-on, que le banquier a filé... je me suis présenté chez lui; la caisse est vide, tout est en désarroi.

— Monsieur, madame, calmez-vous, tout espoir n'est peut-être pas encore perdu... je vais aller... courir... Ah! si je le retrouvais!...

— Oui, mais vous ne le retrouverez pas! il aura pris le chemin d'un port de mer, il est peut-être déjà embarqué!...

— Oh! dussé-je le chercher au bout du monde... je veux le retrouver, moi!...

— Cher monsieur, dit Gotlieb, combien nous vous savons gré de l'intérêt que vous nous portez!...

Et Ketly dit tout bas au jeune homme :

— N'allez pas jusqu'au bout du monde, monsieur Henry, je vous en prie... je ne tiens pas à cette dot, moi!...

— Mademoiselle, je ferai mon devoir, dit Demarsay, et je dois tout tenter pour retrouver ce fripon et faire rendre à votre père l'argent qu'il lui a confié... Avez-vous un titre, monsieur Croutmann?

— Oui, mon cher ami, tenez... le voilà... c'est le reçu de ma somme que m'avait donné ce Cramoisan... prenez-le! Oh! il ne vous servira pas à grand'chose....

— Encore une fois, monsieur, ne vous désolez pas... espérez encore... mais il ne faut pas que je perde de temps... au revoir... Je vais m'occuper de retrouver cet homme... Dès que je le pourrai... vous aurez de mes nouvelles...

— Merci, merci mille fois, monsieur, de ce que vous ferez pour nous.

Henri serre la main des deux époux, jette un doux regard à Ketly et se hâte de monter chez lui. Il y prend de l'argent qui lui sera nécessaire s'il doit voyager, des papiers qu'il examine encore, et une paire de pistolets. Il sort, monte dans une voiture et se fait conduire à la demeure de Cramoisan. Il arrive à l'hôtel; au lieu d'aller dans les bureaux, il demande où est l'appartement de madame. Le concierge qui a déjà l'air impertinent, parce qu'il sait que la maison est en faillite, daigne à peine indiquer à Henry où il pourra trouver l'épouse du banquier. Le jeune homme monte, traverse plusieurs salons, n'y voit plus un seul domestique pour le renseigner, enfin il entre dans une pièce assez retirée et y aperçoit Mathilde, seule, assise, consternée, devant son étagère.

A la vue d'Henry, la belle Mathilde laisse échapper un gros soupir, puis elle lui tend la main en lui disant tristement :

— Ah! vous ne m'avez pas abandonnée, vous, au moins, vous ne faites pas comme les autres... et pourtant vous savez ce qui est arrivé, n'est-ce pas?

— Oui, madame, oui, je le sais, et c'est pour cela que je suis venu!...

— Eh bien! mon ami, qui s'en serait douté?... Qui aurait jamais soupçonné M. Cramoisan capable de faire faillite?...

— Qui? mais moi, madame, moi qui sais depuis longtemps tout ce dont votre mari est capable!...

— Vous m'étonnez! et vous ne m'en aviez rien dit?

— A quoi cela aurait-il servi puisque vous étiez la femme de cet homme? Ah! si je vous avais vue avant votre mariage, j'aurais cru alors de mon devoir de vous éclairer sur la moralité de celui qui voulait vous épouser... il sait bien que je le connais, moi!... il doit s'en douter!... Rappelez-vous, Mathilde, l'effet que mon nom a produit sur lui, lorsqu'il m'a trouvé seul avec vous, et qu'il venait déjà d'un air arrogant me demander qui j'étais!...

— Oui, en effet, cela m'a frappée... mais enfin tout cela n'était pas une raison pour qu'il se sauvât, en laissant, à ce qu'on dit, un déficit de plusieurs millions... Ah! c'est cette femme pour laquelle il faisait tant de folies, cette Astrakan, qui aura achevé de le ruiner!...

— Je crois que vous êtes dans l'erreur, Mathilde; d'abord votre mari n'est pas ruiné, car il se sauve les mains pleines... il emporte l'argent de tous ses clients...

— Vous croyez? Mais il ne m'a rien laissé, à moi! Que vais-je devenir?... habituée au luxe... à satisfaire tous mes désirs... J'ai, je crois, à peine vingt louis dans ma bourse... Voilà ce qu'il me laisse...

— Mais, en vous épousant, ne vous a-t-il pas reconnu une somme... une dot?...

— Rien!... rien!... je n'ai rien à réclamer... Et il paraît, m'a-t-on dit, que cela ne m'avancerait pas à grand'chose... on va tout vendre ici... je tâcherai de sauver mes bijoux, mes cachemires...

— Et il ne vous a pas prévenue qu'il ferait un

voyage... vous ignorez de quel côté il s'est dirigé?...

— Est-ce qu'il me disait quelque chose de ses affaires!... Depuis quelques jours surtout je le voyais à peine, il ne me parlait plus... Je vous dis qu'il ne songeait plus qu'à cette femme... à cette Astrakan...

— Adieu! Mathilde...

— Comment! vous me quittez déjà?...

— Je vous quitte pour m'occuper de vous... de votre avenir... car vous ne pouvez pas être réduite à la misère!...

— Oh! ce serait affreux pour moi... Henry, vous ne m'abandonnerez pas?...

— Non, je vous le promets... Adieu!... adieu!... le temps s'écoule... et il est précieux.

Henry quitte Mathilde, remonte en voiture et se fait conduire à l'adresse que madame Astrakan lui a donnée, en se disant :

— Allons chez Claudinette... il ne me reste plus que cet espoir.

Madame Astrakan occupait un charmant petit hôtel au bout des Champs-Elysées, tout près du bois de Boulogne. C'était la première fois qu'Henry allait la voir, il ne s'était pas encore rendu à ses invitations, mais il ne doute pas un moment qu'il sera bien reçu. Il fait arrêter sa voiture devant une grille élégante. Il était deux heures de l'après-midi, il entre et demande au concierge si madame Astrakan est chez elle. Le concierge, qui est fort poli, ce qui mérite d'être remarqué, répond que madame n'est pas encore sortie pour aller faire sa promenade au Bois, mais que cela ne peut tarder, car les chevaux sont déjà attelés à la calèche.

Henry se hâte d'entrer dans la maison. Une femme de chambre accourt lui demander ce qu'il veut.

— Je désire parler à madame Astrakan, dit le jeune homme.

— Ah! ce n'est pas possible, en ce moment, monsieur; madame s'habille pour aller au Bois... on ne peut pas la voir... d'ailleurs, elle sortira dès qu'elle sera habillée...

— Allez remettre cette carte à votre maîtresse, et je suis persuadé qu'elle me recevra sur-le-champ.

Henry ne se trompait pas. La femme de chambre revient bientôt, en criant :

— Venez, monsieur, venez, madame vous attend.

Elle le conduit dans un ravissant cabinet de toilette, où Claudinette, à moitié habillée, mais ayant jeté une grande pelisse sur ses épaules, attendait Henry, qu'elle reçoit avec un transport de joie; puis elle renvoie sa caméristc, et prend les deux mains du jeune homme, qu'elle presse fortement dans les siennes, en murmurant :

— C'est vous, c'est bien vous qui venez chez moi!... Ah! quel bonheur! que je suis heureuse... car je désespérais de jamais vous revoir... Je me disais chaque jour : il viendra peut-être aujourd'hui... mais la journée s'écoulait, et je ne vous voyais pas!...

— Ma chère Claudinette, ne me remerciez pas tant d'être venu... car c'est un service que j'ai à vous demander...

— Claudinette! il m'a appelée Claudinette. Ah! comme, dit par votre bouche, ce nom me rend heureuse... comme je voudrais toujours l'entendre!

— Oui, mais il faut m'écouter, j'ai un service à attendre de vous...

— Oui, oui, tout ce que vous voudrez... mais venez vous asseoir là... près de moi... que je puisse me dire : il s'est assis là... et j'y ai tenu sa main dans la mienne... Mais je vous impatiente; allons, parlez, mon ami, je vous écoute.

— Claudinette, savez-vous que le banquier Cramoisan a fait faillite?

— Non... faillite... Qu'est-ce que cela veut dire!

— Cela veut dire qu'il ne paye plus personne... Mais il y a des faillites qui ne sont causées que par des malheurs imprévus et qui laissent quelques ressources aux créanciers... Ici, ce n'est pas cela : Cramoisan manque de plusieurs millions qu'il emporte, dit-on, avec lui...

— Ah! le filou... C'est donc cela!...

— Ce Cramoisan était très-amoureux de vous, sa femme prétend qu'il vous comblait de cadeaux... il la laisse sans le sou, sans ressources...

— Ah! le vilain homme!... la pauvre femme!...

— Il emporte trois cent mille francs à une famille respectable... il vole tout le monde.

— Ah! le misérable!...

— Maintenant, je viens vous demander si vous pouvez m'aider à trouver ses traces... à savoir de quel côté il se cache... Claudinette, j'ai sur-le-champ pensé à vous... Je me suis dit : si elle sait où est cet homme, elle me le dira, lors même que ses intérêts devraient en souffrir...

— Vous avez pensé cela de moi!.., Ah! c'est bien!... Il faut que je vous embrasse pour cette bonne pensée... Et maintenant, oui, je puis vous faire trouver ce filou... Quel bonheur que je n'aie pas brûlé la lettre... je ne me serais peut-être pas rappelé... Attendez, mon ami, attendez!...

La jeune femme court chercher un petit coffret de laque de Chine, qui était posé sur sa cheminée; elle l'ouvre, y prend une lettre décachetée, et la présente à Henry, en lui disant :

— Tenez, mon ami, voilà une lettre de Cramoisan que j'ai reçue il y a deux heures...

— Une lettre de Cramoisan!... Oh! quel bonheur!

— Lisez, mon ami, lisez, elle vous dira tout ce que vous voulez savoir.

Henry, prend la lettre, qui est adressée à madame Astrakan, et lit:

« Ma divine, mon irrésistible!... je vous ait dit qu'un jour je mettrais un million à vos pieds. Ce jour est arrivé: j'ai là, à votre disposition, le million bien complet, qui vous attend; et, soyez tranquille, il me restera encore de quoi vivre joyeusement. Comme je ne vous crois pas assez niaise, assez ennemie de vous-même, de votre fortune, pour refuser un million comptant, je ne mets plus en doute votre acceptation. Voici ce qu'il faut faire pour me rejoindre: Je ne suis pas loin, on est souvent bien mieux caché dans les environs de Paris qu'à cent lieues de cette ville; prenez le chemin de fer de Strasbourg, celui qui est au bout du boulevard de ce nom vous demanderez un billet pour aller à Chelles; c'est un petit bourg situé à cinq ou six lieues de Paris. On vous arrêtera à la station de Chelles, qui est tout au milieu des champs. Vous descendrez et, au lieu de tourner à gauche, du côté de Chelles, vous prendrez une route qui est à droite, puis un petit chemin à gauche, et vous verrez la Marne devant vous. Il est inutile que vous traversiez le pont qui mène à Gournay, mais vous descendrez au bord de l'eau où vous verrez quelques maisons, une entre autres renommée pour les matelotes. Vous entrerez chez ce traiteur et vous demanderez monsieur Garbonne, retenez bien ce nom, en disant que vous venez de la part de sa cousine Julienne... retenez bien tous ces noms ; alors on vous conduira dans la chambre où je vous attendrai. Puis, tous deux, nous regagnons le chemin de fer, et en route!... Venez bien vite, bel ange, car il me tarde de vous mettre en possession de votre million et de vous emmener en Angleterre, en Italie ou en Amérique!... enfin, où vous voudrez. Brûlez cette lettre, brûlez tout de suite et partez. »

— Et ce monsieur qui a cru que je ne résisterais pas à son million!... que j'allais bien vite aller le rejoindre! s'écrie la jeune femme... Ah! il aurait mis une ville à mes pieds, que je lui aurais dit : Avec vous? jamais!...

— Ah! Claudinette! ma chère Claudinette!... vous ne savez pas quel service vous venez de me rendre... à moi et à ceux que j'aime!...

— Vous m'avez appelée votre chère Claudinette!... je suis payée, mon ami... Ah! je suis bien payée!

— J'emporte cette lettre... Vous le permettez ?

— Si je le permets!... Ah! quel bonheur que je ne l'aie pas brûlée...

— Je cours au chemin de fer désigné... Il faut que je retrouve Cramoisan...

— Prenez garde, il a peut-être dit que ce serait une dame qui viendrait le demander...

— Oh! je saurai m'y prendre, et il ne m'échappera pas! Adieu, Claudinette, je pars, car il n'y a pas de temps à perdre.

— Allez, mon ami; mais plus tard vous viendrez me dire si vous avez réussi?

— Oui, je vous le promets.

Henry est parti. Lorsqu'elle ne peut plus entendre le bruit de ses pas, Claudinette va ouvrir un joli petit meuble dans lequel elle serre ses bijoux et qui en renferme une grande quantité. Mais elle avait mis à part des pendants d'oreilles, une broche et une aigrette en diamants, le tout pouvant valoir une cinquantaine de mille francs. Elle prend les trois objets, les place avec soin dans une jolie boite garnie de coton, puis écrit la lettre suivante:

« Madame, permettez-moi de vous envoyer des bijoux que monsieur votre mari m'avait adressés. J'ai le droit de ne point les accepter, car je n'ai jamais été sa maîtresse, par conséquent, c'est à vous, madame, qu'ils doivent revenir. »

Après avoir placé le billet avec les bijoux et fermé la boite avec son cachet, Claudinette fait venir un commissionnaire dont elle est sûre, et lui ordonne de porter cette boite à madame Cramoisan, de ne la remettre qu'à elle-même et de la quitter aussitôt, en disant qu'il n'y a pas de réponse.

XV

LE SECRET DU NOTAIRE

Henry est bientôt arrivé à l'embarcadère de l'Est. Il demande une place pour Chelles. Le train le plus prochain ne partait qu'à cinq heures. Il lui faut donc attendre jusque-là. Mais on ne doit pas mettre plus d'une demi-heure pour arriver à Chelles, il ne sera que cinq heures et demie. On est au mois d'octobre, mais il fait encore jour jusqu'à six heures; d'ailleurs, alors même qu'il ferait nuit, Cramoisan sera toujours au rendez-vous qu'il a indiqué. S'il n'y a pas d'heure pour les braves, il n'y en a pas davantage pour les amoureux.

Enfin, le train se met en route. Pour la première fois, Henry trouve que la vapeur ne va pas encore assez vite. Il arrive cependant à la station de Chelles bien avant six heures. En sortant du wagon il s'oriente bien, laisse Chelles à sa gauche, et, se rappelant toutes les indications que renferme la lettre, prend une route à droite, trouve ensuite un chemin à gauche et voit bientôt la Marne devant lui. Il descend, suit les bords de la rivière. Les indications de la lettre sont parfaitement justes, car il ne tarde point à apercevoir la maison du traiteur, renommée pour ses matelotes.

Henry s'arrête alors, en se disant:

— Si Cramoisan se met à une fenêtre, s'il me voit venir... il peut me reconnaître ou avoir des soupçons!... La nuit commence à tomber... Attendons que l'on ne puisse plus voir de loin... Tenons-nous derrière les arbres... mais sans perdre de vue la maison où se trouve ce monsieur.

Le jeune homme se blottit contre un bouquet d'arbres. Cinq minutes s'écoulent, on ne voit plus à quinze pas de soi; alors il quitte sa cachette et marche à grands pas vers la maison, en se disant:

— Il est temps d'en finir!... et d'ailleurs Cramoisan ne peut pas craindre qu'on le découvre ici.

Henry est bientôt chez le traiteur, qui le reçoit son bonnet à la main. Une servante est aussi là, et s'arrête pour savoir où il faut servir le voyageur.

— Vous avez ici un monsieur arrivé d'hier seulement et qui se nomme monsieur Garbonne? dit Henry en ayant soin de ne point parler bien haut.

Le traiteur semble indécis, il regarde sa servante, qui répond:

— Eh bien! oui, not' maître, c'est le monsieur qui dîne là-haut!... Il nous a prévenus qu'on viendrait le demander!...

— Oui, une dame; mais pas un monsieur!...

— La dame est indisposée et m'envoie à sa place; il faut que je voie ce monsieur, dit Henry.

— Et de quelle part venez-vous alors?

— De la part de sa cousine Julienne.

— Ah! c'est juste, c'est bien cela qu'il nous a dit... Nanette, conduis monsieur près du voyageur... vous le trouverez en train de dîner, même qu'il m'a fait compliment de ma matelote.

— Venez, monsieur, par ici.

Henry suit la servante qui monte un escalier, entre dans un couloir et s'arrête devant une porte qu'elle ouvre en disant:

— Monsieur, voilà quelqu'un de la part de votre cousine Julienne.

Cramoisan était à table, il fait un mouvement pour se lever croyant aller recevoir la divine Astrakan, mais il retombe bientôt sur sa chaise, comme pétrifié, à la vue d'Henry, qui entre dans la chambre et, après avoir fait sortir la servante, referme la porte avec soin.

— Ce n'est pas moi que vous attendiez, monsieur?

Cramoisan a disparu et la caisse fermée. Page 44.

dit Henry en plaçant debout vis-à-vis de Cramoisan, qui cherche en se vain à se remettre et bredouille, balbutie:

— Non, monsieur, non... à coup sûr... ce n'est pas vous... et je suis encore à concevoir...

— Comment il se fait qu'à la place de madame Astrakan, à qui vous avez écrit de venir vous trouver, ce soit moi qui sois venu. Eh! mon Dieu, monsieur, c'est cependant bien simple! Toutes les femmes ne se donnent pas rien que pour de l'argent. Madame Astrakan ne veut pas de vous, ni du million que vous lui offrez...

— Cela n'est pas... je n'ai pas offert un million à cette fille...

— Trève de mensonges, j'ai votre lettre dans ma poche...

— On écrit ces choses-là... pour attraper les femmes... mais on sait bien que ce ne sont que des mots. J'avais écrit à cette malheureuse qui a eu l'infamie de me trahir...

— Je voudrais bien savoir pourquoi vous placez l'infamie du côté de la personne qui empêche un vol, au lieu de la laisser au voleur.

— Mais, monsieur, j'avais écrit cela pour séduire cette fille.

— Vous pouvez bien avoir un million pour cette fille... comme vous l'appelez, à présent!... Vous en avez assez volé, vous ruinez assez de monde par votre banqueroute frauduleuse pour avoir des millions à donner!...

— Monsieur... ma faillite est la suite de mauvaises spéculations. On m'accuse à tort.. et d'ailleurs cela ne vous regarde pas...

— Oh! si fait, cela me regarde, et beaucoup, car c'est pour vous faire rendre gorge que je suis ici...

— Monsieur... je vous prie de vous retirer... sinon j'appelle et....

— Et moi, misérable, je te fais arrêter comme faussaire... Oui, faussaire, entends-tu bien?... Ah! tu oses élever la voix devant moi, le fils de Jacques Demarsay, le notaire dont, il y a douze ans, tu as contrefait la signature sur une traite de dix mille francs... que mon père a bien voulu payer, pour que le tien, négociant respectable, ne fût pas frappé au cœur par le crime de son fils; mais si mon père a consenti à ne pas te perdre, il a eu soin alors de te faire signer un écrit par lequel tu reconnaissais ton faux, et qui lui permettait de te dénoncer à la justice, si tu sortais encore du sentier de l'honneur. Tout cela, mon père me l'avait appris en me faisant promettre que je ne te perdrais pas, si l'on n'avait plus de reproches à te faire. J'ai en mains tous les papiers qui prouvent ton crime... ils sont là... je les tiens... appelle donc du monde maintenant! Moi, j'envoie chercher les gendarmes et je te fais arrêter comme faussaire et banqueroutier.

Cramoisan est atterré, pâle comme la mort, les regards baissés, pris d'un tremblement nerveux, il murmure:

— Eh bien! monsieur... parlez... qu'exigez-vous... que voulez-vous de moi?...

— Vous avez reçu de monsieur Croutmann, il y a peu de temps, la somme de trois cent mille francs qu'il a retirée de la Banque pour la mettre chez vous... Voilà du reste le reçu de cette somme que vous-même lui avez donné...

— Oui, monsieur, oui... je ne le nie pas.

— Vous allez me rendre, à l'instant même, ces trois cent mille francs, que je restituerai à M. Croutmann.

Cramoisan se penche, prend un sac de cuir sur une chaise qui était à côté de lui, et, de ce sac, tire un énorme portefeuille cadenassé. Il l'ouvre et y puise des billets de banque, bien serrés, bien rangés par dizaine. Il compte et met sur la table la somme qui lui est demandée, puis il va refermer son portefeuille, lorsque Henry l'arrête, en lui disant:

— Attendez, monsieur!... Votre femme est maintenant sans argent, sans ressources... car elle ne possède rien à elle. Lorsque vous alliez donner un million pour une maîtresse, vous ne voudrez pas, j'espère, que votre femme meurt de faim!... Je vous demande cent mille francs pour elle. Ce n'est pas beaucoup; mais avec cette somme, au moins, elle pourra vivre sans le secours de personne.

Cramoisan hésite un peu, mais enfin il se décide et donne encore cent mille francs. Henri, après avoir pris les billets de banque, jette sur la table le reçu qu'il tenait de Croutmann, en disant:

— A présent, monsieur, j'ai rempli ma mission et j'espère ne plus avoir jamais affaire à vous.

Quittant aussitôt la maison du traiteur, Henry se remet en route et hâte le pas, car il est porteur d'une forte somme et se ferait tuer plutôt que de se laisser voler. Mais il a des pistolets, et le chemin n'est pas long pour se retrouver à la station du chemin de fer. Il y arrive sans rencontrer âme qui vive! Ce côté-là, des environs de Paris, est à signaler pour les personnes qui aiment la solitude.

A la station, on lui apprend que le convoi qui descend à Paris ne passe qu'à neuf heures. Il lui faut donc attendre jusque-là avant d'aller faire des heureux, et c'est surtout alors que l'on voudrait avoir des ailes. Mais comme on ne connaît pas encore cette manière de voyager (cela arrivera peut-être puisque nous sommes dans le siècle des découvertes!) il faut se contenter de la vapeur, et le jeune homme tâche de trouver le temps moins long, en pensant à Kelly, à Claudinette et à Mathilde; ces trois femmes-là marqueront dans sa vie! Mais trouvez donc une existence d'homme dont les femmes ne soient pas le pivot?... Enfin le convoi pour Paris est arrivé. Henry est en wagon, on part à neuf heures dix minutes; on arrive à Paris un peu avant dix heures. Mais avant qu'il ne soit à sa demeure, il sera dix heures sonnées; pourra-t-il encore se présenter chez les Croutmann?... Pourquoi pas, se dit-il, il n'est jamais trop tard pour apporter de bonnes nouvelles.

Henri avait raison, d'ailleurs la famille alsacienne n'était point encore couchée. On avait été trop agité toute la journée pour pouvoir se livrer au sommeil. Croutmann était toujours bien affligé de la perte de ses trois cent mille francs, car il les regardait comme entièrement perdus. Gotlieb faisait son possible pour consoler Werther, tout en lui disant de temps en temps:

— Ah! si un mari consultait toujours sa femme avant d'agir, il ferait bien moins de bévues!... En affaires, les femmes sont souvent plus fines que vous... mais ces messieurs ne daignent pas nous consulter.

Ketly avait une autre manière de consoler son père; elle ne cessait de répéter:

— Je ne veux pas de dot, moi, cette dot-là m'empêcherait d'être heureuse... elle ferait mon malheur... elle a manqué de me faire épouser cet intrigant... ce Berlingot, car ce n'était que cela qu'il aimait en moi!... Tandis que M. Henry... je puis bien vous l'avouer à présent, mon père, mais il m'a dit qu'il vous aurait déjà demandé ma main si j'avais été moins riche... Ne pensez plus à cet argent, je vous en supplie, mon père, n'y pensez plus!...

Croutmann essayait de sourire, en pressant la main de Ketly, mais il poussait ensuite un gros soupir en murmurant:

— Tu parles comme une enfant... comme une jeune fille!... mais trois cent mille francs!... il faut bien travailler quand on veut amasser cela honnêtement.

Tout à coup la sonnette retentit avec violence.

— Qui peut nous venir voir si tard? dit la maman.

— Oh! s'écrie Ketly, ce ne peut-être que M. Henry...

En effet, c'est Henry Demarsay qui entre vivement dans le salon, en s'écriant:

— Bonnes nouvelles, bonnes nouvelles!... Pardon de venir si tard... mais je descends seulement du chemin de fer...

— Bonnes nouvelles! avez-vous dit? s'écrie Croutmann, tandis que sa femme et sa fille regardent Henry avec anxiété.

— Est-ce que vous auriez appris... ou rattrapé notre voleur?...

Pour toute réponse, le jeune homme sort de sa poche de côté le gros paquet de billets de banque, qu'il présente à l'Alsacien, en lui disant:

— Monsieur Croutmann, vous n'avez rien perdu, voici la somme que vous aviez confiée à Cramoisan... Oh! les trois cent mille francs y sont bien, je les ai comptés...

— Ah! mon Dieu! que nous dites-vous là!...

— Ah! monsieur Henry... Comment avez-vous donc fait...

— En si peu de temps!... vous avez donc trouvé ce misérable banqueroutier?...

— Oui, monsieur, grâce à des renseignements que m'a donnés une personne sur qui je pouvais compter, j'ai su où se cachait cet homme... ce n'était pas loin de Paris, mais il fallait se hâter. J'ai pris le chemin de fer, je suis arrivé dans le village où était Cramoisan... Je l'ai trouvé; et je l'ai forcé à me remettre la somme qu'il vous emportait, contre votre reçu que je lui ai rendu.

— Comment avez-vous pu obtenir cela de cet homme?

— En lui rappelant un crime, un faux qu'il a commis autrefois... Ce secret, dont mon père m'avait fait dépositaire, mettait ce Cramoisan à ma discrétion... il l'a bien compris et s'est exécuté...

— Ah! ce monsieur avait autrefois commis un faux... Jolie société, et moi qui briguais l'honneur d'aller à ses fêtes!... Ah! monsieur Henry! qu'est-ce que c'est donc que le monde?

— Grâce au ciel, monsieur, il ne se compose pas que de pareilles gens, mais en général il faut prendre garde et ne pas se lier trop facilement. Monsieur, voilà vos trois cent mille francs... prenez-les donc...

Croutmann regarde sa femme qui sourit, sa fille qui a l'air de bouder, et il repousse doucement les billets de banque qu'Henry lui présente en lui disant:

— Non... il est inutile que je les reprenne... ils sont bien entre vos mains... puisque c'est la dot de ma fille.

Ketly pousse un cri de joie, mais Henri dépose les billets sur une table, en disant:

— Ah! monsieur... vous êtes mille fois trop bon... mais je ne puis accepter cette somme...

— Qu'est-ce à dire? comment... est-ce que vous refusez la main de ma fille à présent!... Vous voulez donc la faire pleurer aussi, vous?... Tenez... regardez-la... quelle figure elle fait!...

La jolie blonde semblait en effet toute prête à pleurer, car chez elle le rire et les larmes se succédaient rapidement. Mais Henry court à elle, il prend sa main et la presse contre son cœur, en lui disant:

— Moi, refuser d'être votre mari, chère Ketly, ah! ce sera mon bonheur... cela comble tous mes vœux!... mais, seulement, je prie monsieur votre père de ne point vous donner cette riche dot; nous serons heureux sans cela.

— Ah! voyez-vous, mon père, il ne veut pas de la dot. J'en étais sûre... elle nous contrarie beaucoup, cette dot-là!...

— Allons, allons, enfants, nous allons d'abord vous marier, et, plus tard, j'espère que mon gendre me permettra d'arranger les choses à ma guise. Mais, pour le moment, allons nous coucher, car voilà une journée qui a été bien remplie et j'ai besoin de me reposer. A demain, mon ami!

— Ah! papa, dites-lui mon gendre... c'est bien plus gentil.

— Elle a raison; à demain, mon gendre!...

— A demain, mon cher gendre, dit Gotlieb, en pressant affectueusement les mains du jeune homme.

— Ah! c'est bien cela... comme maman a bien dit!... Et moi... comment vais-je dire?... A demain... monsieur... est-ce qu'il faut encore que je lui dise... monsieur?

— Non, ma fille, dit Gotlieb, il est maintenant ton futur époux, ton fiancé... donne-lui simplement son petit nom...

— Ah! c'est cela... Henry! adieu, Henry... à demain, Henry... Ah! j'aime bien mieux dire comme cela!

— Chère Ketly!... et vous, monsieur... madame... si vous saviez combien vous me rendez heureux!...

— Et vous, mon ami, croyez-vous donc ne nous avoir rien rendu!... Allons, à demain...

— De bonne heure, Henry!...

Le jeune homme a quitté la famille Croutmann, le cœur plein de joie et d'amour. Il n'en dort probablement pas mieux pour cela, car un grand bonheur nous empêche plutôt de dormir qu'une grande peine, et c'est fort heureux, l'insomnie alors n'est pas désagréable.

Le lendemain, en s'éveillant, Henry se rappelle qu'il a encore un devoir à remplir, et qu'avant de s'occuper de ce qui le touche, il doit rendre la tranquillité à une autre; il s'habille promptement et se rend chez Mathilde.

Il trouve la jeune femme seule, comme la veille, et faisant des paquets de tout ce qu'elle peut emporter, elle tend sa main à Henry, en lui disant:

— Mon ami, il m'est arrivé quelque chose d'heureux... mais cela est si bizarre!... je ne sais si je dois accepter le présent qu'on me fait... en me disant que ce n'est qu'une restitution...

— J'attends que vous me donniez l'explication de cette énigme...

— Tenez, mon ami, regardez dans cette boite... voyez les beaux diamants... J'ai reçu cela hier, avec ce petit billet qui était dans la boite... Lisez-le.

Henry lit la petite lettre écrite par Claudinette, et dit après avoir lu:

— Ah! c'est bien, c'est très-bien ce qu'elle a fait là!... Mais, de sa part, cela ne m'étonne pas!

— Eh bien! mon cher Henry, vous avez lu... que pensez vous de cette femme?

— Qu'elle n'est pas telle que vous la supposiez.

— Est-ce que je puis garder ces diamants?

— Assurément. D'abord je vous certifie qu'elle ne les reprendrait pas; elle ne vous a pas menti, jamais elle n'a été la maitresse de votre mari; c'est contre son gré qu'il lui envoyait ces riches présents. Vous avez donc parfaitement le droit de garder ce dont votre mari avait disposé en faveur d'une autre femme.

— Alors je garde cela, je vendrai ces diamants et avec leur produit je me ferai une petite rente...

— Mais vous y joindrez ces cent mille francs, que je suis parvenu à me faire donner pour vous... et cela augmentera votre revenu.

— Cent mille francs! Ah! mon Dieu! est-ce que c'est encore une de ses conquêtes qui me renvoie cela?

— Oh! non... ces choses-là n'arrivent pas si fréquemment, mais c'est votre mari que je suis parvenu à rejoindre et de qui j'ai, non sans peine, obtenu cela pour vous...

— Mon mari!... vous savez où il est?

— Je ne le sais plus, car maintenant à coup sûr il n'est pas resté où il était!

— Oh! mon ami, ce n'est pas que je veuille courir après lui, Dieu m'en garde!... Avec cette somme et ce que je réaliserai, j'ai maintenant de quoi vivre... et je ne regrette pas monsieur Cramoisan. Mais comment avez-vous fait pour obtenir de mon mari ces cent mille francs?

— Je l'ai menacé de faire connaitre une action qu'il

a commise jadis, et qui aurait pu le faire aller aux galères!...

— Aux galères! Ah! que je suis contente de ne plus être avec cet homme-là!... C'est donc cela qu'en vous voyant ici il était si troublé!... si bouleversé!... Et vous m'aviez caché cela!...

— Sans sa banqueroute, je ne vous l'aurais jamais dit.

— Ah! vous êtes généreux, vous!... Henry, je vous enverrai mon adresse, vous viendrez me voir, n'est-ce pas?...

— Oui, madame, incessamment je pourrai avoir le plaisir de vous présenter ma femme.

La figure de la belle Mathilde s'allonge extrêmement, mais elle tâche de dissimuler ce qui se passe en elle, et répond :

— Ah!... vous allez vous marier?...

—Oui, madame.

— C'est très-bien... je vous souhaite beaucoup de bonheur en ménage... plus que je n'en ai eu, moi.

— Merci de vos souhaits; et maintenant, adieu, madame, rappelez-vous que si je puis vous être utile, je suis toujours à votre disposition...

— Vous êtes trop bon... je ne l'oublierai pas.

Henry salue Mathilde, qui ne lui donne plus la main, et remonte en voiture en se disant :

— Maintenant, allons remercier Claudinette; ensuite je pourrai ne plus songer qu'à mes amours.

Claudinette venait de se lever lorsque sa femme de chambre lui annonce Henry, elle reçoit l'ordre de l'introduire aussitôt.

A l'air de satisfaction qui brille dans les yeux du jeune homme, la jolie femme devine sur-le-champ qu'il a réussi dans son entreprise. Henri s'empresse de presser dans les siennes la main qu'elle lui présente, en lui disant :

— Réussite complète!... le Cramoisan a rendu les trois cent mille francs pour la famille Croutmann, et, de plus, je lui ai fait donner cent mille francs pour sa femme... Tout le monde est heureux! et tout cela grâce à vous, Claudinette, grâce à votre générosité... à votre dévouement!...

— Qu'est-ce qu'il dit, ma générosité!... mon dévouement!... Mais, mon ami, puisque je ne voulais pas aller avec cet homme, je ne vois pas quel mérite il y a dans ma conduite...

— Et ces diamants que ce Cramoisan vous avait donnés, et que vous avez renvoyés à sa femme...

— Ah! elle vous a dit?... Eh bien! après tout, je n'ai fait qu'une chose toute naturelle... cela vous étonne donc beaucoup de ma part?

— Non, tout ce qui annonce un bon cœur, une âme généreuse, ne saurait m'étonner de vous... Claudinette, je suis votre ami, votre ami pour toujours, entendez-vous?

— Dame... oui... soyez mon ami... puisque vous n'avez pas voulu être autre chose...

— Croyez-moi, chère Claudinette, de cette façon cela durera davantage...

— Vous croyez... c'est possible!... mais moi... enfin, n'y pensons plus.

— Je suis venu pour vous apprendre la réussite de mon entreprise, pour vous remercier; maintenant, permettez-moi de vous quitter, car je suis attendu par les heureux que vous avez faits.

— Allez, mon ami, allez, je n'ai plus qu'une prière à vous adresser... promettez-moi d'y acquiescer?

— Parlez... je le promets d'avance...

— Eh bien! c'est de ne jamais être plus de six mois sans venir me voir... suis-je trop exigeante?

-- Non... Et si je viens plus souvent?...

— Ah! alors... mais non... six mois... car il ne faut pas que je vous voie souvent, je m'y habituerais trop... Je ne pourrais plus m'en passer!... Adieu, mon ami.

— Non, Claudinette... au revoir!...

XVI

ENCORE LES BLAGUEURS

Berlingot avait, un des premiers, su la faillite et la fuite du banquier Cramoisan. N'ayant plus rien à espérer du côté des Croutmann, auxquels d'ailleurs il ne tenait plus, du moment que ceux-ci perdaient la dot de leur fille, et obligé de se soustraire aux poursuites de ses créanciers, qui venaient chaque jour le relancer dans son bel appartement du boulevard Malesherbes, où il ne restait plus cependant de meublée que la chambre à coucher : le portier était parvenu à se mettre à l'abri des revendications du tapissier; Berlingot avait laissé Croquet devant sa caisse vide et s'était empressé de quitter un logement dans lequel il craignait à chaque instant de voir arriver Robillot, qui, depuis qu'il avait rencontré le faux Perdaillon, ne pouvait tarder à savoir la vérité; de tout cet argent que les deux associés avaient reçu du marchand de fromages, il ne restait plus rien, et encore était-on criblé de dettes, la chance au jeu, ayant été, depuis quelque temps, constamment mauvaise pour Volenville et Berlingot. Mais la vie de ces messieurs, comme celle de tous les mauvais sujets de cette espèce, était sans cesse partagée par la hausse ou la baisse; seulement, lorsqu'ils étaient en fonds, au lieu de payer leurs dettes, ils faisaient beaucoup d'embarras, beaucoup d'esbroufe, ce qui leur servait à faire de nouvelles dupes.

Berlingot est allé se loger en garni, en attendant qu'il trouve de quoi se remettre à flot. Volenville a été plus adroit : au lieu d'attendre que le tapissier vienne reprendre ses meubles sur lesquels il n'a donné qu'un faible à-compte, il les vend lui-même à un usurier et quitte aussi son appartement, sans dire où il va, pas même à Fricandeau auquel il n'a pas payé ses gages. Il change de quartier; c'est dans le faubourg Saint-Germain, aux environs de l'Odéon, qu'il trouve un hôtel d'assez belle apparence où il va se loger.

Quelques jours après celui où Henry Demarsay est parvenu à rejoindre Cramoisan et à lui faire rendre l'argent qu'il avait reçu de Croutmann, sur les trois heures de l'après-midi, Volenville se promenait dans le jardin du Palais-Royal, où il espérait rencontrer Berlingot; c'était presque toujours là que ces messieurs se retrouvaient; en effet, il n'attend pas longtemps : Berlingot arrive, toujours pimpant, élégant, un londrès à la bouche et donnant le bras à Croquet, qui est infiniment moins élégant et a coupé ses moustaches.

— Bonjour, messieurs, dit Volenville, je vous attendais, car enfin depuis quelque temps nous ne faisons rien, que perdre notre argent au jeu... encore hier, j'ai perdu à peu près tout ce qui me restait de la vente de mes meubles... Il est temps, il me semble, que nous prenions une bonne revanche. Qu'en pensez-vous?

— Je suis tout à fait de ton avis, mon cher!... dit Berlingot, en envoyant une belle fumée dans le nez de Croquet, qui dit :

— Moi, je suis toujours de votre avis; seulement, ici, je crains que nous ne rencontrions l'homme aux fromages... il est maintenant très en colère... il y a deux jours, il m'a aperçu sur le boulevard, il m'a arrêté, a commencé la conversation en m'appelant filou, escroc!... Le monde allait s'amasser. Je n'ai pu lui échapper qu'en montant dans un omnibus qui passait complet; le conducteur me dit : « Vous ne pouvez pas entrer dedans, ni monter dessus, c'est plein partout — De grâce, lui dis-je, laissez-moi quelques minutes sur votre marche-pied... cet individu qui me poursuit est un mari jaloux... il croit que je suis l'amant de sa femme... et je vous jure que je ne suis que son courtier en foulards... » Le conducteur a ri, il m'a laissé près de lui quelques minutes, puis une dame est descendue, et j'ai échappé au Robillot...

— Et c'est depuis ce temps-là que tu as coupé tes moustaches?

— Dame! ça me change toujours un peu.

— Messieurs, si je vous retiens ici, c'est que j'espère y voir bientôt arriver le pigeon sur lequel nous allons essayer de nous refaire un peu...

— Et quel est ce pigeon-là?

— Eh! parbleu! le jeune Russe, le comte Ladiscof!... Et il est temps de nous y prendre si nous voulons en tirer pied ou aile, car, au train dont il va, je crois qu'il verra bientôt la fin de ses roubles...

— Bah! vraiment; et où donc joue-t-il?

— Chez la Sainte-Hermine; je l'y ai mené, et pour se distraire de son amour malheureux pour la rebelle Astrakan, qui ne veut pas de lui, il fait la cour à toutes les cocottes qu'il trouve là... il dépense son argent en cadeaux... ensuite il joue pour se refaire; mais vous pensez bien que ces dames le trichent à qui mieux mieux!... Alors...

— Messieurs! messieurs! s'écrie Croquet, Nicodème et Thérèse qui débouchent de la galerie à gauche...

— Ah! fichtre!... garons-nous!...

Ces trois messieurs se hâtent de gagner la galerie opposée, mais ils suivent de l'œil les deux époux; ils voient avec joie que le couple ne s'arrête pas dans le jardin et s'éloigne par la grande galerie d'Orléans.

— Sauvés! dit Volenville. Revenons à ce que je vous contais du jeune Russe... il faudrait lui donner une soirée où nous ne serions qu'avec des amis... de ceux sur qui l'on peut compter.

— Cela va sans dire... Mais, cette soirée, qui la donnera?...

— Ce ne sera pas chez moi, dit Croquet, j'habite pour le moment dans une soupente!

— Moi, je ne suis pas dans une soupente, dit Berlingot, mais je n'ai qu'une petite chambre mesquine dans un pauvre hôtel... cela n'attire pas son monde!

— Alors, messieurs, je propose de donner la soirée chez moi. J'habite un hôtel de belle apparence... J'ai un logement fort convenable... Je ne suis pas dans mes meubles, mais monsieur le comte ne s'informera pas de cela!... Pourvu qu'il trouve des personnes qui lui tiennent tête en jouant gros jeu, c'est tout ce qu'il lui faut, et il les trouvera!

— Pardieu!... je préviendrai Vernouillet, Déméloir...

— A quoi bon, Déméloir? il ne joue pas!

— Il occupe, il fait des vers, ils sont détestables et cela fait rire... il est bon d'avoir quelqu'un qui fait rire... cela distrait. Je verrai Duremy, Despriol, Le Jeune...

— Ce sera assez; il n'est pas nécessaire d'être tant de monde...

— Et des femmes... est-ce que tu n'en auras pas?... Ton jeune Russe qui les aime tant!...

— Oui; j'en inviterai deux ou trois, pas plus... pour que leur babil distraie le comte. J'aurai cette Primerose, qui était avec Cramoisan; depuis qu'il a fait banqueroute, il faut voir comme elle l'arrange!... Il paraît qu'elle en sait de drôles sur son compte!...

— Eh bien, quand donneras-tu cette soirée?...

— C'est pour le savoir même qu'il faut que je voie le jeune Agénor Ladiscof... Vous concevez que s'il n'est pas en fonds en ce moment, il vaudrait mieux attendre...

— Oh! assurément; mais alors il n'était donc pas aussi riche qu'il le disait, ce monsieur, s'il voit déjà la fin de sa fortune?

— Eh! messieurs je l'entendais, l'autre soir, chez la Sainte-Hermine, dire qu'il avait mangé ou perdu, comme vous voudrez, un demi-million depuis qu'il a quitté la Russie!... Enfin, peut nous importe pourvu qu'il ne soit pas au bout de son rouleau!... Croquet, il faudra soigner un peu plus ta toilette pour venir à ma soirée...

— Je dirai à Gribiche de me repasser un faux col et des bouts de manches.

— Est-ce que tu n'as pas un autre paletot que celui-ci... qui commence à se râper!...

— J'en ai deux autres, mais ils sont chez ma tante!...

— Tiens, voilà un louis, retire un de tes paletots... Mais ne va pas dépenser cela avec ta Gribiche!...

— Le plus souvent!... Elle m'aime bien mieux depuis que je ne lui donne plus rien... Ah! encore les fromages de Brie qui sortent de la galerie d'Orléans!... Je me sauve, moi!... j'ai peur de Thérèse... Thérèse...

— Ma foi! j'en fais autant, dit Berlingot, car, ces campagnards, ça ne sait pas vivre... Ils seraient capables de me faire une scène dans le jardin! Au revoir, Volenville, à onze heures devant l'Opéra!

Ces deux messieurs ont disparu. Volenville gagne une galerie opposée à celle que le couple Robillot vient de prendre. Il y est à peine, qu'il aperçoit le jeune Agénor. Le comte s'empresse d'aller à lui :

— Bonjour, mon cher monsieur de Volenville!... Est-ce vrai, ce que l'on dit? Le banquier Cramoisan est en fuite, et il a emmené avec lui la ravissante Astrakan.

— Le banquier est en effet parti, monsieur le comte; il a levé le pied, comme on dit dans le commerce... Est-ce qu'il vous emporte de l'argent?

— Non. Oh! je n'avais rien chez lui!... Mais s'il emporte mademoiselle Astrakan?...

— Non, il ne l'emporte pas!... Vous êtes donc toujours amoureux de cette courtisane?

— Hélas! j'ai beau me ruiner pour me distraire, j'y pense toujours!... Je suis allé chez mon banquier, pour un nouvel envoi de fonds!... Mon banquier n'avait pas encore reçu l'acte ce matin... mais il l'attendait. Après-demain, au plus tard, je serai en état de prendre une belle revanche au baccarat ou au lansquenet...

— Eh bien, voulez-vous venir la prendre chez moi?.. Après-demain, je donnerai une soirée... J'aurai de beaux joueurs... et quelques dames pour égayer la conversation!...

— Oh! volontiers, je suis des vôtres avec plaisir.

— Tenez, monsieur le comte, voici mon adresse... A dix heures, on se réunira.

— Très-bien, comptez sur moi. Je vous quitte... Je retourne chez mon banquier savoir s'il a reçu l'avis.

Le jeune comte serre les mains à Volenville et s'éloigne... L'homme d'affaires, tout joyeux d'avoir vu Agénor et certain qu'il viendra à sa soirée, quitte la galerie, entre dans le jardin et se dispose à le traverser pour aller dîner chez Véry, lorsque, à quinze pas devant lui, il aperçoit les époux Robillot. Il s'arrête un instant, mais il n'est plus temps de les éviter; d'ailleurs il s'aperçoit qu'ils l'ont vu; prenant alors son parti, il court lui-même au-devant d'eux, et les aborde en s'écriant :

— Ah! vous voilà!... mes enfants, mes chers amis!.. Mais où donc vous cachez-vous! Depuis plusieurs jours je passe mon temps à vous chercher... Enfin, vous voilà!... mes pauvres amis!... Savez-vous ce qui est arrivé?...

Robillot et sa femme, tout étonnés de ce qu'ils entendent, ne savent plus ce que cela veut dire. Cependant Robillot retrouve la parole et bredouille :

— Nous savons... oui, certainement, nous savons qu'on nous a volés!...

— Et moi donc, mes enfants!... et moi!... Ah! les gueux! les gredins!... Ce Berlingot, comme il m'a volé!... Tout ce que je possédais, je l'avais réalisé pour le confier à sa maison... tout, mes enfants!... Le fruit de vingt ans d'économies et de travail!...

— Eh bien, et nous? l'héritage de mon cousin!...

— Oh! mais rassurez-vous, mes amis, on retrouvera nos fripons! On est sur leurs traces... J'ai envoyé... j'ai expédié quelqu'un de sûr, qui mettra la main dessus... et, une fois arrêtés, nous les forcerons bien à restituer... si ce n'est tout, du moins une partie de ce qu'ils nous emportent!...

— Ah! entends-tu, Thérèse? il dit qu'on rattrapera Berlingot, qu'on le fera restituer!... Ah! c'est un bon enfant, lui!... Je savais bien qu'il viendrait à notre aide!... D'ailleurs, ils l'ont mis dedans aussi; ils lui emportent ses économies...

— Oui, madame, oui, ne vous chagrinez pas... je vous ferai rentrer dans une partie de ce qu'on vous emporte...

— Entends-tu, Thérèse, il nous fera rentrer quelque chose...

— Nicodème, est-ce que nous n'allons pas dîner? J'ai bien faim!...

— Ah! elle a faim!... Voilà son refrain continuel!... Je trouve que l'air de Paris t'ouvre trop l'appétit...

— Comment! vous n'avez pas dîné? s'écrie Volenville. Mais venez donc bien vite avec moi!... je vous offre à dîner... Madame, veuillez accepter mon bras, je vais vous mener chez un de nos premiers restaurateurs!...

— Oh! ça te va, toi, ça, Thérèse!... Voyez-vous comme elle empoigne tout de suite votre bras!... Ma foi, ça me va aussi!... Avec vous, on dîne joliment! Tenez, vous nous avez mis du baume dans le sang... Je me disais toujours : « Si j'ai été attrapé, ça ne peut pas être la faute de mon ami l'homme d'affaires. »

Volenville conduit le couple Robillot chez Véry, se fait ouvrir un cabinet, parce qu'il ne veut pas que ses convives se donnent en spectacle aux personnes qui dînent dans les salons. Mais là, il fait venir un dîner bien substantiel, bien succulent; des vins de Bourgogne les plus capiteux, puis il bourre, il enivre ses convives, qui ne demandent pas mieux que de se laisser bourrer et délecter avec des vins qui leur étaient jusqu'alors inconnus.

Le résultat de ce festin ne se fait pas attendre. Au dessert, Robillot est gris à ne plus pouvoir se tenir; Thérèse déclare qu'elle est incommodée et veut rentrer chez elle; c'est tout ce que demandait Volenville. Il fait venir un fiacre, puis, avec l'aide de deux garçons du restaurant, parvient à faire descendre les époux, et ce qui était plus difficile, à les faire entrer dans la voiture; cela nécessite le secours de deux commissionnaires; alors Volenville s'éloigne, enchanté de s'être ainsi débarrassé des époux Robillot.

XVII

LA DERNIÈRE PARTIE

Il est dix heures du soir. Volenville se promène dans son petit salon; il examine si tout est disposé, si rien ne manque pour bien recevoir, bien traiter le monde qu'il attend. Pour cette soirée, il a dépensé à peu près tout ce qu'il lui restait sur la vente de son mobilier; mais il aura des pâtisseries, des fruits glacés, du vin de Bordeaux et différents punchs à flots. Il a aussi trouvé dans son hôtel deux valets pour servir son monde, pour apporter du punch brûlant aux joueurs.

Les amis intimes ne tardent pas à arriver : Vernouillet rit toujours et demande sur-le-champ à goûter le punch pour savoir s'il est bien fait. Démêloir en demande également, pour tâcher de trouver plus facilement une rime qui lui est rebelle.

Pendant que ces messieurs goûtent le punch, Berlingot prend Volenville à part, et lui dit :

— Ton jeune Russe va venir?

— Oui, je l'ai encore revu ce matin au café Anglais, je sais qu'il a touché ses fonds.

— La dernière fois que tu as joué avec lui, tu lui as gagné plus de soixante mille francs à l'écarté?

— Oui, en effet.

— Tu sais que j'y suis aussi heureux que toi, à l'écarté. Que ces messieurs gagnent ou perdent avec lui au lansquenet, au baccarat, quelques billets de mille francs, soit!... mais à nous deux, il nous faut mieux que cela... Si c'est encore toi qui gagne ton jeune comte à l'écarté, cela pourrait lui donner l'idée qu'on le triche!... Ne penses-tu pas qu'il vaudrait mieux qu'il jouât avec moi?... Tu parierais de ton côté, tu aurais l'air de perdre aussi... Ce serait plus adroit.

— Tu as raison; oui, de cette façon cela éloigne tous les soupçons qu'il pourrait concevoir. Tu joueras à l'écarté avec lui, tu lui gagneras tout son argent, tout le mien... Je jouerai sur parole quand je n'aurai plus de quoi mettre au jeu... Mais, demain matin, avant de t'en aller, nous partageons?...

— Parbleu, cela va de source!... Est-ce que nous ne sommes pas associés!...

L'arrivée de deux dames met fin à cet entretien. C'est la jolie Primerose, beauté langoureuse par moments, mais dont le cœur est tellement sensible, qu'elle ne sait, dit-on, rien refuser à personne. Cette ci-devant maîtresse du banquier Cramoisan arrive accompagnée d'une grande brune, à l'allure hardie, aux manières libres et même un peu communes, que l'on nomme: madame de Belœil; celle-ci s'écrie en entrant:

— Tiens! ça sent bon ici!... On ne nous a pas attendues pour boire du punch! mais je vous aurai bien vite rattrapés, messieurs! En attendant, je veux du tabac pour faire des cigarettes... j'en ferai toute la nuit, mais je ne les vendrai pas moins d'un louis pièce!... Ah! c'est que j'ai un certain chic pour faire des cigarettes, et d'une seule main, mon petit, et en deux temps!...

M. Démèloir va baiser la main de cette dame, en lui disant:

Qu'elles doivent être bien faites,
Par cette main, les cigarettes!...

— Tiens! entends-tu, Primerose, monsieur qui me parle en vers?...

— Monsieur en est bien capable! répond Primerose en se laissant tomber sur une causeuse et en adressant des sourires à tous ces messieurs. Pendant ce temps, le poète Démèloir, que le punch a mis en verve, s'incline de nouveau devant madame de Belœil, en murmurant:

Pour la beauté, moi, je prétends
Faire des vers incontinents.

— Ah çà! vous êtes un véritable mirliton, mon cher!... Il faut vous découper et vous coller sur un bâton! Mais où donc est le petit Russe? je ne le vois pas... Volenville, vous m'avez dit que vous auriez le petit comte russe!... C'est que je l'aime beaucoup, moi, ce jeune boyard, il est très-galant!... Il me commande toujours des cigarettes, et il ne me les marchande pas...

— M. le comte Ladiscof va venir, madame, soyez tranquille, vous trouverez le placement de vos cigarettes. Et, tenez... je l'entends.

Agénor entre dans le salon. Depuis son séjour à Paris il est changé, maigri, ses traits sont fatigués; mais on ne mène pas longtemps impunément une vie de folies, de plaisirs, de désordres. Même à vingt ans, lorsqu'on passe ses nuits à jouer, à boire, à courtiser les belles, on a bientôt perdu cette fraîcheur de la jeunesse qui, une fois partie, ne revient plus.

Agénor est accueilli, fêté par tout le monde; les hommes aiment en lui le beau joueur, le gentilhomme parfait, qui perd son argent sans jamais se plaindre; les femmes, le cavalier galant qui croit tout ce qu'elles lui disent, même quand elles lui jurent qu'elles l'adorent, et qui ne sait rien leur refuser. Aussi l'arrivée du comte donne-t-elle aussitôt de l'animation à la soirée. Un petit *bac* se forme; on joue, on fume, on boit, on rit. Madame de Belœil ne suffit plus à faire des cigarettes; Agénor en fume constamment, et ne s'occupe pas encore beaucoup du jeu, parce qu'il écoute Primerose, qui vient de prononcer le nom de madame Astrakan.

— Oui, messieurs, dit la sentimentale courtisane, ce misérable Cramoisan... je l'appelle misérable parce qu'il s'est conduit, avec moi, comme un pleutre...

— Dis donc tout de suite d'une façon infecte! s'écrie la Belœil, et tu n'en diras pas trop!...

— Oui, tu as raison, le trait qu'il m'a joué est infect!... Messieurs, vous allez en juger: En me promenant un jour au bras de Cramoisan, je m'arrête devant un beau magasin de bijoux... Je m'arrêtais volontiers devant ces endroits-là. J'aperçois, dans une vitrine, une broche en diamants d'un très-bon goût... Je la fais remarquer à mon banquier, qui l'admire comme moi... Le prix était dessus: huit mille francs; une misère!... Qu'est-ce que c'était que huit mille francs pour un millionnaire, comme l'était alors ce monsieur?... Je lui fais entendre que j'aurais bien envie de ce bijou; il ne répond rien et se contente de sourire Très-bien! me dis-je, n'ayons pas l'air; demain, je suis certaine que je trouverai, à mon réveil, la broche sur mon somno. Le lendemain, je ne trouve rien; cela m'agace, je veux revoir la broche: je me rends chez le bijoutier... Elle n'y est plus. Je m'informe... on me répond qu'elle a été vendue, la veille, à M. Cramoisan. Oh! pour le coup, me dis-je, il va me l'apporter tantôt!... Pas du tout! il ne m'apporte rien, et j'apprends qu'il a envoyé ce bijou... chez cette Astrakan!...

Les hommes rient, excepté Agénor, qui murmure:

— Ah! la charmante Astrakan... elle était sa maîtresse?

— Mais non, le plus joli de l'histoire, c'est qu'elle n'a jamais voulu de lui. Il en a été pour ses présents. Il se flattait, dit-on, qu'elle l'accompagnerait à l'étranger... Mais pas de ça, Lisette!... Elle ne l'a pas suivi, car elle est toujours à Paris.

— Tenez, comte, voilà encore trois cigarettes... avec douze que je vous ai déjà faites, c'est quinze que vous me devez...

— Belle dame, voici vingt louis, c'est encore cinq que vous voudrez bien me faire...

— Oui, cher ami!... Est-il gentil, le jeune Russe!... A la bonne heure, voilà comme j'aime les étrangers!... Volenville, envoyez-moi du punch!... Je veux boire à la santé du comte Ladiscof.

Volenville a grand soin que le punch ne manque pas. Ces dames se mettent au jeu; mais le baccarat reste dans des proportions assez modestes. Quelques billets de mille francs seulement ont été perdus et gagnés; de temps à autre, Agénor s'écrie:

— Cela ne va pas, messieurs. Nous jouons comme des rats...

— Il est ravissant, dit la Belœil, je viens de risquer cent francs, et il dit que cela ne va pas!...

— Ce ne sont pas là des coups... Je renonce au baccarat.

Agénor quitte la grande table et s'adresse à Volenville, qui ne jouait pas, et qui observait tout ce qui se passait.

— Eh bien, mon cher de Volenville, quand la faisons-nous, cette belle partie, cette revanche que vous m'avez promise?... car ces messieurs et ces dames jouent comme des enfants... Et l'autre soir, chez votre ami Arthur, nous y allions d'une autre façon; vous en souvenez-vous?

— Assurément, monsieur le comte. Je vous ai même gagné une assez forte somme... Et, franchement je serais très-contrarié si la chance devait m'être aussi favorable... C'est ce qui me retient pour vous offrir votre revanche... Mais, tenez, voici un jeune capitaliste, qui aime, comme vous, à jouer gros jeu... Il fera volontiers votre partie, et, si vous le permettez, je parierai de votre côté.

— Oh! très-volontiers! du moment qu'un gros joueur se présente, c'est tout ce que je demande!...

— Monsieur Berlingot!...

Berlingot, qui alors regardait jouer au baccarat, et feignait de ne s'occuper que des dames, s'empresse de se rapprocher de Volenville, qui lui dit:

— Monsieur Berlingot, voilà monsieur le comte Ladiscof, qui aime à jouer gros jeu... Je sais que cela entre aussi dans vos habitudes...

— Ma foi! oui, messieurs, ne me parlez pas de ces parties où se mêlent les dames!... Hier, chez un de nos artistes en vogue, j'ai perdu près de deux cent mille francs!... Au moins, cela occupe, cela donne des émotions... Et puis, on regagne une autre fois.

— Eh bien, voulez-vous faire la partie de M. le comte?... Il joue de préférence l'écarté.

— Très-volontiers... Je joue tous les jeux, moi, et ils m'amusent tous... Va pour l'écarté! Monsieur le comte, je suis à vos ordres.

Agénor et Berlingot s'établissent à une table à part et Volenville leur donne des jeux de cartes, en disant à Berlingot:

— Vous tiendrez bien ce que je ferai de plus que monsieur, n'est-ce pas?

— Je vous déclare que je tiens tout ce qu'on veut. Que jouons-nous, monsieur le comte?...

— Cinq mille francs pour commencer, cela vous va-t-il, monsieur?

— Tout me va!... C'est convenu!...

— Et moi, j'en parie mille en sus pour M. Ladiscof.

— Cela suffit, mon cher Volenville; vos mille francs en sus sont tenus.

La partie s'engage: Agénor perd la première, puis la seconde; il en perd ainsi quatre de suite. Ces messieurs ont joué le même jeu. Volenville a continué de parier.

Après la quatrième partie, le jeune Russe demande du punch, en avale plusieurs verres, puis dit à son adversaire:

— C'est vingt mille que je perds... Voulez-vous que nous en jouions dix mille?

— Avec grand plaisir, je ne recule jamais...

— Oh! mais voilà une partie qui devient bien intéressante! s'écrie la Belœil, en quittant le baccarat pour venir voir jouer à l'écarté. On joue des dix mille francs à la fois!... Mais je ne vois pas un seul billet sur la table... Est-ce que vous jouez pour rire, messieurs?

Pour toute réponse, Agénor sort de sa poche une liasse de billets de banque qu'il pose sur la table

— Oh! mais, non, je vois que c'est sérieux! reprend la grande brune! En voilà, du papier de soie!...

— Moi, dit Volenville, je prie monsieur Berlingot de me faire crédit... Je joue sur parole... mais je le payerai plus tard...

— Très-bien! très-bien! je ne suis pas inquiet! Que jouez-vous?

— J'ai perdu quatre mille francs, j'en joue deux.

— C'est entendu.

On reprend la partie. La fortune continue de favoriser l'adversaire d'Agénor; celui-ci perd encore quatre parties de dix mille francs; il commence à éprouver cette fièvre qui s'empare presque toujours du joueur en déveine, et fait qu'alors il n'est plus capable de raisonner, de résister à cette passion qui l'entraîne vers sa ruine. D'une main convulsive, le jeune homme compte soixante billets de mille francs qu'il prend dans le paquet qu'il a placé près de lui, il les pousse devant Berlingot, qui lui dit:

— Vous ne voulez plus jouer? Vous en avez assez?..

— Assez!... oh! non, jamais!... Il y en a encore quinze, là... Mais ce n'est pas tout!... j'en ai sur moi dans une autre poche...

— Oh! alors, c'est différent! vous allez vous rattraper!

— Le plus souvent qu'il se rattrapera! murmure madame Belœil en s'éloignant de la table de l'écarté. Moi, ça m'ennuie de le voir perdre comme ça ce petit Kofkof!... Déjà soixante mille francs, bigre! c'est autre chose que mes cigarettes... Primerose, viens à la commode qui représente le buffet... allons nous permettre des sandwichs... si toutefois il y en a; ensuite nous nous ferons reconduire par Berlingot... Il faudra qu'il paye un fameux déjeuner, celui-là. Et le poëte?... Où est donc le poëte!... Je veux qu'il me fasse des vers...

— Il vient de partir, dit Vernouillet en riant, après avoir bourré ses poches de brioches, de macarons et de babas.

— O le gourmand!... il est capable de faire rimer tout cela ensemble.

Agénor a fouillé de nouveau dans sa poche: il en sort un autre paquet de billets de banque et en fait le compte. Il y en a pour soixante-cinq mille francs; avec les quinze mille qui lui restent du premier paquet, c'est donc quatre-vingt mille francs dont il est encore possesseur. Il regarde Berlingot d'un air de défi, bien que l'ivresse du punch et du jeu commencent à donner à son regard quelque chose d'égaré et s'écrie:

— Vous le voyez, monsieur, j'ai de quoi vous tenir tête...

— Je n'en ai jamais douté, monsieur!

— Je vous propose de jouer vingt mille francs cette fois? Le voulez-vous?

— Assurément, monsieur; trop heureux de pouvoir vous donner votre revanche.

Mais, au lieu d'une revanche, c'est une nouvelle perte qu'essuie Agénor. Après cette partie de vingt mille francs, il en perd une seconde; ce n'est donc plus que quarante mille qui lui restent. Pâle, tremblant, buvant souvent du punch pour retrouver son courage, le jeune homme regarde les billets qui lui restent, les compte encore, les contemple d'un œil morne, balbutie:

— Que ferai-je avec cela?... Puis s'écrie tout à coup :

— Les quarante mille francs, monsieur... les quarante mille francs d'une seule partie... le voulez-vous?

— Toujours, monsieur, tout ce qui vous sera agréable.

Le jeu s'engage. Tous ceux qui étaient encore dans le salon s'approchent pour être témoins de cette intéressante partie. Comme à celles qui ont précédé Berlingot est vainqueur. Agénor demeure muet et comme anéanti sur sa chaise, sa tête est tombée sur sa poitrine, il ne regarde plus rien de ce qui se passe autour de lui. Berlingot s'empresse de mettre les billets de banque dans sa poche, quitte la table et passe vivement dans l'autre pièce, en disant :

— Ma foi ! je mérite bien de prendre quelque chose.

XVIII

JUSTICE DIVINE

Volenville croit devoir adresser quelques paroles de consolation au vaincu... Il prend les cartes, les jette avec colère dans la chambre, en s'écriant :

— Maudites cartes!... elles étaient donc ensorcelées!... J'y suis pour trente mille francs, moi ! Certainement c'est peu de chose auprès de ce que vous perdez, monsieur le comte... Mais vous aurez votre tour... la fortune est très-inconstante... incessamment vous gagnerez peut-être le double de ce que vous perdez ce soir...

S'apercevant que celui auquel il s'adresse reste immobile et ne lui répond pas, Volenville s'imagine qu'il s'est endormi, que le punch l'a étourdi au point de lui faire oublier sa perte en cédant au sommeil. Il s'éloigne alors d'Agénor, en se disant :

— Qu'il dorme!... cela lui fera du bien!... ça le calmera... Allons retrouver Berlingot.

Mais Berlingot, qui avait quitté le salon aussitôt après le jeu, n'est pas dans la première pièce. Volenville n'y trouve plus que Vernouillet, qui s'est assis devant les pâtisseries et trempe de la brioche dans du vin de Bordeaux.

— Eh bien, où donc est Berlingot? s'écrie Volenville.

— Berlingot vient de partir avec ces deux dames ; elles l'ont supplié de les reconduire ; il m'a dit : « Mon bon Vernouillet, dites à Volenville que je suis obligé de reconduire ces dames, mais qu'il soit tranquille, je viendrai le voir demain matin de fort bonne heure. »

Volenville frappe avec colère sur un meuble, en disant :

— Que le diable emporte ces dames!... Berlingot avait bien besoin de les reconduire... Ce n'est pas là ce dont nous étions convenus...

— Mon cher ami, tu sais comme est la Belœil... un homme qui vient de gagner une grosse somme au jeu... elle se fourrerait dans... son paletot!...

— Mais Berlingot n'est plus un niais qui écoute ces dames... Enfin, il viendra de bonne heure demain, a-t-il dit?

— Oui, demain, c'est-à-dire aujourd'hui ; car il est quatre heures du matin, je ne sais pas si tu t'en doutes... Et ton Russe, qu'en as-tu fait?

— Il dort.

— Il faut le laisser dormir, ce pauvre garçon ! il rêve peut-être qu'il gagne... Ma foi ! je vais aussi aller me coucher, moi. Bonsoir et bonjour, cher ami...

— Bonsoir, Vernouillet.

Volenville est très-contrarié de l'absence de Berlingot. Il rentre dans son salon et y trouve Agénor qui a laissé tomber sa tête sur la table et, cette fois, cédant à la fatigue, à l'ivresse, s'est profondément endormi.

Volenville se jette sur une causeuse en se disant :

— Je ne peux vraiment pas le réveiller pour le renvoyer à présent... Qu'il dorme quelques heures... quand il fera jour il sera temps de lui dire de regagner son hôtel... Je vais essayer de dormir aussi dans ce fauteuil ; mais je suis bien sûr que je ne dormirai pas... Certainement je ne suis pas inquiet de Berlingot... nous sommes associés!... Mais il a sur lui les cent quarante mille francs qu'il a gagnés au Russe... C'est une belle somme! Pourquoi diable ai-je invité ces femmes à venir à ma soirée ! et quelle sottise d'aller les reconduire!...

Tout en faisant ces réflexions et beaucoup d'autres, Volenville se tourne et se retourne dans sa causeuse ; il tâche de dormir, mais il ne peut y parvenir. Il écoute sonner les heures, il calcule le temps, qui semble si long, la nuit, lorsqu'on espère quelque chose pour le lendemain. Enfin le jour paraît ; Agénor s'éveille, il regarde autour de lui en balbutiant :

— Où suis-je donc ?

— Chez moi, monsieur le comte, dit Volenville en s'approchant du jeune homme. Chez moi, où vous vous êtes endormi, après cette partie d'hier... où vous avez encore été battu.

— Ah ! oui, je me souviens à présent ! répond Agénor en passant sa main sur son front. Oui... j'ai perdu... Oh ! j'ai tout perdu cette fois... à présent, je sais ce qui me reste à faire.

En disant cela, le jeune homme s'est levé et marche à grands pas dans la chambre, en balbutiant de nouveau :

— Oui... je sais ce qui me reste à faire !...

Volenville est alors frappé de la pâleur, de l'air sombre et grave avec lequel Agénor vient de répéter ces paroles, et lui dit :

— C'est de rentrer à votre hôtel, de vous mettre dans votre lit et de bien vous reposer jusqu'à l'heure de votre dîner...

— Non, non... ce n'est plus cela que je dois faire... je vais aller à la rivière... et je me jetterai à l'eau...

— Qu'est-ce que vous dites-là, monsieur le comte!... Vous jeter à l'eau... pour vous baigner à l'heure qu'il est... mais d'abord il fait trop froid !...

— Oh ! ce n'est pas pour me baigner que je vais me jeter dans la rivière... c'est pour me noyer.

— Vous noyer !... Oh ! par exemple !... et pourquoi donc avez-vous de ces idées-là?... Quoi ! pour une perte au jeu, perte que vous réparerez plus tard... vous vous abandonnez au désespoir ?...

— Oh ! non, je n'ai pas de désespoir, mais je vais me noyer, parce que je n'ai plus le sou.

— Ecrivez en Russie pour qu'on vous renvoie de l'argent...

— Inutile ! on m'avait prévenu que cet envoi était le dernier que l'on avait à me faire... Je ne possède plus rien là-bas, à ce qu'il paraît.

— Eh bien, monsieur le comte, en tout cas, au

lieu de me laisser aller à des idées de suicide, j'aimerais mieux retourner en Russie, dans ma patrie, où sans doute des amis s'intéresseraient pour leur compatriote.

Agénor secoue la tête et murmure tristement :

— La Russie n'est pas ma patrie... et ils le savent bien là-bas...

— Comment !... vous n'êtes pas Russe ?... Vous n'êtes pas né à Pétersbourg ?

— Non, monsieur.

— Et de quel pays êtes-vous donc ?

— Je suis Français... et c'est à Paris que je suis né...

— Français... né à Paris... Je n'en reviens pas !... Le comte Ladiscof habitait donc Paris autrefois ?

— Non... mais vous comprendrez bien vite, quand vous saurez que je ne suis pas le fils du comte Ladiscof.

— Ah ! mon Dieu !... c'est donc tout un roman ?...

— C'est une chose toute simple, toute naturelle et qui doit arriver souvent... Ma mère était une simple lingère, ouvrière en linge à Paris... mais elle était jolie... Ah ! elle était bien jolie !... Qu'avez-vous donc, monsieur ? on dirait que vous chancelez...

— Rien... rien... un étourdissement... Attendez... laissez-moi m'asseoir près de vous... là... je vous écoute... Vous disiez que votre mère...?

— Elle fut séduite ici par un mauvais sujet... Elle se croyait véritablement aimée... elle acquit bientôt la preuve du contraire. Elle me portait dans son sein, lorsque celui en qui elle avait eu foi la repoussa, l'abandonna... la chassa même de chez lui... parce qu'elle voulait être sa femme légitime... Ma mère avait de la fierté, elle ne pardonna pas cet affront. Elle ne revit jamais celui qui l'avait trompée... Mais certainement vous souffrez, monsieur ?

Volenville est devenu pâle, tremblant, il respire à peine, et de grosses gouttes d'eau perlent sur son front; il semble craindre de regarder Agénor et peut à peine articuler :

— Non... c'est l'émotion... votre récit m'intéresse tant !... Achevez... achevez, de grâce... votre mère...?

— Elle me mit au monde... me nourrit de son lait, puis lorsque j'eus huit mois et qu'elle me jugea assez fort pour supporter le voyage, elle vendit tout ce qu'elle possédait ici, et partit avec moi pour la Russie où elle comptait s'établir. Ainsi que je vous l'ai déjà dit, monsieur, ma mère était fort jolie. A Pétersbourg, le comte Ladiscof en devint amoureux et lui fit les propositions les plus belles. Mais, déjà trompée une fois, elle ne voulait pas l'être une seconde. Elle répondit au comte qu'elle ne serait qu'à l'homme qui l'épouserait et adopterait son fils en lui permettant de porter son nom. Le comte adorait ma mère... il céda. Vous savez, à présent, comment on a toujours pu croire que j'étais Russe et fils du comte Ladiscof.

— Oui... oui... Oh ! je comprends tout !... Il n'y a plus qu'une chose... que je voudrais savoir... Ah ! ce n'est pas une vaine curiosité qui me guide... un motif bien puissant... me pousse à vous adresser cette question... Le nom de votre mère... celui qu'elle portait avant d'épouser le comte... refuserez-vous de me l'apprendre ?

— Pourquoi donc en ferais-je un mystère à présent !... Ma mère, avant d'épouser M. de Ladiscof, se nommait Georgina Dumont.

— Georgina !... Georgina !... Vous êtes son fils... vous êtes... Ah ! mon Dieu !... Laissez-moi vous embrasser de grâce cher enfant !...

Et, sans attendre la réponse d'Agénor, Volenville lui a pris la tête et l'embrasse en le pressant convulsivement contre son cœur. Le jeune homme se dégage de ses bras en disant :

— Qu'avez-vous donc, monsieur, est-ce que vous auriez connu ma mère ?...

— Oui... je l'ai connue à Paris... avant qu'elle ne partît pour la Russie...

— Mais, vous faites erreur peut-être ?...

— Erreur !... oh ! non... attendez... attendez... vous allez en juger par vous-même...

Volenville se lève, va à son secrétaire et, dans le fond d'un tiroir, prend ce portrait que nous l'avons vu regarder déjà, en se rappelant cet amour de sa jeunesse. D'une main tremblante, il le présente à Agénor, en balbutiant :

— Tenez... connaissez-vous celle dont voilà le portrait ?...

Le jeune homme pousse un cri, en disant :

— Ma mère !... Oh ! oui, c'est bien ma mère ! Elle était encore assez jolie, aussi gracieuse quand elle est morte il y a neuf ans... elle avait trente et un ans cependant... mais elle paraissait jeune comme sur cette miniature... Comment ce portrait se trouve-t-il entre vos mains ? auriez-vous par hasard connu mon père ?... Ma mère m'a dit son nom, car lorsque j'eus atteint ma dixième année, elle me confia tous les chagrins de sa jeunesse, en me disant : « Si tu vas jamais en France, mon fils, si tu cèdes au désir de voir ce Paris, où tu es né, prends garde d'y rencontrer un homme dont le nom est Édelbert... »

— Edelbert... c'est bien cela !...

— Vous connaissez quelqu'un de ce nom ?

— Continuez... votre mère vous disait... ?

— Cet homme-là est ton père, celui qui m'a repoussée... et je suis certaine que sa connaissance te serait funeste !...

Volenville retire sa main, qui avait saisi celle d'Agénor, il baisse ses regards vers la terre et murmure :

— Ah ! votre mère vous a dit cela !...

— Oui, monsieur... mais, vous le voyez, je n'ai pas eu besoin de retrouver mon père pour me ruiner... pour dépenser follement ma fortune... car je n'ai plus rien, absolument rien, et comme je ne veux pas... comme je ne sais pas travailler d'ailleurs... je n'ai donc pas d'autre parti à prendre que de me jeter à l'eau...

— Vous tuer !... Ah ! jamais !... jamais !... éloignez ces idées lugubres... Rassurez-vous, vous n'êtes pas ruiné... vous avez encore de la fortune...

— Que dites-vous ?

— Je dis que cet argent que vous avez perdu cette nuit, vous sera rendu...

— Quoi !... les cent cinquante mille francs que je possédais en venant ici...

— Oui... oui... pas la somme tout entière d'abord, mais une partie... et plus tard... nous aurons le reste...

— Mais comment espérez-vous cela ?... C'est monsieur Berlingot qui m'a gagné presque tout ce que j'ai perdu...

— Sans doute... mais je le forcerai à rendre... c'est-à-dire, Berlingot me doit de l'argent... beaucoup d'argent... presque autant qu'il vous en a gagné... il faudra qu'il me paye... et cet argent vous reviendra...

— A moi, monsieur, mais à quel titre?... Vous voulez donc me le prêter?... Je ne puis accepter, car il me serait impossible de vous le rendre!...

— Non... non... vous comprenez mal... ce qui est à moi... n'est-il pas aussi à vous!... J'ai connu votre père... oui... j'étais son ami... son confident... bien des fois il s'est repenti de sa conduite avec votre mère. il eût été si heureux... si fier d'avoir un fils comme vous!... Un fils qu'il aurait aimé, dont il aurait prévenu tous les désirs... de grâce, laissez-moi faire pour vous... ce qu'il aurait voulu faire, lui ; laissez-moi m'occuper de votre sort à venir...

— Mais, monsieur... je ne sais si je dois...

Un coup de sonnette interrompt cette conversation.

— C'est Berlingot! s'écrie Volenville; et il court aussitôt ouvrir la porte. Mais, au lieu de Berlingot, il ne voit qu'un domestique de l'hôtel qui lui présente une lettre, en disant :

— On vient d'apporter cela pour vous, monsieur, et le commissionnaire est reparti tout de suite en criant qu'il n'y avait pas de réponse.

— Qui peut donc m'écrire de si bon matin? dit Volenville, tout en brisant le cachet de la lettre ; puis en regardant la signature il s'écrie :

— Berlingot!... c'est lui qui m'écrit au lieu de venir... qu'est-ce que cela signifie?... Eprouvant déjà une vive anxiété, il se retire à l'écart et lit :

« Mon cher Volenville, ne m'attend pas; je pars. C'est une belle somme que cent quarante mille francs! ce serait dommage de la partager. Tu m'as fait perdre la dot de la petite Croutmann, en t'y prenant mal avec Cramoisan; il faut que je prenne ma revanche. Au reste, je ne suis pas inquiet de toi. Tu es trop adroit pour ne pas retomber toujours sur tes pieds N'essaye pas de courir après moi, j'ai de l'avance, d'ailleurs à quel titre me poursuivrais-tu? Adieu, bonne santé. Nous nous raccommoderons au lansquenet. Berlingot »

Volenville est atterré, accablé par la lecture de cet billet; il le tient encore dans ses mains, il le relit pour se convaincre qu'il ne s'abuse pas. Il ne veut pas croire, à la vérité, à ce coup qui le frappe, et auquel il ne trouverait rien que de fort naturel s'il frappait un autre que lui.

Surpris de voir Volenville immobile, et comme terrifié après avoir pris connaissance de ce message, Agénor fait quelques pas, pour s'approcher de lui, celui-ci se hâte alors de froisser dans sa main la lettre fatale et, s'efforçant de retrouver son courage, de dissimuler son désespoir, balbutie :

— Ce billet est de Berlingot... de celui qui me doit de l'argent... il m'écrit qu'il est forcé de faire un voyage... Cela me contrarie... mais rassurez-vous, monsieur... Agénor... rien ne vous manquera... Je me charge de veiller à ce que vous ne vous trouviez pas dans la gêne...

— Mais encore une fois, monsieur, à quel titre, et d'où vient cet intérêt que vous me portez maintenant?...

— Je vous l'ai dit... j'étais l'ami de votre père... j'ai connu votre mère... enfin... je ne suis pas un étranger pour vous. Mais vous êtes bien pâle... vous semblez fatigué... jetez-vous sur mon lit... dormez quelques heures... songez que vous êtes ici chez vous... moi... je vais faire quelques courses... je reviendrai ensuite vous chercher... nous irons déjeuner ensemble... Vous le voulez bien, n'est-ce pas?...

Pour toute réponse, Agénor incline la tête. Alors Volenville lui prend la main, la serre convulsivement dans les siennes, tout en le regardant avec amour; il voudrait bien l'embrasser encore, mais il craint de se trahir, et pour ne pas céder à cette voix qui le pousse à lui dire : « Je suis ton père! » il le quitte brusquement et sort de chez lui avec les yeux pleins de larmes, en se disant :

— J'ai un fils... le rêve de mon âge mûr... un fils que je demandais pour faire son bonheur! Et je l'ai ruiné, réduit à la misère... entraîné à sa perte!... Ah! je suis un misérable!... mais à présent il faut que je tâche de réparer ma faute... Ah! pour qu'il ne manque de rien, je travaillerai... je me ferai commissionnaire, s'il le faut... mais je pourvoirai à tous ses besoins. Pour commencer, je vais vendre ma montre... elle est belle... j'en aurai quelque argent... ensuite... Eh bien, je verrai... je chercherai!...

Après que Volenville est parti, le jeune Agénor se livre aux réflexions que fait naître dans son esprit l'affection singulière que cet homme lui témoigne depuis qu'il sait l'histoire de sa mère. Cette affection est si vive, si tendre, qu'elle fait concevoir à Agénor quelque soupçon ; il entrevoit la vérité, et se dit :

« Ce monsieur Volenville était l'ami de mon père... mais comment ce portrait de ma mère se trouve-t-il entre ses mains?... Il tremblait en me parlant... sa main pressait la mienne.. comme on ne presse pas celle d'un étranger!... Cet homme serait-il mon père lui-même!... »

Ces pensées ont chassé le sommeil qui d'abord avait appesanti les yeux d'Agénor; il se promène dans la chambre, il est inquiet, tourmenté. Tout à coup son pied rencontre un papier, c'est la lettre de Berlingot que Volenville avait froissée dans ses mains, puis qu'il avait laissée tomber sans y faire attention.

Agénor ramasse ce papier, il se rappelle que c'est le billet que Volenville a reçu le matin. Curieux de s'éclairer sur les motifs de sa conduite à son égard, il n'hésite pas à lire le contenu de cette lettre.

A mesure qu'il avance dans la lecture de ce billet ses traits prennent une expression effrayante, désolée, enfin, il a tout lu et ne peut murmurer que ces mots : Infamie!... ce sont des escrocs!... Ce Volenville était d'accord avec l'autre... et si c'était mon père!... Ah! quel qu'il soit, je ne vivrai pas aux dépens de cet homme !... C'est bien à présent que je sais ce qui me reste à faire!

Agénor veut sortir, il cherche son chapeau ; en regardant sur les meubles pour le trouver, il aperçoit sur le secrétaire une paire de pistolets, il les examine, s'assure qu'ils sont chargés, et se dit :

— Comme cela, ce sera plus tôt fait!

Une minute après, Agénor n'était plus.

Lorsque Volenville revient à son hôtel avec l'argent qu'il a pu réaliser, il aperçoit beaucoup de monde rassemblé devant la maison, il s'informe de ce rassemblement.

— C'est un jeune homme qui s'est brûlé la cervelle, lui dit-on.

Aussitôt, poussé par un affreux pressentiment, Volenville écarte le monde, perce la foule, il ne demande plus de renseignements, il monte vivement chez lui, et trouve là le cadavre de son fils, qu'on a étendu sur le lit et qui tient encore dans sa main gauche la lettre de Berlingot.

Volenville prend ce papier et tombe à deux genoux devant le lit en s'écriant :

— Il l'a lu!... et il sera mort en me maudissant!... Ah! c'est trop! c'est trop!... Je suis cruellement puni de tout le mal que j'ai fait!...

XIX

CONCLUSION

Ne terminons pas par un tableau si triste et qui n'est pas dans nos habitudes, mais quelquefois les événements vous entraînent, et d'ailleurs il faut bien que le vice soit puni ; si cela n'arrive pas toujours dans le monde, c'est bien le moins que cela se trouve dans les romans.

Je n'ai pas besoin de vous dire qu'Henry Demarsay est devenu l'époux de la jolie Ketly ; les nouveaux mariés, qui font un mariage bien uni, se sont retirés en Alsace avec la famille Croutmann. Gotlieb est encore coquette, mais Werther n'a plus autant de vanité, ce défaut a failli lui coûter trop cher.

Mathilde va toujours dans le monde avec de fort belles robes, mais comme elle n'a que sept mille francs de rente, elle ne mange souvent qu'un plat à son dîner afin de ne pas diminuer sa toilette. Chacun prend son plaisir où il le trouve..

Claudinette, l'aimable fille qui aime tant à obliger, s'est acheté une terre à vingt lieues de Paris ; elle passe là presque toute l'année et elle a pris pour son régisseur monsieur Deschassez, son ancien maître de danse, qui n'a accepté cet emploi qu'à la condition d'avoir devant son logement une boîte dans laquelle il fait mettre les pieds aux villageois qui manquent de dehors.

Le fugitif Cramoisan, qui s'était embarqué pour l'Amérique, a péri dans un naufrage, et Berlingot, qui s'était rendu à Monaco pour faire sauter la banque, ayant été surpris à tricher dans un cercle particulier, a reçu des soufflets, et, forcé de se battre, a été tué par celui qu'il avait volé.

Quant à Volenville, tombé dans le marasme après la mort de son fils, il a traîné quelque temps une existence misérable, puis a disparu tout à coup !...

Et ces pauvres Robillot que nous allions oublier !...

Le couple campagnard est retourné à Meaux, où il s'est remis à vendre du fromage. Thérèse gronde souvent son mari pour s'être laissé friponner à Paris ; celui-ci lui répond :

— Que veux-tu? c'est comme si nous n'avions pas hérité... voilà tout !...

Que conclure de tout cela? C'est qu'il vaut mieux être volé que voleur, et trompé que trompeur; car, si les intrigants réussissent un moment à vivre aux dépens des personnes qu'ils dupent, leur triomphe n'est jamais de longue durée; ce qui l'emporte toujours sur les folies, les sottises enfantées par l'ambition et la vanité, c'est la satisfaction que l'on éprouve lorsque notre conscience ne nous reproche rien.

FIN

TABLE DES CHAPITRES

FIN DE LA TABLE DES CHAPITRES

F. AUREAU. — IMPRIMERIE DE LAGNY

LIBRAIRIE DEGORCE-CADOT

9, RUE DE VERNEUIL, 9

Collection de Romans in-18 à 2 fr.

Collection des Œuvres de Ch. Paul de Kock

Avec gravure de la typographie Claye.

SOUSCRIPTION PERMANENTE

L'Amoureux transi	1 vol.
Mon ami Piffard	1 »
L'Ane à M. Martin	1 »
La Baronne Blaguiskoff	1 »
La Bouquetière du Château-d'Eau	2 »
Carotin	1 »
Cerisette	2 »
Les Compagnons de la Truffe	2 »
Le Concierge de la rue du Bac	1 »
L'Amant de la Lune	3 »
La Dame aux trois corsets	1 »
La Demoiselle du cinquième	2 »
Les Demoiselles de Magasin	2 »
Une Drôle de maison	1 »
Les Etuvistes	2 »
La Famille Braillard	2 »
La Famille Gogo	2 »
Les Femmes, le Jeu et le Vin	1 »
Une Femme à trois visages	2 »
La Fille aux trois jupons	1 »
Friquette	1 »
Une Gaillarde	2 »
La Grande Ville	1 »
Les Derniers Troubadours	1 »
Un Petit-fils de Cartouche	1 »
La Grappe de groseille	1 »
Paul et son chien	1 »
Les époux Chamoureau	1 »
Flon, flon, flon, lariradondaine	1 »
L'Homme aux trois culottes	1 »
Les Intrigants { Maison Perdaillon et Ce	1 »
Les Intrigants { Le Riche Cramoisan	1 »
Un Jeune Homme mystérieux	1 »
La Jolie Fille du faubourg	1 »
Madame de Montflanquin	2 »
Madame Pantalon	1 »
Madame Tapin	1 »
Un Mari dont on se moque	1 »
La Mariée de Fontenay-aux-Roses	1 »
Ce Monsieur	1 »
M. Cherami	1 »
M. Choublanc	1 »
Papa Beau Père	1 »
Le Petit Bonhomme du coin	1 »
La Petite Lise	1 »
Les Petits Ruisseaux	1 »
La Prairie aux coquelicots	2 »
Le Professeur Ficheclaque	1 »
Sans-Cravate	2 »
Le Sentier aux prunes	1 »
Taquinet le Bossu	1 »
L'Amour qui passe et l'Amour qui vient	1 »
Madame Saint-Lambert	1 »
Benjamin Godichon	1 »
Le Millionnaire	1 »
Le Petit Isidore	1 »

Collection des Œuvres de Pigault-Lebrun.

Monsieur Sans Souci	12 Dessins de Hadol.	1 vol.
L'Heureux Jérôme	—	1 vol.
Monsieur Botte	—	1 vol.
Les Barons de Felsheim	—	1 vol.
Le Mouchard	—	1 vol.
La Folie Espagnole	—	1 vol.
Le Coureur d'aventures	—	1 vol.
Un de plus !	—	1 vol.
Tant va la cruche à l'eau	—	1 vol.
La Folie française	—	1 vol.
Les Mémoires de Fanchette	—	1 vol.
Angélique et Jeanneton	—	1 vol.
Monsieur trop complaisant	Dessins de Morland	1 vol.
Mon oncle Thomas	Dessins de A. Michele	1 vol.
La Petite Sœur Eléonore	—	1 vol.
Adolphe Luceval	Dessins de Morland	1 vol.
Consolation aux Laides	—	1 vol.

ŒUVRES DIVERSES

HENRY DE KOCK.

- Les Hommes volants, avec gravures … 1 vol.
- Comment aimait une grisette, avec gravures … 1 vol.
- Ninie Guignon … 1 vol.
- La Fée aux Amourettes … 1 vol.
- Marianne (Démon de l'alcôve) … 1 vol.
- Les Quatre Baisers … 1 vol.
- Une Coquine … 1 vol.
- Ma petite cousine … 1 vol.
- Mlle Croquemitaine … 1 vol.
- Je me tuerai demain … 1 vol.

MARQUIS DE FOUDRAS.

- Suzanne d'Estouville … 2 vol.
- Madeleine Pécheresse … 1 vol.
- Madeleine Repentante … 1 vol.
- Madeleine Relevée … 1 vol.

GONDRECOURT (A. DE).

- Le Sergent la Violette … 1 vol.

LAVERGNE (ALEX. DE).

- Le lieutenant Robert … vol.
- Epouse ou mère … vol.

XAVIER DE MONTÉPIN.

- Un Drame en famille, avec gravure … 1 vol.
- La Duchesse de la Tour du Pic, avec gravure … 1 vol.
- Mam'zelle Mélie, avec gravure … 1 vol.
- Un Amour de Grande Dame, avec gravure … 1 vol.
- L'Agent de Police … 1 vol.
- La Traite des Blanches … 1 vol.

ASSOLANT (ALFRED).

- La Confession de l'abbé Passereau … 1 vol.

AIMARD (GUSTAVE).

- Une Vendetta mexicaine, avec gravures … 1 vol.

CAPENDU (ERNEST).

- Les Coups d'Epingle … 1 vol.
- Le Chat du Bord … 1 vol.
- Blancs et Bleus … 1 vol.
- La Mary-Morgan … 1 vol.
- Un Vœu de haine … 1 vol.

DAUDET (ERNEST).

- Les douze Danseuses de Lamèle … 1 vol.

IMMENSE SUCCÈS !!!

LA BONNE CUISINE FRANÇAISE

MANUEL-GUIDE de la Cuisinière et de la Maîtresse de maison, par Emile Dumont.

Dessins et gravures d'après Ysabeau.

Très-fort volume de plus de 700 pages, cartonné … 3 fr.

Sur demande affranchie, le Catalogue complet de la Librairie Degorce-Cadot est envoyé *FRANCO*.

BIBLIOTHÈQUE DE BONS ROMANS ILLUSTRÉS

Format grand in-4°

N. B. — Les mêmes ouvrages peuvent être demandés PAR SÉRIES SÉPARÉES A 60 C. L'UNE

fr. c.

AIMARD (GUSTAVE).

Le Fils du Soleil, 2 séries 1 20
Une Poignée de Coquins, 3 séries 1 80
Le Loup Garou, 3 séries 1 80

ANCELOT (MADAME V.).

Laure, 2 séries. 1 20
La Fille d'une joueuse, 2 séries 1 20

ANONYME.

Mémoires secrets du duc de Roquelaure, 8 séries.
1re et 2e séries brochées ensemble. . }
3e et 4e — — — . . . } 4 80
5e et 6e — — — . . . }
7e et 8e — — — . . . }

BAUCHERY (ROLAND).

Les Bohémiens de Paris, 3 séries 1 80

BERNARDIN DE SAINT-PIERRE.

Paul et Virginie, 1 série . . . . » 60
La Chaumière indienne, 1 série . . . . » 60

BERTHET (ELIE).

Mademoiselle de la Fougeraie, 1 série . . . . » 60
L'Oiseau du désert, 2 séries. 1 20
Paul Duvert, 1 série. . . . . » 60
L'Incendiaire, 1 série. . . . . » 60
Le Val d'Andorre, 1 série . . . . » 60
M. de Blangy et les Rupert, 1 série . . . . . » 60
Les Chauffeurs, 3 séries. 1 80
Le Château de Montbrun, 2 séries 1 20
La Directrice des postes, 2 séries 1 20
La Folle des Pyrénées, 2 séries. 1 20
L'Assassin du percepteur, 2 séries 1 20
Le Braconnier, 2 séries. 1 20
La Félonie, 2 séries 1 20
La Mésalliance, 2 séries 1 20
La Faillite, 2 séries 1 20

BILLAUDEL (ERNEST).

Un Mariage légendaire, 1 série . . . . » 60
La Femme fatale, 1 série. . . . . » 60
Les Vengeurs de Lorraine, 2 séries. 1 20
Miral, 2 séries. 1 20

BLANQUET (ALBERT).

Le Parc aux Cerfs, 2 séries. 1 20
Un Sérail royal, 3 séries. 1 80

BOULABERT ET PHILIPPE ROLLA.

La Franc-Maçonnerie des Voleurs. 1 80

BOISGOBEY (F. DU).

L'Empoisonneur, 3 séries. 1 80
La Tête de mort, 3 séries. 1 80
La Toile d'araignée, 3 séries 1 80
La Bande rouge, 3 séries. 1 80
Un Drame sur la Seine, 2 séries 1 20
La Muette qui parle, 2 séries. 1 20

BOULABERT (JULES).

La Femme bandit, 6 séries 3 60
Le Fils du supplicié, 3 séries. 1 80
La Fille du pilote, 5 séries . . . . 3 »
Les Catacombes sous la Terreur, 3 séries. . . . 1 80
Les Amants de la baronne, 3 séries. 1 80
Luxure et Chasteté, 2 séries. 1 20

CAPENDU (ERNEST).

Mademoiselle la Ruine, 3 séries. 1 80
Le Pré Catelan, 2 séries 1 20
Capitaine Lachesnaye, 3 séries. 1 80
Les Grottes d'Etretat, 3 séries 1 80
Surcouf, 1 série. . . . . » 60
La Mère l'Etape, 3 séries. 1 80
La Tour aux Rats, 2 séries 1 20
Le Sire de Lustupin, 2 séries. 1 20

CAUVAIN (JULES).

Le Voleur de diadème 1 80

CHARDALL.

Le Bâtard du roi, 2 séries 1 20
Les Jarretières de Mme de Pompadour, 2 séries. 1 20
Trois Amours d'Anne d'Autriche, 2 séries. . 1 20
Capitaine Dix, 2 séries. 1 20
Les Vautours de Paris, 3 séries. 1 80

CHATEAUBRIAND.

Les Natchez, 4 séries. 2 40
Atala, 1 série. . . . . » 60
René, le dernier des Abencérages, 1 série. . . » 60
Les Martyrs, 3 séries. 1 80
Itinéraire de Paris à Jérusalem, 3 séries. . . 1 80

DESLYS (CHARLES).

Le Canal Saint-Martin, 3 séries. 1 80
Les Compagnons de minuit, 2 séries. 1 20
La Marchande de plaisirs, 1 série . . . . . . » 60
L'Aveugle de Bagnolet, 1 série . . . . » 60
Le Mesnil-au-Bois, 1 série . . . . » 60

DOMINIQUE (A.).

Les Évadés de Cayenne, 2 séries 1 20
La Pupille du Forçat, 3 séries 1 80

DULAURE.

Les Deux Invasions (1814-1815), avec préface de JULES CLARETIE, 4 doubles séries à 1 20 4 80
Le Crime d'Avignon, 1 série. . . . . » 60
Les Tueurs du Midi, 1 série . . . . » 60
Les Jumeaux de la Réole, 2 séries. 1 20
L'Assassinat de Rodez (Affaire Fualdès) . . 1 série . . . . » 60

DUPLESSIS (PAUL).

Les Boucaniers, 5 séries. . . . . 3 »
Maurevert l'Aventurier, 2 séries 1 20
Les deux Rivales, 2 séries 1 20
Les Étapes d'un volontaire, 5 séries. . . . . 3 »
Le Batteur d'estrade, 5 séries . . . . 3 »
Les Mormons, 4 séries 2 40

FABRE D'OLIVET.

Le Chien de Jean de Nivelle, 2 séries. . . . 1 20

FÉRÉ (OCTAVE).

La Bergère d'Ivry, 3 séries. 1 80

FOUDRAS (MARQUIS DE).

La Comtesse Alvinzi, 2 séries 1 20
Madeleine pécheresse, 3 séries 1 80
Madeleine repentante, 2 séries 1 20
Madeleine relevée, 2 séries. 1 20

GONDRECOURT (A. DE).

Les Péchés Mignons, 4 séries 2 40
Les Jaloux, 3 séries 1 80
Mademoiselle de Cardonne, 2 séries 1 20
Le dernier des Kervon, 3 séries. 1 80
Le Chevalier de Pampelonne, 2 séries 1 20
Régicide par Amour, 1 série . . . . » 60
Les Cachots de la Bastille, 3 séries 1 80
Une Vengeance de Femme, 2 séries. 1 20
Madame de Trèbes, 2 séries 1 20
Pierre Leborgne, 1 série. . . . . » 60

CAMILLE GROS.

Les Camisards, 2 séries 1 20

KOCK (PAUL DE).

L'Amant de la Lune (en théâtre), 1 série. . 0 60

KOCK (HENRY DE).

La Fille à son père, 1 série . . . . » 60
Le Démon de l'Alcôve, 1 série. . . . . . . » 60
Les Baisers maudits, 1 série . . . . » 60
La Tigresse, 2 séries. 1 20
L'Amant de Lucette, 1 série . . . . » 60
Le Médecin des Voleurs, 4 séries 2 40
Ni Fille, ni Femme, ni Veuve, 1 série . . . . » 60
Les Trois Luronnes, 3 séries 1 80
L'Auberge des Treize Pendus, 3 séries. . . . 1 80
Les Mystères du village, 2 séries 1 20
L'Heure du Berger, 1 série 0 60

LABOURIEUX.

L'Ouvrier Gentilhomme, 2 séries 1 20

LANDELLE (GUSTAVE DE LA).

Les Géants de la mer, 4 séries. 2 40
Reine du Bord, 3 séries. 1 80
Une Haine à bord, 2 séries. 1 20
Les Iles de glace, 3 séries. 1 80

LAVERGNE (ALEXANDRE DE).

Le Lieutenant Robert, 2 séries . . . .
Epouse ou Mère, 2 séries. . . . .

MAIMBOURG (LE P.).

Les Croisades, 4 doubles séries à 1 fr. 20. . .

MÉRY.

Un Carnaval à Paris, 2 séries . . . .

MEUNIER (ALEXIS).

Le Comte de Soissons, 2 séries . . . .

MONTÉPIN (XAVIER DE).

Les Viveurs de Province, 4 séries . . . . . .
Le Loup Noir, 1 série . . . .
Les Amours d'un fou, 2 séries . . . .
Les Chevaliers du lansquenet, 7 séries. . . .
La Sirène, 1 série . . . .
L'Amour d'une pécheresse, 1 série . . . . .
Un Gentilhomme de grand chemin, 3 séries .
Confession d'un bohème, 3 séries . . . . . .
Le Vicomte Raphaël, 2 séries . . . .
La Fatalité, 1 série. . . . .
Les Oiseaux de nuit, 3 séries. . . . .

NOIR (LOUIS).

Le Coupeur de têtes, 4 séries . . . .
Le Lion du Soudan, 4 séries . . . .
Jean qui tue, 4 séries. . . . .
Jean Chacal, 2 séries. . . . .
Le Roi des Jungles, 3 séries. . . . .
La Tombe ouverte, 2 séries. . . . .
La Folle de Quiberon, 3 séries . . . .
Grands jours de l'armée d'Afrique, 3 séries.
Campagnes de Crimée, 12 séries à 50 c. . . .
Campagnes d'Italie, 6 séries à 50 c. . . . . .
Le Corsaire aux cheveux d'or, 3 séries. . . .

PERCEVAL (VICTOR).

Blanche, 1 série . . . .
La plus Laide des Sept, 2 séries . . . . . .
Régina, 2 séries . . . .
Beatrix, 1 série. . . . .
Un Excentrique, 1 série. . . . .

PERRIN (MAXIMILIEN).

Les Mémoires d'une Lorette, 2 séries . . .
Le Bambocheur, 2 séries . . . .

PREVOST (L'ABBÉ).

Manon Lescaut, 1 série . . . .

ROLLA (UN OFFICIER D'ÉTAT-MAJOR).

Crimes et Folies en l'année terrible, 2 doubles séries à 1 fr. 20 . . . .

RIEUX (JULES DE).

Ces Messieurs et ces Dames, 2 séries. . . . .

ROUQUETTE.

Ce que coûtent les Femmes. . . . .

ROUQUETTE ET FOURGEAUD.

Les Drames de l'amour, 2 séries . . . . .

ROUQUETTE ET MORET.

Le Médecin des femmes, 3 séries . . . . .

VADALLE (DE).

L'Homicide d'Auteuil, 3 séries . . . .

VIDOCQ.

Les Vrais Mystères de Paris, 4 séries. . . . .

VOLTAIRE.

Candide, 1 série. . . . .

Le Catalogue général des Collections Degorce-Cadot est envoyé **franco**.

www.ingramcontent.com/pod-product-compliance
Ingram Content Group UK Ltd.
Pitfield, Milton Keynes, MK11 3LW, UK
UKHW031916260826
14628UKWH00003B/1231